MARCOS BAGNO

A VIDA NA GRÉCIA

RAPSÓDIA

parábola

Edição: Marcos Marcionilo
Direção: Andréia Custódio
Capa e diagramação: Telma Custódio
Revisão: Kaya Adu Pereira
Fotos: Acervo do Autor

CIP-BRASIL. CATALOGAÇÃO NA FONTE
SINDICATO NACIONAL DOS EDITORES DE LIVROS, RJ

B134v

Bagno, Marcos, 1961-
A vida na Grécia: rapsódia / Marcos Bagno. - 1. ed. - São Paulo : Parábola, 2021. Coleção Lĭttera 1.

ISBN 978-65-88519-63-9

1. Romance brasileiro. I. Título.

21-70514 CDD: 869.3
CDU: 82-31(81)

Camila Donis Hartmann - Bibliotecária - CRB-7/6472

Direitos reservados à
PARÁBOLA EDITORIAL
Rua Dr. Mário Vicente, 394 - Ipiranga
04270-000 São Paulo, SP
pabx: [11] 5061-9262 | 5061-8075 | fax: [11] 2589-9263
home page: www.parabolaeditorial.com.br
e-mail: parabola@parabolaeditorial.com.br

ISBN: 978-65-88519-63-9
978-65-88519-62-2 (e-book)

Quelquefois c'est nous alors qui sommes si fatigués qu'il nous semble que nous n'aurons plus dans notre pensée défaillante assez de force pour retenir ces souvenirs, ces impressions, pour qui notre moi fragile est le seul lieu habitable, l'unique mode de réalisation. Et nous le regretterions car l'existence n'a guère d'intérêt que dans les journées où la poussière des réalités est mêlée de sable magique, où quelque vulgaire incident de la vie devient un ressort romanesque. Tout un promontoire du monde inaccessible surgit alors de l'éclairage du songe et entre dans notre vie, dans notre vie où comme le dormeur éveillé nous voyons les personnes dont nous avions si ardemment rêvé que nous avions cru que nous ne les verrions jamais qu'en rêve.

M. Proust

A VIA LÁCTEA

Manu faz pouco acordou e se põe, mirante, à janela do quarto a ver o mundo correr lá embaixo. Vive tão longe da terra, seus pés o peso do chão mal sentem, que é raro desça. De pé sobre a cadeirinha de sua mesa de brincar, se agarra às grades que lhe permitem nada mais que olhar. O que observa do alto de vinte andares, cume desumano, são as caixinhas \carros, Manu\, de tantas coloridas formas e distintos vários barulhos. E por que são as gentes tão pequeninas se daqui avistadas? |Porque é alto, Manu|. |Ah|. Gosta de proceder assim diariamente: desperto, a mãe leva ele para lavar o rostinho amassado pelas mãos da noite, do que Manu não gosta. Depois, ela à cozinha preparar o que comam, ele à janela para o mundo ver. Até que |Manu, meu amorzinho, vem cá, vem comer com a gente, vem|. Vai. É lá, cozinha, que, com o pai e a mãe, come, antes que partam e abandonem ele só com Dasdô, babá.

Hoje, na cozinha agora, Manu vê que se adiantou um pouco no vir. No geral, que chegue, encontra já tudo pronto o que comer: no copo o devido leite, no prato o correspondente pão. Mas, não, que vazios. Se atrasou a mãe, se apressou ele, que importa? Vai, primeira vez, presenciar aquela disposição dos alimentos e só hoje dá fé que nunca tinha se perguntado como, donde e por que vinham. E algo fascinante o fascina: a mãe abrir a geladeira, dela extrair a leiteira prateada de alumínio e despejar o alvo líquido branco nas canecas dela, dele e do pai. Então é assim, é? A mãe, indiferente ao deslumbramento do filho, deposita a caneca cheia diante de seus olhinhos aboticados, bolinhas de gude pretas.

Mas, cinco minutos passados, ela se dá conta da demora de Manu tomar o leite, inusitada. |Tá enjoadinho, fofo? Por que não toma o leitinho, hum?| O pai, lhe afagando os cabelos castanhos, desafia |Será que Manu toma o leite mais depressa que o papai?| Manu, pilhado em seu encantamento, se disfarça sob a alegria teatral com que aceita a competição. E todo o conteúdo da caneca ingere aos glubes, os olhos de soslaio postos no pai que, doce, se deixa vencer. |Ganhei?| Desolado, o pai lhe mostra os dois dedos de leite que indicam sua derrota e os oferece, precioso butim, ao menino tão magrinho. A mãe já se ergueu e confere com Dasdô as obrigações do dia. O pai se desinteressa do leite perdido e desaparece da cozinha. Vai buscar paletó e chaves. São poucos minutos até que sumam, e o apartamento, nem tão grande, se torna imenso de ausências, ausências que Manu aprendeu sozinho a suportar, ninguém lhe pedisse. Daqui até o fim do dia, tempo longo e largo às margens do interminável, são só ele, Dasdô e a solidãozinha que construiu para si.

Manu, quisesse, podia descer. A brincar com outros meninos, vizinhos, no metro quadrado de areia que um arquiteto generoso permitiu entre rua e portaria. Bastou, porém, aquela vez em que tentou se comunicar, e os meninos todos ao seu redor se riram. É que, a Manu, a lhe vir as palavras custavam e, quando vinham, é num arranco só, atropeladas, sem modos nem modulações. Quem disse que a fala é uma linha só, contínua cadeia? A de Manu, novelos embaraçadíssimos, de pontas atadas, que competiam para se verem livres, ganhar o dia pela porta da boca, poucas vezes aberta. Bastou. Sofreu. Nunca mais descesse, desceria. Também, a preguiça de Dasdô, que com ele devia descer, não contribuía muito. Ela, dezoito anos, tudo arrumava da casa no mais que pudesse depressa para, liberta de afazer, correr a se plantar diante da televisão, caixa de mistérios banais, previsíveis, que amava. Tentou seduzir Manu a ingressar ele também naquela paixão pela tela luminosa, desenfreada. Mas o menino não se deu muito bem com a coisa. Não via graça, se conhecia imaginar tantas coisas às vezes muito mais coloridas e lindas de só ver. Amar que amasse, em vero, eram seus dois peixinhos, joias nadantes no cristal líquido do aquário, vivas, um vermelho, outro azul. Manu dera nomes a eles: Arnuvô e Ardecô. A surpresa espantada do pai, enorme, ao ser apresentado aos bichinhos, devidamente nomeados. Foi a mãe, mulher, memória clara, quem se lembrou: conversa de uma semana antes, coisas do trabalho dela, tinha citado as palavras, francas, mais de uma vez. Com que então? Manu.

Hoje se despediu de pai e mãe sem se levantar do tamborete seu, lugar só dele na cozinha. Tinha ficado a brincar de olhar o resto do leite que o pai lhe presenteou, despojo. Faz ele correr de um lado a outro dentro da caneca, que vira até quase o líquido atingir a borda, um triz não derrama. O leite. Horas ficaria ali naquilo se Dasdô não |Xô da cozinha, Manu, que tenho de arrumar tudo|. Manu, curioso, queria mais coisas conhecer sobre o leite. Mas era de poucas perguntas, escassíssimas, se não as conseguia trazer na boa ordem, acústicas. |Dasdô...||Hein, que é?| ela já com a boca da lixeira aberta à sua frente para ali despejar farelos e resíduos outros. |A leiteira, mãe, geladeira, tirou de onde o leite, como é que, eu queria saber de onde... ||Ai, Manu, me deixa trabalhar, vai ver se os peixinhos tão com fome, vai!| Já não se entristecia com aquela natural impaciência de sempre, habitual. Se retirou, rotineiramente cândido.

No quarto o tempo quase todo se gastava. Tinha um milhar de brinquedos, quantidades de livros. Que não lia, se ainda não frequenta escola, pai já tinha explicado por quê, mas não se lembra. Entretanto interpretava a seu prazer as historinhas, coloridas ilustrações, grandes, sugestivas. De modo que, sim, lia, não o que estava escrito: o que lhe ditavam os desenhos. Falava aos peixinhos, a eles narrava a história de um castelo dentro d'água, onde viviam meninas-peixe, loiras e com nomes impronunciáveis. Hoje, porém, sem livro, pergunta a eles se conhecem a fábula do leite. Ardecô parece indiferente à questão, mas Arnuvô fica alguns segundos a admirar a carinha branca que lhe sorri. Manu agradece a atenção com um olhar carinhoso e pensamentos gentis. Depois, pega a latinha de ração e dela retira o escuro pozinho substancioso que lhes assegura, aos peixinhos, a vida. Pensa de novo no leite.

Cada coisa tem o seu onde de vir. Os peixinhos, lembra, vêm da loja aonde os pais levaram ele, aniversário, que escolhesse um bichinho, presente. |Desde que não sejam aves| proibiu a mãe, sensível à infelicidade engaiolada dos periquitinhos azuis e da cacatua também australiana, conforme indicação da plaquinha lida pelo pai. A indecisão se apoderou do menino, perdido entre tantos espécimes de um reino ignorado. Um gatinho pardo o encantou com sua mirada glauca e fino miado hipnótico. Mas o sorriso de um cãozinho adormecido... O porquinho-da-índia o irritava, excitava, agitado, ativo, arisco. Passeava Manu pela loja, imerso na felicidade de estar ali.

Subitamente, seus olhos pousaram sobre o vidro do aquário dentro do qual não se esbarravam peixinhos coloridíssimos, em trânsito tranquilo. Se emocionou. Não quis, não podia crer tanta beleza. |E então, Manu, já escolheu?| Sim, mãe, mas não sabe dizer, mudo, a um passo do soluço. As mãos lhe vêm em socorro e com um dedo trêmulo aponta. |Os peixinhos, meu amor?| Afirmativa, a cabecinha se moveu. O moço da loja se aproximou, cabelos brancos, e pareceu aprovar a eleição. |A criança sempre quer levar o bicho que se parece mais com ela|. Manu correu a um espelho grande numa parede da loja e foi se ver, ver se parecia de fato com um peixe de aquário. Não achou muita semelhança, fora os olhos aboticados. |Leve dois, madame, um azul e um vermelho, fica bonito|. O pai aprovou. Manu acompanhava, incrédulo diante de tamanha alegria, os gestos do vendedor, que ia e vinha dentro da loja infinita, à cata de todo o necessário a que se tenha peixinhos em casa: aquário, bombinha de oxigênio para fazer bolhas, pedrinhas para o fundo, um castelinho de pedras coloridas para dentro passear peixinhos, uma lâmpada, a latinha de ração.

Num repente, a dúvida. |Mãe, peixinho barulho, canta, grita, faz qual?| Foi o pai |Barulho nenhum, Manu, peixinho nada e só|. Manu gostou. Naquele mesmo átimo, porém, um escândalo se ouviu, agudo estrépito, grito tonitruante. Manu sentiu o coração tentando romper o peito, assustadíssimo. Pai e mãe não se deram conta, mas o velhinho, notando a palidez do rosto inteiro do menino, pegou ele pela mão e |Não se assuste, é um passarinho muito barulhento que a gente tem aqui, venha ver com o vovô|. E Manu se deixou levar até um ângulo da loja, onde, numa gaiola, tinha um pássaro branco de cabeça verde e olhar engraçado. |Foi ele que gritou, você se assustou, não foi, meu filho?| A voz do velhinho reconfortava, levava o coração de volta ao peito. Manu disse |Nome, como chama, como tem?| O vendedor não entendeu. Manu repetiu |Nome, como tem, como chama isso, ele?| e mostrou com o dedo a estrondosa ave. |Ah, sim, claro, é araponga|. |Uiraponga?||Não, vê bem: a-ra-pon-ga|. |Araraponga|. |Não, não, mais uma vez: a-ra-pon-ga|. |Araponga|. |Muito bem, Manu| elogiou a mãe, aproximada. O velhinho fez chicochicochico diante da gaiola, e o pássaro reproduziu novo escândalo, agora mais forte, perto, metal pesado e agudo, martelo impiedoso na bigorna. Manu ainda teve medo, mas depois sorriu. |Mãe, araponga, a-ra-pon-ga, diz|. A mãe repetiu, discente, as sílabas há pouco apreendidas.

Manu beijou o velhinho quando se foram, munidos do arsenal que compunha o presente daquele aniversário que inaugurava um mundo novo. No carro, de volta, Manu, carregando os peixinhos com zelo, deles não tirava os apaixonados olhos mudos. Pensava, entretanto, em arapongas. Há de gritar assim porque, pensou \sofre, presa\. Dois dias depois, quase mata a mãe de susto ao lançar no ar um grito agudo, altíssimo e prolongado, triste de arrepiar. Corre a mãe ao quarto |O que é, Manu, pelo amor de Deus?||Uiraponga, mãe, eu também, é, sou?| e tinha umas lágrimas que não se atreviam além dos olhos. A mãe abraçou ele, beijou seus cabelos, apertou ele, amiga, e deplorou ignorar o que se passava, indesvendável, naquela alminha de criança tímida. Chorou com ele. Depois ficaram berrando, ambos, quem mais fiel reproduzisse o brado da araponga infeliz.

Mas e o leite? Vir, de onde é que vinha? Da geladeira? Foi fazer o teste, verificável. |Dasdô, quero, dá pra mim, mais leite!|. A menina, descascando uns legumes na sala |Não vê que não posso, Manu? Espera até a hora do almoço, tu nunca toma leite nessa hora, o que te deu hoje, hein, Manu?|. A decepção se plantou, sólida, na face do menino, que deixou pender os olhos e as mãos, rumo do chão, apagada a alegria da ideia, crida boa, infalível, tida há pouco. Dasdô vê a transformação e se comove. |Tá bom, vamos lá na cozinha, peste!|. Com dois passos voa Manu até seu lugar à mesa e acompanha de Dasdô todo e cada movimento. A menina, sem se perceber usada, instrumento, repete cada um dos gestos da mãe pela manhã, mãe de Manu. Sim, o leite vem da geladeira. Mas tanta coisa mais vem da geladeira. A caneca não veio cheia de todo. Por quê? |Acabou o leite, Manu, só tinha esse restinho. E tua mãe me pediu pra fazer um bolo, ai, ai. Vou ter que descer mais tarde até o mercado, comprar um litro, tu quer ir?| Manu não entendeu, confuso. Por que ir ao mercado se o leite vem é da geladeira? |Bom, querendo ou não eu te levo, porque não posso te deixar aqui sozinho| sentenciou, peremptória, Dasdô, que retornou à sala, à televisão e aos legumes.

Manu toma o leite. Gosta. Volta, atônito, ao quarto. E revela aos peixinhos sua segunda grande descoberta daquele dia: o leite vem, sim, é do mercado. E se alegrou com saber que ia ver de perto, constatar realizar-se o fenômeno. Dessa vez foi Ardecô quem lhe deu atenção, olhando para ele desde a janelinha oca do castelinho de seixos.

Ao mercado se ia depois do almoço. Manu, que não tinha muito agrado em comer, devorou tudo o que Dasdô lhe pôs no prato, impaciente, ansioso pela prometida viagem. |Que esmeril é esse, Manu? Desde quando?|. Manu incompreendeu as perguntas, alheio e surdo ao que não fosse convite de descer. Foi quando tocou triiiiim o telefone. Dasdô foi à sala atender. Manu sabia que era a mãe, horário habitual de agudas saudades, suas e dela. Dasdô demorou mais que os outros dias, pareceu a Manu, sem saber que era sua impaciência de contar à mãe as novidades. |Alô, é, mãe, vou, posso, Dasdô leite, tá, mercado, tá, comprar com ela, vou?| A mãe, toda voz, deu a permissão, antes de lhe dizer que o amava e que sentia saudades. Ele também |Viu, mãe?| Desligou-se.

Dasdô foi calçar as chinelas. Em seguida, obrigou Manu a escovar os dentes, lavar as mãos e pôr os sapatinhos azuis. Manu, renitente no habitual, concordou pronto. Dasdô se riu muito de tão viva aquiescência, mas de nada mais desconfiou. Saem.

O elevador dura horas até chegar. Vem vazio, para alívio de Manu. Há quantos dias não desce à rua? Já não se contam. É perto o mercado, na esquina da rua em que moram. Dasdô lenta vai, passeante, para desespero de Manu. O mercado é país esquisito e feio. Tanta gente, tanto barulho, tanta coisa empilhada. Manu segue os passos, atento, da babá. Não entende por que ela para diante de uma enorme prateleira funda, vazia e branca, gélida. |Vai dizer que não tem leite, é boa!|. Manu surpreso. Como não tem? Como pode não ter? Não é aqui a morada do leite? Dasdô se afasta e vai falar com um homem ali próximo de roupa branca. Retorna e |Sorte nossa que o leite tá chegando aqui agora, o caminhão tá descarregando lá fora, vamos ver, Manu?|. Dasdô, generosa, compra um pirulito e dá a Manu que, então, se lembra amar aquela menina, irmã que não tem.

Lambendo o doce, Manu fica, colado em Dasdô, do lado de fora do mercado, esperando ver não sabe o quê. |Tá vendo, Manu, aquele caminhãozão branco? É o do leite|. Manu olha e vê: as portas traseiras se abrirem, duas, os homens de dentro saírem carregando as bacias grandes de vermelho plástico cheias de saquinhos com o leite dentro. Então é assim? O leite vem da caneca, vem da leiteira, vem da geladeira, vem do mercado, vem do caminhão. Quanto anda o leite até chegar à sua boca de manhã. Manu está encantado e por um minuto esquece o pirulito para ter olhos exclusivos ao transportar incessante das bacias. Até que: fim. Vão-se os homens, fecha-se o caminhão, e vai-se embora, imenso e ruidoso. |Vamos lá, Manu, pegar o leite?|. Voltam à prateleira fria, já agora repleta dos saquinhos lácteos. Dasdô apanha dois deles, leva até a caixa, paga, põe num saco plástico, e |Deixa eu?||Deixar o quê, Manu?||Leite, carregar levar, deixa eu?|. Dasdô deixa, preguiçosa, mas adverte

|Se o leite cair no chão pode rasgar o saco e depois puuff já não tem mais leite|. Ciente da responsabilidade, Manu abraça a bolsa com os dois litros e sente eles frios junto ao peito.

De novo em casa, deixa a bolsa na cozinha e volta ao quarto, para contar a Arnuvô e Ardecô o cumprimento de tantas etapas. No entanto, mal começa o relato, à lembrança lhe vem uma imagem, instigante, instigadora: o caminhãozão vazio, sem mais leite que descarregue. Então, a coisa não parava ali? O que pode haver mais cheio de leite e maior que um caminhão? Não era o caminhão o berço de todo quanto leite? Resolveu, fato inédito, ir a Dasdô perguntar, no definitivo. Foi. Chegou. |Que é? Que que tá me olhando com essa cara, hum?||Dasdô...| receava, uma vez mais, embrulhar as palavras. Escolheu bem, e com angustiante esforço |O leite, de onde vem, é?|. Dasdô, entretida pela televisão, só lhe soube responder |Da vaca, ora|. |Vacaora?||Não, Manu, vaca. Só vaca|. Vaca, vaca, vaca. O que era uma vaca, só vaca? Não ousou, porém, mais perguntar, que Dasdô fácil se irritava e enxotaria ele dali aos brados, coisa que deixava Manu aprofundado em tristeza.

Manu remói, rumina quanto pode \vaca\ nada não lhe diz. Se lembra de quantas coisas contava Dasdô que o pai e a mãe diziam, depois, inexistirem: saci, perna cabeluda, fantasma, anjo, fada, rato que fala, gente que voa, caipora, homem do saco. Vai ver vaca também: não era, nada. Como se certificar? Esperar que o pai e a mãe regressassem de seu abandoná-lo um dia inteiro. Torna ao quarto. Se deita no chão, sobre os mil livros esparramados, abertos, coloridos, e dorme seu soninho da tarde, que amava, por ajudar no fazer correr mais depressa o dia, mar tão largo. E sonha.

Que era uma gotinha branca de leite branco. Que estava numa caneca fria de louça fria, que jogavam ela numa leiteira brilhante, que levavam ela para a glaciez da geladeira, que metiam ela num saco transparente de plástico translúcido, que punham em rubra bacia vermelha, que jogavam num caminhão escuro, eterno, sem luz, noturno, e que, lá dentro, a Vaca. Mas que coisa era a Vaca de seu sonho? Nada, um nada cheio de voz, uma presença cheia, uma vaca só.

Acorda com o beijo bom do pai em seus lábios. |Oi, filho, vem ver o que o pai te trouxe|. Se abraçam antes, porém, com amor fundo, abissal saudade. É no colo do pai, posição alta, sobrevoante, que ele na sala chega, onde a mãe, com não menos amor, acolhe Manu em seios. O pai vai à estante e pega um objeto envolto em papel de presente azul clarinho. |Adivinha o que é?|. A forma, inconfundível |Disco, pai, mãe, disco?||Ah, Manu, você acertou!|. O pai se decepciona, simulando que esperava mais longa a adivinhação. |É um disco com historinhas, fofo| ensina a mãe |Você vai ouvir e vai adorar todas: põe pra tocar, pai|. O pai já pôs. Começa uma música alegre e a voz de um homem, grave voz, inicia a narração de uma festa dada pelos ratinhos do campo. |O que você não entender, Manu, você lembra de perguntar pra gente?| se oferece o pai. |Vamos ver se você consegue decorar uma história inteira, querido? Faz assim| é a mãe |Você ouve uma vez, ouve duas, ouve três vezes, vai repetindo junto com o homem do disco até saber tudo de cor, como ele sabe. A Dasdô te ajuda. Então, de noite, você conta pra gente, que é que você acha?| Manu gostou da proposta |Bom|. |Agora vamos jantar?| Dasdô intima, pois tem escola noturna, não gosta de se atrasar.

Manu adora o anoitecer, o jantar com os pais, que ele ama, um amor que não se sabe, como cabe aos amores, aliás. Perguntará da vaca? Ou não? Gasta toda a refeição nessa indecisão, vaca não, vaca sim, vaca não, vaca. Até que, no sorvete |Mãe conhece? pai me diz? é o quê? existe? vaca? tem?|. A mãe, sem muito bem compreender a que vem a questão, leva uns segundos até |Sim, amor, existe|. |Manu, filho, você nunca viu uma vaca de verdade?| é o pai. |Nununca vaca, pai, não, eu|. Os pais trocam olhares. O da mãe é tristonho e longínquo, e Manu percebe: haverá melancolia no conhecimento de vaca? Mas o do pai, rápido, ganha brilho novo |Amanhã, então, você vai ver uma vaca; uma vacona, enorme!||Aonde?| é a mãe. |Na casa da ti'Antônia, ora! Desde o mês passado ela mora num sítio e me disse justo essa semana que comprou a primeira vaca!|

Manu ardeu de curiosidade. Ia pedir detalhes, pormenores, descrições, antecipações da visão anunciada? Mas se conteve. Não. Achou que a surpresa só seria a mais boa se completa, íntegra. Calou. O resto da noite Manu gastou no quarto, ouvindo seu disquinho novo, que era transparente e verde, na vitrolinha que tinha aprendido a usar, e fazendo inveja aos peixinhos, que não iam amanhã ver, à vaca. |Arnuvô pode, mãe, pai, Ardecô, ir na vaca comigo também, a gente, amanhã?||Não, Manu, é longe, eles vão ficar muito cansados, tá?|. Manu teve dó dos peixinhos e para consolá-los contou, atravancada, a festa dos ratinhos do campo, mesmo que todos os três ali no quarto ignorem o campo. Tão pesadamente dormiu aquela noite que nem lhe pareceu ter sonhado.

Foi a mãe que veio chamar cedinho de manhã. |Manu-u, u-u, vamos, meu amor, tá na hora!|. Duas vezes não foi preciso repetir, que Manu pulou da cama a se oferecer aos braços amplos da mãe, que agarrou ele de beijos e levou ao banheiro. Manu se deixa conduzir, que me lavem, que me vistam, que me deem de comer, que me levem ao elevador, que entrem todos no carro, ele atrás com Dasdô, faceira sempre que sai de automóvel a passear com a família que não tem. Pôs sua mais lindinha roupa, saia de flores estampadas. Manu vai colado à porta, a cabeça à janela. Como gosta de ver o vento tentar fechar seus olhos! A cidade, quando se move assim, é linda demais. Tanta gente, tanta casa, tanto prédio, tanto carro. Mas tem um momento em que a cidade se esvai, e começa um mundo verde, plano e monótono. Manu se desagrada. |Eu não gosto disso aqui, feio, não|. |Não gosta do campo, Manu?| confirma o pai. |Mas é no campo que mora a vaca| explicita Dasdô, didática. O campo então é isso, e que é dos ratinhos e sua festa? Procura Manu e não vê.

O mundo para, aos pouquinhos. É a casa de ti'Antônia, irmã do pai. Descem do carro, Manu à porta corre e com o punhozinho fechado bate três vezes toctoctoc, assim tinha visto o pai um dia fazer. Todos sorriem da presteza inesperada. Ti'Antônia não custa a se alegrar de ver todos ali. Com ela vêm também tio Carlos e o filho deles, Paulo, uns três anos mais que Manu. A tia põe Manu nos braços, enche de beijos, ganha alguns dele também. |Tia, oi, o pai, você tem, disseram, é mesmo quero posso ver a vaca, você tem?|. À tia lhe falta convívio: não decifra de imediato a interrogação. O irmão traduz, e ela |Manu, tu nem imagina como ela é linda! Vou levar você já já até a vaca, vem com a tia|. E puxa ele pelo bracinho franzino. Manu já sentia o coração mais bater, um frio novo e raro nas mãos, um desejo balbuciante de chorar, um arrepio, um medo, quer voltar, renuncia, mas já o levam. Tio Carlos, então |Fecha os olhos, Manu, e só abre quando o tio disser|. Manu, trêmulo de ânsia, obedece. O tio toma ele nos braços, Manu se apoia no pescoço de quem o transporta à gloriosa felicidade de |Abre os olhos, Manu, já|.

A vaca. A vaca é. A vaca é imensa. A vaca é imensa e gorda. A vaca é imensa, gorda e preta e branca e tem chifres enormes. Manu é devolvido ao solo, domado, preso pelos olhos, vítima de paixão violentíssima, relâmpago que lhe vara o coração inculto e a alma sem dívidas. A vaca é toda uma existência. É linda, é luzidia, é paciente, é tranquila. O primo Paulo avança rumo à vaca. Alisa, carinhoso, o monumento vivo. |Quer passar a mão nela, Manu?| ele sugere.

Manu se aproxima com passinhos mínimos. Não é medo, não. É alguma coisa de a mais, de maior, um respeito, uma compaixão, não sei, uma. Lentamente avança a palma da mão branquinha e repousa no pelo do animal. Está engasgado Manu de emoção. Sente um calor de vida que pulsa, uma vida para além de sua mão, mas que o invade todo por dentro através dela, e nele viverá para sempre. A vaca.

Ti'Antônia trouxe uma leiteira de alumínio. Se agacha e se põe a ordenhar a vaca pacata. Manu vê aquela operação. Se ajoelha ao lado da tia. Vê o leite, mítico, espirrar dos acariciados úberes. Chora o menino, e o sal de suas lágrimas de amor vem goticular sobre o leite recolhido e a ele se mesclam. |O que foi| a mãe inquieta |O que foi, Manu?|. E ele respondeu claro, sintagmático |Mãe, a vaca existe, é muito linda e eu amo ela|. A mãe, o pai, Dasdô, ti'Antônia, Paulo, tio Carlos, todos perplexos, geral surpresa. Manu não gaguejou. Pela primeira vez amarrava o seu novelo e deixava sair na fala a língua já ordenada, distribuída, em eixos. E não foi só o que disse |Tem nome, tia, a sua vaca?|. Tinha sim, mas |Ainda não, querido, tu me ajuda a escolher um?||Vai se chamar Dedéa, a vaca Dedéa, pode assim, tia?||Claro, meu anjo|. |Anjo não existe, tia| delicado. E se põe a ordenhar, alegre e inepto, a vaca recém-batizada. A mãe, abraçada ao pai, chorava sem ruído. Dasdô estampava um sorriso sem limites, fazendo brilhar a galáctica constelação de seus dentinhos brancos. O pai só via, sorvia.

Manu vê o leite esguichar da vaca. Pensa: a vaca é maior que o caminhão, o caminhão é maior que o mercado, o mercado é maior que a geladeira, a geladeira é maior que a leiteira, a leiteira é maior que a caneca. Alguma coisa pode ter maior que a vaca? Olhou de novo o animal que, em sua paz vacum, mal parecia notar a presença de quem estava ordenhando. Era grande, linda, tranquila e paciente. Pensava: o leite, da vaca, e a vaca, de quê?

Não se atormentou com tal pensar, que lhe veio a resposta rápida: de alguma coisa ainda maior, mais linda, mais tranquila e mais paciente. Grande tanto de nem se fazer vista. Era.

Foi isso. E depois daquele dia, Manu proibiu que tratassem ele assim. Queria seu nome completo chamado: Manuel.

O BOM PRESENTE

Que se ia, férias, pela vez primeira, a uma praia, que boa prometiam e bela. Manuel incompreendia, se praias, as tantas, perto de casa tinha, poucos minutos de carro viajados, para que a locomoção? Mas nada dizia, e nem, porque o prazer que tinha, o maior, era de carro viajar. Aprendeu também que não se ia ao novo litoral direto, parassem antes numa cidade, zinha, onde habitavam parentes, lhe dizem, do pai. Que Manuel não conhecia, mas agora ia. Eram seus tios-avós, hibridismo até então para Manuel recheado de incógnitos significados, tiavô, fosse o quê? Se lembrou de ti'Antônia, do pai a irmã querida, proprietária sobrefeliz de Dedéa, a vaca, e mãe de Paulo. Mas tia, só, não mais. Como haveria de ser um tiavô, tiavó, nem suspeitasse. E aí não parava a sua nova familiar aprendizagem, que um bisavô ele também tinha. Manuel, mais do que espantado, não captava alguém ter coisa sem saber desse ter. Um bisavô, eu tenho? Indagava, ou preferia surpresa? Mas, haja curiosidade, logo consulta o pai |Bisavô, se eu tenho, é quem?|. O pai, parecia, aguardava. Trouxe ao colo Manuel, afinal leve e franzizino. Um papel tomou dos que sobre uma mesa havia e do bolso a caneta extraiu, prateada. |Vê bem, Manuel, esse aqui é você, vê. Esse aqui agora sou eu, seu pai. Aqui em cima, o pai do pai, que se chama vovô. E esse agora, aqui, é o pai do vovô, que a gente diz bisavô|.

Os olhinhos penetrantes, os de Manuel, investigavam ansiosos a árvore-só-caule de que pendiam homenzinhos-frutos, desenhada pela mão do pai, designados. |Esse sou eu, é?| seu dedo tímido pousado sobre o fino rabiscado bonequinho. |Você|. |Não sou assim, mesmo não, sou?|. Sorriso do pai |Claro que não, Manuel, mas é que o pai não sabe desenhar direito, a verdade é que| e para os lados olha à busca de testemunhas, não há, mas o tom baixa da voz, sussurrante, e no ouvido de Manuel revela |Você é tão lindo que ninguém vai nunca conseguir desenhar você direitinho, como é|. Manuel acredita, se foi o pai. Quem ao chão de volta o deposita. Manuel lhe estende a mãozinha branca, quer o papel, tem ainda genealógicas curiosidades a investigar. O pai lhe passa os rascunhos da linhagem, masculina estirpe. Manuel se refugia no quarto, no dele.

É onde se deita, na caminha, munido de coloridos lápis de cor, só seus. Antes, lança um olhar ao vago deixado pelo aquário de seus ambos amados peixes, levados pelo vizinho que prometeu cuidar deles até voltem das férias. Com os lápis, pensa dar mais vida àquelas intenções de homens, ele-pai-avô-bisavô. De amarelo se pinta, favorita cor, a sua. Ao pai verdejantes tons empresta. Mas, no avô, a dúvida, irrupta no de repente. Sabia de si, do pai, do bisavô ainda não, mas ia, logo. E do avô, quais notícias? A ver. Retorna ao pai, ocupado, como a mãe, no preparar bagagens, que as malas dele, Manuel, Dasdô já fez e as dela também, babá, pois vai. É o quarto deles, a cama larga. |Pai, e do avô, vovô, quem é, vamos também lá, conhecer ele, também?|. A mãe emerge do arranjar a mala e lança olhos ao pai. Que vai, não sabe como, explicar. Mas |Manuel, meu filho, o seu avô, meu pai, morreu quando você nem tinha nascido ainda|. Manuel, quase perplexo, não entendeu, duvidou até. Como, antes dele nascer? Se nada havia então, nos antes, se o mundo e as coisas dele, todas, principiaram quando ele, Manuel, também. A ideia, longa nos seus infinitos, malha espessa, não tinha mãos que agarrassem sua alma, a dele, pequeninha ainda, em ovo, a de alguém, antes, já ter vivido e morrido, sem mais, sem esperar por ele. Se acreditava o inaugurador dos tempos e agora se via desenganado. Guardou, assim mesmo, as palavras do pai \quando você nem tinha nascido ainda\ para futuras averiguações, que haveria. Ainda |O nome é qual, o dele?|. Desta vez, a mãe |O nome dele era Deodato, coração, vovô Deodato, viu?|. Manuel se retira, retorna ao quarto seu, onde, sabe, lhe vêm mais claras à cabeça as ideias. |Deodato. Deodato, deu o dado, deu o dedo, deu o teto, teu o tato| vai compondo a parlenda enquanto, com grosso lápis, dos de cera, preto, traça o implacável x sobre o avô desenhadinho, anulando a indelével impossibilidade de um dia conhecer.

Agora é o carro. Vamos todos, pai e mãe, na frente, Manuel e Dasdô, a infalível, ninfa, em seu constante sorriso de felicidade, ingênua, se tão pouco ela também conhece do mundo e seus haveres. A cidade vencida, medonhosa de barulhenta, principia o campo. |Vamos na ti'Antônia?| deduz, alegre do contentamento de poder adivinhar, já possuído de notórios saberes. |Não, Manuel, não vamos|. |Como não? O campo não é o campo, onde mora ti'Antônia?|. Dasdô, certeira |É noutro campo, Manuel, não é nesse aqui, não vê que é diferente?|. O campo então, mais de um. Tentam os olhos perceber o que se passa pela janelinha, que venta tanto. As coisas visíveis, impalpáveis. Manuel vê, no longe, um morrinho e, sobre ele, a profusão de pascentes bovinos. A singularidade da experiência havida se dissolve tendo em vista as muitas vacas. Tantas, quantas, vagarosas, volumosas, vinte vacas, só vislumbráveis, boiando na paisagem. |Mãe, ouve só, eu fiz um versinho: a vaca voca vicou no vacu do vuco-vuco!|. Riem, prazer geral. Manuel, felicidade ávida.

Mas tem mais o que ver que vacas só. Há, a partir de agora, um caminho por onde o carro segue, ladeado de verde mar, vegetal, agitado pelo vento verde. Que não termina. |É o que tanta planta, pai?||Isso, meu filho, é a cana|. Tão cerrada a acana, opaca multidão de pendões desbandeirados. |A acana é o quê, o que a gente faz com ela?|. Manuel gosta do nome acana, se algum dia jamais tiver uma vaca, já lhe sabe, a vaca Acana. |Da cana, Manuel| o pai |A gente faz um monte de coisa|. |Um monte de coisa que não presta| complementa a mãe, só para o pai ouvir, que sorri, lhe pisca. Dasdô, ela sabe |Da cana, Manuel, sai o açúcar, o álcool, o mel de engenho, a cachaça|. Manuel, encantado, vai absorver, permeável, aquele derramante caldo de novas palavras, açuca, alco, meldingém, cachaça. Algumas sabe, que já conhece. Açuca, que come. Alco, que Dasdô, implacável, usa no ataque às periódicas formigas, eternas, que lhe invadem a cozinha, na busca do mesmo açúcar. Meldingém, a mãe gosta, e ele, porque da mãe gosta, também de na banana derramar, melado, e comer, um lambuzar-se de delícia boa. Mas a cachaça, ignora. Repete, só para si, a que acabou de compor, nova canção, sem som, silente |Acana e a banana caiu no canto da cama da Ana|.

O mundo corre mais devagar. É o carro, que estaciona. |E por quê?|. Dasdô já desceu, arisca borboleta. A mãe também. É o pai que se encarrega de recolher Manuel. |Vamos parar para comer umas frutas e pra o pai descansar um minutinho|. Se é, seja. Manuel desce. Da barraquinha se aproxima. Vê algo que não distingue. Mistérios mecânicos, uma máquina de ferro pintado de azul, muitas rodas, cheias de dentes. O pai percebe a surpresa. |Vem ver uma coisa, Manuel|. Manuel observa. Pega o pai uma cana, das tantas por ali perto empilhadas. Dá ela ao homem de cara triste, que toma a haste e transporta à máquina. Liga o aparato, e a emoção que vem a Manuel de ver tanta coisa se mexendo, range que range, rói que rói, geme que mói, barulhos brutos e breves, graves, roncos. Por algum lugar, inalcançável aos pequenos olhos de Manuel, o homem introduz na máquina a cana. Pelo quadrado buraco que Manuel, quisesse, podia tocar, sai, cai o líquido, licor lama verde, ralo, verde, espumante. Desliza até despejar-se no jarro de plástico alaranjado, um tanto desbotado, mas decente.

O homem pega o jarro, deixa numa mesinha, vai arranjar, e arranja, os copos de grosso vidro, translúcidos, em que deita cubinhos de gelo obtidos de onde Manuel não sabe. Neles deixa cair o líquido verde. Todos se apoderam, secos, de um copo seu. O pai lhe dá, a Manuel, o que lhe compete. É um tanto cheio. Manuel sente o peso do copo, da beberagem, seu lábio se atreve, pousa, lepidóptero, sobre a borda do copo. Um gosto lhe chega ao saber, gosto exageradamente doce, mas de um bom inesgotável. Verte tudo aquilo, toma, se delicia, pede mais. |Não pode, meu bem, senão dá dor de barriga em você|. Manuel aprende que o bom, se em demasia, mau se faz. |Mãe, eu gostei, sempre vou querer mais, disso aqui, da cachaça!|. O riso, tão de todos, até do homem tristonho, deixa Manuel mais que surpreso, bobo. Dasdô, sem sutileza |Tá doido é, menino? Isso aqui não é cachaça não, Deus o livre, isso aqui se chama mesmo mais é garapa|. |Garapa| repete Manuel, que o copo devolve e vai investigar a já desligada, inofensiva máquina azul.

Enquanto seus dedinhos modestos percorrem as agora inúteis engrenagens, Manuel vai pensando, açuca, alco, meldingém, cachaça, garapa. Interrompe dos dedos o passeio maquinal, quer usá-los, digital memória, para listar as coisas, cinco, que da cana, agora sabe, todas vêm: um, dois, três, cachaça, cinco. Quando, afinal, ia descobrir a cachaça? Retornou ao perto do pai, compenetrado devorador de melancia acocorado e lhe mostrou sua mão espalmadinha. Recitou, tocando cada dedo com o da outra mão, indicador |Pai, açuca, alco, meldingém, cachaça, garapa, é tudo da cana, é?|. O pai, a boca atarefada na triagem da carne cor-de-rosa repleta de mil caroços, a cabeça move, num sim acompanhado de confirmador hum-hum. A mãe, que sabe das predileções frutíferas do filho, lhe passa uma goiaba grande das de carne branca. Manuel aceita.

Mas, duas dentadas depois |Mãe, o que é a cachaça, o quê?|. A mãe se perde no procurar dizeres, mas o homem da barraquinha, o mago conhecedor de fazer brotar a garapa, é quem diz |Cachaça, menino, é isso aqui, ó, cheira só pra tu ver| e destampa uma garrafinha transparente, cheia de também tão transparente água. |Isso eu sei, que é alco| dá de ombros Manuel, muito sábio. |Não, menino, alco é uma coisa, a gente não pode beber, morre. Cachaça é de beber, mas só quando a gente é grande|. Manuel aceita a demonstração, aproxima o nariz do gargalo, inala, inspira, e um mundo de horrorosas sensações invade seu pulmão até então nunca assim desvirginado. Recua a cabecinha, pispisca os olhos, afasta de si aquele graal estreito de agrura. |É ruim, mãe, pai, é ruim, Dasdô!|. Todos sorriem. |Tá vendo, Manuel, isso é que é cachaça!| a menina lhe diz, babá. |É um nome feio, é uma coisa feia, mãe!|. A mãe concorda. |Se você não gosta, pode chamar| explica o homem |De pinga, caninha, parati|. O pai entra no jogo, que aqueles nomes já leu num livro |Ou uca, maçangana, caxiri, malunga||Lá na minha terra| é Dasdô |A gente diz água-que-gato-não-bebe, quebra-goela, meu-consolo|. Aflito, Manuel se agarra à mãe, doído de não poder guardar na mente aquele fervilhão de nomes. No chão a goiaba deixou desabar. A mãe recolhe, lava numa bacia cheia d'água, devolve ao filho afligido.

|Agora chega de conversa que a gente tem muito que andar| é o pai, doce mas imperioso. Todos se vão. Manuel diz adeus ao ho-

mem. Dasdô não entrou no carro. O que estará ainda fazendo? Manuel vê, desde dentro, ela que troca com o homem da barraquinha as derradeiras palavras. Homem que à menina dá um pedaço de alguma coisa, que a Manuel parece pedra pura. Dasdô volta, entra. O carro sai, de novo o móvel mundo. |Dasdô, é o que que tu tá comendo?||Nham-nham, Manuel, tá tão bom, quer um pedacinho?|. Manuel quer, mesmo sem saber. Dasdô lhe passa uma lasca de pedra, da tal. Prova Manuel e gosta: é bom. |Isso se chama rapadura, visse, menino bobo!|. Os pais aprovam a didática de Dasdô, direta e dura, mas engraçada e eficiente. |Rapadura, rapadura, é, gostei|. Tão doce, a rapadura. O pai, no completar informação |Manuel, sabia que a rapadura é feita de cana também?|. Manuel se espanta. Relê na memória, nos dedos, a sua lista e descobre que não cabe na mão tudo, a rapadura exilada, carente de penetrar em outra mão, contagem nova. |Pai, não tenho dedo para a cana e tudo dela!|. O pai, mais cioso, agora, das curvas e caminhões, nada responde ali. Manuel rumina seus novos conhecimentos, frescos: tirante o alco e a cachaça, tão parecidos, irmãos no fogo, tudo o mais da cana é doce e bom. A cana, bambu mágico, divina cana. |A cana caiu e a banana na cama da mana Ana|. É que ainda não sabe, mas saberá, que para tanta cana houve que muito século derramar, amargo, sangue fértil, para a terra fazer nascer tanto mastro sem vela, o mar de tantas navegáveis dores, campônias, vidas naufragadas.

Manuel, cansado, dorme. Se sonha, não sabe. Mas sabe que, quando acorda, o campo, dissoluto, já não se vê. É a cidade. Mas outra, não a dele de morar, morarem. Que não tem, pois, edifício, mas só as pequenas variadas casinhas, brinquedos semelhando. Tanta casinha. |É aqui que mora o bisavô, Manuel| lhe explicam. Manuel só vendo.

O carro ainda anda, minutos ainda, depois da praça com árvores grandes, a igreja, carroças por jegues puxadas. Param. É uma das casinhas, a de verdes cores, com telhado pontiagudo, janelas brancas, largas, e a porta no meio, branca também. Descem. Manuel, temeroso de quem não conhece, neófobo, aperta mão que lhe oferecem: Dasdô. |Mãe, não quero|. |Como não quer, Manuel? Aqui todo mundo gosta de você|. Manuel, crê na mãe, não sabia disso: da gente poder gostar do que nem conhece. Abre a porta uma velhinha, mas não tanto. O pai, que a abraça e beija, parece tão feliz de a rever. |Tia Chiquinha, quanto tempo!|. Então, também o pai tem tia, aprende. A tia abraça o pai, afaga, beija a mãe, com menos fervor, e agora se dirige a Manuel. |Tu é que é o Manuel tão falado, é?| Manuel só cala. |Eu pensei que tu, já tão grandinho, soubesse falar, mas parece que não, o gato comeu tua língua foi?|. Manuel irrompe, defensivo |Gato não come língua de gente, é mentira, come é mais rato, que sim|. A tia sorri e no colo o toma. Manuel se sente meio perdido, que a tia é forte, é gorda, e o pezinho dele parece boiar num colchão de água. A tia lhe pede um beijo, que ele dá. Já se gostam?

Entram afinal. Manuel repara na casa, de móveis tão cheia, pretos, escuros, nada parecidos aos do apartamento seu, coloridos e leves. Mas não desgosta. Algo já lhe diz que toda casa é uma memória de cimento e pau, história concreta. Uma cadeira vê, estranha. Nela corre a se sentar. Se move, se mexe, se balança. |Uma cadeira mexedora, Dasdô, ó, que bom!||Não é mexedora, Manuel, é cadeira-de-balanço| corrige a babá, que não sabe espanhol. A mãe prevê o que lhe hão de perguntar e já |Manuel, tia Chiquinha é tia do teu pai, é tua tia-avó, porque ela é irmã do vovô Deodato, que já morreu|. Manuel tenta compreender, mas são muitos conceitos para pouca vida. Observa com atenções dobradas a tia e |Tia e tiavó não têm diferença, tanta, que é só o cabelo mais branco, o de ti'Antônia é preto|. Concorda o pai. Tia Chiquinha tem marido, tio Candinho, que é, como ela, gordinho, e calvo. Vem dos dentros da casa e é apresentado ao sobrinho-neto, que parece gostar de seu sorriso de criança, o tiavô com sorriso de criança nos olhinhos esfumaçados. Todos se sentam, na sala, a tomar um café que já pôde preparar Dasdô.

|Gostou da viagem, Manuel?||Gostei, tiavó, mas foi da cana|. |E só o que se vê por esses caminhos| mas sem alegria naquele proferir tia Chiquinha. |Já sei as coisas todas, as que da cana pra gente vêm|. |E quais são, Manuel?| quer saber a tiavó. Ele abre os dedinhos da primeira mão e declama, batizando-os |Açuca, alco, meldingém, cachaça, que é muito ruim, e garapa|. |É isso mesmo, muito bem, Manuel| felicita tio Candinho. |Você não tá esquecendo alguma coisa, meu filho?| inquire o pai. Manuel contempla muito atento os dedinhos até que |Ah, tô sim, tem a rapadura aqui| e empina o dedinho solitário, símbolo erecto da rapadura indigitada.

|Como está vô Eudoro?| é a voz do pai, que explica a Manuel |É o teu bisavô, filho, ele chama Eudoro|. Manuel até ali então não sabia, agora, sim. Tia Chiquinha encolhe os ombros, baixa os olhos. |A mesma coisa, tadinho, anda tossindo demais. Mês passado teve uma gripe, e a gente quase pensou que era então. Nem o médico sabe mais dizer até quando|. A mãe |Ele já tem quantos anos mesmo, tia Chiquinha?||Noventa e um|. Manuel não imagina o que seja lá noventa mais um, quantidade incapturável para sua infante contabilidade. Sem pensar, no abrupto, pergunta |Tia Chiquinha, você tem filho?|. Tia Chiquinha, realegrada, diz sim. |E chama como?||Só tenho filhas, Manuel, três, Rosa, Amália e Luísa. Gosta dos nomes?||Gosto, ainda mais de Rosa, que é flor, eu sei, lá em casa tem, não é, mãe?||É|. |E cadê elas?||Moram longe, todas, estudam, trabalham| diz o tom de saudade que exala tio Candinho.

Da sala o pai de Manuel se retira. Volta depois de alguns segundos. Chama |Manuel| um gesto que só o menino percebe, um dedo de vem-cá. Manuel vai, abandonando a mexedora que tio Candinho reocupa. |É o quê, pai?| Pssss, silêncio lhe pede o dedo na boca do pai. Caminham pela casa, que Manuel descobre maior do que pensava. É um corredor, ora claro, ora escuro, se portas fechadas há umas, outras não, outras entre sim e não. |Aqui é o quarto de vô Eudoro, Manuel. Vamos entrar?| propõe o pai. Manuel não sabe o que queira, nem se. O pai, indiferente, abre a porta que range.

Um cheiro desconhecido percorre os sentidos todos de Manuel, coisa antiga, odor de tempo. Uma janela tem aberta, que dá no quintal, de onde vem uma luz alaranjada e quente. Numa cama deitado está o bisavô. Manuel nunca tinha visto ninguém tão velho assim, tão assim. São raríssimos poucos ralos cabelos, e branquinhos. Um nariz sem ponta, a erosão dos anos, cheio de colinas. As mãos, longas e cheias de pintinhas, parecem duas asas de passarinho ali assim, morto, sobre o peito dele abandonado. Manuel vê os pés que escapam da calça do pijama, dois enrugadinhos maracujás, mas brancos. A boca não se percebe, se é tudo da mesma cor, os lábios da pele quebradinha. Os olhos, dois pontinhos negros, que agora já estão vendo quem lhes invade assim a mansidão recolhida, a expectativa de um anúncio. |Tu veio já, quem é?|.

O pai se aproxima do avô. Pega as mãos dele, lhe acaricia os cabelos, melhor, a cabeça nua. Palavras diz que Manuel não quer ouvir, ansioso por se libertar daquela obrigação incômoda de visita. O pai chama logo, mas ele, Manuel, não quer. O pai vai pegá-lo e quase arrasta até a cama. |Vô Eudoro, esse aqui é meu filho, Manuel|. O bisavô vê Manuel, mas seus olhos parecem enxergar para muito mais além do menino, qualquer outra paragem, mais perdida, erma plaga, subsconsa. Deixa parado o olhar um minuto naquele perquirir sem som. Depois, é uma voz sem eco, oca, rouca, cheia de areia, mas doce feito a garapa hoje mesmo aprendida. |Manuel, Manuel, mau não é, mão no anel do céu,

Manuel, mama, né?| Manuel, o espanto. Vô Eudoro faz versinhos também, feito ele mesmo, aliterações do nada. É que Manuel não sabe ainda, mas saberá, que todo homem, junto à porta, desaprende de dizer a corriqueira fala e devém poeta, como se para se tornar o absoluto ausente fosse preciso também ausentar-se aos poucos da língua.

|Você é que é bisavô?||Bisavô, eu, bisabisa, Manuel, bisabisa, bisael, quem é que pisa?| Manuel sorri, e o pai, afastando-se, prefere se sentar numa cadeirinha ali deixada, num canto, para melhor capturar o que se há de escutar, mútuo diálogo compreensível só a dois. |Eu sei o seu nome, é Eudoro, gosto do seu nome, bisavô|. |Eudoro, eu adoro, a dó do ouro, Manuel| tosse |Que cansado e já prontinho de ver a cara de Deus|. |Bisavô, tem quantos anos você?||Manuel, nel, nel, já sei que é a hora|. Tosse. |Vô Eudoro, me conta uma história|. Manuel já se sentou na beiradinha da cama, íntimo, para melhor entender a voz diminuta do bisavô. |Manuel, tu já chegou, é um anjo, é?||Anjo não existe, vô!||Quem disse? Não! Existe sim!||Eu nunca vi, vô, só sei que existe vaca, cana, goiaba, cachaça, que é muito ruim, e peixinho que eu já vi, tenho até, dois|. |Mas e anjo, Manu-nuel?||Anjo, não, bisavô-vô-vô|. |Então vou te contar a história, uma que aconteceu, Manuel-el-el, era a moça uma vez que dormia| tosse |Mas não foi sonho não que apareceu para ela um anjo de roupa azul, azul-banana e de asas muito grandes, tortas, era um anjo meio torto, tu, ó menina, ele disse| tosse |Tu, ele disse, ó menina, quando tiver dor de cabeça acende uma fogueira com casca de abóbora, joga mel lá dentro dela e começa a rezar baixinho, aí passa| tosse.

Manuel vê graça na história e sorri na direção do pai, que em silêncio tudo escutava. |Eu nunca tive dor de cabeça, bisavô-bis-bis|. |A cabeça é uma abóbora, é uma abóbora sem caroço, quem és tu, um anjo?| Manuel acabou no sim. Tosse. |Então um anjo mas sem asa, tu, Gabriel, Micael, Rafael||Não, vô, Manuel|. |Manuel nunca foi anjo, quero ver, eu tô pronto, já é mesmo a hora, quero ver a cara dele| tosse tosse tosse |E tu não é o anjo?| tosse |Quero o meu caderno e o meu lápis, cadê o meu lápis?| Vô Eudoro parece impaciente. O pai de Manuel sai à cata dos objetos demandados, que encontra sobre uma mesinha atulhada de quinquilharias. Um toco de lápis de ponta arrasada e carcomida e um caderninho amarfanhado, velho como quase um século. Tudo se dá ao bisavô.

|Manuel, quer um barco de papel?|. |Quero|. Uma folha da caderneta o avô arranca. |Toma, faz|. Acolhe Manuel o que o bisavô lhe dá e, inquiridores olhos, busca os do pai, que dá de ombros. |Eu não sei, vô Eudoro, não sei não, fazer barco de papel, não|. |Então, tão|. Outra folha para si o bisavô colhe. |Agora, ora, Mãe Noel, eu faço um barbarquinho pra tu, vê|. Com delicados gestos e lentos, que Manuel vai imitando, o doce bisavô está dobrando o papel, atento aos dedinhos a que os seus servem de modelo, espelho. |A nau, a nau de Manauel, anão|. O bisavô bisri. Manuel só sorri. O pai, poetificado. Vô Eudoro rapta das mãos de Manuel o frágil barquinho, que compara com o que ele próprio tem. |O meu é mais bonito, o meu barco|. Manuel concede |É que você é mais velho do que eu, vô Eudoro|. O bisavô, nova folha arrancada do caderninho |Faz um agora só, sozinho, barquinho, se pode, se anjo, enjoado, Manuelanjo, mano anjo, mano El|. Manuel, desafiado, faz, e fez, um novo outro barquinho, tal qual o primeiro, e mostra, feliz, ao bisavô, que já nem repara. É que, parece, a mão ancestral escreve.

|Vou escrever uma história para o anjo Manuel| tosse vô Eudoro tosse começa a rabiscar tosse incontáveis garranchos, enigmáticos caracteres tosse na caderneta aquela tosse. É um silêncio de repente prosseguido, um demoramento lento, quem suspendeu o desabar das horas? Só se ouve a compassada tosse, o arrastar-se

indeciso e vago do lápis sobre o papel. Um eco de longes passarinhos, no quintal, piopios. Vozes dos que na conversa, ainda, estão na sala. Tosse. |Toma|.

Manuel vai pegar a caderneta que lhe oferece, toda já preenchida. O avô, o bis, retrai o gesto de dar, contraída mão. |Não é tu, é ele, o anjo Manuel| e atira o toco de lápis, o tosco, na direção de seu neto, o próprio, o pai de Manuel que, agora, quem diria, vai virar o nosso herói, que alcança o lápis no voo, se aproxima da cama. |Toma, quero ver, já vou, é a hora, a cara dele, toma essa historinha, é pra você, me contou ela foi meu pai, agora toma, conta ela pro teu filho, vai, toma e sai, me deixa em paz, que já tô cansado muito, muito cansado, quero ver a cara dele, falar, sai|.

O pai atônito de Manuel pega a caderneta, protagonista. Abre e vê, os ordenados, mas intraduzíveis garranchos, garatujas. Indecifráveis ideogramas. Está cheia. Que misteriosa narrativa? Guarda, que é pequena, no bolso da camisa, e sabe que ainda é cedo. Um dia, que virá, e veio, se é só a certeza que se tem, há de bem compreender, bom, clara nuvem, água de se mirar, o que se lavrou ali agora, a mensagem, todo um tecido. Por enquanto, porém, é ir-se e consigo levar Manuel, pois que alguém maior, melhor, mais merecidamente azul quer entrar naquele quarto. Ou dele sair.

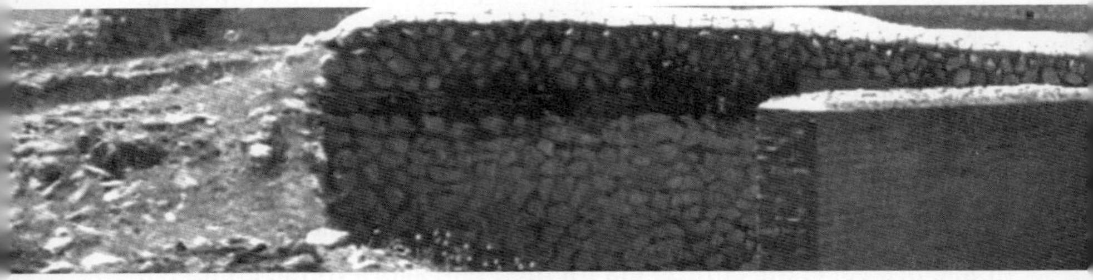

EGMONT

Manuel se acomoda na macia cadeira, alta e verde, que o pai lhe indicou, a de junto da janela. Janela, janelinha, tão pequenininha, quase não cabia nela o seu rosto breve. Olhou através e o que viu: outras quantas naves, pousadas, imóveis umas, outras perambulando, monstros metálicos, ativa manada. Aqui dentro era friozinho, bom, e as pessoas vão entrando, falantes, solicitantes, distribuindo-se pelo oblongo corpo, que se chama fuselagem, mas ele não sabe. O pai também já se sentou, ao lado dele.

|Pai, como é o nome, como se chamava aquele homem, você contou a história, da baleia, que ela engoliu ele, ele ficou na barriga dela?| O pai, distraído a folhear a revista de bordo |Jonas, Manuel. O nome dele é Jonas|. Manuel então gostou, Jonas, e se sentiu o mesmo herói bíblico, profeta relutante, agora que ali ele era também um dos que tinham voluntariamente se deixado engolir. |Pai, o avião, você acha o quê, parecido, você pensa que ele parece o quê?| Enquanto devolve a revista desinteressante ao bolsão à sua frente, o pai |Todo mundo diz que se parece com um pássaro, filho. Até no nome, avião, ave grande. Um pássaro grande, de ferro!||Eu

já não, sabe, pai, é mais um peixe, pra mim, um peixão grandão, sabe a baleia?||Mas peixe não tem asa, Manuel, nem pode voar| o pai se diverte em contra-argumentar. |E daí, pai, na escola, a professora diz, disse que baleia nem é peixe, mas mora no mar e nada. Se isso ela pode, então voa também, também pode voar, não é?| O pai, aceitando o raciocínio zoológico de Manuel |Pensando assim, até que pode||Tudo pode, pai, se a gente quer, tudo pode, é imaginar|. O pai sorri.

Satisfeito com seu achado, Manuel, agora Jonas, tenta ver tudo o que o cerca ali em redor, dentro do avião, perdão, da baleia. Repara que além da sua e da do pai, tem uma terceira poltrona, até agora vaga. Observa o comprido corredor, estreito, as moças atarefadas, maquiladas, cabelos presos e de roupa igual, no abre-fecha dos superiores compartimentos onde vão submergir malas, maletas e outros objetos menores. Cada vez que alguém se aproxima, Manuel deseja que não venha se sentar ali, justo ali, perto dele e do pai. Quer viajar assim, a sós, a dois, no amor recíproco das intimidades. Mas de nada vale seu querer, se o voo parece dos lotados, e um homem chega, sem dizer bom-dia, e se aboleta, muito à vontade. Manuel desgosta.

Tudo e todos, parece, se aquietaram. As moças vão passando, fila por fila, fiscais, e antes que cheguem perto o pai pressiona o botão prateado, que Manuel nem tinha visto no braço da cadeira, e ele sente suas costas se moverem para adiante. É bom. Em seguida, deixa que o pai lhe aperte o cinto. Só agora se apercebe de que a baleia se movimenta, aos suaves trancos. Ele se excita. Mas não sabe a que dê mais atenção, seja ao transcorrer do mundo lá fora, ou então à gesticulação mecânica de uma aeromoça que se dedica a uma ginástica curiosa. Manuel ouve a voz, advinda de um painel perfurado acima de sua cabeça, instruir sobre emergência, oxigênio, inflável e procedimentos. Aquele rápido teatro de ameaças, porém, não o apavora, nem mesmo quando se repete num inglês desafinado, pois ele vê e mede o tamanho daquela asa, pouco abaixo da sua janelinha, larga e panda, com letras e números e adivinha, por bem da simetria, que outra deve haver do lado oposto, em alinhamento perfeito, e duvida que qualquer coisa assim tão majestosamente alada possa jamais cair do céu.

Aos poucos, mas ritmadamente, vai o avião-baleia ganhando ímpeto em sua corrida, sua fuga sobre rodas, seu rugir surdo, sua disparada e, sem que Manuel detecte o momento preciso, vem o instantâneo deslocar-se, tudo se inclina, o horizonte se subverte, o chão desaparece, nuvens se perfuram, e a gente encapsulada por cima delas, subida irrefreável. E lá embaixo, muito embaixo, vê Manuel o verde mar multicor, imenso, a cidade de brinquedo, urbana fantasia, tudo fora de esquadro em sua tela-janela. Transbordante de emoção, Manuel tem o coração aos saltos, o olhar aferrado ao cinema inédito do universo móvel, a externa maravilha. Tanto que nem ouve a pergunta do pai. Que lhe repete |Manuel, meu filho, tudo bem aí?| É com grande má vontade que rompe o alumbramento |Tudo, pai, é lindo, tudo|. As paisagens se alternam, lentamente, some o mar, a cidade se dissolve sob o colchão branco das nuvens, que o avião penetra. Logo, na tranquilidade dos animais pesados e pacatos, a baleia recupera a horizontalidade propícia ao bem-estar dos seres humanos que engoliu. Outra voz, de homem agora, repercute no interior daquele ventre cetáceo. Manuel ouve que é o capitão, autonomeado. Das informações que ele dá, a que mais surpreende Manuel é a |velocidade de cruzeiro|. Que coisa bonita, pensa. Anota mentalmente a expressão, quem sabe para incluí-la em algum novo poema, conto ou história, dos muitos que escreve. Já os |pés de altitude| lhe soam pouco atraentes, porque são números, quase equivocados, desde quando se mede altura pelo pé?

Manuel descobre todo feliz que, pela primeira vez, contempla as nuvens vistas de cima, de cima delas, e torce muito o pescoço magro para observar e calcular o tamanho do céu de sólida limpidez azul que se estende para além de todo o possível. A ideia lhe vem então, flecha que acerta o alvo, fulmínea |Eu já sei, pai, o avião, já sei o que ele é!||E o que ele é, Manuel?||O avião, pai, é a máquina de imitar Deus!| O pai é todo uma surpresa. De onde virá aquele imprevisto experimento teológico? Em casa, a religião é uma ausência zelosamente vigilada, ele e a mãe de Manuel em alerta para impedir que se infiltre uma sombra sequer do que julgam nociva superstição. Mas sabem que é inacessível a impossibilidade de evitar os contatos do filho com as mil formas difusas e sorrateiras do mistificar coletivo. A escola, os livros que Manuel tantos lê, a televisão, a hera da credulice vã se insinua e se apega a toda fresta desprotegida, permeável. Por tanto é que não sabe o que dizer. Manuel, porém, navegando no deleite que lhe oferece aquela ideia, não esperava resposta.

De repente, o homem da poltrona à esquerda do pai desata o cinto e se levanta. Mudo como chegou é também como se retira da presença deles. Manuel o acompanha com o olhar, espiando pelo espaço entre os dois encostos dos assentos seu e do pai. E é com alegria irrestrita que vê ele se acomodar na última fila do corredor esquerdo, onde decerto estará alguém com quem deseja prosseguir a viagem.

Volta a olhar pela janela. Para onde foram as nuvens? O ar lá fora está vazio delas. Manuel pode ver então toda uma paisagem desdobrada que se oferece, sem pressa, mas em contínuo deslocar-se, aos olhos e ao entendimento dele. São campos extensos, ora interrompidos por morros de altura e cor variadas, ora por rios, riachos, lagoas e outras manifestações da água. Estradinhas retas e não tanto, pequenas cidades, casas isoladas, rodeadas de solidão rural. Ele pensa na mãe, agora longe, distância ainda mais dilatada pela velocidade de cruzeiro. O pai ia a trabalho, poucos dias, e decidiu levar consigo o filho. |De avião| anunciou a Manuel. |De avião?| ele reagiu, na difícil tarefa de associar o som, a ideia e a coisa. Já tinha visto, é claro, aviões a cruzar o céu, sempre tão distantes, como se fossem ilusões do olhar, demoradas mas passageiras. E nas revistas, nos livros, de ouvir contar na escola de colegas que eles já. Se sentiu dominado, arrastado aos precipícios da bem-aventurança.

Manuel desconhecia algum momento na vida em que não tivesse desejado a habilidade insana de poder voar. Era a sua obsessão. Devorava com pródiga inveja todas as histórias de heróis e heroínas capazes de se desgarrar da crueldade do chão e se elevar por cima das vicissitudes e ingratidões da existência. Hermes das sandálias aladas, Eros das setas inconsequentes, Gabriel anunciador da salvação, Belerofonte a bordo de Pégaso, Ícaro apesar da tragédia, Íris servindo de luminosa ponte entre deuses e homens, Super-Homem em sua férrea determinação protestante. Casos lidos, vistos e ouvidos. Com que frequência se sonhava em voo largo, largado, sem asas, num contentamento à beira do atroz, na liberdade quase insuportável de se desvencilhar do mundo e poder contemplá-lo de inumeráveis pés de altitude, imune.

Novas dúvidas se apresentam à sua muda reflexão. Não vai compartilhá-las com o pai, imerso na leitura do jornal que tinha comprado na livraria do aeroporto. Mas pensa assim. Se é no céu que todo mundo diz que Deus mora, onde é que ele está que a gente nunca vê, nem aqui no alto, no estômago refrigerado da baleia mais pesada do que o ar? Vai ver que ele se esconde da gente, deve ser acanhado, assim feito eu mesmo. Pesou aquela resposta, que avaliou um tanto oca de certeza.

A atenção se desviou para entender a solicitude de uma das moças, que ofereceu ao pai alguma coisa, que ele aceita. |Que é isso, pai?||Ah, filho, é uma coisa ótima, você vai ver. Aqui no braço da poltrona tem um buraquinho||Já vi||Então, a gente põe esse pino aqui no buraquinho, essas duas almofadinhas na orelha||É fone de ouvido, pai, o nome, eu sei|. Espera que o pai termine a rápida operação. |Pai, eu tô ouvindo, a música, tô ouvindo!||Não é o máximo?||É sim||E você pode escolher o tipo de música||Como?||Aqui, ó, tá vendo essa rodinha? Cada posição dela é um tipo de música diferente||Ah!|

Quanta alegria nova, Manuel se disse. Ver as nuvens por cima delas, procurar no abstrato céu um vislumbre palpável do sagrado, ouvir a música ressoando do coração da baleia, acreditar que teria o pai todo todinho só para si, em lugar e em horas ainda por conhecer, no zinco liso da novidade em folha. Afinal, concluiu, Deus é mesmo bom. Porque ele se esconde só para eu ter o gostinho de me sentir como ele se sente, aqui no céu. E como é que ele se sente? Assim, como eu estou me sentindo agora, a pessoa mais importante do mundo. Porque Manuel está acima e por cima de tudo, vendo o mundo cá do alto, longe e longe, do barulho e das pessoas. |Pai, aqui em cima tudo fica mais bonito|. O pai concorda, que sim.

Nos ouvidos de Manuel, era um silêncio de chiados estáticos. Subitamente, um milagre se deu, todo feito de sons de uma perfeição intraduzível. Tinha azuis de um tom ainda inexistente, denunciava o fim da vida ou o começo do mundo, o rompimento de todas as represas do sonho. O que era aquilo? Manuel se sentiu invadido, violentado, era tanto sofrimento e o prazer que disso vem, os sons dedilhavam a quebradiça alminha sua, fazendo dela a harpa mais tangível. Tudo o que havia além-janela se fez de repente incrível. Um eco de caverna obscura, outro de dor, agora uma coleção de alegorias, um desfile de inconcebível carnaval e os clarins da guerra indeclarável. Até que a explosão se anunciou e se foi erguendo, se agigantando, tragando as lágrimas que Manuel ali agora despejava em silêncio e êxtase. E o silêncio se fez, exaurido e fundo.

Foram nove minutos, que Manuel não contou, de exata exuberância. E uma ideia o perfurou, certeira, para desnudar a dúvida que, agora lhe parecia, se formulara séculos antes em seu pensamento todo feito de fragilidade amorosa. Deus, se é que existe, vai ver nem é mesmo no céu que ele morava, porém sim — nome que uma voz metálica ali em seus ouvidos agora lhe anunciava — na música de Beethoven.

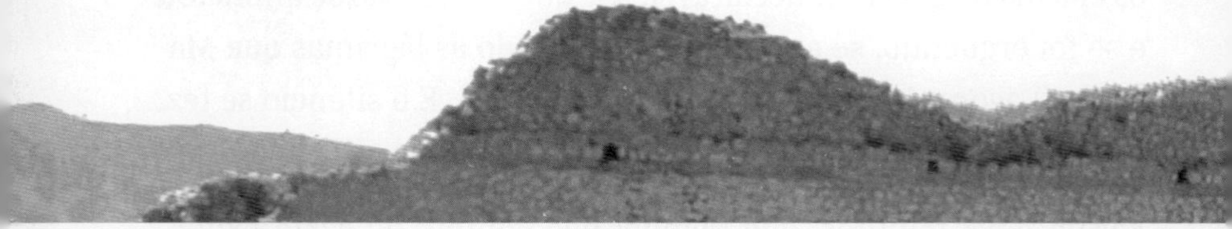

LEITE, AMOR & PELICANO

Os ininterruptos, escoados prazos, e agora Manuel vai conhecendo, nos sobressaltos habituais, o solo pedregoso em que pisa. Segue, nova vez, rumo ao campo, onde ti'Antônia, proprietária de vacas e outros bichos, felicita a vida. São feriados, a semana dita santa, na verdade só três dias, mas motivo de quanta alegria para a tia, Manuel e Paulo. Este é o filho dela, há pouco adentrado nos quinze, primo pois de Manuel. A viagem, outras vezes longa, já se faz ligeira: Manuel não sabe se porque os transportes se tornaram mais rápidos, se é o costume que reduz distâncias, se é que, criança menor, tudo nos aparentava interminável, o mundo a não caber nos olhos da gente, o tempo moroso de passar. Ocorre que o campo é próximo, pouco além da cidade enorme, complicada, que os símbolos, tantos e quantos, vai aprendendo Manuel aos poucos a decifrar, com alma já não tanto temerosa, mas ainda. Tão perto é da cidade que tio Carlos vai a ela diariamente trabalhar, levando consigo de carro Paulo à escola. É de carro também que ora viaja a família: Manuel e pai e mãe. Dasdô não, não vem: aproveita a pausa e foi rever os seus, em longes interiores habitados. Manuel, que Dasdô ama, já lhe devota uma pouca de saudade, a quem faz tanto tempo dele se ocupa. Mas a história hoje é sem ela.

Tem cada vez mais casas, mais coisa humanamente construída, fábrica e favela, de modo que o campo se reduz, como se a cidade, no alongar-se, o devorasse. Nem por isso: a casa dos tios é lugar mais que ameno e bom, ampla e espalhada, devota de alpendres. E o desmedido quintal que se derrama, em declive, e vem cair no rio amarelo que lá longe escorre e choraminga. Manuel, do ápice de seus vinte andares, no coração da urbe, tem vontade de no campo para sempre vir morar. É inveja da vida de Paulo?

Paulo. Manuel, que se acha feio, acha ele bonito. Tem cabelos de um louro inacreditável, fios finos, solares. Olhos negros, lábios da cor dos penachos de amaranto, mais alto, é claro, que Manuel, magro também, bonito. Todos se riem quando ele fala, porque a voz, nessa idade, são mesmo duas: a da criança não de todo abandonada e a do homem prometido, entre apitos e roncos, trem em marcha no entremeio de dois mundos. Manuel já sabe que assim lhe será também, mas não quer que se riam dele, e já se prometeu ficar mudo um ano inteiro, o ano que for, sem a ninguém nada dizer.

O carro da família para, e a outra, na varanda, em cadeiras acomodada, já se levanta para a recepção, que é de sincero prazer, pois ti'Antônia, irmã do pai, é toda doçura, e não poupa beijos a quem lhe chegue. Tio Carlos, dono de impagável humor, as coisas que diz não tem quem lhes resista. São ambos mais velhos, e bem mais, que os pais de Manuel, e têm uma única filha, vinte e quatro anos, Ana, raras vezes vista por Manuel, se é noutras terras que mora e vive. Manuel, que desconhece avós, mortos todos, se recompensa com os tios. E por não ter irmãos, tem Paulo.

Paulo com forte abraço Manuel recebe e não lhe deixa entrar na casa. É manhã ainda, tem um sol demente sobre todos, e um convite se faz a Manuel de irem, só os dois, ao rio, que se banhem. Manuel, o que faça? Lança olhos indagativos ao pai e à mãe que, esta, lhe balança a cabeça no sentido do sim. Vai, vão.

O caminho até o rio, a Manuel lhe parece longo. Os dois vão, lado a lado, mudos, que Manuel é a timidez em humana fôrma e Paulo, falante embora, se acanha da humildade digna do primo. Silentes permaneceriam se Manuel, pés inadequados ao chão de terra, não tropeçasse em raiz exposta de árvore imensa, mangueira, e desabasse, obediente à grávida lei, de cara no leito de folhas secas. |Machucou?| É a pergunta de Paulo, que de imediato, longos braços, socorre Manuel e o reergue. |Não, mas a roupa toda sujou| e comprova a camisa branca cheia de terra. |A roupa e a cara| completa Paulo que, com suavidade nos dedos, desmancha a máscara de fina poeira que tenta esconder a pele do rosto do primo menor. Manuel gosta daquele cuidado. |Não posso mais ir, tenho que voltar, mudar a roupa||Bobagem. A gente vai, nada no rio um pouco, toma um sol e depois volta pra casa. Aqui tu não precisa dessa roupa limpa, visse, Manu?|. Fazia seis anos, mais ou menos, que Manuel tinha proibido que lhe chamassem assim, Manu, e todos tinham respeitada a sua vontade. Menos Paulo, alheio aos conselhos dos pais, que lhe tentavam explicar que Manuel era um menino singular, ou \diferente\, palavra que usavam com didática intenção, mas vã. Paulo diferença nenhuma via, desacreditava piamente nela. De maneira que Manuel para ele era Manu, e pronto. Já que pouco se viam, feriado, férias, Manuel não se incomodava, até apreciasse.

|Agora me lembrei, Paulo, eu tô sem calção, não posso nadar, calça comprida|. Já tinham retomado o trajeto, o do rio, e pouco faltava. |E quem disse que precisa de calção?| Paulo disparou, corria, atinge a margem do rio. Ali, em átimos, se fez nu, a roupa toda confiada à sombra de uma árvore ribeirinha, será pau-ferro. Se

jogou glorioso no rio de águas lentas e largura rasa. |Vem| gritava |Vem, Manu|.

Manuel não alterou o passo. Ruma ao rio. Chegou. Se sentou ao lado das roupas inúteis do primo nu. |Vem ou não vem? Tá uma delícia!| lhe dizia o primo de dentro da água, que a cor se confundia com a da pele mesma dele. |Vou não| Manuel baixinho respondeu. |O quê? Fala mais alto!||Vou não| repete Manuel num esforço de vencer todos os rumorejos de fora e de dentro dele. |Por quê?| indaga a voz aquosa e desafinada. |A queda, me desanimou, perdi vontade|.

Paulo desaparece de vista, mergulhou. Ressurge já mais próximo da beira, e é diferente a voz, no tom. |Pelo menos tira a roupa|. Surpreso com a repentina aparição, Manuel recua num movimento instintivo das pernas. |Pra quê?||Pra tomar sol, pra se bronzear um pouquinho, tu é tão branco, feito leite, Manu, já reparou?||Já, eu adoro leite|. A resposta é irônica não, é só espontânea e quer ocultar o broto de pânico que lhe germina por dentro. |Tu faz o que quiser, mas não sabe o que tá perdendo|. Paulo mergulha de volta. O rio é pouco mais que um riacho, raso de Paulo nele caber de pé, vindo-lhe a água à altura do peito. Manuel vê a forma alongada do primo a serpentear na água. O véu líquido mal encobre a parte mais clara do corpo, prova de que não é sempre nu que se entrega Paulo ao sol. Sol que está mesmo impossível. Manuel, sem bem nem pensar, desabotoa a suja camisa e a deixa ao lado, junto às roupas do primo. Se sente melhor, que já suava. Se desfaz dos sapatos também, e das meias, e a visão dos pés, branquíssimos, o surpreende: é mesmo leite.

Paulo está agora ereto sobre um tronco de árvore, tosca ponte improvisada de um lado a outro do arroio. Tem as mãos à cintura, baixadas as pálpebras, o rosto voltado para o sol. Manuel então pode ver o primo por inteiro, com suas cores de luz e sombra, seus cabelos curtos agarrados à nuca, tornados mais escuros pela água que deles escorre. |Vem até aqui, Manu!||Vou não. Tenho medo de cair||Tu tem medo é de tudo|. Manuel sabe, mas não gostou de ouvir isso assim, sem cerimônia. |Se você vier, eu te ajudo a não perder o equilíbrio, vem!| que Paulo insiste, a mão estendida, dedilhando o convite. |Você vai é me jogar dentro d'água, te conheço| a réplica se tenta ofensiva, vingança do medo revelado há pouco. |Vou não, juro, Manu|. Manuel quer ir, não quer, atraído pelo inusitado brilho do corpo nu do primo, mas |Jura mesmo?| Paulo jura. Manuel vai, crédulo.

O tronco que serve de ponte sofreu, faz tempo, um majestoso tombo, árvore que desistiu de se opor ao tempo, ali caiu e ali deixaram, ligame providencial. Manuel avança o primeiro pé. Logo o outro. A casca áspera lhe causa sensações até hoje ignoradas, irritantes comichões na pele que jamais se descalça, confinada a quase eternos sapato-e-meia. Vai Manuel aos poucos e poucos vencendo a extensão da madeira. Paulo está de pé quase no exato meio da ponte, plantado, os olhos no primo. Que evita distrair os seus dos pés, receio de que estes lhe faltem e na água o arremessem. Até que vê os pés bronzeados de Paulo. Ergue os olhos com muito cuidado por amor de não se desequilibrar, e com a vista vai percorrendo, devagar, as canelas, os joelhos, as coxas de Paulo, que se reúnem em torno da murcha flor, antes botão, que pétalas não tem, clara haste adormecida, cercada de invisível penugem dourada. Dali ao ventre, ao peito onde duas estrelas rosadas se destacam. Finalmente os olhares se cruzam, e Paulo está sorrindo. |Viu como tu não é tão medroso assim?| e oferece ao primo a mão, que ele aceita. Manuel não quer falar, lhe dá fastio usar as palavras e torná-las som. Aquele momento o encanta, inundado de luz, a luz do primo, a do rio, a luz da mata que farfalha. Manuel só é que não brilha.

|Vamos sentar?| sugere Paulo, que logo se abaixa, se senta, joga os pés no rio, que o vão entre água e tronco é breve, e Manuel se admira do primo tão facilmente assim mover-se, impondo a pele aos veios rugosos da ponte. Também se senta, junto a Paulo, protegido pelo brim que lhe cobre a metade inferior do corpo. Sente o agradável friozinho da água que lambe seus pés. |Não te disse que tu é feito de leite? Olha só a diferença| e Paulo passa um braço por sobre os ombros de Manuel, aproxima os peitos ambos nus, um tão claro e tíbio, o outro dourado e caloroso. O abraço, coisa nova para Manuel, que hesita entre gostar e repelir. Nessa dúvida se deixa perder e não dá fé do olhar agudo, malicioso de Paulo, que de súbito empurra Manuel rio adentro.

O pavor, o pavor, o pavor. Manuel submerge, se debate, se vê invadido de água pela boca estabanada, não tem mãos nem pés que o acudam, e a coisa não dura mais que uns segundos, porque Paulo se lança ao rio, toma ele pelos braços e resgata do fim do mundo. |Pronto, Manu, pronto|.

Manuel pálido, transido, morto por dentro, treme enquanto se agarra com força aos próprios ombros, de pé com água até pouco abaixo do pescoço. Paulo se arrepende ao ver o estado do primo. Se lembra então das continuadas recomendações, do \diferente\. |Desculpa, Manu, desculpa, eu só quis brincar com você|. Mudo Manuel. |Vem comigo, eu te levo pra fora d'água|. Manuel se agarra ao braço do primo, quase sem forças, Paulo leva ele de volta à solidez da terra, faz Manuel se deitar, ainda tonto, sobre as roupas que deixaram à sombra da árvore.

Manuel respira fundo, sente o chão preso ao corpo, é tomado de uma sensação de quase refeita segurança, mas a cabeça ainda turva. Fecha os olhos, na esperança de se recompor. Por isso, com os sentidos dispersos e difusos, não se apercebe de que Paulo o está despindo, primeiro da calça comprida e logo da cueca, encharcadas. Quando reabre os olhos, se descobre nu. Constrangido, se vê observado atentamente por Paulo, atraído por aquilo que Manuel traz entre as pernas. Incomodado, Manuel se senta, Paulo continua olhando.

|O que é que você tanto olha?| Manuel quer saber, imerso na vergonha da nudez indesejada, inédita ao ar livre. Paulo não responde, mas seus dedos tocam de leve, atrevidos, o pingente enrugado de Manuel, encolhido pelo banho involuntário e frio. |O teu também fica assim todo engelhado quando se molha na água fria, que nem o meu. Só que o meu é diferente do teu|. Diferente como? Manuel observa por sua vez o corpo do primo e verifica: de fato, há diferença. |O teu tem uma capinha que abre e fecha| diz Paulo, comprovando no tato a eficiência do mecanismo. |O meu tá sempre aberto, espia só|. Manuel constata: é. |O teu parece um daqueles peixinhos que ficam beijando o vidro do aquário, na loja que vende bicho|, Paulo arrisca a analogia e Manuel, íntimo de peixes, se agrada da comparação.

Paulo se diverte com a brincadeira de abre-fecha e não a interrompe, nem quando sente que o encolhimento se muda em elevação, enrijecimento cauteloso e constante que Manuel tenta, por tudo, mas em vão, evitar, atos que a vontade não comanda. |Eu brinco muito com o meu, e você, Manu?|. Manuel não quer responder, pois sente a presença ali ereta de uma terceira coisa entre ele e o primo, não sabe o que fazer com ela, primo que retira a mão dali para alisar a flor que lhe pende da própria virilha. Paulo, curioso, quer saber se o do primo já dá leite. Manuel não decifra a pergunta. |O meu faz é tempo que dá|. Manuel vê então que a haste da flor de Paulo agora também está alçada, talvez para melhor participar da conversa, se afinal é dela que se trata.

Paulo se senta ao lado do primo, os dois ficam apoiados nos cotovelos, a cabeça para a frente, na intenção de melhor observar as formas de flor e peixe. Manuel se atreve |O meu é mais reto, o teu é meio torto|. Paulo confirma. |Mas o teu| Manuel quer consolar o primo |é maior e mais bonito|. |O meu eu chamo de pelicano, sabe o que é, Manu?|. Manuel sabe, conhece bichos, dos livros, da televisão e do zoológico, que já visitou. Paulo leva a mão à penugem rala que lhe circunda a flor. Manuel, tateando-se, não encontra nada ali que lhe recubra a pele clara. Paulo volta a passear a vista pelas coisas do primo, de novo estende a mão, toca com as almofadinhas dos dedos o invólucro que protege as duas pérolas ocultas, com todo o cuidado por sabê-las delicadas e facilmente doloríveis. Sua mão sopesa as posses de Manuel. |É o papo do pelicano| explica Paulo baixinho. |Manu, pega em mim|. Manuel é torturado pela curiosidade, mas ainda não sabe se vale a pena perder a sensação deleitosa em troca do desejo, igualmente agudo, de ver com as mãos. Crê que já lhe basta o prazer de ser visitado pelas de Paulo e, ao desejar usar as suas no que é dele, se perde nesse labirinto. Paulo volta a pedir, mas Manuel não se move. |Tá bom, então, eu paro também| e recolhe a mão que abrigava o estojo maleável do primo.

Manuel lamenta, mas não se atreve a confessar, finge ser bem isso o que desejava, e se deita por inteiro, os olhos abertos contemplando a copa da árvore, vasta, que sobrevoa os primos com sua sombra e grossos galhos. Num deles, muito no alto, Manuel detecta um bem-te-vi que coça as penas amarelas com o biquinho entreaberto. O pássaro delator grita seu habitual aviso e desaparece em voo que Manuel tem preguiça de acompanhar. Vira um pouco a cabeça e vê que o primo se deitou ao seu lado.

Paulo tem os olhos fechados, a mão direita diligentemente atarefada em torno do pelicano, que vibra ao ritmo compassado da palma fechada em gancho. Manuel sente bater o coração com dificultosa intensidade, e a garganta lhe dói como se alguma coisa áspera a obstruísse, fica assim de olhos fixos na mão de Paulo, a admirar a beleza que já não lhe parece mais a de uma flor, antes bem de uma fruta, dessas que a gente vê em revistas coloridas, será morango, não é esse o nome, talvez cereja?

Manuel vê de Paulo a rósea cor do fruto apegado ao ramo, sua pele tensa e lisíssima, apetecível, e se lembra da delícia que é morder as mangas que ti'Antônia lhe manda, em caixas, todo verão. Rompendo o desejo de não querer, aproxima o rosto para observar de perto a máquina ativada pelo primo. Manuel não ousa perturbar a fascinante ginástica que se desdobra tão perto de seus olhos, e a mão de Paulo se acelera, controlada mecânica, e a respiração arfante gera gemidos surdos, que apavoram Manuel e o lançam de boca voraz, língua incontinente, impacientes lábios, sobre a irresistível cereja de Paulo, que só então abre os olhos e se espanta ao ver o que lhe faz o primo, que é quem tem agora os olhos fechados. Paulo retira a mão da cena ocupada pela avidez de Manuel, que recebe no céu da boca, mais que previsivelmente, o jato fino, entre amaro e acre, disparado do fruto abocanhado, sumo morno, irrupção de seiva láctea.

Manuel se assusta, abre os olhos, cai em si, e a boca libera a haste que ainda freme e descarrega resíduos do alvacento visco enquanto Paulo contém entre os dentes um grito, um ronco, uma imprecação grave de prazer e espanto. Sem pensar no que faz, Manuel corre até o rio e de lá recolhe, a mão em concha, água que bebe sofregamente, água e mais água, e mais, até que explode em soluços a garganta e os olhos, em jorro de lágrimas convulsas. Tapa os olhos com as mãos e assim fica, ali, estanque.

Paulo se aproxima de Manuel. Que coisas passam agora pela alma confusa do primo menor, complicada, encerrada na indecifrável diferença? |Que foi, Manu, por que é que tu tá chorando?|. Resposta não se dá, não se daria, inexistente. Manuel, entre lágrimas, recolheu sua roupa, a calça ainda molhada, a camisa suja, se veste, mete os pés como pode nos sapatos, tudo no depressa, quer sair dali, fugir dali, voar de ter estado ali, voltar não sabe nem para onde.

Paulo se vê agarrado por mil e dois receios. |Manu, olha aqui, tu não pode ir pra casa agora já, não. Com essa cara de choro, todo mundo vai querer saber o que aconteceu, e tu não vai contar, vai?|. Manuel não tem ouvidos para argumentar nem voz para refletir. Dispara à toda no rumo da casa, chorando sempre, correndo como jamais suspeitou fosse capaz, Paulo em seu encalço, quase também vestido, a perseguir o primo, a tentar retê-lo, sem suspeita de sucesso.

Estão na sala os quatro adultos, em conversa, sentados em torno da mesa, quando pela porta aberta irrompe a triste figura de Manuel, derrotado, sujo, empapado, às lágrimas. A mãe se precipita na direção dele |Que foi, meu filho? O que foi que aconteceu?| Manuel se abraça a ela com todas as mãos e mergulha a cabeça entre os braços que acolhem. Paulo chega logo, ofegante, e todos os olhos o crivam de mudas interrogações. |Não foi nada, pai, eu juro, a gente apostou corrida até o rio, Manu tropeçou numa raiz de árvore, caiu no chão, sujou a roupa|. A mãe de Manuel consulta o filho com os olhos, mas a calça úmida não mente. |Por que é que sua roupa tá toda molhada assim, Manuel?|. Paulo mira Manuel com olhar implorante de nada diga. |Mãe, Paulo me jogou dentro do rio, roupa e tudo, eu não queria nadar, ele disse que eu sou medroso, me empurrou do alto da árvore, eu caí, bebi água do rio, quase afoguei| e soluça e chora.

Ti'Antônia, revoltada, pega o filho pela orelha e puxa ele para fora da sala, corredor adentro. O irmão tenta impedir, mas tio Carlos o detém. |Ela não vai bater, não se preocupe, vai só dar um bom carão e deixar de castigo|. Não é bem o que se passa não, que ti'Antônia aplica chineladas nas pernas do filho, enquanto volta a recitar a ladainha dos cuidados que se deve ter com Manuel. Em Paulo não há dor, que já é grande afinal, suporta bem as lapadas da mãe. Não entende por que Manuel está chorando, mas se alegra de todo modo por ele não ter revelado nada da imprevista experiência.

Manuel é levado para o quarto pela mãe, que lhe dá roupas para trocar enquanto sugere que Paulo não fez por mal, decerto só estava querendo brincar e coisas assim os meninos gostam de fazer uns aos outros. |Eu não gosto||Eu sei que não, meu filho, mas quase todos gostam||De que mais os meninos gostam, mãe?||De um mundaréu de coisa, ora!||O quê?||E eu lá sei, nunca fui menino!| e atira ao filho uma toalha que lhe cai sobre a cabeça. Os dois riem. |Vou perguntar então ao pai||Faz isso, sim, ele vai gostar de te dizer as coisas que você quer saber|. Ela sai. Da porta do quarto ainda diz |Toma um banho quente, muda de roupa e depois vem almoçar, tá quase pronto|.

À mesa, sob o olhar severo do pai, Paulo |Desculpa, Manu| e Manuel |Desculpo|. Logo já ninguém fala do pequeno drama encenado por Manuel, disfarce de outros dramas, sem prazo de representação. Coincidência, os dois primos se sentaram frente a frente, e seus olhares se cruzam, minuto a minuto, Manuel com remorso agora do escândalo que fez, é com alguma vergonha que se deixa observar por Paulo, que busca naquele rosto tão de criança os indícios que lhe permitam compreender o que houve, mas não encontra. Ambos comem assim calados até que, na sobremesa, nenhum adulto viu, Manuel emite um sorriso quase cúmplice na direção do primo. Paulo se alegra, aliviado pela confiança de ainda poder se arriscar em campo indeterminado.

Verdade é que o sucedido à beira-rio excitou a avidez de Paulo, que ideava planos para Manuel. E para si. E pensava em coisas, ecos de conversas entre os colegas da escola, alguns mais velhos, outros nem. Contava com a ingenuidade temerosa do primo, que tudo permitiria se devidamente conduzida, mas receava as reações, imprevisíveis, do menino \diferente\.

Depois não se viram. Manuel trouxe alguns livros para ler, como de hábito, enquanto Paulo, amigo de outras culturas, foi cuidar das galinhas, dos patos e da vaca. Também os adultos se dispersaram. Tio Carlos foi dormir uma sesta. Ti'Antônia e a cunhada a colher goiabas no quintal para um doce por vir. Em casa, desperto, tinha o pai de Manuel, que se preparava, com a ajuda de uma xícara de chá, para dizer algumas coisas ao filho, que lê sentado à mesa grande da sala. Se aproximou dele, submerso na leitura, lhe acariciou os cabelos, o que fez Manuel levantar a cabeça, onde recebeu, na testa, um beijo do pai.

|A mãe disse que você quer conversar comigo, Manuel|. Ele fecha o livro, mas sente imensa preguiça de falar, antes preferia permanecer ali, assim, com o pai ao alcance da vista e das mãos, um pai tão gentil e bonito como aquele, para que palavras? |E então, não quer falar?|. O pai há muito sabe que o coração do filho é ostra capaz de se trancar em eternidades de hermético silêncio, aprendeu que uma pergunta se enuncia apenas uma vez e que a paciência é um sendeiro longo e tortuoso, sem atalhos. Manuel, porém, deixa que os dedos da curiosidade lhe abram a boca. |Menino gosta do quê?|. O pai se senta ao lado dele, no grande banco de madeira. Já tinha sido avisado que aquela pergunta viria à tona. |Ora, Manuel, menino gosta das coisas que quiser gostar||Não entendi, pai||Olha, não tem diferença, sabe. Menino e menina, na verdade, é a mesma coisa. O que um gosta de fazer o outro também pode querer e fazer||Mas na escola

os meni-||Na escola as pessoas dizem muita coisa que não é bem do jeito que é, filho, muita coisa que elas não conhecem direito e repetem só por ter ouvido falar. Eu posso imaginar o que os meninos dizem na escola, quando eu estudava também era assim|. O pai estende a mão e puxa o filho para mais perto de si. |Você prefere acreditar no pai ou nos meninos da escola?|. A resposta não vem, porque ambos sabem desnecessária. O amor é assim. |Olha, Manuel, cada pessoa pode gostar do que bem entender e fazer o que bem gostar, desde que não prejudique ninguém|. Manuel repete para si \prejudique\. Sente a palavra flutuar dentro dos ouvidos que nem bolha de sabão. |Era isso o que você queria saber?||Isso||Então, mistério resolvido| o pai, gaiato, esfrega as mãos, como se estivesse limpando. |Você vai ficar esses dias na casa da tia lendo o tempo todo, filho? Por que não vai ver o que o Paulo tá fazendo?||Paulo não gosta de mim, me jogou dentro do rio||Foi brincadeira dele, Manuel, o Paulo gosta muito de você, já pediu desculpas, e tenho certeza que ele tá arrependido do que fez|. Manuel nunca duvida do pai. É portanto que fecha o livro, se levanta do banco, dá a testa para receber novo beijo, atravessa a porta e sai à procura do primo.

Manuel vagueia sob o céu verde da tarde, filtrado pela peneira de tantas árvores, busca, mas não vê Paulo. Vê, sim, a mãe e a tia, bacias aos pés, recolhendo goiabas com o auxílio de longas varas que alcançam os galhos mais distantes. A mãe chama. Manuel se achega. |Quer uma goiaba, Manuel?| ti'Antônia oferece. Manuel quer, aceita, elege a mais bonita da bacia da mãe e rompe a goiaba ao meio com a fraqueza dos dedos. Não leva o fruto à boca, porque os olhos denunciam o movimento ínfimo de um vermezinho branco a se debater entre a polpa e as incontáveis sementes. |Um bichinho, mãe, tia, tem um bichinho| e corre a mostrar à mãe. |Não é bonitinho, mãe?|. A mãe aprova, e Manuel, deixando cair a goiaba no chão, sai pelo quintal com o vermículo no centro da mão direita espalmada.

Quando se aproxima do galinheiro, avista o primo atarefado em despejar o milho no comedouro das aves sempre irrequietas. |Paulo, vem ver só um bichinho lindo!|. Paulo chega perto e vê. |Tapuru de goiaba. Não sei o que isso tem de bonito|. Manuel se decepciona, mas se lembra do pai: cada um gosta do que gosta. Então Paulo não gosta de bichinho de goiaba. |Cê não gosta de bichinho de goiaba, Paulo?||Claro que não, Manu||Então é do que que tu gosta?|. Paulo se interessa pelo tema, mas decide escolher bem as palavras que dizer. Pousa no solo o saco de milho que trazia na mão e vai se sentar sobre um pedra grande, nua e lisa ali próxima. Manuel segue o primo, com o cuidado de não deixar cair a pequena coisa viva que se contorce sem avançar caminho sobre a pele da mão dele.

|Eu gosto de muita coisa, Manu, muita coisa. Gosto de tomar banho no rio, de ordenhar a vaca de manhãzinha bem cedo, de ir no futebol com meu pai na cidade, ou no cinema. Gosto — de você|. Manuel se enternece. |E gosto muito do que tu fizesse comigo hoje de manhã, lá na beira do rio|. Manuel se confunde. |O quê?| |Ora, Manu|. Paulo leva um dedo à boca e se põe a chupar. Manuel se esclarece. |Vai dizer que tu não gostou|. Paulo finge duvidar. A resposta abrupta |Gostei| e sem sombra de hesitação surpreende Paulo, que esperava outra reação e tinha preparado algumas estratégias de convencimento, reveladas agora inúteis. |Então por que tu armou aquele farnesim todo, chorou, gritou e quase me matou de susto? Minha mãe me deu uma pisa, me bateu por tua causa, sabia?|. Manuel não responde, absorto no contemplar o bicho de goiaba que vibra em sua mão. Paulo se aproxima mais do primo, olha para o vermezinho. |Sabe com o que que ele se parece,

Manu?||Com o quê?||Com isso aqui| e Paulo apalpa a bermuda do primo até alcançar o bichinho ali oculto. Manuel de repente pede a Paulo que feche os olhos. Paulo obedece, tentando adivinhar o que está por vir. |Agora abre a boca|. Paulo abre, e dentro dela Manuel lança o bicho de goiaba e logo sai correndo. Paulo demora uns segundos a entender o que houve, até sentir a microscópica dança sobre a língua. Abre os olhos. Cospe fora o vermezinho. Enquanto pisa a minúscula criatura até que desapareça terra adentro, Paulo se pergunta se Manuel será que é doido.

Manuel entra de volta na casa, onde encontra o pai e tio Carlos em jogo de xadrez. Cheio de inexplicável alegria, recupera o livro deixado sobre a mesa e antes de sair da sala |Pai, Paulo disse que gosta de mim||Eu não te falei?|. Manuel está feliz. Sentado na cama em que sempre dorme quando vem aqui, num canto do quarto do primo embaixo da grande janela que dá para o alpendre lateral, Manuel abre o livro, mas não consegue prender os olhos na leitura, se lhe vem um sono bom. Deixa cair o livro ao pé da cama, se ajeita melhor, pousa a cabeça no travesseiro e adormece. Adormece e, claro, sonha.

Sonha uma enorme cereja vermelha, que todos estão a admirar. Manuel se aproxima e indaga o que é. |Uma vaca, não vê?| alguém lhe responde. Manuel nunca conheceu vaca assim. Sugere |Não é um pelicano?||Não, menino, é uma cereja que é uma vaca|. Manuel apalpa a vaca, a cereja, o pelicano. |Vaca dá leite| diz sua voz no sonho. |Essa vaca aqui também dá, é só morder|. Manuel então crava os dentes na cereja, na vaca crava, e dela escorre um leite imenso, transbordante, um oceano branco e viscoso, leite em que boiam mil milhões de cerejinhas brilhando como lâmpadas acesas. Manuel foge da enxurrada e se vê no topo de uma pedra alta, que o mar de leite não alcança, mas alguém empurra ele lá de cima, lá do alto, e Manuel cai cai cai cai uma queda sem fim sem fim sem fim, até que a mão de Paulo o socorre e desperta.

|Manu, acorda, tá na hora de jantar, vem|. Manuel abre sem pressa os olhos preguiçosos e vê que o veem os de Paulo, agachado ao lado da cama e debruçado muito perto de sua cabeça. |Que sono, hein?| Manuel custa a espertar, entrefecha as pálpebras de novo, ainda entorpecido, mas os olhos semicerrados percebem o movimento do primo, que se levanta e se afasta. Primo que tem a cintura envolta numa toalha de banho vermelha. Pelo quarto, que é de Paulo, corre um perfume bom de sabonete e pele fresca. Manuel mantém os olhos assim, pouco abertos, mas atentos. Paulo fecha a porta do quarto, se livra da toalha, que lança sobre a outra cama e, abrindo o guarda-roupa, começa a escolher o que vá vestir. Manuel, definitivamente, gosta de Paulo assim, desinibido, beleza à flor da pele. Paulo não tem pressa em se vestir, passeia lentamente pelo quarto em busca de não sei que coisas. Manuel tem repentina fome, se levanta bruscamente da cama, abre a porta e sai do quarto, deixando atrás de si um atônito Paulo nu, que duvida das possibilidades de levar a cabo os planos que tem feitos.

Janta-se fartamente, que ti'Antônia é cozinheira sem modéstia. Tio Carlos, do nada, pergunta se Manuel |Já tem namorada? Paulo tem uma namorada na escola, o nome dela é Vânia, não é, Paulo?|. A impertinência do pai aborrece Paulo. Manuel sabe o que é namorada. Dasdô lhe contou, mas ele mesmo não tem a sua. |Tenho também, eu tenho, e o nome dela é é é Antônia, assim feito a tia!|. O pai e a mãe de Manuel se admiram com a revelação, que sabem falsa, mas por alguma razão se divertem e se entreolham. Tio Carlos não desiste |O que será que esses meninos de hoje fazem com as namoradas? Na minha época era tudo tão diferente!||Carlos!|. Ti'Antônia supõe que tudo ainda é igual.

A noite transcorre em conversas, em previsões do que teria sido e reminiscências do que não será. Ti'Antônia trouxe de algum lugar da casa um grande álbum de fotografias, grosso entre capas alcochoadas de puído veludo azul, as páginas de rijo papel marrom, retratos antigos, da família dela e do pai de Manuel, quando ela e os outros irmãos eram ainda jovens. Manuel e Paulo se acomodam no sofá, cada um de um lado de ti'Antônia para acompanhar a tradução oral das imagens mudas. Ti'Antônia, com muita paciência, vai explicando quem é quem, onde é onde. |Tá vendo esse aqui, Manuel?| a tia aponta |É o teu pai quando tinha uns vinte anos||No século passado| graceja o irmão dela. Paulo aponta e pergunta à mãe quem é o outro rapaz que estreita com o braço os ombros do pai de Manuel. |É o primo Geraldo, filho de tia Zezé. O pai de Manuel e ele andavam juntos, viviam encangados um no outro, assim feito tu e Manuel||Por que é que eu nunca vi esse primo Geraldo?| quer saber Paulo. |O primo Geraldo se mudou para os Estados Unidos e está por lá faz mais de quinze anos, nunca mais apareceu por aqui| explica ti'Antônia. |Esse retrato a gente tirou acho que foi um ano antes dele viajar| completou sem ver a foto o pai de Manuel.

Perto das onze, os adultos decidem que já é hora de Paulo e Manuel irem para a cama. Manuel quer ficar um pouco mais. Cede entretanto aos argumentos da mãe e se retira da sala, após dar um beijo em cada um dos que ali permanecem. Paulo diz somente boa-noite e sai atrás do primo.

Entram no quarto, o quarto de Paulo, as duas camas separadas por um mesa de cabeceira que sustenta um pequeno abajur. É em silêncio que tudo se faz, colchas se desenrolam, Paulo acende o abajur e apaga a luz do teto, depois de passar o trinco na porta e garantir que está bem fechada. Manuel veste seu pijama de calça curta e camiseta de alças, porque a noite aqui não é menos calorosa que os dias, uma terra que ignora o alternar das estações e se aferra ao verão mais desabrido, e o que chamamos colcha é só um lençol pouco menos fino que o outro de forrar a cama. Se deita antes do primo. Paulo também se deita, sem camisa, só de calção. Apaga o abajur. Na obscuridade, se instaura um silêncio frágil e prolongado. De longe vem o triste cricri dos grilos e o coro ritmado das jias túmidas.

Até que |Manu||Hein?||Se tu quiser, eu posso me deitar com você aí na tua cama|. Manuel não responde. Paulo retoma |Eu sei que tu tem medo do escuro, por isso achei que ia gostar de ficar comigo do teu lado|. Manuel mente |Tenho medo não|. Escorre um minuto, denso. |Mas se quiser pode vir|. Paulo se levanta, o travesseiro na mão e se acomoda no espaço que, chegando para mais junto da parede, Manuel lhe abre na cama. Ninguém se cobre, já se disse que a noite é quente. Manuel está deitado de lado, de costas para Paulo, olhos abertos sem ter o que ver, o nariz respirando o indefinível odor da parede, que quase toca. Paulo envolve o corpo do primo com o seu, um pouco menor, um pouco mais magro. Manuel estremece, fica imóvel, indeciso. Sente a mão de Paulo passear por seus cabelos, depois pelo pescoço, pelas costas, descer pelo ombro até que encaixa os dedos entre os da mão esquerda de Manuel e ali se detém. Manuel retesa os dedos, mas logo os distende e deixa que se entrelacem aos do primo.

|É verdade mesmo que tu tem namorada, Manu?|. A voz de Paulo é um sopro que lhe aquece a nuca. Ele já tinha se esquecido da mentira. |Tenho sim||E como é mesmo que ela se chama?|. Manuel, submerso no que sente agora, se perde em busca do nome que deslizou nalgum desvão da desmemória. |Maria||Mas agora eu lembro que tu disse que era Antônia, que nem a minha mãe|. Manuel encontra a salvação |É isso, Maria Antônia, que nem a tia|. Um minuto, dois. |Manu||Hein?||O que é que tu faz com a tua na-

morada?|. Manuel se vê num dédalo de incertezas absolutas. Inventa |O que eu fiz com você hoje lá na beira do rio|. Paulo sorri no escuro da ingenuidade do primo. |Não pode ser, Manu||Por que não?||Porque as meninas não têm, o peixinho, lembra do peixinho?|. Manuel lembra. Vagamente sabia, nunca tinha dedicado àquilo mais que um lampejo de pensamento. |O pelicano, é, elas não têm| diz, quase só para si. |Manu, na escola, tu não brinca com os outros meninos?||Não||Por quê?||Porque não gosto||Não gosta deles?||Não gosto deles||O que é que tu faz na hora do recreio?||Nada||Nada?||Tem vez que nem desço pro pátio||É?||É. Fico na sala mesmo, lendo, escrevendo, você sabe que eu gosto|. Paulo tem um objetivo, não se deixa comover pela solidão do primo, zelosamente cultivada, esquisitice de alguém que todo mundo diz que é \diferente\. |E os meninos, eles também não gostam de você?||Não. As meninas é que gostam de mim|. Na memória de Paulo aparece então a figura de Marcinho, colega, que sempre está na companhia das meninas e de quem os outros, e ele também, mangam sem trégua. |Tu gosta das meninas, então?||Gosto||Por quê?||Elas gostam de ler também, a gente troca os livros||Ah|.

Talvez impaciente, a mão de Paulo se desprendeu da de Manuel e começa a explorar as vestes do primo menor até topar com o elástico da calça do pijama. Sem pedir licença, os dedos se intrometem ali por baixo e alcançam o peixinho, que reage de imediato ao toque e vibra de surpresa. Manuel sente tudo aquilo como se fosse natural, previsto e até inevitável. |Paulo||Diz||Com a tua namorada você faz o quê?|. Era a pergunta que esperava? Paulo se alegra. Vai mentir e, para isso, sua mão abandona a flor do primo, ansiosa por desabrochar, dá a volta no corpo dele, sem sair de dentro da calça, apalpa com gosto as formas suavemente arredondadas e se detém no vale estreito que as mantém separadas. Um dedo se aventura por ali, toca num ponto que faz despertar em Manuel uma sensação desconhecida, um nome que se perde entre recusa e dádiva, entre desídia e frenesi. |Sabe o que é isso, Manu?|. Silêncio. |É o ninho do meu pelicano, é onde ele gosta de ficar. Tem o formato certinho pra ele entrar, já parou pra pensar?|. Manuel nunca pensou nisso nem em nada mais na vida. Sente o dedo do primo ali, quente, pedindo entrada. Dedo que já se acomodou, muito à vontade, às bordas do ninho, e começa a massageá-las com delicadeza e alguma fome. |É isso que eu faço com Vânia, Manu. Eu guardo o meu pelicano no ninho dela|. Erguendo-se a despeito da montanha que a oprime, a voz de Manuel rompe o desejo de nada mais dizer pelo resto de seus dias, a vontade de assim permanecer por várias eternidades, a noite infinda colado ao primo, que o investiga tão habilmente. Da secura de sua garganta, porém, Manuel extrai nova solicitação, apta a solver toda dúvida |Quem faz isso é namorado?|. Paulo, ocupado em desnudar o primo, não reflete na pergunta nem na resposta que dá, imprudente e grávida de consequências. |É|. Manuel sente o coração rir, entregue a uma indescritível beatitude. Nada opõe a nada, baixa a guarda, demite os medos, foge de si, não sabe o que é, por isso pensa que é amor. E tudo então ocorre, o que estava e devia estar por ocorrer, a noite desdobrando-se, dadivosa, em tantas repetidas, reiteradas, reincidentes migrações da ave solitária e insaciável, que alça voo breve só para logo retornar ao ninho acolhedor.

No café da manhã, duas famílias reunidas à mesa, Manuel é o último a chegar. Não se senta de pronto, quer beijar uma a uma as pessoas que o esperavam. E beija. Quando se aproxima do primo, Paulo se retrai, por instinto ou por vergonha. |Que é isso, Paulo?| ti'Antônia |Manuel é teu primo, mesmo que irmão, deixa ele te beijar|. Paulo deixa, constrangido, e se permite tocar no rosto pelos lábios finos de Manuel, que só depois disso ocupa sua cadeira.

|Pai, mãe, Paulo gosta mesmo de mim!|. O pai nada diz, mas um sorriso. |Ele gosta de mim que nem namorada|. A frase, absurda em sua honestidade chã, deixa atordoados os adultos enquanto Paulo se transforma em algo mais branco que o leite que ninguém há de tomar e ficará para sempre inútil sobre a mesa. Manuel, rosa mais sincera do jardim da inocência, tomado de uma felicidade que o oprime de tão boa, não concebe o que está prestes a fazer desabar ali, aqui, agora, um temporal que traz o céu junto, promessa e cumprimento de apocalipse. |É verdade, mãe| ele prossegue, inusitadamente loquaz, inconvenientemente prolixo |Eu e Paulo, a gente tá namorando| e sem mão que o detenha se põe a encadear, com imagens de precisão calidoscópica, todos os signos de seu primeiro e atordoado amor: o pelicano, o ninho, a impassibilidade do amor, o deleite ausente de culpa, a conclusão sem começo, os termos da passiva entrega, a cama e o calor, o desespero do contentamento.

Ti'Antônia irrompe em urros, empurra a cadeira para trás com força e avança na direção de Manuel, pronta a executá-lo ali mesmo, sumariamente, incontinente, sem juízo nem indulto. Quem a impede é o irmão, que também se levantou e a retém em seu voo de mãe transtornada pela verdade. Soluça, grita e chora ti'Antônia. |Agora eu sei quais são os problemas desse menino, agora eu sei| ela explode |E a gente tomando todo o cuidado com ele, e ele vem aqui perverter o meu filho, e ainda tem o descaramento de contar tudo, meu Deus!| traduz ela, ignara dos feitos, dos ditos e dos havidos, parcial e injusta em sua única possibilidade de interpretação, mãe absoluta.

O pai de Manuel, homem que inventou a paz, por muito pouco não deixa sua mão desabar certeira sobre o arroubo tonitruante da irmã. |Cala a boca, Antônia, você tá fazendo um escarcéu sem motivo! Isso é coisa que acontece com todo menino dessa idade. Aconteceu comigo, deve ter acontecido com o Carlos também e ninguém morreu por isso!|. Ti'Antônia não quer acreditar naquela tradição recém-revelada, não sabe dessas rotinas, só recorda a desconfiança que lhe brotava quando chegavam as férias e com elas o primo Geraldo. |Quem te dá o direito de dizer essas mentiras sobre mim na frente do meu filho, na minha própria casa?|. É a vez de tio Carlos se rebelar contra a probabilidade insolentemente posta a nu.

A mãe de Manuel, muito calma, se levanta, toma o filho pela mão, disposta a ir com ele até onde for preciso para recolher as bagagens. |Amor, vamos embora| ela diz ao marido, e o amor aquiesce, liberta o braço da irmã, que desaba, inconsolável, sobre a mesa do café intacto.

Manuel tem a alma em alvoroço, quando imerge carro adentro e enquanto dura o antecipado regresso à cidade, pontuado aqui e ali por coisas que os pais sussurram e ele não se interessa em ouvir. Antes de descerem, enfim, na garagem do edifício, Manuel arrisca |Eu fiz o que gostava, pai, você me disse, eu não prejudiquei, você se zangou?|. Não, não se zangou.

Paulo, sim, sofreu e muito. Amargará inéditas punições, agudos castigos, além da lacerante surra de cinturão que o pai lhe dedica agora com desmesurada precisão.

Mais tarde, Manuel buscou um gordo livro na estante da sala. Abriu onde queria e lê: \reunidos em colônias, nidificam geralmente em árvores ou no próprio solo. Põem dois ou quatro ovos; os filhotes, nidícolas, são assistidos pelos dois sexos\ e sorri no momento mesmo em que Paulo, o corpo ainda latejante de dor, despeja no rio os corpos dos passarinhos abatidos por sua espingarda de chumbinho, vingativa e raivosa, quantas aves inocentes atiradas às águas de um injusto esquecimento.

UMA PROMESSA

Manuel olha a paisagem ao redor do carro imóvel onde está sentado, no banco ao lado do pai, que dirigia. É uma terra muito plana, o horizonte se exibe de todos os lados, debaixo de um céu liso, larga e tensa toalha azul, inundado da luz branca do sol. Manuel se sente no meio de um grande prato de bolo, recoberto por uma redoma de vidro invisível. A vegetação é esparsa, rala, arbustos baixos, ressecados e contorcidos. Ele já aprendeu o nome, cerrado.

|Sítio Cachoeira das Pedras|. Manuel lê a placa irregular de madeira escura com as letras escavadas, presa num poste acima da porteira baixa. Uma cerca de mourões toscos emoldura a porção da propriedade que se consegue ver daqui, da estrada de terra vermelha. |Então é aqui mesmo| confirma o pai, alegre. |Bem que eu reconheci de longe a casa|. Manuel observa a casa, afastada da cerca uns cinquenta metros. Tem janelas e portas pintadas de vermelho, o resto é branco sob telhas cor de barro. No grande alpendre lateral, uma rede se espreguiça ao pouco vento da tarde quente. É o único indício de humanidade, além da estrada de ter-

ra pisada, num vasto perímetro que o olhar de Manuel tem preguiça de mensurar.

|Vamos descer, filho?| convida o pai. |Vamos|. Cada um abre a porta do seu lado e pisa no chão de poeira rubra. |Tudo aqui é seco, pai, é?| Manuel fica parado, diante do carro, olhando para o longe, lá onde o verde do céu se dilui no azul do horizonte circular. O pai chega por trás e abraça ele, pousando as mãos sobre o peito do menino, que tem pouco mais de metade da sua altura. |Muito seco, filho. Principalmente nessa época do ano. Aqui fica muitos meses sem chover, não cai uma gotinha só de chuva, você acredita?|. Manuel acredita. Afinal, o pai nasceu e se criou nesse lugar, tão distante de onde eles vivem hoje. |E você gostava, você era menino, gostava de morar aqui?||Gostava, quer dizer, eu nasci aqui, não tinha escolha, meus pais e meus irmãos moravam aqui||Aqui, nesse sítio?||Não, filho, na cidade, já te contei||Ah, é||Esse sítio, meu pai comprou ele bem mais tarde, eu já tava na faculdade||E hoje ele é do tio, do seu irmão, do tio Mateus?||Matias, sim, agora é do tio Matias, o único dos três que não quis se mudar de volta para a terra da família da gente||Dos três?||É, eu, ele e a ti'Antônia||Ah, é|.

Manuel pega nas mãos do pai, ainda sobre seu peito. Elas são tão lisas, mãos de menino, quase mais que as dele. |Foi legal o tio ter emprestado o carro pra gente vir aqui passar o fim de semana, não foi?||Foi, pai||Você gostou dele?||Gostei, acho, ele fala quase nada, achei, fala pouco||Sempre foi assim, caladão|. Manuel, de fato, ficou três dias em casa do tio, enquanto seu pai se ocupava das tarefas que tinham trazido eles dois de avião para aquela cidade que só faz Manuel pensar num jogo de dominó, ou numa urbanidade egípcia, das vistas em livros. O tio é mais velho que o pai, mais jovem que tia Antônia, e passava a maior parte do dia ao telefone, trancado num quarto cheio de arquivos, mal parecia saber que o sobrinho estava hospedado em seu apartamento. Manuel passou dois dias muito só, com saudades da mãe e de Dasdô, e mal via o pai, que chegava tarde da noite, pouco antes da hora dele dormir.

Agora estão os dois sozinhos aqui, nessa sequidão deserta. |Vai ser mesmo bom, pai, será, a gente, só nós, aqui?||Claro que vai, meu filho||Tô achando aqui feio, tudo aqui muito feio||Mas o sítio é muito bonito, você vai ver||Tem o quê nele?||Tem a casa, que é muito gostosa, tem a mata, com um montão de árvore que meu pai plantou, e principalmente tem a cachoeira||Das pedras||Ãhã, uma delícia||A água, ela é fria, muito fria, pai?||Deve ser, filho, mas não tem problema, né, com esse calor e a secura que faz aqui, água é sempre uma coisa muito boa|. Manuel mudo. O pai se afasta um pouco e |Você abre a porteira pra eu entrar com o carro, filho?||Abro||Toma a chave do cadeado|.

Manuel corre até a porteira. De uma grossa corrente de elos meio enferrujados, que prendem a porteira ao mourão mais próximo, pende um grande cadeado escuro. Manuel insere nele a chave que o pai lhe deu, torce, e o gancho se abre. Com esforço, puxa a corrente toda para um lado, no entanto é mais pesada do que Manuel pode aguentar, e ela acaba caindo no chão, se enrolando feito uma entorpecida cobra de ferro. O pai já manobrou o carro para poder entrar pela porteira. Manuel se apressa em recolher do chão a serpente de metal e puxar a morosa porteira até ela se encostar na cerca. O carro entra, levantando pó. Manuel vira o rosto para o outro lado, protege os olhos com a mão. Puxa a porteira na direção contrária agora, até ela bater na travessa que a impede de avançar para além dos mourões. Com algum esforço, coloca a corrente de volta onde estava e tranca o cadeado.

Quando se aproxima do carro, o pai já está descendo com as bagagens. |É uma pena que já amanhã de tarde a gente tenha que voltar| comenta o pai. |O nosso avião sai de noite, amanhã, é, não é?||Isso mesmo|. Com uma das chaves cedidas pelo irmão, o pai de Manuel abre a porta da casa, depois de terem atravessado o alpendre sombreado. |O tio Mateus tem vaca, também, Matias, que nem a ti'Antônia, tio Matias, tem?| O pai ri. |Vaca? O Matias? Impossível. Ele me disse que só vem pra cá duas vezes por ano, quando lembra que o sítio existe. Nem sei por que não vendeu ainda||E quem cuida?||O caseiro e a mulher||Caseiro?||É. É assim que a gente chama uma pessoa que mora numa casa pra tomar conta dela||Ah. E eles tão aqui?||Não. O Matias me avisou que eles tinham uma consulta, iam ver um médico na cidade. A gente vai ficar aqui sozinho||Ah, tá|. Entram.

O pai deixa cair as bagagens sobre um grande sofá na sala e logo trata de abrir as janelas. O sol entra com muita força, obrigando o cômodo a despertar. Tudo ali é bem simples, os móveis parecem velhos, mas estão inteiros, o chão é de cimento batido, coberto de tapetes de tecido áspero. Manuel avança até a cozinha, que tem no fundo uma porta fechada. Ele gira a grande chave preta que está na fechadura, empurra a porta e vê uma vasta área cimentada e coberta, com uma mesa comprida ladeada de dois bancos inteiriços, um fogão a lenha e três grandes tanques com as respectivas torneiras. Volta para a sala. O pai não está lá. |Pai| ele chama. |Aqui, filho, no quarto|. Manuel segue a voz e encontra o pai num quarto amplo, depositando sua mala sobre uma cama. Cama que ele observa por um minuto antes de dizer |Essa cama, ela não é grande, grande que nem a sua e a da mãe| ele mede com o olhar |Mas é larga, mais larga que a minha|. O pai destrava a mala |É uma cama de viúva|. Manuel arregala os olhos |Cama de viúva? Quem foi que morreu?|. O pai abre um sorriso |Ninguém morreu, meu filho. É assim que se chama uma cama que é mais larga que a de solteiro e mais estreita que a de casal|. Mais estreita que a de casal, Manuel repete para si. |Que nome mais feio, é um nome feio pra uma cama, não gostei|. |É feio, sim, eu nunca tinha pensado nisso antes. A gente se acostuma com o nome das coisas e nem se dá conta||Eu dou conta, sim, eu dou||Eu sei que dá||Cama de viúva, muito feio, que nem cravo de defunto, eu acho horrível, peso morto também, mas gosto de velocidade de cruzeiro|. O pai já sabe, por isso não comenta. Caminha até a porta e diz |Você vai ficar no outro quarto, filho, aquele ali|. Manuel olha na direção apontada. |Tá|. Ele pega sua maleta, entra no quarto indicado, vai até a janela e abre. Esse quarto é bem menor, tem só uma cama estreita e uma cômoda na parede em frente. Manuel volta ao corredor. São quatro portas, duas de cada lado. Além dos quartos já vistos, ele descobre um outro, com duas camas de solteiro e uma estante vazia, e o banheiro, ao lado do quarto maior onde está o pai.

|Pai||Oi, filho||Por que a gente, nós dois, a gente não fica nesse daqui, esse outro quarto, esse, você já foi ver, que tem duas camas?||Porque o tio Matias me disse que aquelas duas camas tão muito velhas, deu cupim, não presta pra ninguém dormir||Ah|. Manuel fica parado, vendo o pai abrir as portas de um enorme guarda-roupa, onde estão toalhas de banho e lençóis dobrados. |Esse quarto, aqui, esse é mesmo grande, não é, pai?||É, filho||O quarto, o meu, meu não, onde eu vou ficar, a cama é pequena| |Cama de solteiro||Aqui a cama é tão grande||Nem tanto, é de viúva||Parece, a cama de viúva, que é bem macia| diz o menino se sentando nela e testando a suposta maciez. O pai se vira para ele |Você quer trocar, meu filho? Quer ficar com esse quarto? Por mim, tudo bem. Eu me mudo pro outro, você quer?|. Não é o que Manuel quer. |Não, pai, esse é seu, você é grande, a cama é grande, não é viúvo, mas é grande, né?|. Manuel sorri, o pai também.

|Vamo espiar o banheiro, filho?||Vamos|. Para Manuel o banheiro é tão vasto que parece maior do que o apartamento inteiro onde eles moram. |Viu só que tem uma banheira?||Vi|.

Tem uma banheira muito grande e engraçada, branca e esmaltada, com patas de leão feitas de um ferro azinhavrado. Acima dela, um chuveiro elétrico. |Como é que faz, pai, pra tomar banho, sem molhar o chão, na banheira?||Tem uma cortina ali, naquele canto, tá vendo?|. Manuel vê, toda repuxada para a esquerda, uma cortina de plástico transparente, presa em argolas também de plástico que correm num cano de metal que vai de parede a parede. |Tô|.

Manuel investiga o resto do banheiro. Tem grandes janelas basculantes que enchem tudo de muita luz. Sobre a enorme pia branca, um espelho que mal merece esse nome. |Pai, o espelho, vê, ele é horrível||É mesmo, filho, tá todo enferrujado, não dá pra ninguém se olhar nele||Mas tem outro ali, ó|. Manuel aponta um pequeno espelho retangular, numa moldura de plástico vermelho, penso num gancho atrás da porta, que eles deixaram entreaberta. |Preguiça do seu tio de trocar o espelho da pia por um novo, vai ver que foi ele que pendurou esse aí, de camelô|. Logo abaixo do espelho o menino percebe outra coisa na porta. |Parece, o cupim, pai, também deu aqui, no banheiro|. O pai se aproxima. É verdade: bem no centro da porta de madeira escura tem um buraco quase redondo, do tamanho de uma moeda pequena. |Será que o tio Matias já viu isso?| o pai comenta, sem dedicar atenção maior à coisa. Manuel se diverte enfiando o pai-de-todos no buraco da porta e vendo a ponta dele sair do outro lado.

Deixam o banheiro juntos. |E agora, pai?||Agora, vamos direto pra cachoeira, Manuel!| o pai responde, muito animado. |Você trouxe calção de banho, filho?||Acho que não, pai||Então, usa uma cueca ou qualquer coisa assim||Tá|. Manuel vai até o quarto onde estão suas coisas. Se despe. Pega uma cueca na maleta, uma já meio apertada, amarela, que a mãe lhe comprou no início do ano e que Dasdô guardou na bagagem sem ele ver. Veste. Tira a meia e o tênis. Calça as sandálias de dedo. Veste também uma camiseta azul, sem mangas, de alças.

|Pronto, filho?| pergunta o pai quando vê ele parado na porta do quarto. |Pronto|. Olha para o pai, que traja apenas um calção de banho preto, os pés em chinelas feitas de tiras de couro entrelaçadas. Manuel já comparou seu pai aos dos colegas da escola. Acha que somente o pai de Licínio é mais bonito que o seu. Isso decerto porque Licínio é o menino mais bonito que Manuel conhece. Os pais dos outros são ou gordos demais, ou magros demais, e seu pai parece que tem o peso justo. Os outros são ou muito baixos, ou muito altos, e seu pai tem a altura que todo homem merece ter. Não tem barba, não tem pelos no corpo todo, só algum nas pernas, mas apenas na parte mais baixa delas, a partir do joelho, e mesmo assim muito ralinhos. Tem pés brancos e delicados, Manuel supõe que de pele muito fina. Tem cabelos pretos, cacheados. A boca de lábios espessos e vermelhos. As mãos macias, que Manuel gosta de alisar. E esses olhos invencíveis, negros e úmidos. A maior alegria de Manuel é ouvir dizer que se parece com o pai. Não acredita, porém, sabe que é feio, mas gosta. Quisera ele ter essa boca e, mais que tudo, esses olhos. Do pai só não conhece o que até hoje não lhe foi dado ver.

|Vamos, filho, antes que fique tarde e o sol vá embora|. Manuel e o pai saem da casa pela porta da cozinha. Vão caminhando, calados, por entre árvores e arbustos de variado tamanho. Tudo é um silêncio de passarinhos afinados. |Fica longe, pai, a cachoeira?||Não, filho, que eu me lembre a gente tem que andar só uns quinze minutos||Ah||Mas é bonito aqui, hein?||É|. Manuel pisa com cuidado o chão coberto de folhas secas, gravetos e pedrinhas.

A todo momento vê formigas em procissão e dá corridinhas para escapar delas. |Pai, que bicho é aquele?||Ah, a gente aqui chama de calango||E ele faz o quê, com a gente, tem cara de cobra||Calango? Não faz nada, ele corre da gente|. Manuel vê o lagarto verde-cinzento cruzar o caminho à sua frente. E logo vê outro. Pensa: calango será o mesmo que teiú?

Manuel tem que acelerar um pouco para acompanhar o ritmo do pai, maior do que ele. Um ruído de água começa a se fazer ouvir, até que chegam, por fim, numa clareira, onde se abre um grande poço, e dentro dele caem as águas de uma cascata que despenca do alto de uma parede de rocha dez vezes mais alta que o pai de Manuel. O sol incide diretamente sobre o lugar. Tudo ali é muito claro e brilhante. Do poço escorre um riacho, que se insinua cerrado adentro.

|Oba, que delícia, hein, filho?|. Manuel mudo. |A água é fria, deve tá fria||Tomara|. O pai tira as chinelas e caminha, resoluto, na direção da ruidosa piscina, até ficar com água pelas canelas. |Pode vir, filho, a água tá fresca, gostosa| e estende a mão para Manuel. O menino chega até a borda. Devagar, se descalça. Tira a camiseta e joga para trás, fazendo ela ficar presa num arbusto. Hesita algumas vezes até permitir que o primeiro pé entre de vez na água. |Tá fria||É só dar um tempo que você se acostuma, vem|. A mão continua estendida. Manuel vai, aos poucos, com os braços abertos, para manter o equilíbrio. |Tem muita pedra no fundo||Claro, essa não é a Cachoeira das Pedras?||Ah||Mas é tudo pedra redonda e lisa, nenhuma vai furar o seu pé, é só tomar cuidado pra não escorregar|. Quando alcança a mão do pai, Manuel tem água até pouco abaixo da cintura. Treme um pouco. O pai abraça ele. |Você tá quentinho, pai||Quentinho nada, tô é pegando fogo com esse sol todo|. Manuel em silêncio. |Vamos juntos até debaixo da cachoeira, tá bom?||Você não me solta?||Não, eu não te solto||Tá|.

Manuel passa o braço em torno da cintura do pai. Já sofreu um terror de afogamento, pouco tempo faz, e a natureza volúvel, voluptuosa da água lhe desperta a mais sincera desconfiança.

A cachoeira é mais alta do que parece, vista de tão perto. E também mais violenta. O som do choque da água que cai contra o fundo do poço faz Manuel pensar nas metralhadoras que já viu em filmes de guerra na televisão. |Vamo entrar junto, tá bem?|. Manuel hesita. |Eu abraço você, filho, não tem problema|. O pai abraça Manuel por trás. |Pisa no meu pé, vai ser engraçado|. O menino aceita a brincadeira. O pai caminha devagar sobre as pedras, levantando a cada passo os pés do filho, hesitantes sobre os seus. A piscina vai se revelando cada vez mais funda, até que Manuel tem água na altura do peito. Quando estão mais próximos da queda d'água, porém, fica rasa novamente. A poucos centímetros dela |É agora, Manuel, vamo nessa!| e ele entra, com o filho bem colado ao corpo, debaixo da larga cortina líquida que desaba com força. Pai e filho gritam, um de alegria, o outro de susto. Manuel se separa do pai, mas fica de mão dada com ele. |É muito forte, pai||O quê?!||É muito forte!||É!|. Quase não se pode ouvir mais nada sob o estrondo surdo de tanta água.

Entre a água que cai e a parede de pedra tem um espaço estreito, pouco mais de um metro de largura, de onde se pode ver a queda incessante por trás, sem ser atingido por ela. Manuel vai até ali. Olha para cima e vê a plataforma de pedra que se projeta e de onde despenca a água, de um rio interrompido em seu curso. A parede atrás dele é lisa e viscosa, úmida, coberta de limo. Manuel nunca tinha visto uma cachoeira por trás. Gosta. Observa agora o pai, que parece estar dentro de um aquário revolto, como um peixe de formas estranhas e contornos fluidos. Peixe que vem na direção dele. |Uau, que delícia de água, não é?|. Estão bem próximos um do outro, se o espaço ali é exíguo. A pele gelada do pai roça de leve a do filho, que se arrepia. |Delícia| ele repete sem convicção. |Essa água caindo em cima da gente faz muito bem pra saúde, sabia?||É?||É, acelera a circulação, faz uma massagem ótima||Hidroterapia||O quê, filho?||Hidroterapia|. O pai sorri |Isso mesmo, onde foi que você aprendeu essa palavra?||Revista, eu leio muito, eu gosto, você sabe||Sei|. O pai olha para cima, alisa a parede atrás deles. |Bem que aqui podia ter uma gruta, não é?||Gruta?||É, que nem aparece nos filmes, sabe, filme de aventura?||Ah||Então, eu acho muito legal. Tem a cachoeira e atrás dela, uma caverna, aonde a gente entra, anda, anda e depois sai em algum lugar misterioso, um reino perdido, coisa assim|. Manuel ri do pai, como se ele agora fosse o adulto e o pai, o menino. |Quero mais dessa hidroterapia| e o pai corre a se colocar de novo sob a água cadente, escandida.

Manuel também avança, tateia a cortina fugaz e toca no pai. Recebe mais uma vez o abraço que impede seja derrubado pela força da cachoeira. Mal consegue mesmo ficar de pé, seus músculos todos se retesam, e tem dificuldade até em manter os olhos abertos. Quanto tempo passam ali, abraçados, oprimidos pelo peso da cascata ininterrupta? Manuel ignora.

Sente que o pai puxa ele de volta para a piscina que a cachoeira escavou. |Vamo nadar um pouco, você quer? Ainda tem sol, já já escurece, vamo aproveitar||Na funda, me segura, na parte funda você me segura?||Seguro, claro, filho||Então quero|. O pai de Manuel se deita na água, barriga para cima, boiando, feliz. |Eu não sei boiar||Claro que sabe, todo mundo sabe||Eu não sei||Qualquer patinho sabe||Eu não sou pato, eu não sei||Qualquer patinho feio sabe boiar||Eu não sou feio!|. Manuel grita com tanta raiva que o pai se assusta. Fica de pé novamente e puxa o filho para junto. |Eu não sou feio!| soluça. |Claro que não, meu filho||Você me chamou, disse que eu sou, feio, patinho feio||Não chamei, eu nunca ia chamar você de patinho feio||Nunca mesmo?||Nunca mesmo, afinal você já é um cisne|. Manuel para de chorar. |Cisne?||Isso mesmo, um cisne, muito branco e muito lindo. Você é muito lindo, meu filho||Na história, o patinho feio cresce e vira um cisne||Naquela história, pode até ser, mas na sua história, Manuel, você já nasceu lindo, um cisne total||Lindo é você, pai||Eu? Imagina! Nasci mais horroroso que um papagaio depenado e cresci mais desengonçado que um peru de Natal!|. Manuel ri da comparação. |O peru só é de Natal quando tá pronto, na mesa, pronto, assado, e a gente, a gente come ele||É isso mesmo, e até hoje ninguém quis me comer porque eu sou muito feio||Não é nada, é lindo, você é um peru de Natal lindo, pai||Você gosta de comer peru, filho?||No Natal, gosto, eu como, a mãe faz, é bom, e tem farofa dentro||Qual o pedaço do peru que você mais gosta?||A coxa||Então, fique à vontade|. O pai levanta a coxa até a altura do rosto de Manuel, que se adianta para morder. |Glu-glu-glu-glu-glu| o pai se livra da mordida e se joga para trás, caindo de costas na água.

Manuel ri muito. |Tô ficando com frio, pai| diz em seguida. |Então vamos sair. Vem cá, pisa de novo no meu pé|. Manuel se confunde, sobe nos pés do pai e fica de frente para ele. |Não, filho, igual a gente fez antes, fica de costas pra mim e pisa no meu pé|. Atravessam a piscina. Chegam na margem. |Pega a sua camiseta e vamos pra casa, filho||Tá|. Manuel primeiro calça as sandálias e logo se dirige ao arbusto onde sua camiseta está presa em alguns galhos mais baixos. Ao se aproximar, no entanto, pisa numa pedra solta, perde o equilíbrio e cai de peito no chão. |Ai, ai, ai| grita. O pai se adianta para acudir. |Você caiu, filho, eu vi||Tá doendo, tá doendo, pai| soluça. O pai coloca ele sentado no chão, se acocora e examina o corpo de Manuel. |Onde é que tá doendo?|. Manuel mostra um ponto no peito esquerdo, logo abaixo do minúsculo mamilo. |Ah, é que entrou aí um pauzinho| e o pai, dedos em pinça, extrai a farpa. Manuel sente a dorzinha aguda e baixa os olhos para ver. |Tá saindo sangue, pai||Só um fiozinho, nada sério, espera aqui|.

O pai corre até a piscina. Com as mãos em concha, recolhe um pouco d'água que traz e derrama sobre o lugar do corte. |Viu? Já lavei o sangue, não sai mais||Não consigo ver||É um furinho de nada, uma cabecinha de alfinete, antes de chegar em casa já fechou de volta|. Manuel olha |Tá saindo sangue de novo, pai||Mas tá doendo?||Doendo, tá não||Então. Você por acaso é uma dessas pessoas que quando vê sangue desmaia?||Eu não||Pois eu sou| e o pai revira os olhos como se fosse desfalecer. Manuel ri. |Ih, pai, você, às vezes, é tão bobo|. O pai se finge magoado. |O sangue tá correndo pela barriga, pai||Já disse, é um fiozinho de nada, ó| e passa o dedo sobre a pele branca de Manuel, recolhendo quase todo o sangue. |Eu chupo, me dá aqui, pai, pra eu chupar||O quê, menino?||Quando eu me corto, o sangue, na mão, no braço, um dedo, eu chupo o sangue, ele para logo, fica bom||Mas se você chupar o sangue que tá no meu dedo, não vai adiantar nada, não é?||Não?| |Claro que não, meu filho, a gente aplica instintivamente a saliva na ferida porque ela age como um desinfetante natural, ela é noventa e nove por cento água, sabia?|. Manuel começa a rir gostoso. |O que foi agora?||Você, pai, falando assim, parece um livro, o meu, o meu livro de ciência, da escola||Bobo, vou lavar meu dedo na água|. O pai vai e volta num átimo. |Continua saindo, tá vendo, pai, o sangue?||Tô||Bem que eu queria lamber se eu alcançasse aí, lambia, o sangue||Deixa comigo então|.

Manuel não acredita no que vai acontecer. O pai, que está de joelhos ao seu lado, se reclina na direção do peito do filho e aplica muito de leve a boca sobre a imperceptível ferida. Manuel sente o coração bater depressa. O que é isso que está correndo dentro dele? Não consegue tirar os olhos do rosto do pai que envolve o minúsculo machucado com os lábios e passa a língua nele duas ou três vezes. |Uhm, que sangue gostoso você tem| ele diz quando termina a rápida operação, que mal durou três segundos. |Agora eu entendo os vampiros| e lambe os lábios. |Meu sangue é gostoso?||Uma delícia, dá até vontade de tomar mais||Então toma|. Manuel não sabe de onde lhe vieram as palavras, nem a coragem de dizer. |Não posso, você é muito magrinho, se perder mais sangue pode se esvaziar todo, virar uma bexiga murcha, e os vampiros não gostam de gente magra|. Manuel lamenta. Inspira com força, estufa o peito, tentando fazer o sangue brotar novamente. Mas apenas uma diminuta pérola rubra se apresenta ali. |A minha mão, pai, eu tô com a mão suja, ó, pega o meu sangue e deixa eu sentir o gosto|. O pai obedece, mas não vai usar a língua, como Manuel quis imaginar. Usa a ponta do dedo, recém-lavado, para recolher a gotícula. |Põe a língua pra fora|. Manuel põe. Nela o pai deposita a ínfima amostra. |É tão pouco, o gosto, nem dá pra sentir, o gosto do sangue| se queixa Manuel.

O pai já se desinteressou do joguinho. Está calçando as chinelas de couro. Apanha a camiseta do filho no arbusto, sacode a poeira, veste ela em Manuel, que ainda está sentado no chão. |Agora você se levanta e a gente vai pra casa, tá bom?||Antes, só se você, um beijo, só se antes você me dá um beijo, pra ficar bom|. O pai se acocora ao lado de Manuel e aproxima a boca do rosto dele. Mas o filho gira a cabeça, veloz, e morde o lábio inferior do pai com tanta força que sente o sangue dele jorrar em sua língua. O pai se joga para trás e grita de dor. Corre até a água para lavar a boca. Volta com a mão sobre o lábio e os olhos cheios de lágrimas. |Que foi isso, Manuel, por que você fez isso com o pai?| e se senta ao lado do filho, tentando conter o choro.

Manuel escapa do estranho beco sem luz aonde tinha se perdido. Já viu seu pai chorar antes, de surpresa, de saudade e de prazer, mas agora vê ele chorar de dor, primeira vez. Uma dor que ele mesmo, Manuel, já sente, íntegra e áspera. |Pai, desculpa, eu, não queria, o beijo, só queria, pai, desculpa, o beijo|. O lábio inferior do pai volta a sangrar muito, e os dedos pousados nele logo ficam manchados de um vermelho vivo que escorre mão abaixo, desce pelo braço e goteja no chão. Manuel tem ímpetos de colar sua boca naquele lábio ferido, lamber lamber lamber todo o sangue até a ferida se fechar, até a dor terminar, até o mundo se acabar, até ele morrer. |Me dá a sua camiseta| o pai diz, pronunciando com dificuldade, mas num tom calmo. Manuel se despe e dá a camiseta ao pai, que dobra ela algumas vezes e usa como um tampão sobre o lábio. |Vamos embora, meu filho|.

Os dois se levantam e começam a caminhar. Manuel, ao lado do pai, não tira a vista do chão. Quando se atreve a levantar os olhos, vê a camiseta já empapada de sangue. Pega na mão do pai, que se fecha em torno da sua, e assim prosseguem, em silêncio. Manuel nunca viu o pai perder a calma. Na escola, ouve, espantado, as histórias dos colegas sobre brigas, bate-bocas, pisas, lapadas. Uma vez, o pai de Célia foi buscar a filha na escola e entrou na sala de aula aos gritos, agarrou a menina pelo pescoço e saiu arrastando ela pelo corredor. Mais tarde descobriram que Célia tinha deixado cair café na Bíblia ilustrada que o pai mantinha aberta na sala. Rogério um dia deixou escapar que o pai, às vezes, batia na mãe. Manuel ignora toda essa tradição, que vai descobrindo existir em tantas famílias. Seu pai, ave rara, é homem que se dissolve em lágrimas onde outros se entregam à fúria. Talvez porque seja de fora, quase estrangeiro, de outro lugar, com outros costumes, ele não sabe. Mas sabe que amigos e parentes quase se escandalizam com aquele jeito de tratar o filho. Manuel gosta de ouvir o pai contar que os homens da família não sabiam o que dizer quando viam ele trocar as fraldas do menino, dar banho nele, preparar a mamadeira, acordar de noite para ir ver por que Manuel estava chorando. \Eu só começo a prestar atenção em filho meu quando ele já anda e fala\ contam que disse certa vez um parente da mãe, que não se conteve diante da visão, quase obscena, de Manuel tomando mamadeira no colo do pai.

Quando entram na casa, o pai vai direto para o banheiro, Manuel acompanha, um passo atrás. O pai se olha no espelho enferrujado, que pouco concede ver como está o lábio. De todo modo, o sangramento parece que já estancou. |Essa camiseta já era, filho, vamo ter que jogar no lixo, tudo bem?| a voz do pai é tranquila. |Tudo bem|. Manuel recebe a camiseta que o pai lhe estende. |Tá doendo, pai?||Não, filho, já passou|. O pai abre a torneira, aproxima o lábio da água e deixa ela correr por alguns instantes sobre a ferida. |Agora, vai ficar inchado por uns dias| explica, depois de fechar a torneira. |Vai ficar parecendo uma pitanga gorda| sorri. Manuel não acredita que pôde desfigurar aquele rosto perfeito. |Pai, você vai ficar feio, a culpa, desculpa, a culpa é minha| e tem vontade de chorar. O pai se aproxima dele, lhe dá um abraço. |Deixa de bobagem, meu filho, tá tudo bem. Eu sei que foi sem querer. Eu sei que você nunca ia querer machucar o pai||Nunca||Então. Agora, deixa essa camiseta lá na área de serviço, num daqueles tanques. Mais tarde a gente bota fogo nela||Fogo?||É. Aqui no sítio não tem serviço de lixeiro. O que não pode ir pro fogo tem que ser levado pra cidade||Ah||Na volta, passa no meu quarto, pega duas toalhas de banho que tem no guarda-roupa grande e traz aqui. Seu tio disse que tem sabonete e esponja no armário da cozinha. Pega também||Tá|.

Manuel sai, levando a camiseta. Quando chega na área de serviço, antes de jogar a camiseta num dos tanques, aproxima ela do nariz. Sangue não cheira, não tem cheiro, é esquisito, pensa. O gosto ele já conhece, há pouco experimentou o gosto do sangue do pai.

Vai até o quarto, pega as toalhas, encontra o sabonete e a esponja na cozinha e volta para o banheiro. |Pronto, pai||Bom|. O pai caminha até a banheira, torce a torneira do chuveiro, que logo começa a despejar um jato não muito forte, acompanhado do constante som elétrico. |Vem cá, filho, vem|. Manuel se aproxima, sem imaginar o que está por vir. Desde pequeno, foi ensinado a tomar banho sozinho. Por isso, se surpreende quando o pai, sem nenhuma cerimônia, se agacha ao lado dele, puxa a cueca do menino para baixo, faz ele levantar as duas pernas para ficar completamente nu. |Você se sujou muito no tombo, por isso eu vou dar banho em você. Entra na banheira, filho|.

Trêmulo, não sabe de que frio, Manuel obedece. Logo se põe debaixo do jato de água morna e fica a observar o pai, que entra na banheira, sem tirar o próprio calção de banho, e puxa a cortina de plástico para a direita, fazendo aparecer desenhos azuis de conchas e estrelas-do-mar. A barra da cortina fica dentro da banheira.

|Já se molhou? Agora, vem cá| e puxa o filho por um dos braços. |Essa história de você tomar banho sozinho, aposto que não lava tudo direito como deve||Lavo sim||Vamos ver só|. Ele se ajoelha e inspeciona atrás das orelhas do filho. |Ixe, aqui mesmo é um lugar que nunca viu sabão na vida|. Esfrega com alguma força a esponja ensaboada nas orelhas de Manuel. |Ai||Não tem jeito, filho, se não essa craca de sujeira não sai|. Esfrega mais. |Pronto, agora sim, limpinho||Eu não consigo ver atrás da orelha||Isso não é desculpa pra não lavar. Tem outras partes do corpo que você não enxerga, mas que tem que lavar também, não é?||É||E também aposto que tem coisas que você enxerga mas não lava direito, quer ver só?|. Com muita naturalidade, o pai aproxima o rosto da entreperna de Manuel, usa dois dedos para segurar o miúdo pingente enrugadinho, puxa a pele para trás, exibindo a pequena pérola

cor de malva. Cheira. |Não falei? Esse cheiro de leite azedo é falta de lavar direito, eu já não te ensinei como é?||Já||Não pode ter preguiça, filho, higiene é coisa séria, ainda mais nesse lugar| diz o pai enquanto ensaboa todos os pequenos apetrechos com cuidado, usando a ponta dos dedos. Manuel contém o fôlego enquanto acompanha a operação, perdido entre a culpa e um sentimento anônimo. |Agora, vai tirar o sabão|.

Manuel se põe debaixo d'água. Volta. |Fica de costas pra mim|. Manuel fica. O pai esfrega a esponja nas costas do menino, vai descendo até a perna esquerda, esfrega o peito do pé, passa para a outra perna, sobe pela coxa, sempre a esfregar com mais força do que Manuel desejaria. |Abre as pernas um pouquinho, filho|. Manuel abre. Sem a esponja agora, usando apenas a mão ensaboada, o pai lava a parte interna das coxas, massageando de leve. Manuel está de olhos fechados, muito disposto a sonhar. Mas logo é despertado por um dos dedos do pai que, por acidente, talvez excesso de sabonete, resvalou brevemente no segredo mais oculto de seu corpo. Um rápido tremor agita suas pernas. |Desculpa, filho, eu te arranhei?||Não, pai||Eu tô com a unha um pouco grande, preciso cortar, tem certeza que não te arranhei?||Não|.

O pai gira Manuel e fica de frente para ele. Ensaboa o peito do filho, os ombros, os braços, debaixo dos braços, fazendo Manuel rir das cócegas. |Pronto, filho, vai tirar o sabão. Capricha, hein? E molha bem a cabeça|. Manuel vai, deixa cair muita água no corpo todo, passa as mãos por todos os lugares que elas alcançam. Volta. |Muito bem, filho, agora cê tá limpinho e cheiroso|. Manuel traz na boca umas palavras, sôfregas por ganhar o mundo, e seus olhos vibram, ansiosos. O pai percebe. |Que foi, filho, pode dizer||Pai| |Sim?||Eu quero, eu posso também, você, é, dar banho em você, também?|. O pai hesita um instante, mas logo decide |Não, filho, não vai dar certo, eu sou muito alto pra você|. Manuel esboça uma objeção, formula hipóteses, mas |Agora, você sai da banheira, se enxuga bem e me espera lá no meu quarto, enquanto eu tomo um banho rápido|.

Manuel queria passar o resto da vida naquela banheira, mas sabe que a vida é somente uma sucessão de impossibilidades. O pai já fechou a torneira do chuveiro e puxou a cortina de plástico toda para um lado. Manuel desce da banheira, pisa no chão de azulejos encardidos, apanha a toalha que pende de um gancho e começa a se enxugar. Fica imaginando se o pai vai começar a tomar seu banho enquanto ele ainda está ali. Mas |Pronto, filho, agora você sai, acende a luz porque já tá escurecendo, e fecha a porta, tá? Mas, olha, não veste nenhuma roupa ainda, viu? Fica só enrolado na toalha, tá bom?|. Manuel não entende. |É que eu prometi pra sua mãe que ia passar um hidratante em você, por causa da secura daqui. Ela me deu um pote enorme e se a gente voltar pra casa com ele cheio, ela não vai gostar|. Manuel quase diz \deixa que eu passo, pai\, mas um vislumbre do futuro lhe tapa a boca.

Enrolando desajeitadamente a toalha em volta do corpo, ele sai do banheiro e fecha a porta atrás de si, depois de ter deixado a luz acesa. Vai para o quarto do pai, imerso em penumbra. Se senta na cama de viúva. Por sua cabeça passam visões e pensamentos tão rápidos e disparatados, um enxame de abelhas irrequietas, zumbindo sua impaciência. Uma ideia, de repente, na verdade uma lembrança, se apodera integralmente dele, expulsando todas as outras. Envolvendo melhor a toalha no corpo, evitando que ela se arraste pelo chão e, assim, que tropece nela, caminha de volta até a porta fechada do banheiro. Sim, aqui está. A pequena brecha quase redonda, quase uma moeda, quase na altura exata dos olhos de Manuel, quase como se tivesse sido aberta de propósito para ele.

Manuel arrisca olhar. Seu corpo todo treme, o sol está indo embora, agora sopra um vento seco na casa grande e desabitada. E o que ele vê é a cortina de plástico novamente expandida, cheia de dobras, exibindo seus ornamentos marinhos. Atrás dela, debaixo da água do chuveiro, a figura do grande peixe vertical apenas discernível, num aquário ainda mais opaco do que mais cedo, sob a cachoeira. Manuel avista, jogado sobre a borda da banheira, aquém-cortina, o calção de banho preto. Seu queixo treme um pouco mais. Ele morde a toalha para não bater os dentes de frio. Só agora vê que a outra toalha de banho está pendurada no mesmo cano por onde corre a cortina de plástico. De repente, o chiado do chuveiro elétrico se extingue. Manuel prende a respiração, tenso e teso. E aquela mesma toalha é puxada para dentro da banheira. Transcorrem infindáveis segundos. Agora a cortina é afastada, e o pai de Manuel, com a toalha envolvendo o corpo da cintura para baixo, sai do banho. Manuel inspira fundo.

O pai se aproxima da pia, tenta se olhar no espelho deteriorado, quer ver de novo o estado do lábio mordido. Logo se lembra do outro espelho, preso atrás da porta e caminha para lá. Manuel fica tão surpreendido que seu corpo inteiro se congela e apenas o olho preso no orifício vibra, elétrico. Só consegue ver agora as felpas da toalha, tão próximas que parecem grossos pelos brancos de algum bicho lanoso. Manuel não vê que o pai está levando as duas mãos para apalpar o lábio ferido enquanto se olha no espelho, mas vê a consequência inesperada desse gesto: a toalha que desliza pernas abaixo. E diante da pupila do menino aparecem formas indistintas, um trecho de pele rodeado de pelos escuros. Manuel não consegue traduzir essa visão, porque só agora lembra que seu olhar nunca experimentou a nudez de um homem adulto. Não respira, não se move, quase lhe parece que o sangue também parou de circular pelo corpo. Está a poucos centímetros do pai, separado dele pela escassa espessura da madeira. Consegue até sentir em seus próprios pés as gotas que escorrem do corpo ainda molhado do pai e vazam por debaixo da porta.

Mas essa eternidade não dura mais que um átimo. Porque agora o pai recolhe a toalha caída, se afasta da porta, na direção da banheira, e vai começar a se enxugar, de costas para o olhar de Manuel. Nu, apoia um dos pés na borda da banheira para secar a perna. Baixa o pé ao chão e repete o gesto com o outro pé, para enxugar a outra perna. Passa a toalha pelo dorso, presa entre as duas mãos. Manuel treme de impaciência. Até que o pai se vira, a toalha solta à sua frente, cobrindo a maior parte do corpo, caminha até quase o centro do banheiro, puxa a toalha toda para o alto da cabeça e se põe a enxugar os cabelos, sem pressa. E Manuel então pode ver, olhar, contemplar, observar, descobrir, distinguir, medir, calcular — e conhecer.

Tudo é um vórtice de atordoante ineditismo. Um reino perdido se desdobra diante de sua retina siderada, uma terra incógnita, paraíso insuspeitado de violenta novidade que ameaça explodir seu pequeno coração virgem. Ver ver ver. Ver e se absorver na vertigem. Ver e sobreviver à admiração quase tátil, à ânsia de sopesar as glórias suspensas no amorável invólucro, orquídea ciumenta de seus bulbos. Ver e se comover na elegância longilínea do estojo pênsil, península que se projeta do bosque aprazível, inconsútil pergaminho, cápsula perfeita para abrigar a gema escondida, mas que subitamente se revela, total, quase glóbulo, ametista mística, para que o dono, todo carinho e apreço, lhe dedique o zelo que requerem as joias mais exigentes, que não podem ficar úmidas.

Manuel anseia por um mundo sem relógios, amaldiçoa o tempo. Queria um mundo imóvel, anterior às horas, onde toda comoção se resuma a essa imagem milagrosa que inaugura para ele, recém-

-renascido, o espaço, a verdade e a vida. Mas sabe, ou saberá, que esse mundo só cabe existir no chão movediço da futura desmemória, enterrado fundo até se converter em saudade fóssil, ausência latente, ideograma fluido e, bem por isso, intraduzível, a não ser sob o nome do mito.

O pai finalmente prende a toalha na cintura. É o sinal que Manuel não esperava para abandonar, com o sofrimento do inexorável, pois nenhum retorno aqui jamais será possível até o fim das eras, o pedaço de hora e terra mais importante da história. Depressa vai para o quarto, se deita na cama de viúva, crispado da revelação, ferido de mistério.

Pronto chega o pai, enrolado na toalha. |Demorei muito, filho?|. Manuel começa a chorar. Chora e soluça, o corpo todo treme, derrotado de paixão. O pai se senta ao lado dele na cama. |Que foi, Manuel, por que é que você tá chorando?|. Manuel funga. |Tô com saudade da mãe|. O pai lhe dá um beijo na testa, lhe acaricia os cabelos. |Eu também tô, filho, mas amanhã a gente viaja de volta pra casa, ela disse que vai buscar a gente no aeroporto, é só esperar mais um pouquinho, tá?|. Manuel tenta juntar seus cacos, quer sair dali, quer existir bem longe do pai, eternamente. |Agora fica bem quietinho que eu vou passar em você o creme hidratante que ela mandou|. O pai vai até a mala e de lá retira um pote branco redondo, com tampa vermelha. |É o mesmo que ela usa, sente o cheirinho, é gostoso| e aproxima o pote agora aberto do nariz do filho. Manuel reconhece o perfume. |Então, sentir o cheirinho da mãe já é um jeito de ficar mais perto dela, não é?|. Manuel, limpando as lágrimas com as mãos, assente com um gesto da cabeça. |Você gosta, pai, do creme, o cheiro desse creme?||Gosto muito, porque me lembra a sua mãe|. Então Manuel também gosta de cheirar como a mãe.

O pai puxa devagar a toalha que envolve o corpo do filho e deixa que ela se amontoe numa cadeira ao lado da cama. Recolhe com a mão direita um pouco do creme do pote, esfrega as duas mãos para espalhá-lo bem e |Deita de bruços, filho, pra eu passar o creme nas suas costas|. Manuel obedece, estende os braços ao longo do corpo, e o pai logo começa a lhe massagear os ombros. Manuel fecha os olhos para se concentrar nisso, acompanhar sem ver o deslizar dessas mãos. Se deixa levar, se perde entre nuvens de perfume, recebe na pele um calor intenso e doce, leves comichões como se rolasse na areia fina da praia. Agora o calor é liso e arredondado, uma alegria toda feita de seda mansa, o corpo transformado em vale acolhedor. Tem a impressão de estar maior, de ter crescido, de ocupar todo o comprimento da cama.

|Agora vira de frente, filho|. Ainda de olhos fechados, Manuel rola sobre o corpo, se deita de costas, pronto para nova e íntima navegação. |Xi, parece que tem um passarinho aqui pronto pra sair voando|. Manuel não entende o que o pai quer dizer e abre os olhos. Só então descobre que alguma coisa brotou entre suas pernas, uma pequena vela, acesa de invisível chama. Todo desfeito em desespero, corre a se tapar com as duas mãos trêmulas, balbucia |Pai, desculpa|. O pai sorri, afasta com gentileza as mãos do menino. |Desculpar o quê, filho? Isso é a coisa mais normal do mundo. Eu também sou menino, lembra?|. O pai dá um leve piparote no pequeno círio impertinente |Pelo menos agora ele tá limpinho e cheiroso| e volta a passar creme nas mãos para retomar a massagem.

Manuel agora é todo agrura e desconforto. Quer fugir do próprio corpo, evanescer feito fumaça, esquecer que jamais nasceu. Mantém os olhos bem abertos, retesa os músculos e sente que a vela se derrete e se abate, apagada pelo irrefreado temor de ser feliz onde não quadra. Parece que o pai percebe aquela confusão e em poucos instantes conclui a tarefa. |Pronto, filho, agora você pode se vestir|. Manuel salta da cama, agarra a toalha sobre a cadeira e corre na direção do quarto onde estão as suas coisas, menos o senso e a razão.

Bate a porta atrás de si. Abre a maleta e dela retira o pijama. Enquanto se veste, um cinema incoerente e líquido lhe escorre delírio adentro. Tem muita água, água da cachoeira, uma cachoeira de sangue, uma banheira de sangue, uma piscina de creme hidratante, o pai coberto de pelos, uma banheira de lágrimas, ele mesmo nu, a água brotando da ferida de seu peito, as lágrimas jorrando dos lábios do pai, o sangue esguichando do vão entre suas pernas, suas mãos estrangulando um passarinho de asas abertas e penas vermelhas cheirando a leite azedo.

A porta se abre. |Pronto, filho, vamo inventar alguma coisa pra gente comer?|. Manuel olha para o pai, que veste uma bermuda verde e uma camisa muito branca com botões escuros. Sente alívio. Sabe agora que seu pai vestido é que é seu pai. Nu, é outro homem, imigrante de outra república, desconhecida e perigosa. |Vamos|. O pai fecha a janela, por onde já se inscrevia o prefácio da noite.

Na cozinha, Manuel se encosta no grande balcão de pedra da pia. |Seu tio me disse que tem alguma coisa de comer por aqui, no armário da cozinha, que o caseiro deixou|. O pai abre a grande porta dupla de um armário alto, de madeira escura. |Vamos ver, macarrão, molho de tomate pronto, azeitonas, alho, cebola||Aqui não tem geladeira?||Não sei, mas parece que não. Pode ser que na casa do caseiro tenha||Pode ser|. Pausa. |Oba, uma garrafa de vinho| |Você não bebe||Não bebo sempre, nem bebo muito, mas até que um vinhozinho hoje vai cair bem||A mãe diz, você quando bebe, você fica tonto, no primeiro copo, você fica logo tonto, ela diz||Fico mesmo, não tenho muita resistência pro álcool, me dá logo um sono danado||Sono?||É||Eu não sabia, sono|.

O pai recolhe algumas coisas, fecha as portas do armário, e põe tudo sobre o balcão da pia. |Vamos fazer um macarrão gostoso, filho?||Adoro macarrão||Eu sei||Adoro o que você faz, o macarrão||Não tem nada de mais||Adoro||Quer aprender como é? É muito fácil||Eu já sei, já vi Dasdô, quando ela faz eu ajudo, já vi Dasdô fazer macarrão, eu ajudei ela||Ótimo, então vamos ver se aprendeu direito. Por onde é que começa?|. Manuel, desafiado, passa o olhar pela cozinha e vê as portas sob o balcão da pia. Abre a primeira, panelas. Escolhe a que lhe parece maior. Leva para debaixo da torneira e enche de água até pouco mais da metade. |Agora, o fogo, acende você, eu tenho medo de me queimar, pai, você acende o fogo|.

Enquanto esperam ferver a água e o molho, já em outra panela, o pai procura e acha um saca-rolhas, abre a garrafa de vinho e verte um pouco num copo de vidro. Manuel admira a cor de sangue escuro da bebida. O pai toma um gole, aprova o sabor, e enche o resto do copo. |Quer um pouco, filho? A gente mistura com água, não quer provar?||Não, pai, não gosto, vinho, acho ruim| |Quer comer alguma coisa, enquanto o macarrão não fica pronto?||Tem o quê?||Aqui no armário eu vi um pacote de bolacha, quer?||Quero|.

Manuel mordisca uma bolacha salgada, sentado num banquinho de madeira, as costas apoiadas na parede fria da cozinha. O pai, de pé, entre a pia e o fogão, cuida das panelas, enquanto vai tomando seu vinho em pequenos goles. |Como chama, o nome dele, desse vinho?||É um vinho português, o nome dele é Periquita|. Manuel ri, com gosto. |Periquita, pai?||É, isso mesmo, é um bom vinho| |Que nome mais engraçado||É engraçado, sim|.

A água ferve. O pai despeja dentro dela o macarrão todo de um pacote. |Pene, não é, pai? Esse macarrão, é pene||Isso mesmo||Eu gosto|. O pai usa um garfo para agitar a massa na água. Depois, para grande surpresa do filho, derrama um pouco do vinho de seu próprio copo dentro do molho, que ferve em fogo baixo. |Vinho, pai, cê jogou no molho, vinho no macarrão?||Joguei, Manuel, dá um toque especial, você vai ver||Acho que não gosto, não vou gostar||Nem dá pra sentir, filho, é só um dedo de vinho, ele desmancha no molho||Nunca vi||Pois agora está vendo, é sempre bom ver coisa nova, diferente, cê não acha?|. Manuel é obrigado a concordar com o pai.

|Enquanto eu termino de fazer a comida, você não quer ir arrumando a mesa, filho?| Manuel encontra pratos e talheres também debaixo da pia. Na pequena mesa da cozinha, coberta por uma toalha de plástico vermelha, prepara o seu lugar e o do pai, um em frente ao outro. Dispõe garfos, facas e colheres sobre guardanapos de pano, que encontrou dobrados sobre a própria mesa. |Não tem nada pra beber, pra mim, pai?||Acho que não, filho, só água mesmo||Tá|. Manuel vê que o copo do pai já se esvaziou. Vai até a garrafa, lê o rótulo |Periquita|, sorri e serve mais vinho ao pai. |Obrigado, filho|.

|Já tá pronto, me dá o seu prato| e Manuel dá. O macarrão está cheiroso e fumegante. Manuel se senta, espera que o pai também se ponha à mesa para então começar a comer. |Bom apetite, filho||Você também, pai|. Manuel come, aprecia a comida que o pai fez. |O vinho, não tem gosto de vinho, pai, você disse||Mas o molho fica mais perfumado, não fica?|. Manuel não tem ideia do que seja um molho de macarrão perfumado, mas concorda com o pai |Fica|. Comem, e só agora percebe que tem fome, que desde que saíram da cidade, depois do almoço na casa do tio, não comeram mais nada. O pai alterna as garfadas com goles de vinho. Manuel conta. O segundo copo se foi. A garrafa está sobre a mesa e ele mal deixa o copo do pai esvaziar e já lhe derrama mais bebida. |Será

que eu tomo mais? Não sei, os dois copos famosos já se foram| |Mas você não tá tonto, tá, pai?||Eu? Nem um pouco. Esse vinho é bom|. E bebe.

Comem em silêncio. Manuel repete. O pai também. Quando terminam de comer, o menino vê que na garrafa de vinho resta pouco mais de dois dedos da bebida. Tenta despejar no copo do pai. |Não, filho, chega, já bebi demais, já tô ficando meio zoró| |Zoró?||É, zonzo, zureta, zoró|. Manuel acha graça nas palavras. |Mas só tem, pai, vê, um restinho, só tem um restinho de nada, vai deixar, não vai deixar, vai?| e verte o que sobra no copo, que já não recusa a bebida.

Manuel contempla o rosto do pai, o lábio desfigurado do pai, que de repente |Cê promete que não conta nada pra ninguém?| num tom de voz que Manuel não reconhece. |O quê, pai, contar o quê?||Nada, não conta| e o pai estende um braço por sobre a mesa, alcança o rosto do filho, faz carinho nele com os nós dos dedos encurvados. |Não conto, pai, conto nada| diz Manuel, confuso, sem saber se é da água, do sangue, das lágrimas ou do vinho que se trata. O pai alisa com a ponta do dedo indicador a sobrancelha direita do filho. |Olho mágico, Manuel, não conta nada|. O coração de Manuel é uma bússola desnorteada.

O pai recolhe a mão. Usa ela para segurar o copo, que levanta e, com um sorriso |Saúde pra nós dois|, toma de uma vez só o pouco vinho que restava. |Pai, você tá engraçado||Você também tá||Eu?||É, você, você é sempre uma graça| o pai se ergue de repente. |Zoró, filho, completamente zoró| ele diz, rindo. |Aonde você tá indo?||Eu, meu filho, eu tô indo me deitar, tô com a cabeça girando, tontinho. Vou me deitar. Você também vai e se deita, tá?||Tá|. |Escova os dentes, hein?||Tá, pai, você também||Eu também| e sai da cozinha.

Manuel fica ainda sentado por alguns instantes, indeciso. Ouve o pai caminhar pela casa. Por fim, se levanta. Vai. Encontra ele no banheiro, diante da pia, tentando se olhar no espelho carcomido. Quando vê Manuel junto da porta, o pai se vira para ele |Eu tô muito feio, com essa boca inchada| a voz pastosa. |Desculpa, pai| |Você me deixou muito feio||Pai, desculpa||Por que você fez isso comigo?| o tom é choroso. |Pai, eu te amo| soluça Manuel e corre para se envolver na cintura dele. |Ama| murmura o pai, irritado por não conseguir se ver direito no espelho. Manuel se solta do pai. Lembra que tem de ir pegar sua escova no quarto. Vai.

Não sabe onde ela está. Despeja todo o teor da maleta sobre a cama estreita. Revira as roupas limpas e as sujas. No meio delas não encontra a escova de dentes, esquecida talvez no apartamento do tio. Devolve as roupas à maleta, sem se importar com a mistura que faz das sujas com as limpas. Sai.

Quando chega no banheiro, o pai não está mais lá. Espia no corredor e vê a porta do quarto dele fechada. Já foi se deitar. Manuel de repente topa consigo muito só, quase abandonado. Vai até a pia do banheiro. Descobre ali a escova de dentes do pai, pega, ainda está úmida. Escova os dentes com ela. Lava o rosto. Se enxuga. Apaga a luz do banheiro. Volta a olhar para a porta do quarto do pai. Caminha até lá. Encosta o ouvido. Nada. Já dormiu? Vai até seu quarto. Põe a maleta no chão, ao lado da cama. Puxa a coberta de tecido grosso. Debaixo dela, o colchão não está forrado. Vai até a cômoda e abre uma das gavetas. Tem um travesseiro ali e um lençol dobrado. Pega. Não sabe forrar o colchão, por isso puxa a colcha de volta. Vai se deitar sobre ela e se cobrir com o lençol. É a primeira vez que vai dormir assim, sem nenhum adulto para lhe dar boa-noite, apagar a luz e fechar a porta, hoje é um dia de inaugurações.

As luzes da cozinha, da sala e do corredor ainda estão acesas. Ele vai e apaga a da cozinha e a da sala, mas não a do corredor. Decide que vai deixar acesa, para a solidão não ficar tão escura. Não fecha toda a porta do quarto, apenas encosta, deixando uma pequena brecha, por onde entra a claridade que vem do corredor. Se deita. Puxa o lençol sobre o corpo. E descobre que não tem sono. Tem frio e tem tristeza. Se encolhe, abraça as pernas, tenta se enrolar no lençol. Fecha os olhos.

Pouco acima da cama, a janela do quarto, veneziana. Por suas frestas finas penetram sussurros do silêncio grosso que envolve a casa toda, tão exilada de tudo, remota ilha em meio ao cerrado plano e pleno, oceano resseco, circunferente. Manuel não decifra o que ouve. Abre os olhos. Distingue o crepitar das folhas secas que alguma brisa muito leve arrasta. Julga escutar o marulhar da cachoeira, na distância que a noite reduz. Mas um pio grave e abafado ele não sabe o que é. Nem o rumor renitente que ronda a janela. Tem frio. Fecha os olhos.

Mas logo se sobressalta. Sob as pálpebras baixadas percebeu a fuga da claridade. Abre os olhos. A lâmpada do corredor se apagou. Sua vida agora está submersa na escuridão. Ele não sabe que a eletricidade, nesses ermos rurais, é voluntariosa, faz manha e birra, bate o pé e reluta. Manuel treme de frio. E de medo. Sem a barreira da luz, a noite dissolve as paredes da casa e agora invade todos os cômodos com seus odores opacos, seus ruídos felpudos, sua névoa toda feita de sem-cor. Manuel se senta na cama, trêmulo. Um gemido, um grito, um miado, sei lá, penetra em seus ouvidos com a acidez de uma ameaça, e seu coração pulula. Ele se levanta da cama, estende os braços à sua frente para tatear o invisível. Topa com o interruptor, que despreza suas investidas. Encontra a porta, que puxa para o lado. Apalpa a parede do corredor. Vai colado a ela até a porta do quarto do pai. Abre. |Pai|. Silêncio. |Pai|. Nada.

Com passos mínimos, avança no rumo da cama. A treva é surda, absoluta. Seus pés, ineditamente descalços, pisam em algum tecido largado no chão. Manuel se agacha e recolhe uma peça de roupa que, tateando, avalia ser a camisa que o pai estava usando. Sem soltá-la, aliás abraçado a ela, continua a buscar a cama. Bate nela com a perna. Inclina o corpo um pouco para a frente, estende um braço. Encontra o pé do pai, descoberto. Solta a camisa, que cai de novo no chão. Usa as mãos para tatear a largura da cama de viúva. Acha o ângulo. Esse é o lado desocupado, seu pai está deitado no outro.

Manuel se estende sobre a cama. Agora pode ouvir o ressonar muito suave e regular do pai. Avança a mão hesitante na direção dele. Toca os cabelos. Se arrasta na cama para um pouco mais perto. |Pai|. Sem resposta. |Pai| diz um pouco mais alto. Sono enraizado. Manuel então alisa os cabelos do pai. Se chega para mais perto ainda. Só se detém quando a ponta do nariz toca o rosto do pai. Desce a mão dos cabelos para a testa, da testa para o nariz, e sente na palma da mão o respirar compassado. Com a ponta de um dedo, toca a boca do pai. Então se lembra do que fez, e seus olhos se umedecem de pronto. |Pai, desculpa| ele diz quase sem voz. Aproxima seus lábios do rosto do pai e lhe dá um beijo muito leve. Logo outro e mais outro. |Pai| ele diz para quem não está ouvindo nada além das vozes que tumultuam algum sonho longínquo. |Desculpa| e pousa sua boca sobre a boca do pai. Sente que está seca, entreaberta e que dela sai um hálito de vinho. Beija o lábio superior do pai. Quando vai beijar o inferior, sente a diferença na espessura, o inchaço. Lágrimas escorrem dos olhos do filho e pingam sobre a pitanga gorda prometida e cumprida. |Pai, eu te amo| ele pensa ou diz. Passa a mão pelo peito do pai, liso e sedoso. Dá um beijo ali também e apoia a cabeça. Ouve o coração, ritmado relógio.

A cabeça apoiada sobre o peito do pai, ele estende a mão mais para baixo, à cata de um lençol ou o que o valha para se cobrir, e seus dedos de súbito topam com os pelos que Manuel, até ainda há pouco, não sabia que existiam. Retrai a mão, levanta a cabeça, tomado da verdade e do susto daquele encontro. Seu pai está dormindo nu. O vinho se abateu pesado sobre ele, teve tempo apenas de arrancar as roupas e cair na cama, na mesma posição em que está agora. Então esse aqui não é o meu pai, é o outro, o estrangeiro, o que só comparece pelo orifício da porta ou vestido apenas com os ventos secos da noite, cheirando a vinho.

Por isso, Manuel ousa prosseguir, peregrino cego. Não sabe o que é um olho mágico, mas gostaria de ter um que diluísse o véu da noite, para divisar os contornos desse breu. Volta a tocar nos pelos, afaga, tenta calcular a espessura, a densidade. E por fim a palma de sua mão, de sua mão trêmula, de sua mão trêmula e gelada de sôfrego pavor, toca essa outra pele, esse outro ser, ainda mais profundamente adormecido, entorpecido quase, indefeso, descontraído, presa fácil para qualquer ave rapace.

Confiante na largura do sono, tantas vezes reiterada, ele usa a mão menina para reconhecer, agora pelo tato resoluto dos dedos que já não temem, antes vibram de um inesperado calor, para reconhecer as formas móveis, maleáveis, já não ideais, muito tangíveis, que se entregam a ele, quase plásticas. Já com as duas mãos agora, sopesa, envolve, aconchega. Tomado de absurda fé, demite a habitual covardia, avança devagar o rosto até ali. Imerge o nariz na penugem suave e perfumada, e beija tudo o que seus lábios não veem, só adivinham, instruídos pela memória ainda fresca. Depois, volta a aproximar os mesmos lábios dos ouvidos dormentes. Está impaciente por ser perdoado, não suporta esse remorso obscuro sob os olhos vazados da noite, esse amor sem eco. Repete a sílaba surda no ouvido do homem que sonha, mas ele não responde. Como suspeitava, esse aqui não é o meu pai.

Por isso, quando o adormecido se move para o lado e, assim, cai por cima dele, Manuel não reage, todo passivo e sem paz, e se deixa abarcar pelos braços pesados que o envolvem, pelas pernas que se entrelaçam nas suas, tão menores. |Ama| é a palavra que Manuel jura que o homem pronuncia, vaporosa e alcoólica, para submergir novamente na solidez do sono. |Amo| diz ou pensa Manuel, já deslembrado do olho mágico, ardendo de intranquila felicidade |E prometo que não vou contar nada pra ninguém|.

PEDRA

|É aqui|. Manuel olha para o lugar designado pela mãe. É uma loja recuada, em desalinho com relação às outras que a ladeiam, tem amplas vitrines ocupadas por faixas amarelas e largas letras pretas \inauguração em breve\, que ele sabe será uma livraria. Ou já é, melhor. Ela solta a mão do filho que trazia na sua desde que desceram do táxi e a usa para um gesto como quem convida a entrar. |Vamos?|. Vão.

A porta, também de vidro, está devidamente trancada, se o deus do comércio ainda não se apoderou deste novo feudo. A mãe bate de leve na transparência dura com os nós da mão direita. Manuel lê em voz baixa o nome esculpido no vidro |Livraria Síntese| e faz uma munganga imperceptível. São escassas, ele calcula, as oportunidades que as pessoas têm na vida de nomear o que quer que seja, filho, casa, navio ou bicho, por que as desperdiçam com sínteses do banal e do trivial? Já tinha ido buscar em dicionário a palavra aguda, esdrúxula, e o que encontrou, além de confuso, era em tudo inconveniente para uma livraria. A mãe, a quem tinha revelado seu descontentamento onomástico, perguntou |E que nome você acha melhor então?|. Ele não sabia. Não tinha pensado nisso. De resto, lhe parecia uma inutilidade fazer hipóteses sobre o impossível. A dona da livraria, Sueli, amiga da mãe, não havia de trocar o nome já devidamente registrado em todos os cartórios e ofícios da capital e, quando muito, ia fazer um carinho na cabeça dele e dizer |Criatura!| como era de seu hábito. |Criatura| foi o que ele respondeu. A mãe franziu a testa. |Criatura?||É. Livraria Criatura. Mais bonito que Síntese|. Ela fingiu pensar por dois segundos. |É mesmo. Síntese não tem a menor graça| e depois, para a incompreensão absoluta do filho, como que para si mesma |Já foi difícil convencer a criatura a não usar tese nem antítese| e sorriu.

Eles veem Sueli caminhar através da loja, até aparecer do outro lado do vidro, girar a chave, fazer a porta se abrir para dentro. |Por que sua livraria não se chama Criatura?| Manuel dispara. Sueli, por um átimo surpresa, ri gostoso |Criatura!| agarra Manuel e lhe dá um cheiro demorado no cangote. |Se tu tivesse dito antes, eu até trocava, visse?||Trocava nada| ele se atreve. A mãe e Sueli caem na gargalhada. |Tu é impossível, criatura!|

Entram. Manuel contempla o espaço generoso, para a fácil circulação dos fregueses por vir, e não se importa em calcular quantas são as incontáveis estantes, retilíneas em sua madeira escura, que se apoiam rigorosas contra as paredes, encobrindo-as todas do chão até quase o teto. A maioria já se orgulha dos livros que ostenta, outras ainda exibem prateleiras vagas à espera das criaturas que nela se decidirem abrigar. A mãe trouxe ele aqui na certeza de um deslumbramento. |Você vai ter uma livraria inteira só pra você, você quer?|. Ele nem respondeu, tão descomunal lhe pareceu a oferta. Demorou a repetir |Inteira?||Isso. Inteirinha|. Ele hesitava em não crer. A mãe explicou |Eu vou ter que ir na livraria da Sueli amanhã, dar uma última olhada, ver se está tudo em ordem, a inauguração é sábado que vem, quer ir comigo?||E a escola?||A gente vai de tarde, depois do almoço||Eu quero, inteira|.

Uma livraria no prelo, inédita, onde ele, único leitor, ia poder apreender o silêncio abafado e rouco que só os livros ainda por ler conseguem emitir, na solidão calada das páginas opressas, na paciência ansiosa de pertencer à memória de alguém. Ao pensar que esse gozo não duraria mais que poucas horas, cogitou de querer desistir, prevendo a insatisfação inevitável da gula que faz sofrer qualquer criança, insaciável por definição. Querer é querer tudo, ou não vale a aguilhoada do desejo. Mas também doeria igual não experimentar ao menos aquele naco de felicidade, embora já devotada ao fim. Manuel começava a entender vagamente que a alegria absurda de ter pernas para correr atrás do amor se paga com caminhar sobre pontas de facas e nunca mais poder usar a voz. Assim, preferiu se concentrar na dor menor, porque fugaz, na certeza de que, depois e por muito tempo, a outra, peremptória, o ajudaria a melhor conservar a lembrança do que lhe foi dado não ter para sempre. Querer tudo é promessa de sofrer. E Manuel cobra sempre tal promessa.

|Filho, eu e a Sueli, a gente vai ficar no escritório dela conversando, tá?||Tá||Manuel, a livraria é toda sua, visse? Mexe no que quiser. Aproveita que é só hoje|. O desprendimento sincero de Sueli ignora o drama que \só hoje\ encapsula, todo costurado na inveja de quem tem uma livraria toda sua para sempre, e na vergonha de senti-la. |Aproveito|. Mas Sueli, antes de se retirar com a mãe, não se esquece de fazer do drama tragédia |Vou te dar de presente três livros novinhos. Você pode escolher nas caixas que estão no depósito, no subsolo da loja, visse?|. Manuel subitamente se vê desprovido de voz porque, de novo, caminha sobre pontas de facas. |Que cara é essa, criatura? Não gostou do presente?| Sueli não entende.

|Gostei| ele diz por fim, se adianta e abraça a amiga da mãe, como quem a perdoa por um mal que não cometeu. Logo se solta, acabrunhado. |Ô meu pai amado, assim tu me mata de paixão, menino!|. A mãe sorri. Manuel sorri de volta, puro reflexo. |Lá no fundo tem uma escada que desce pro depósito| Sueli aponta. As duas se vão. Ele, que se crê o descobridor dessa coisa a que chamam angústia, não suspeita que há milênios os homens se dedicam, atormentados, ao desafio de perquirir o número três, que a um só tempo é também e tampouco. Quantos livros cabem nele?

Quando, no primeiro ano da escola nova, Manuel descobriu a biblioteca, passou quase uma tarde toda entre as estantes, lendo as lombadas, rindo de alguns títulos esquisitos, tentando pronunciar nomes estranhos de autores nunca ouvidos falar. Mas a ilusão inicial, a de que não daria vencimento de todo aquele acervo antes de chegar ao último dos muitos anos que a educação lhe exigia, ou que se exigia da educação, não tardou a se revelar isso mesmo, uma ilusão. A maior parte dos volumes eram dicionários incapazes de se pronunciar sobre as novidades do século e enciclopédias puídas, cinquentenárias, que ainda acumulavam desinformações inúteis sobre países desaparecidos ou metamorfoseados em outros e ignoravam com altivez a independência nem tão recentemente conquistada de toda uma África sofredora e de uma Oceania semeada de nações de nomes fantasiosos. Quanta gente já tinha morrido e continuava ali, impressa e imprensada entre as capas duras, só com uma data entre parênteses antecedida de um dado geográfico, imediatamente depois de sobrenome-vírgula-nome, numa perenidade falsa, de papel. Às vezes Manuel ouvia pai e mãe comentar \sabe quem morreu?\, anotava o nome, ia verificar numa das enciclopédias e lá topava com a pessoa vivinha da silva e souza, a obra em andamento, a carreira por rematar, o mandato não interrompido, ambições por se cumprir. Aquilo o inquietava e não sabia por quê. Ao contrário, quando, por curiosidade fácil, ia consultar um nome, quase sempre de escritor, e encontrava \(1805-1875)\, a sensação que lhe vinha era a serenidade das seguranças interinas: mesmo que jamais lesse a obra completa daquele, saberia para sempre que era completa, dotada de um início e de um fim refratários a toda dúvida. Virá mais adiante a aprender, aterrorizado, que mais de um autor tem morrido inédito, que jazem em algum lugar as páginas ainda por se publicar, virgens de todo olhar humano, trancafiadas em si, muitas sob o risco de se dissolverem naqueles fundos de baú, reduzidas a átomos de esquecimento, fadadas talvez a se misturarem obscenamente à matéria das mesmas gavetas que lhes serviam de tumba e túmulo. Sentiu um arrepio vívido uma vez quando o pai lhe contou que certo compositor tinha deixado pela metade uma sinfonia \a Inacabada\ e jurou que nunca se permitiria escutar semelhante aberração, embora ainda não fizesse muita ideia do que uma sinfonia poderia ser. Manuel quase já se permite aceitar a finitude das coisas e, por isso, se dedica com avidez suave a \entrar no acaso e amar o provisório\, como escreveu um poeta, morto de pena e ainda azul, que ele um dia lerá com gosto.

Consciente de que tem uma obrigação inexorável a cumprir, Manuel atravessa a loja vazia a passo incerto, dedicando olhares solidários às instantes prateleiras imóveis. Encontra a abertura no chão que se desdobra em degraus rumo ao subsolo. Ao pisar no primeiro, contudo, ouve uma inesperada voz que cantarola. Estanca. Não sabe se retroceda, se vá pedir socorro à mãe e a Sueli, se diga alguma coisa para se anunciar, não sabe se. Manuel vive sempre às margens de se assustar, nunca está com os pés firmes plantados no chão, é pouco mais do que na ponta dos dedos que se locomove pelo mundo hostil, que hostil é o mundo. Mas a voz que cantarola é voz de mulher, e do que pode vir de mulher Manuel tem muito menos receio. É essa quase confiança que faz ele descer mais um degrau, logo outro, tentando provocar algum ruído para se fazer notar. E assim vence os doze lances de ferro desencaracolados ao redor de um eixo vertical.

Quando seus pés tocam o chão do depósito, vê uma mulher que usa um rodo envolto numa estopa para secar as lajotas brancas que compõem o tabuleiro do piso. É negra, magra, quase alta, tem os cabelos grisalhos atados no cocoruto, traja um vestido azul semeado de margaridinhas brancas com pistilo amarelo, os pés descalços. Ela vê Manuel, interrompe o que fazia, se endireita, usa o rodo como apoio e diz |Então chegou o sinhozinho?|. Manuel não sabia que o esperavam. |Cheguei| é o que ele diz, sempre no tom indefinido que vagueia entre a pergunta e a resposta. |Dona Sueli me falou que tu vinha||Falou?||Falou|. Ele não sai do lugar. O depósito parece ter a mesma área da livraria acima dele, mas não vê janela, só umas ranhuras estreitas e envidraçadas na parede mais distante, por onde entra um sol espremido, incapaz de iluminar o espaço, que tem muitas lâmpadas brancas acesas, uma claridade intensa, falsa e quase feia. É um lugar abafado. Estantes de metal cinzento se enfileiram, longitudinais, por trás da parcela de chão que a mulher esfregava, todas repletas de livros expostos e caixas fechadas.

|Vai ficar aí parado que nem um põe-mesa?| ela pergunta, em tom de repreensão fingida. |Tem medo de gente preta? Preocupa não, que a cor não contramina|. Manuel se vê compelido a dizer |Não, tenho medo não, gosto. Eu tomo muito café e vou muito na praia, pra ficar preto, Dasdô diz que é assim, que foi como ela ficou. Eu não acredito, mas ela jura| numa eloquência que o surpreende. |Dasdô é quem?||A minha babá||Oxente, um marmanjo desse tamanho inda carece de babá? Eu fico incrive!|. Manuel

se envergonha, tenta explicar |Ela já foi minha babá, foi, não é mais||É a empregada, né?||É|. Ficam calados um instante. |Tu tá com calor, menino?||Tô||Isso aqui é mesmo um forno, vou acender o ar|. Ela se dirige até uma parede próxima e aciona a tecla do aparelho que logo se põe a ronronar. Manuel gosta de \acender o ar\, imagina por um segundo o vento todo em chamas, a atmosfera inflamada. |Eu já acabei aqui| ela informa. |A senhora quem é?||Meu nome é Alice, mas o povo me chama mesmo é de Nicinha. Faz é tempo que trabalho pra dona Sueli. Ela pediu pra mim lavar o chão aqui do depós'to, só ontem é que o povo terminou de colocar tudo nas estante, tava uma porqueira que nem te conto||A senhora sabia que eu vinha?||Sabia, sim, sabia, dona Sueli avisou| |Ah||Como é que é mesmo o teu nome, menino?||Manuel||Repara, que nome prum menino mocinho novinho, parece nome de avô| ela comenta sem cerimônia. Manuel saboreia aquele jeito de falar. |Eu nunca conheci outro, nenhum Manuel| ele confirma. |Nenhum?| |Nenhum assim, outro, da minha idade, mesma que eu||Tá vendo só? É nome de avô| ela quase ri. Manuel sorri. Quer dar uns passos adiante, mas receia sujar a cerâmica recém-lavada. |Tira o sapato, menino, se quiser andar aqui dentro, acabei de lavar e enxugar, tem graça nenhuma trazer imundice da rua, oxe| ela adivinha? Manuel obedece, desata o nó de cada pé de tênis, deixa o par no último degrau da escada. Avança devagar, arrastando as meias curtas.

Dona Nicinha deixa o rodo apoiado numa das estantes. |Eu tenho suco de cajá e bolo, tu quer?||Quero|. Ela vai até uma mesa comprida de metal cinzento em que Manuel ainda não tinha reparado, encostada numa parede. |Vem cá, tem cadeira, senta|. Ela puxa duas cadeiras alcochoadas de falso couro preto. Manuel se senta, dona Nicinha, não. |Eu sabia que tu vinha, então truxe dois copo e dois prato| ela vai abrindo um recipiente de plástico vermelho com tampa cor-de-rosa, de onde retira os copos e os pratos também de plástico, mas agora branco, uma faca de metal e uma metade de bolo envolvida num pano verde. |O bolo é de fuba, tu gosta?||Gosto|. Com a faca o bolo se corta em quatro pedaços. Um deles se acomoda num prato que ela depõe diante de Manuel. |Obrigado| ele diz. |Eu que fiz| ela informa |Ninguém faz um bolo de fuba que nem o meu| e Manuel acha graça na imodéstia que, ao provar o bolo, se revela justificada. |O suco eu guardei na geladeirinha que tem ali atrás| e ela se dirige a algum lugar no fundo do depósito, de onde retorna com uma jarra de plástico tampada. Só então é que se senta.

Comem em silêncio. Manuel vence depressa sua fatia de bolo, toma seu suco. Dona Nicinha lhe estende um guardanapo de papel. |Obrigado|. Ainda sentado, ele dedica um longo olhar às estantes alinhadas. |Haja livro, né?| comenta dona Nicinha. |É| Manuel confirma. |A senhora, esses livros todos, eu ia gostar, trabalhar aqui, a senhora gosta?|. Dona Nicinha também olha à sua volta, dá de ombros. |Tanto faz se gosto ou desgosto. Mas aqui embaixo, nesse aperto, queria trabalhar não. Só vim porque dona Sueli pediu, mas é só hoje e só. Sou muito espaciosa, num sabe, quero é nada viver sujigada em cuvico nenhum, vôte!| Manuel se agrada com aquele jeito de destravar a língua, sílabas de fuba, acentos de cajá. |Eu adoro livro| ele confessa. |É? Tu tem cara mesmo. Apois, eu prefiro mais as histórias que sei de cor, que aprendi de ouvir contar e guardei certinha na lembrança||A senhora sabe muitas histórias?| Manuel se interessa. |Se sei!||De cor?|| Uma renca| |Me conta uma então?||Se não conto! Tu conhece a do milagre de sant'Antônio?||Conheço não, é bonita?||Se é bonita, história de santo, menino, as mais bonita de quanto tenha!||Conta, a senhora conta?||Conto, sim, pres'tenção|. Manuel se incorpora, teso na cadeira. Dona Nicinha pigarreia, esfrega as mãos, pensa por um instante e desfia:

|Santo Antônio na cidade de Tulusa viajava, pregando a luz do 'vangelho, de Jesus boa palavra. Seus milagres celebrado por onde ia e andava, dando luz a cego pobre, voz a quem nunca falava. Dava pão se via fome, a quem tinha sede dava o mel doce da doutrinha, que qualquer sede matava. Se a mulher não tinha filho, e se disso se queixava, santo Antônio, só de olhar, a barriga lhe emprenhava.

|Mas naquela mesma terra, cujo nome de Proença, vivia seita de herege, espalhando má doença. Arripunava Jesus, tinham outra feia crença. Diziam coisa da igreja, sem a Deus pedir licença. Negav'o poder da hóstia, seu milagre de potença, dizendo valia nada receber dum padre a bença. Santo Antônio então pediu desafio de ciença, mandou vim os tais herege vante da sua presença.

|Os incréu se apresentaram pro famoso desafio, dizendo que não temiam nem a Deus nem a seu Fi'o. Santo Antônio então que disse: — Vós tem coração tão frio, tens a alma seca e murcha, e o esprito mais vazio; mas eu vou fazer aqui de Jesus o elogio, provarei de Deus a força, e com muito bom feitio! — Ao ouvir palavras tais, deu no herege o arrepio, toda gente ali em volta se atreveu nem dar um pio.

|Um daqueles malfeitor, o seu chefe maioral, nũa mula vem sentado, bicho que tão pouco val. Santo Antônio disse a ele, apontando o animal: — Sei que tu soi, ó herege, de todos o principal; tua língua má, maldita dos demônio tem o sal, mas eu hei provar a todos lo que é bom e lo que é mau! — O silêncio já tão grande se fez inda mais total: o que tinha a pobre mula co'aquilo tudo, afinal?

|— Por três dias e três noite, negai todo o alimento ao burrico que te sentas, sei lá eu, mula ou jumento! — santo Antônio deu a ordem ao herege bem atento, que não pôde adivinhar qual do santo fosse o tento. — Terá muita fome o bicho, de comer pedra e cimento, mas trazido em junto a mim, vai mostrar discernimento:

nũa mão lhe dou cevada, milho, aveia e bom frumento, e na outra mão lhe mostro o santíssimo pão bento. Tu verás a escolha dele, lhes prometo, não invento, que só vai querer provar o sagrado sacramento!

— Pois então — riu-se o herege —, eu obedecer vos hei: por três dias e três noite essa mula deixarei sem provar qualquer sustento, pra mostrar que a vossa lei vale menos que essa besta, e que o Cristo não é rei! — Sant'Antõe arripostou: — Ide, vai, com vossa grei, nada temo teu insulto, que em Deus sempre confiei. O que mais e só lhe digo, coisa que des' logo sei: que essa mula se ajoelha, vai cantar aguínus-dei!

Foi assim que se passou, assim foi que assucedeu. Pobre mula que amarrada por três dias não comeu. Santo Antônio também não: jejũou, rezou, sofreu, supricando a Deus salvasse o povo aquele, sandeu. Despois de corrido o prazo, o herege apareceu, trazendo a mula, coitada, que por pouco não morreu: — Aqui trago a minha mula, por três dias não comeu, quero que se faça agora o que vós me prometeu!

Santo Antônio nada disse, pois que tinha a grã certeza do poder do são pão asmo, que do Cristo é fortaleza. Mandou vim muita comida, até fruita e sobremesa, e na mão dereita tinha uma hóstia de beleza. A mulinha ao ver farelo caminhou durinha e tesa, farejou monte de trigo e agradou-se da surpresa. Ia dar uma bocada, quando a língua sentiu presa e, virando-se pro santo, 'joelhou como quem reza.

O poder que está no Céu se provou mais uma vez. Se ũa mula se ajoelha, não é coisa pra talvez. Todo o mundo se curvou e o sinal da Cruz se fez. Foi mostrado ao demo herege toda a sua invalidez. Se até burro, que é um bicho, sem nenhuma sensatez, se ajoelha ao ver a hóstia, quanto mais quem é freguês! Santo Antônio derrotou o herege mau francês, e quem crê num só que é Deus conte tudo ũ'outra vez!|

Manuel está perplexo, sequestrado de si, ébrio. Não sabia que era possível alguém trazer toda a ciência humana na memória, enrolada feito novelo, e que, bastasse puxar um fio, a lã se desdobrava e se retecia em fala e fábula, sentido e som, mito e história. Dona Nicinha é velha, vai que tem uma biblioteca inteirinha apetrechada nas prateleiras de sua lembrança, volumes completos lidos, relidos até por fim de coração sabidos. Ele quer muito, e já se promete, absorver cada um dos seus livros, os que já tem e vai ter, transferi-los na íntegra para dentro de seu corpo, essa brochura tímida, acanhada, mas que também um dia, um dia velho, será uma eternidade de páginas transcorridas e consabidas, que ele pronunciará, a voz coesa em texto fluido, com a eloquência modesta e sã das horas num relógio. Não sabe como enunciar tudo isso, nem experimenta. Prefere apostar em dizer as coisas simples.

|Dona Nicinha, que história grande, história bonita! Será que é verdade, é, mesmo?||Claro, menino, que pergunta, oxe! História de santo, vai querer duvidar, ou tu soi mula também?| Manuel ri. |Dona Nicinha, de que livro foi, a senhora tirou essa história de um livro, foi?||Oxente, menino, tá leso? Eu já não disse? De livro nenhum, essa história eu ouvi da minha avó, que ouviu da avó dela, que aprendeu de uma tia, que escutou de uma freira. É tudo saber decorado, coisa aprendida e alembrada no se repetir, mil vezes||E a senhora não tem medo não, de esquecer, por acaso, alguma coisa, não?||Não, nunca aconteceu, de me falhar||E se acontecer, e se falhar?| Dona Nicinha ri gostoso |Ah, aí eu invento|. Manuel acha graça porque não suspeita que está na borda de um despenhadeiro, a névoa da beleza o rapta do que não consegue ver. Desprovido ainda, é criança, das redes feitas para capturar e ler outros indícios que não os impressos, pensa em fazer o bom

regalo à narradora, na retribuição. |Dona Nicinha, eu vou lhe dar, a senhora quer, um presente, eu vou dar um presente, a senhora quer?||E quem enjeita presente, menino? É pecado de soberba! Claro que eu quero!| Manuel, satisfeito. |Sueli disse que eu podia, três livros ela disse que eu podia, escolher, vou ficar com dois, só, o outro eu dou pra senhora, a senhora escolhe, pode escolher!| ele descabia de si, apaixonado pela ideia, a melhor de sua vida curtinha. Por isso é todo um susto que lhe advém quando dona Nicinha se levanta, fica de pé ao lado dele, as mãos na cintura, a reprovação estampada no ar.

|Tu tá mangando da velha, é, menino?|. Manuel, arrebatado de surpresa, bobo, nem ousa falar. |Tu não sabe que eu desconheço o saber das letra, 'narfabeta, que dizem?|. Emerso do súbito espavento, Manuel não quer acreditar. Certifica-se |Dona Nicinha, a senhora não sabe ler?||Não, menino||Nem escrever?||E apois? Nem|. Manuel assim mesmo duvida. |Mas a senhora sabe tanto, diz que sabe tanta história, a história de santo Antônio!||Ah, menino, isso é assim, que eu sei de ser velha, passada dos ano, aprendi na vida das coisa, de ouvir e ver, e depois exprimentar, afora o que me ensinou a minha avó, que é quem foi que me criou. E não é coisa pra espanto, menino, que eu sou preta, e sem vergonha mais da cor, só que porém pobre, e ler é assunto de rico, de gente que não tem que pensar se vai tá vivo depois de amenhã.| Manuel insiste. |Quando a senhora era menina, a escola, não foi pra escola?||Mais quá escola, menino? No fim de mundo que eu nasci não tinha escola nenhũa, era o meio do mato, as brenha, lugar de volta e meia até raposa e onça, ũa grugueia. Despois, eu menina já trabalhava, era lavadeira na casa dos outro, tinha tempo não de gastar com escola. Assim que, não quero o teu presente, visse? Agora eu sei que não falasse por mal, é inucença mesmo, 'gradeço a tua bondade|.

Dona Nicinha recolhe os pratos, os copos, a faca, os guardanapos, a jarra, limpa o que é para limpar, guarda o que se tem de guardar, deixa a mesa como estava antes. Vai levar o rodo e o balde até agora invisível para o fundo da sala e só quando volta é que se dá conta de que Manuel, imóvel, sentado, chora no mais mudo silêncio, a face desdesenhada, aquosa, as linhas difusas sob as lágrimas. Ela se senta na outra cadeira e se põe diante dele. |Menino, o que é que tu tem? Que desadoro é esse?|. Sem se levantar, abre de novo o recipiente de plástico vermelho, de onde retira um guardanapo de papel, com que trata de secar o rosto dele, na delicadeza das mulheres desassombradas. |Tu tá chorando porque eu não quis o teu presente, foi?|. Manuel abre a boca a custo. |Dona Nicinha, eu queria amar a senhora|.

Ela se abraça a Manuel, aperta ele com a força exata de quem quer se deixar amar. Depois se afasta. |Eu também gostei muito de tu, visse?|. Manuel quase diz \como é que gosta de mim se não pode aceitar o meu presente?\, mas o que já foi voz agora é noz inquebrantável, hermética e áspera, a lhe arranhar a pequena garganta pouco experimentada, conduto sempre relutante em se abrir em flor ou foz.

|Tu quer que eu chame a tua mãe?| dona Nicinha oferece. Manuel balança a cabeça, que não. Ela se comove. |Chore por mim não, menino, guarde o choro pra coisa de mais valor, as importante, mais que tudo pras alegria. O que tinha de ser, foi. Se fosse pra ser, havera de ter sido, e é Deus que manda nisso e em tudo. Eu já gostei de pensar um dia que ia ser bom entender as letra no papel. Mas agora, também, pra quê? Dia desses eu morro, sabendo ou não sabendo ler, a gente vai tudo é pro mesmo lugar|. Manuel desconhece o que fazer com aquela resignação, que ele queria destestar, mas não detesta.

Como é que alguém pode saber não ler? Lhe parece o tão natural, o fluir espontâneo das coisas, tão assim indispensavelmente necessário. Mas agora aprende que não. Não? Olha à sua volta, vê os livros nas estantes, pensa na glória fecunda que para ele foi descobrir o secreto de cada letra, o som que estava por trás delas, mais de um às vezes, cinto e sinto, ou o simples valor da forma, agá mudo, houve e ouve, sem eco, a gracinha fanhosa do til. Decriptar o não-dito de tudo quanto ia vendo e absorvendo, letreiro de farmácia, placa de trânsito, avisos pintados na porta do ônibus, é proibido viajar em pé, propagandas propaladas em grandes painéis, liquidação e grande queima, trago o teu amor de volta. O gozo com que, tão logo aprendido, saía a ler quanto lhe caísse diante dos olhos, bula de remédio, receita de bolo, fórmula química do sabão, manual de uso da radiola, catálogo telefônico, carta do condomínio, capa de disco, conta de luz, legendas do cinema. O êxtase de quando leu, de ponta a ponto, sua primeira história completa, a da malfadada sereia. Se lembrou do encanto que para ele era escrever, de quanto já tinha inventado ao se exilar para sempre da pré-história, os poemas e os contos, os quilômetros de tinta transcorridos, as redações elogiadas na escola, os mapas de países inexistentes, toda uma geografia imaginada em traço e palavra, cada topônimo devidamente nomeado. E agora lhe vinha alguém dizer, na franqueza, na carência de qualquer sinal de padecimento, com a concreta naturalidade de existir poeira e pedra, que não lia, e já tão velha. Como tem sobrevivido?

|Menino, eu preciso ir embora| ela anuncia, já de pé |Vamo subir, eu te levo aonde tá a tua mãe|. Manuel, como todo apaixonado, quer tanto estar junto de dona Nicinha que mal suporta um segundo mais na presença dela. |Vou ficar. Vou escolher. Os livros| ele escande, encadeia, seco. Dona Nicinha lhe acaricia os cabelos. |Menino, tu te cuida, visse? Te cuida, tu é bom, tu é uma qualidade

de home que pode sofrer é muito nessa vida|. Ela recolhe tudo o que é seu numa bolsa de palha trançada. Alcança com os pés as chinelas de couro que estavam até agora embaixo da mesa. Dá um passo atrás. |O mundo é injusto, menino, se não é, mas eu sou honesta, eu mesma é que sou mesmo. E não foi livro que me ensinou, nem tem|. Sobe os degraus da escada e desaparece.

Manuel deixa escorrer um ou três minutos antes de se levantar. Caminha, sem convicção de desejo, até a primeira fila de estantes de metal. Logo se apercebe de que o estoque dos livros está organizado por ordem alfabética de autor, e não tem como não pensar que a banalidade dessa organização está para dona Nicinha tão distante como está para ele o que se passa neste exato momento na superfície da menor das luas de Júpiter. A inacessibilidade sempiterna. Ele, ao menos, tem notícia da existência de Júpiter e seus satélites, embora esse saber não tenha rigorosamente nenhuma serventia. No entanto, ele se devota a essa inutilidade, que lhe proporciona um devaneio de segurança. Mas e dona Nicinha?

Manuel imaginaria como é alguém olhar para coisa impressa e não se dar conta do que ali tem de vontade estampada e pensamento táctil, de envio tácito e anseio de recepção? Mas é vão intento, o impossível, se cada vez que abre um livro abarca com uma só mirada a totalidade da página sotoposta aos olhos. Se lembra então do terror que lhe causa ver-se diante de estranhos alfabetos, impérvios, como já lhe aconteceu, na biblioteca da escola. Era um volume pesado, grosso, bonito, com gravuras em preto e branco e um texto inclemente em intransponível grego! Que grego, lhe disse a bibliotecária. Quanto o atormentou não conseguir se emprenhar do ali escrito, aqueles tipos negros como que se negando, trancadas portas, tirânicas, à sua interpretação amorosa! Seria assim, o mesmo sentir de dona Nicinha: a vida toda uma só Grécia?

Não se distrai com isso quando seu olhar encontra, ainda na letra A, o nome de um escritor mais que seu conhecido, um que ele tem acompanhado desde que aprendeu a ler. Vê uma sequência de livros finos, mas de capa dura, edições de luxo. Lê as lombadas. Topa com dois, diferentes, mas com o mesmo título. É a história de sua vida, ele reconhece, e até meio que sorri, esquecido por um instante do que dona Nicinha lhe fez ver através de um espelho baço. Recolhe os dois da prateleira e caminha com eles até a mesa. Senta-se na cadeira. Tem a curiosidade de ver as diferenças nas figuras porque o texto, evidentemente, há de ser o mesmo. Mal desconfia Manuel que este dia não esgotou seu repertório de assombrações. Para comprovar sua certeza ilusória, abre os dois livros na página inicial da narração e, com a palma de cada mão aberta apoiada sobre o papel cuchê, subjuga o desejo que as encadernações de ambos exibem de se fecharem sozinhas, atraídas pelo peso das capas duras. Começa a ler as palavras iniciais de cada um. Estanca no primeiro giro do pescoço. Não entende o que está acontecendo debaixo de seus olhos. Lê então o livro que tem sob a mão esquerda, movendo os lábios em murmúrio apertado.

|Lá fora, no alto-mar, a água é azul como pétalas de centáurea, e clara como o vidro mais puro. A profundidade é tão grande que nenhum cabo de âncora alcança o fundo. Muitas torres de igrejas teriam de ser postas uma em cima da outra para surgirem à tona|.

Inspira, quase ofegante, e logo passa a recitar entre dentes o texto da direita.

|Longe, lá longe no mar alto, a água é tão azul como as pétalas da mais bela centáurea e tão límpida como o vidro mais transparente; mas é profunda, muito profunda, tão profunda que nenhuma âncora jamais lá chegou. Seria preciso colocar inúmeras torres de igreja umas sobre as outras para chegarem do leito do mar à superfície|.

Manuel lê, relê e treslê as duas porções da trama e até se arrisca um pouco mais abaixo de cada página. O silêncio mergulhado na luz branca e melancólica do depósito resfriado amplia ruidosamente o arroubo daquela nova descoberta, que faz ele se sentir, sem entender por quê, lesado, vítima de uma fraude, ofendido como um cão que, ao se aproximar do dono na certeza da recompensa pelo amor fiel, é repelido com palavras de grossa impaciência. Queria ter agora a memória impecável de dona Nicinha, poder resgatar de dentro de si, inalteradas, as palavras que leu não faz tempo e que lhe narraram aquela mesma fábula de espuma e sal. Recorda ter ido investigar, na carcomida enciclopédia da escola, que tipo de flor se chamava centáurea, imaginou-a agressiva e cornuda como o nome, uma flor táurea, e se admirou de que fosse pequena, muito gentil em sua leveza violácea e rosicler. Pode ter sido sua primeira lição de que no terreno vago entre os nomes e as coisas os homens têm implantado um autoritarismo caprichoso, decerto o responsável pela opacidade de centáurea, mas também de meimendro, tagetes e espatódea.

É certo, sob cada uma de suas mãos desabrochava uma centáurea aquática, mas se de um lado suas \pétalas\ eram indefinidas, desarticuladas, do outro eram \as pétalas\ reconhecíveis, recuperáveis, não no texto, mas na esperança em que o autor apostava de ser lido por olhos conhecedores mínimos da flora. Aqui são meras \pétalas de centáurea\, aqui já são \as pétalas da mais bela centáurea\. Manuel não tem instrumentos precisos para avaliar aquelas desavenças, para mensurar qual das flores é a legítima. Por isso, não resiste a se deixar levar pelo surdo prazer auditivo que lhe dá o sino que, no livro da direita, badala \tão, tão, tão\, \tão azul\, \tão límpida\, \tão profunda\. Esse autor, sem dúvida, nas horas em que divaga, também é músico, porque suas frases convidam à valsa em seu compasso \longe, lá longe no mar alto\, \tão azul como as pétalas\, \tão límpida como o vidro\ até o rodopio guloso de \profunda, muito profunda, tão profunda\ que os dançarinos se arriscam à vertigem. No entanto, \o vidro mais puro\ da esquerda lhe parece bem mais acertado para descrever a transparência milagrosa daquela parte do oceano que, estranhamente, precisa de uma corda quando é \alto-mar\, mas pode navegar à deriva quando é \mar alto\, assim como a \tona\, paradoxalmente breve e escura para descrever a lâmina luzidia e planisférica das águas infinitas, anuncia com mais gravidade do que \superfície\ o tom austero da narrativa subsequente.

Manuel vê e apalpa, sim, os desacordos, que incomodam suas certezas, mas também é perturbado pelo reconhecimento, incontornável, a bem da honradez, de que, apesar deles, o que se conta é a mesma história. Um e outro livro descreve, descrevem a profundidade espantosa do mar, que nem \muitas\ ou \inúmeras\, tanto faz (faz?), torres de igreja\s\ superpostas alcançariam medir. Manuel já teve algumas experiências, em casa, na escola, na leitura, de ver agir a mecânica do \isto é\, do \ou seja\, do \quer dizer\, do \que diga\, do \ou melhor\ que tentam aclarar o declarado, elucidar alguma opacidade eventual do proferido. Ele mesmo, que vacila a todo instante entre o mudo e o tartamudo, quantas vezes tem precisado remendar-se e arremedar-se, redesdizer-se de outro modo, quase que fadado a levar a vida na metáfrase?

Manuel retira sem querer a mão de cima do livro da direita que, sob o repuxo da encadernação, se debulha sozinho para trás até exibir a folha de rosto, onde aparecem, abaixo do título, as palavras \tradução de\ seguidas de um nome de gente. Manuel se arrepia, mas não é por causa do frio artificial condicionado pelo ar que dona Nicinha deixou aceso. A trivialidade, a obviedade daquilo se impregna em seu olhar e penetra fundo em seu desentendimento, para desalojar o estupor inicial e nele intrometer a revelação do que nem velado estava. Como não lhe ocorreu? Aquele autor, com tantas nasais em seu nome, é estrangeiro, extemporâneo, nasceu, viveu e morreu, como ele bem sabe por já ter lido, em terras mais distantes daqui do que o fundo do alto-mar está da tona do mar alto. Não poderia escrever em outra língua que não a própria, e ele, Manuel, só pôde e pode ler o que escreveu porque alguém, sim, traduziu, converteu a ilegível \kornblomst\ em elegível \centáurea\. De repente, ele compreende o que sua mãe quer dizer com \tirar leite de pedra\, uma expressão que sempre lhe pareceu divertida em sua franca impossibilidade. Volta a pensar no grego estampado no livro da biblioteca da escola, no grego pétreo impresso ali para uma desesperança que ele julgava vitalícia. Sorri ao pensar que, sem dúvida, mãos operosas e obstinadas já devem ter premido e exprimido aquela pedra dura até transfigurá-la em leite expresso, fresco e apetecível. E se alumbra com a ideia de que, sim, a pedra é sempre uma e uma só, mas o leite que se pode espremer dela nunca haverá de ser o mesmo, terá inevitavelmente de variar em espessura, densidade, teor e cor, se são sempre diferentes as mãos que há cem anos vêm ordenhando o mesmo sílex. E na inconsciência ingênua que orienta nossos dias, Manuel toma a decisão amável de se devotar vida afora àquela transubstanciação láctea.

Feliz e descontente, Manuel se levanta, põe os dois livros sob o braço direito, arrasta os pés até onde deixou o par de tênis, que volta a calçar, sentado no último degrau da escada. Já fez suas escolhas, que são duas, como dupla também foi a imprevista lição que recebeu sem pedir neste depósito de incongruências. À terceira escolha não se atreve. Sobe a escada, não olha para trás e abandona na eternidade o título impublicável do livro que dona Nicinha recusou por incapaz de lhe ensinar a honestidade com que se lava o chão injusto e só pedra de um país sem maravilhas.

UMA APOSTA

A sombra da cajarana é toda fresca, e Manuel, nas inseguranças do cotidiano, nela se refugia, só, num banco de cimento. No pátio da escola, hora do intervalo, é o seu habitual. Já comeu a merenda trazida de casa e agora lê, todo ávido, seu livro mais novo, presente da mãe, o de mitologia. É difícil, as histórias seduzem na sua impossibilidade plausível, mas as palavras muita vez não encontram eco no seu vocabulário íntimo. Agora mesmo, quer avançar no voluptuoso rapto de Ganimedes, alçar voo junto com o príncipe troiano, mas tropeça no efebo calipígio, na procela fulmínea, no clangor brônzeo das recurvas garras. Em casa, ao lado tem sempre um dicionário, onde não raro se perde, navegando de uma palavra a outra, até se esquecer da primeira que lhe pediu a consulta. Mas, aqui, desiste. Fecha o livro. Hoje está principalmente sem Helena, que faltou. Ela que sempre lhe faz a boa companhia, a troca toda simples de remorsos, contentamentos e incertezas, o escambo de solidões a dois. Estará doente? Manuel não sabe, quer chegar em casa só para telefonar.

Num dos cantos do pátio, reunidos de pé num ângulo do muro, vê alguns dos meninos de sua turma, os sempre ativos e atarefados em povoar cada recanto das aulas com sua insistência masculina, toda feita de riso alto, de um desembaraço liso, uma atroz facilidade de estar no mundo. Manuel queria também, mas sabe que alguma águia, num passado igualmente mitológico, arrebatou de dentro dele esses mecanismos imprescindíveis, deixando em seu lugar uma atônita engrenagem, incapaz de se reconhecer como máquina de existir em meio à gente.

Hoje vê os meninos em pequena roda, muito juntos, na costumeira proximidade das conspirações. Entre eles, a cabeça mais alta se destaca, Licínio. O mais velho, ou simplesmente o mais crescido talvez, maduro antes dos outros, pequeno homem de voz quase grave, um buço imperceptível feito de lanugem clara, mas já bastante para sombrear de leve o fino lábio superior. Licínio tem olhos azuis, um azul opulento, agressivos em sua violenta beleza úmida. É o único menino de olhos claros de toda a escola? Manuel crê. Crê e teme. Teme e se desequilibra toda vez que, por infrequente acaso, seu olhar se cruza com aquele azul que nunca jamais lhe dirige a palavra, que parece não se aperceber de sua retraída existência na fileira colada à parede da sala, junto da porta, por onde é mais fácil e rápido entrar e sair.

Manuel se perde, como sempre, nas vielas tortuosas de uma cidade remota e invisível, e por isso demora a apreender e traduzir a figura de Licínio, que se separou da roda de meninos e caminha devagar nesta direção. É mesmo para cá que ele vem? Manuel se retesa, carente de toda premonição, não atina com nada que Licínio possa ter a lhe dizer, se vivem desde sempre em mundos paralelos, contrapostos polos.

|Oi, Manuel| diz o colega, já se sentando no banco de cimento ao lado dele. |Oi| é a sílaba que ele nunca suspeitou ser tão difícil de pronunciar. |Tudo bem?| a voz de Licínio é uma simpatia perfu-

mosa. Manuel apenas balança a cabeça. |Tu é mesmo o melhor de francês, não é?| a pergunta, inesperada, vem toda envolta na transparente névoa azul que escapa dos olhos de Licínio. |Helena também é| sussurra Manuel. |Mas Helena é menina, não conta| replica Licínio, cabal. Manuel incompreende. |Amanhã é a prova, tu tá sabendo||Tô||Eu preciso muito de uma nota boa|. Manuel sabe, mas só ouve. |Tu não quer me ajudar?| Manuel quer, queria, mas. |É aula? Eu te dou?| só consegue.

Licínio sorri, põe a mão quente sobre o joelho que a calça curta de Manuel não encobre, responde |Aula? Não. Dá muito trabalho, pra mim, pra você. Eu tenho outra ideia|. Manuel é barco à deriva sob procela fulmínea, portanto, mudo. Licínio não se incomoda, prossegue. |Os outros dizem que tu não tem coragem||Eu?||É, dizem que tu é medroso, todo certinho, não vai querer||Eu quero| e se espanta Manuel do que diz sem pensar. Licínio sorri de novo, mais largo, mais azul, a mão mais quente, tão maior que o joelho de Manuel. |Eu disse a eles, Manuel é legal, é fino, não é cafuçu feito vocês, feito a gente|. Licínio crava os olhos no olhar de Manuel. |Eu quero ser teu amigo, sempre quis, os outros é que não me deixam. Mas hoje eu decidi, arenguei com eles|. Manuel sorri, difícil, todo querendo acreditar, pronto para a conversão. |Tu quer, Manuel? Ser meu amigo? Gosta?||Quero, você, gosto|. Licínio pega no braço de Manuel e se levanta, levantando ele junto. |Então vem|.

Manuel, já Ganimedes, não reage, deixa que a garra recurva em torno do braço me conduza aonde for preciso para ser amigo, para gostar de mim, de si, sim. Licínio é todo cautela, aproveita o momento certo de se subtrair do olhar vigilante de Gonzaga, bedel que fiscaliza o pátio no recreio, pelo corredor vazio entra, sorrateiro e lupino, trazendo Manuel bem colado ao seu próprio corpo, mais forte e mais ágil, cheirando a terra molhada.

Ninguém vem, nada se move, o ar parado, aqui é eterno verão. Manuel calcula, nos algarismos do terror, o pouco que falta para a sineta disparar anunciando o retorno às aulas. O pouco que falta é muito pouco.

Licínio, a passo largo, águia atenta, faz ele entrar no banheiro dos meninos, onde é proibido ficar depois que o sinal toca, e é quando toca o sinal. A enxurrada de alunos logo adentra o corredor, inundando as salas com sua líquida algaravia. No fundo do banheiro, Manuel toma fôlego e quase não diz |Não pode, no banheiro, tem que voltar, pra sala, Gonzaga vem|, mas Licínio está imergindo a mão dentro da calça comprida, sob o cós. Traz de lá o papel, muito dobrado. |Toma, guarda, esconde, não fala nada, pra ninguém, me espera no portão, na saída, depois da aula| e sai, quase correndo.

Manuel pega a folha dobrada, incrédulo, volta a se lembrar da proibição, guarda o papel no bolso da calça curta, vai, e por pouco não tropeça à porta no bedel, Gonzaga, que vinha justamente expulsar quem ali estivesse ainda. |Já pra sala, menino!| diz o homem esguio, ciente da redundância de suas palavras, dirigidas a quem já estava mesmo em disparada.

Manuel entra na sala, ofegante, ocupa seu lugar rente à parede e logo trata de buscar Licínio com os olhos, que está no seu posto habitual, no fundo da sala, na fileira junto das grandes janelas que dão para um terreno arborizado, em discreta confabulação com Jorge, um dos de sua roda, irmão gêmeo de Glorinha, amiga de Manuel. A professora entra em seguida, começa a aula: geografia.

Tudo é um disparate de arrepios, taquicardia e suores. Manuel nada não entende do que diz a professora, repentinamente estrangeira, falante exata do árabe mais impenetrável. Seus ouvidos não apreendem a dicção, seus olhos hieroglifam tudo o que está na lousa, os dedos perderam para sempre a ciência de suster o lápis, e o livro aberto é opaca pedra. No bolso da calça, o papel dobrado vibra e freme, bicho preso em jaula, como quisesse fugir, se expor ao mundo, anunciar seus nomes.

Manuel volta a olhar para os lados de Licínio. Indiferente, o dono dos olhos azuis está concentrado em escrever ou desenhar no caderno, mais distante da aflição de Manuel que os dois polos terrestres de que trata a aula. Sedento de curiosidade e pânico, Manuel não resiste mais. Levanta a mão, acanhado. |Que foi, Manuel?| a professora. |Posso, preciso falar com a senhora?|. Ela faz um gesto, ele se levanta, se aproxima dela, que está de pé, diante da turma. No fundo da sala, Licínio agora é todo atenção e, não sei, provavelmente receio. Manuel pede, a professora consente, ele sai da sala, caminha até o banheiro, entra, a porta se fecha, mecânica, atrás dele.

Depois de se trancar num dos reservados, Manuel tira do bolso a folha dobrada e não sabe o que sentir diante da lembrança de que ela esteve antes dentro da calça comprida de Licínio. Desdobra o papel, e cai sentado na tampa abaixada do vaso, magnânimo susto. É a prova de francês! Dúvida nenhuma, já traz estampada, inequívoca, a data de amanhã. Um pequeno texto, dez perguntas, tudo roxo sobre branco, como sempre são as provas da escola, o cheiro alcoólico do mimeógrafo. Dedos congelados, redobra o papel a custo e, sem se dar conta, guarda a prova de volta, não no bolso, mas dentro da calça curta, sob o elástico tenso da cueca. Sai do cubículo. Vai até uma das pias. Abre a torneira e lava muitas vezes o rosto, como se a água fria pudesse levar, ralo abaixo, todas as marcas de exasperação estampada na face, explícita. Se enxuga com muito papel-toalha. Respira fundo. Sai. Retorna.

De volta em seu lugar, fixa os olhos na professora, duros, como se nela estivesse toda a razão de viver e a salvação de nossas almas. Não quer se virar, topar com a mirada azul de Licínio, denunciar seu pavor. Sorve as explicações, ávido, reabre o livro, passa o dedo sobre as palavras, leitura tátil, anaglíptica, para garantir que nada lhe escape, ártico e antártico, ursos brancos e pinguins, Peary em 1909, Amundsen em 1911, círculos e penínsulas, austral e boreal, Manuel se deixa imergir nas imagens do livro, muito azuis e muito brancas, escreve no caderno os nomes mais interessantes, para sua coleção de palavras. Fim do primeiro tempo.

Mas não tem intervalo entre as aulas, hoje é uma dupla de geografia, e o segundo tempo se dedicará inteiro aos exercícios que o mesmo livro oferece, verificantes. Cada um faça o seu até o prazo que a professora determina. Manuel se fecha sobre o caderno, ausente do resto da sala, o lápis a desenhar, sem pressa, as boas respostas. Tão compenetrado, se torna impermeável a si mesmo, respira esquecimento, e se alguém lhe disser que tem um papel dobrado dentro da calça, ele vai rir da ideia, destrambelhada em sua impossibilidade total.

Momento da correção, a professora escreve na lousa, responde uma que outra dúvida, esclarece o que ainda é obscuro, confirma e corrobora as ajuizadas hipóteses. Por fim, toca o sinal, é meio-dia, a aula acaba.

Manuel recolhe suas coisas, guarda tudo na pasta, que leva a tiracolo. Quando se levanta, sente na pele o movimento da prova oculta e logo se lembra de voltar a sofrer. Sai, marchando pesado, como se carregasse muito mais que um segredo, um outro corpo além do seu, obeso e obtuso, apesar de invisível, sobre os ombros. Segue pelo corredor, na direção da saída da escola. A claridade da rua é promessa de libertação em que ele quer acreditar.

Mas nem pisa o primeiro pé na calçada exterior, de novo a garra da águia reincide em seu rapto. Caindo não sei de que céu, Licínio puxa Manuel para longe da escola, dobra uma esquina e somente aí relaxa. |Tudo bem, Manuel?| a voz azulada e morna, toda calma. |Bem|. |Você vai pra casa a pé?||A pé||É longe?||Não||Eu vou com você, a gente conversa, tá?||Tá|.

Seguem lado a lado, em silêncio, pela rua muito arborizada. |A prova, tu já visse que é a prova de francês, não é?||Vi||E vai me ajudar?| Manuel não sabe. |Como foi, você conseguiu a prova, como?||Cambito me deu||Cambito?||É, o cara que trabalha no mimeógrafo da escola||Você conhece ele?||Conheço, a mãe dele é empregada na casa de minha avó||Você, isso, já fez antes?||Não, faz só um mês que ele começou a trabalhar na escola, ele me deu a prova hoje, no início do recreio, pouco antes d'eu falar com você. Só hoje dona Vera deu a prova pra ele rodar|. Manuel sempre tem dificuldade em organizar as malhas de qualquer trama, se confunde, todo em desenredo. |Eu sei que ele roubou umas coisas na casa de minha avó||Roubou||É, eu disse que não ia contar a ninguém se ele me ajudasse a conseguir a prova||A prova| repete Manuel, quase compreendendo. |Minha avó é que arrumou pra Cambito trabalhar na escola, ela é amiga da diretora||Cambito|. Licínio, de repente, para de caminhar, pega no braço de Manuel e diz, a voz hesitante |Manuel, eu preciso muito, muito da tua ajuda| e Manuel não pode acreditar no véu aquoso que se forma sobre os olhos azuis, nublando a superfície daqueles mínimos lagos luminosos. Licínio não tem como ser mais bonito. |Meu pai disse que me mata| arqueja |Se eu for reprovado de novo||De novo?||Eu sou repetente, não sabia?| Manuel esquecia. |Você me ajuda?| a pergunta, já quase súplica, penetra Manuel como um espinho, fere sua carne da mais sincera dó. |Tu é bom, Manuel, não é como os outros|. Das escassas certezas que Manuel tem, a mais segura é essa, que ele não é como os outros, não é como ninguém. |Não|. Licínio passa o dorso da mão sobre as lágrimas não choradas. |Não vai me ajudar?||Não sou, como os outros, não sou||Ah| se alivia o colega maior. Uma pequena pausa, incômoda. Licínio não deixa durar muito |Se você me ajudar, eu faço tudo o que você quiser, tudo|. Manuel se assusta. A promessa é grande demais, não sabe o que fazer com \tudo\, palavra excessiva, tanto que chega ao limiar do nada. Pensa e, como sempre, logo se dispersa, errante.

|Teu pai é bonito| é o que sua voz tece, sempre imprevisível. |Hein?| Licínio duvida do que ouviu. |Bonito, teu pai| diz Manuel, como se traduzisse o que outra pessoa acabou de dizer em estranha língua. Licínio franze a testa, mas logo sorri. |Tu acha?||Acho||E eu?||Você parece, muito, parece muito com ele||Me acha bonito?| Manuel morde o lábio, balança os braços, pisca. |Helena diz que sim, o mais bonito, é você, ela diz||Tu e Helena, vocês são namorados?| Manuel recua um passo, como ameaçado, a vista chega fica turva, grita |Não!| e Licínio se assusta. |Calma, Manuel, tudo bem||A gente não, é só amigo||É que vocês dois andam sempre tão juntos, fazem os trabalhos juntos, eu achei||Não, amigo, a gente| e já gagueja, à beira-choro. Licínio passa o braço por sobre os ombros do colega, menor que ele, aperta, afetuoso. |Não precisa ficar assim, Manuel, me desculpa, eu já entendi|. Manuel se entrega a isso, tão melhor do que ter o braço agarrado e puxado. |Entendeu?| Manuel não sabe o quê, mas gosta. |Sim, agora preciso saber se tu vai me ajudar| e Licínio desfaz o abraço. Manuel permanece imóvel, na mesma posição. |Você nunca antes, nunca me quis, por mim, nunca falou comigo, antes| Manuel quase se queixa. |Mas a culpa é tua, tu é que sempre fica sozinho, não fala com ninguém||Falo com Helena, falo, com Glorinha e Bete||Mas elas são meninas, Manuel, eu tô dizendo que tu não anda com os outros meninos, não procura a gente|. Mas como ia procurar, ele

que não sabe sair de si sem se arranhar por inteiro, que ama as palavras, mas odeia pronunciá-las, se sempre lhe saem emaranhadas, hirtas e inconclusas? Com as meninas, ao menos, pode dividir algumas imperícias, as fantasias dos subjugados, o gosto das ínfimas coisas.

|Se tu me ajudar nessa prova, Manuel, tu pode entrar nas brincadeiras da gente, dos meninos, pode ir na minha casa, como os outros vão, a gente apronta muita coisa legal, a gente joga bola, vai nuns lugares só da gente, vai na praia, o pai do Gilson tem um sítio, a gente vai muito lá, eu, ele, o Luisão, o Evaldo, o Pombo, o Turco||Eles não querem, não vão querer, não gostam, de mim não gostam||E eles lá têm querer? Eu mando neles, Manuel, se eu disser que eles têm que gostar de você, porque eu gosto, ninguém vai dar um pio|. Manuel acredita porque já viu. Cabeça da alcateia, Licínio está sempre à frente ou por trás de todas as artes, a cada tanto um acontecimento, um caso inédito, a rotina impossibilitada, os pneus furados do carro do professor de matemática, o sumiço de todos os apagadores, encontrados por fim dentro da caixa d'água, boiando, a bicicleta do bedel pendurada no galho mais alto da cajarana, o peido-alemão na aula de francês. Tudo à socapa, no engenho da dissimulação, os solertes, ninguém é apanhado, ninguém denuncia nada, a matilha impõe e faz cumprir os variados medos.

|Você gosta?| Manuel quer confirmar |De mim, você disse, porque eu gosto?|. Licínio volta a passar o braço sobre os ombros dele. |Gosto, claro que gosto, tu mesmo dissesse que é diferente, você é diferente, Manuel, é sabido, só tem nota boa, a gente até te inveja|. Manuel se surpreende: inveja? |Mas nem tudo, eu não sou bom, matemática, eu sou muito ruim, não gosto||Ah, é? Quanto tirasse na última prova?||Seis||E isso lá é ruim? Eu tirei três, o Turco tirou dois e o Luisão, zero|. Manuel nunca pensou, suas notas baixas em matemática motivo de inveja dos outros meninos.

Uma certeza, contudo, se apodera dele, premente. |Errado, não é, é errado, roubar a prova, honesto, não é honesto| e logo pensa no pai, nas coisas que diz o pai, no que lhe ensina o pai. |Mas ninguém pode fazer tudo certo o tempo todo| reage Licínio, tranquilo. |Não?||Não. É sem graça. Fazer tudo certinho é coisa de menina|. Manuel não sabia. |É?||Claro que é. Se todo mundo fizesse tudo certo, muita coisa legal que existe no mundo não tinha sido inventada|. Manuel, todo surpreso, não sabe o que diga. |E veja só, as grandes invenções, sempre foram de quem?|. Manuel arrisca |Menino?||Isso, menino, homem, Manuel, os inventores todos sempre foram homens: carro, trem, avião, telefone, televisão. Eles tiveram que fazer o que os outros não achavam certo, se arriscar, desobedecer|. Manuel se lembra de algumas coisas lidas e ouvidas, livros e aulas. |Tudo isso, as invenções, eles eram malucos, diziam que os inventores, eles eram malucos, as coisas que inventaram, que pra nada, não serviam pra nada, iam sumir logo||Pois então| confirma Licínio, satisfeito com a tese defendida e aprovada. |Vai me ajudar?| ele repete a contundente pergunta. Manuel quer ser menino, homem, inventor, quer gostar de Licínio, que gosta dele. Hesita. |Fazer uma coisa errada pra ajudar um amigo é fazer uma coisa certa, Manuel|. Pousa o olhar no rosto de Licínio. Por que ele é tão claro nessa terra de gente morena? De onde vêm esses cabelos de um louro escuro, acobreado, tão lisos? E para que esses olhos tão grandes, tão azuis, essa boca que nunca está séria, esses ombros largos, essas mãos grossas?

|Você é forte, Licínio||Eu faço muita ginástica, eu gosto, eu nado no meu clube, já ganhei medalha, tu sabe nadar?||Não||Eu te ensino, tu quer?| Manuel não quer, mas |Quero||Então, fica assim, tu me ajuda na prova de francês, eu te ensino a nadar, te levo no meu clube||Só a gente, os dois, eu e você, só?|. Licínio analisa a pergunta. |Claro, só nós dois||Seu amigo, eu quero ser seu amigo,

Licínio||Já é, Manuel|. O calor desse hálito, o luzeiro desse sorriso, o irresistível desses olhos, a natação prometida, muito a dois, tudo afaga o pequeno espírito de Manuel, ave timorata, descrente das próprias asas. |Eu te ajudo, Licínio, eu quero, teu amigo|. Licínio então envolve Manuel com os dois braços, aperta o menino magrinho contra o peito, bate em suas costas. |Obrigado, Manuel, muito obrigado mesmo| e logo se solta dele. |Agora vamos pra casa, tá?||Tá|.

Caminham. O prédio de Manuel é logo ali, a poucas quadras da escola. Diante da portaria, Licínio diz |Eu passo aqui de noite, lá pelas oito horas, tá?||Pra quê?||Pra você me dar as respostas da prova, até lá você já tem terminado, não é?||É||Qual é o teu apartamento?||2003||Bem lá no alto? A vista deve ser legal||É||Tu me leva um dia pra ver?|. Manuel não consegue imaginar Licínio transitando pela sala, entrando em seu quarto, pisando na sacada de onde o mar quase se vê, a presença do menino mais bonito que ele conhece ocupando esses espaços tão seus, tão meus refúgios. Não responde. |Então eu passo, de noite, tchau, Manuel|. Licínio dá um tapinha no ombro do colega. Aproxima o rosto do ouvido dele |Tu não dissesse ainda se me acha bonito| e se afasta, ligeiro.

De tarde, só em seu quarto, Manuel trata de fazer a prova de francês. Tudo flui fácil, o texto é dadivoso, as perguntas afáveis, o novo sentimento é um sol carinhoso. Olha para o despertador na mesa de cabeceira ao lado da cama, falta uma eternidade insustentável para Licínio reaparecer em sua vida, todo azul e muito amigo. Manuel recorda algumas das coisas ditas pelo colega, você não é como os outros, porque eu gosto, você é fino. Ri. Da estante acima de sua mesinha de estudo recolhe o dicionário de rimas, presente do pai. Vai à página que interessa, percorre com a ponta do lápis as palavras que ela lhe oferece, traça um círculo em torno das que lhe parecem aproveitáveis. Abre o caderno de francês, arranca uma folha em branco. Escreve \eu te ajudo nessa prova\ porque está muito entregue à vontade de dizer em versos o que seus lábios jamais saberão enunciar devidamente, \tu me tens no teu domínio\. É preciso registrar, lavrar em arte a ventura que se instaura. \Me deste amizade nova, teu olhar azul, fascínio\. Manuel repete em sussurro os quatro versos, moldura inicial do retrato que quer pintar desse dia todo urgente, raptor. |Eu te ajudo nessa prova, tu me tens no teu domínio. Me deste amizade nova, teu olhar azul, fascínio|. Gosta, quer se enveredar mais fundo. Olha através da janela e vê, para além de alguns prédios altos, uma nesga de mar. Rabisca um verso novo, não gosta, risca. Logo outro, mais outro. Não consegue ir além da primeira quadra, que repete, obcecado |Tu me tens no teu domínio|. Volta a contemplar a lista de rimas, quer que as palavras inertes, meramente elencadas, falem por si sós, se entreteçam com os ecos surdos que percutem dentro de sua cabeça aflita.

|Teus olhos, puro alumínio| escreve, sem grande convicção |São lagos da cor do céu|. E logo lhe ocorrem palavras aprendidas, colecionadas |Fundo abissal, abissínio, que eu não sei nadar, ao léu|. Será? Tenta emprestar sentido à nova quadra. Tantas vezes, lendo seus poetas preferidos, lhe vem a ideia, razoável, que a poesia se faz sem se entender, que as palavras se enfileiram por algum jogo sem nome, desnecessitada lógica, bastando o bom do som, o aprazível do paladar na dicção. |Teus olhos, puro alumínio, são lagos da cor do céu, fundo abissal, abissínio, que eu não sei nadar, ao léu|. Se encanta com a música de |abissal, abissínio|, e nem ousa se perguntar o que de fato é léu, se algo é. |Eu te ajudo nessa prova, tu me tens no teu domínio. Me deste amizade nova, teu olhar azul, fascínio. Teus olhos, puro alumínio, são lagos da cor do céu, fundo abissal, abissínio, que eu não sei nadar, ao léu|. De repente, Ma-

nuel se lembra da promessa tremenda \se você me ajudar, eu faço tudo o que você quiser, tudo\ e de novo fica imóvel, sem geometria bastante para preencher aquele tudo, terrível em sua infinitude, dízima periódica. \Tudo o que eu quiser, tu fazes\ escreve então, \invenções do raciocínio\ lhe dita a lista de rimas, dadivosa. \Só aceito o que tu trazes nos olhos de azul licínio\, completa, exultante, comovido.

Lê, relê, treslê os versos, alinhados na folha, um debaixo do outro, jogo de armar. Declama, recita, quase apregoa. Soubesse como, criava uma melodia para eles, tão cantáveis, de girar ciranda. Pega uma nova folha de caderno, copia todos os versos com sua melhor letra. Troca, no último verso, \tu trazes\, áspero couro, por \me trazes\, mais veludo. Assina embaixo, põe a data. Busca um título, e logo se decide por \Vaticínio\, que escreve no alto da folha, todo em maiúsculas. Duas linhas abaixo, a dedicatória, como já viu estampada em muitos livros \para Licínio\. Saboreia, com sobrefeliz antecipação, a surpresa do amigo novo quando receber, não só a prova de francês, já respondida, mas também um poema, todo honesto. Feita lhe foi uma cobrança, e agora vai ser paga, Manuel dizendo, como pode e sabe, que, sim, acha ele o mais bonito. Que horas são? Já cinco, mas também ainda cinco. O mundo pode acabar antes das oito? Manuel lamenta não ter o endereço do amigo, do menino mais bonito que conhece, não saber o número de telefone daqueles olhos abissais, lagos de alumínio. Ao pensar em telefone, pensa também em Helena, a amizade esquecida, ofuscada pela irrupção azul de um aluvião de promessas onde tudo o que você quiser eu faço, tudo, porque eu gosto. Sai do quarto, vai até a sala, com o poema na mão, disposto a todas as confidências com Helena. Disca.

|Alô||Alô, Helena?||Manuel?||É||Eu ia mesmo te ligar agorinha, tenho uma coisa muito séria pra te falar||Você não foi, hoje, não foi na escola||Amanheci gripada, ainda tô de cama||Eu preciso,

quero, falar pra você||Manuel, presta atenção, tá acontecendo uma coisa, Glorinha me ligou, eu tenho que te contar||Hein?||Licínio teve na casa dela, foi lá falar com Jorge||Jorge?||Sim, Manuel, Jorge, o irmão de Glorinha||Licínio, Jorge?||Glorinha ouviu tudo, sem eles saberem, tudo o que eles falaram e me ligou, me ligou porque ela tava nervosa, não teve coragem de ligar pra você||Coragem? Glorinha?||Manuel, escuta, Licínio e Jorge fizeram uma aposta, tá entendendo?||Aposta?||É, Licínio apostou com Jorge e com os outros meninos que conseguia te usar pra resolver o problema deles com a prova de francês||Deles? Apostou?||Isso, apostou. Parece que os outros duvidaram, mas Licínio chegou na casa de Jorge e foi logo dizendo tapeei aquele frouxo||Frouxo||Sim, Manuel, o frouxo, tu é o frouxo, Glorinha disse que Licínio ficou te imitando, imitando o teu jeito de falar, as caras que tu faz. Disse assim, eu te falei, Jorge, que conseguia, eu te falei que pra mim ele fazia, que eu sabia levar aquele frouxo na conversa. Manuel, tu tá me ouvindo?|

Manuel deixa cair o telefone e se deixa cair também, no chão, de joelhos, mudo aos apelos da voz da amiga no aparelho, cego às palavras de Dasdô, que da cozinha viu e veio |Manuel, fala comigo, que é que tu tem?| ela pergunta, assustada, pondo o fone no gancho e tentando levantar o desinfeliz, que treme todo, febril, incapaz de sequer chorar, a águia que o raptou não cumpriu a promessa, Ganimedes foi traído, largado em pleno voo, e agora está desabando, solto no alumínio do céu, abissal azul, duro vaticínio.

Dasdô pega o telefone, desliga, religa, fala, desliga. |Manuel, seu pai já tá vindo, visse? Vem comigo, vem pra cama|. Ele se agarra nos braços de Dasdô e, finalmente, grita. |Manuel, o que foi, tu tá me assustando, menino! Tá doendo? O que é que tá doendo? Onde?| mas ele não responde, as garras recurvas lhe dilaceraram a língua.

Dasdô seguiu bem as instruções. O pai trabalha perto, são poucos minutos até que chegue, nas emergências. E ele chega. Vem salvar o filho em plena queda. Leva ele para o quarto, deita ele na cama. |Meu filho, o pai tá aqui, fala comigo|. E Manuel fala, derrama, diz, despeja, conta, confessa, tudo em criptogramas ásperos. O pai carece de um século e meio para alinhavar as não-palavras, as sílabas entrecortadas, os falsos começos, as conclusões precoces, desdobrar as parábolas, o grego impermeável que não traduz o dilaceramento e o desamparo de um homem interrompido em sua invenção mais grandiosa e desonesta, em seu fascínio.

|Tá tudo bem, meu filho| diz o pai, enfim, exausto da hermenêutica. |Deixa que eu resolvo isso|. No que chega a mãe, quarto adentro, também alertada por Dasdô. O pai lhe explana, em tensa resenha, a horrível fábula. Ela se deita ao lado do filho e abraça ele com muita força. Manuel por fim se acalma, se reconhece no mundo, e descobre que sobreviveu ao colapso, embora com todos os ossos partidos. O pai lhe traz um copo d'água e um comprimido. Manuel recusa. |É só um calmante, meu filho| explica a mãe. Manuel toma. |Eu não quero, mãe, calmante, pai, eu quero é morrer|.

Quando emerge de um sono espesso e pantanoso, Manuel vê que fora da janela é noite, o abajur ao lado da cama, aceso. Consulta o despertador, passa das nove, tenta se levantar da cama, mas a dor ainda é toda e uma só. Logo a mãe aparece à porta do quarto, aberta. |Já acordou, meu querido?| ela se senta ao lado dele. |Mãe, nove horas, às oito, ele vinha às oito|. A mãe passa a mão na cabeça dele. |O rapaz veio, filho, seu pai falou com ele, levou ele pra casa, conversou com o pai e a avó dele|. Manuel não sabe o que pensar, talvez nem saiba o que é pensar. |Tô com sono, mãe||Eu sei, meu filho, é o remédio, pode dormir mais, amanhã você não vai pra escola|. Ele então se lembra. |Francês, mãe, amanhã tem, prova de francês||Não tem mais, filho, amanhã não vai ter mais prova de francês, pode ficar sossegado|.

Manuel quase sorri, fecha os olhos, e antes de voltar a dormir |Mãe, o livro, o novo, não gostei, é grego, dá ele pra alguém| e se despede já saudoso desse dia, raptado pelo desamor, mito de alumínio, águia inexequível, lobo abissal, abissínio.

TRÈS BIEN!

Manuel conta as sílabas da última frase do livro que acabou de ler \o funeral para sempre das horas\ e vê que é um decassílabo, com acento na quarta, suscetível, portanto, de ser chamado sáfico, não fosse a ausência de acento na oitava. Relê aquele breve parágrafo final, logo folheia o volume, passando as páginas de trás para diante, até chegar à capa, que ele deixa se fechar sobre as folhas de papel muito branco. Em seguida contempla as seis páginas datilografadas em que anotou palavras, frases, trechos inteiros do romance que despertaram sua atenção por algum motivo, mas qual? Não sabia, tanto quanto ignorava por que lhe tinha dado aquele livro o professor Dias. Estava para terminar o segundo semestre, mais algumas semanas e eram as férias de final de ano, que o Natal e o réveillon escandiam como dois marcos miliários, o primeiro assinalando um termo, o nada mais a fazer que ainda coubesse no calendário, a extinção de qualquer prazo supletivo, a impossibilidade de adiamentos, enquanto o outro era o portal do imprevisto, do estar por vir, a transposição de um limite também destinado a envelhecer e fanar, pois que o tempo é o funeral para sempre das horas. No meio, uma semana exata, uma espécie de terra de ninguém, um breve platô entre dois vales, como fosse programada para permitir um respiro entre o cansaço do já visto e a inquietação pelo inaudito.

Foi a partir da primeira semana de agosto que ele e o professor de literatura tinham se aproximado, cautamente, mas sem interromper o andamento, em adágio. Assim pelo menos acreditava Manuel, mas talvez fosse nada menos que uma sua impressão, provocada pelo movimento que ele, sim, tenteando, fazia na direção do homem alto e magro, cabelos grossos mantidos curtos e em que já despontava o gris inevitável da implausibilidade de ter pela frente o mesmo número de passos já investidos, descor também registrada na barba sempre bem aparada. Aliás, que idade teria? Manuel não sabia avaliar, era pouco habilidoso nessas medições. Mas achava, pelos olhos lúcidos, ligeiramente ampliados por trás das lentes dos óculos de fino metal dourado, pela voz baixa mas firme, pela ausência de signos concretos de fadiga, que Dias não devia ser muito mais velho que seu pai, já percorrido o primeiro terço da trilha dos quarenta.

Pouco tardou, logo nas primeiras aulas, como era tradição em sua vida escolar, para que o professor se admirasse da fecundidade com que Manuel discutia livros, rompia uma conspícua timidez para delatar suas predileções literárias, sempre bem argumentadas, emendava nomes, datas e títulos com a disposição e a fluência de um sabiá em meados de setembro, em contradição loquaz com a dificuldade que experimentava no exprimir-se em qualquer outra situação. Quando veio a primeira prova, devolvida ao aluno sem marca nenhuma a não ser a nota máxima, no alto da folha, com um \muito bem\ ao lado e uma rubrica indecifrável, em letra galante e tinta azul, o professor, no final daquela aula, enquanto os demais alunos se agitavam para descer ao pátio, hora do intervalo, se achegou a Manuel, ainda sentado na carteira. |Parabéns, Manuel, fazia tempo que eu não encontrava um aluno tão bom quanto você|. Manuel apenas sorriu, encabulado, erguendo a vista para o professor e logo baixando os olhos. |Verdade| prosseguiu Dias |Gente da sua idade não se interessa muito por literatura. Acha que não serve pra nada. Muitos já me confessaram que não entendem por que a matéria é obrigatória|. |Eu sei| disse Manuel, com certo desconforto. |Não é uma pena?||É|. Dias ficou ainda alguns instantes ali de pé, um metro acima da cabeça baixa de quem fingia buscar algo dentro da mochila. Esperava talvez que Manuel falasse mais? Não sabia, mas viria a saber, que falar sempre tem sido um esforço e um desprazer para aquele. Por fim |Vá lá, Manuel, não vou mais te prender aqui, é hora do intervalo, desculpe|. Manuel, com seu desjeito natural, caminha na direção da porta. |E mais uma vez, parabéns| diz o professor que acompanhava com os olhos os movimentos dele. |Obrigado| Manuel disse e se foi.

> ou, simplesmente, dois a dois, íntimos, seguiam para longe, braços pela cintura, balbuciando diálogos lentos.

Depois daquela primeira e escassa troca de palavras, Manuel desceu ao pátio. Num banco de cimento, à sombra da cajarana grande, estavam Helena e Glorinha. Ele se aproxima delas. |Por que tu não desceu logo?| é Helena. |O professor de literatura, o Dias| |Que que tem ele?| perguntou Glorinha, mordendo em seguida a maçã que tinha na mão. |Me deu parabéns, me disse que sou um aluno bom||Bom? Só isso?| se indignou Helena |Tu é o melhor aluno que qualquer professor de literatura pode desejar nessa vida e na próxima!| Manuel riu da hipérbole da colega, mesmo sabendo que ela não tinha ideia de que estava cometendo uma. |Ele disse assim, eu acho, faz tempo que não vejo um aluno como você|. Glorinha, terminando de mastigar, completa |Imagina quando ele ler as coisas que tu escreve, vai ficar de queixo caído||Se vai| concorda Helena. Manuel se senta ao lado de Glorinha. Abre a mochila, onde está o sanduíche que trouxe de casa, envolto em papel prateado. Termina de desembrulhar, começa a comer.

|Eu acho esse professor meio esquisito| confessa Glorinha. |Tu acha todo professor esquisito, menos o André| provoca Helena. |É porque eu adoro biologia, você sabe||Me engana que eu gosto| rebate Helena |Tu adora mesmo é a biologia dele, as células dele, os cromossomos e os genes dele, isso sim|. Glorinha dá uma gargalhada e logo emenda |Tu já reparou como esse professor de literatura se enrola de vez em quando nas palavras? Assim, como alguém que a gente conhece?| e ela pisca um olho na direção de Manuel, que demora a entender. |Eu acho simpático o Dias| Helena admite |Nem se compara com o Antônimo, aquilo sim é um capiroto, como diz minha avó|. Manuel sorri: o professor de literatura do primeiro semestre, Antônio, foi rebatizado Antônimo pelas meninas da turma. |Por que mesmo? Por que é que vocês chamavam ele de Antônimo mesmo?| Manuel não se lembra. |Porque ele é o antônimo da simpatia, o antônimo da higiene e principalmente o antônimo da beleza!| responde Glorinha, rápida. |Feio que só o cão| concorda Helena. |Ninguém é obrigado a ser bonito| pondera Manuel sem convicção. |Claro que não| assente Glorinha |Mas quando o infeliz é grosso, fedido e péssimo professor, a feiura só vem completar o quadro, dar o toque final|. Manuel sorri de novo, sempre se diverte com elas. Se conhecem desde que ele começou a estudar ali, faz alguns anos. |Por que esquisito?| ele quer saber. Helena e Glorinha já se acostumaram com aquele jeito tortuoso do amigo, as idas e vindas que dá nas conversas, os extravios de raciocínio, as coisas que perde pelo caminho e volta para pegar. |Sei lá, esquisito| dá de ombros Glorinha |Assim feito você, Manuel|. Ele se admira |Eu? Feito eu?||É. Essa gente que vive com o nariz

enfiado em livro, que não sabe se hoje é quinta-feira ou domingo, se está chovendo ou nevando, se um elefante fugiu do circo, quanto custa um litro de leite e assim por diante||O preço do leite subiu?| Manuel, nem ideia. Glorinha e Helena gargalham gostoso. |Tá vendo só?| Glorinha |Esquisito é assim, é isso|. Manuel jamais se ofende, sabe que ali não tem vestígio de troça, zero escárnio. Volta a comer. |Ele já sabe que tu escreve poesia, o Dias?| pergunta Helena. |Não. Não sei. Quem disse pra ele?||Quem disse o quê, criatura?||Que eu escrevo poesia?||Ai, ai| Helena suspira |Tu e o Dias, vocês vão se dar muito bem|. Toca o sinal. É subir para as aulas do segundo tempo.

> tremores da mão ao apertar a minha, embaraços na voz de amoroso errado, bisonho desviar dos olhos, denunciando a relutância de movimentos secretos e impetuosos.

Manuel começou a prestar ainda mais atenção às aulas do professor Dias. Não ao que ele dizia, às coisas que explicava, muitas delas bem sabidas por Manuel, nem às novidades que, óbvio, lhe revelava também. Mas ao modo de dizer, ao movimento dos lábios meio ocultos pela barba, aos gestos de mão que fazia acompanhar certas formulações, ao jeito como às vezes se retraía, como que arrependido de algum desses mesmos gestos. Nesses momentos, raros mas nem tão infrequentes, é que o homem errava a nota, confundia as claves, desacertava o ritmo, e a voz, até ali em controlado diapasão, lhe saía desafinada. É quando ficava \esquisito feito você\ e Manuel tentava individuar as semelhanças, discriminar as mencionadas analogias, verificar sua pertinência, obter o reflexo de um possível autorreconhecimento. Mas não sabia se o espelho mentisse, se a imago detectada fosse condigna da inquirição minuciosa.

Manuel, quem sabe em busca de mais dados para melhores conclusões, começou a se deixar ficar por último na sala, depois que o resto da turma descia, final da aula de literatura. Helena e Glorinha, das primeiras vezes, insistiram: era já um rito a três, a pausa sob a cajarana, o passar em revista e a limpo as desimportâncias leves e as graves turbações advindas da consciência, intermitente e quase sempre repentina, de se saber aqui e agora. Manuel, sempre dócil às persuasões das colegas, lhes pedia uns minutos de paciência. Elas relutavam, a princípio. Logo aquiesceram. Mas não sem cobrar que se cumprisse o prazo, uns minutos, que os quinze destinados à pausa, avaros, eram um direito precioso a ser gozado em sua escassa totalidade. Desceriam, desciam primeiro, e que ele não tardasse.

Mas os minutos não custaram a se alargar. Ele e o professor Dias, de pé ao lado da mesa grande ou às vezes encostados na lousa, sem se importar com o pó de giz que podia lhes ficar na roupa, conversavam sobre o último livro que a turma teve de ler, sobre a opinião que Manuel tinha da obra, do autor, do gênero, sobre porque não é bem assim, rapaz, preste atenção no que está dito aqui, nesse capítulo, mas o senhor mesmo explicou outro dia que. Com isso, o intervalo todo ia consumido nas confabulações, a turma tagarela entrava de volta na sala, se surpreendia com a presença ainda ali do professor, surpresa que logo desapareceu quando se tornou habitual a professora de química ter de pigarrear alto sob a moldura da porta para que o colega, agarrando suas coisas e quase sempre deixando cair um papel, uma caneta, um livro, se desse conta da incomplacência estrídula da campainha que, apensa ao teto da sala, decretava o fim e o início das aulas, e abandonasse o prazo e o território que já não lhe pertenciam.

Até que, passados uns meses, no meio de uma daquelas digressões semanais a duas vozes, o professor Dias perguntou a Manuel

|Você tem algum horário vago?||Horário vago?||É. Você tem todas as aulas todos os dias?|. Manuel não responde, mas arde por querer que sim. Vai até sua carteira, abre o caderno grosso, de capa dura e espiral, que traz na primeira página a tabela dos dias da semana e os tempos das aulas. O professor se aproxima. Manuel aponta um lugar onde está escrita a palavra \religião\ riscada com dois traços que formam um x. |No último horário. Quarta-feira. Aula de religião| explica. |Ah, sei. Você não assiste?||Não. Não é obrigatório. Fica quem quer. Eu não quero||E vai embora pra casa?||Vou|. O professor hesita um instante. Manuel percebe. |Por quê?| pergunta. |Não quer ficar aqui comigo?||Aqui? Com o senhor?|. Os dois se descobrem então num daqueles episódios melancólicos em que as palavras não trazem, traem. O professor respira fundo, se concentra |Eu também não tenho aula nesse horário||Não tem?||Não||Tá bom||Tá bom?||Não sei|. Dias estende o braço direito, apoia a mão no ombro de Manuel, que estremece muito de leve. |Manuel, eu pensei assim, em vez da gente ficar aqui conversando toda vez depois da minha aula, você perdendo a hora do intervalo, eu tendo que sair às pressas pra que a professora Conceição entre| ele volta a inspirar, controla o fluxo e |A gente podia se encontrar na sala dos professores, no último horário da quarta-feira. Das onze e meia às doze e meia. Assim fica mais tranquilo pra gente conversar||O senhor gosta de conversar? Comigo?||Gosto. Você não?||Gosto|. Pausa.

|Você quer ser meu monitor?||Monitor?||Sim, sabe o que é?|. Manuel sabe. |Eu nunca fui monitor||Nunca?||Nunca. Nunca quis| |Por que não?||Sou muito tímido||Eu sei||O senhor me ajuda?| |Ajudar?||É. A não ser tímido. A ser assim, como o senhor?| |Como eu?||Como o senhor||E como é?||Assim, falar na frente de todo mundo, dar aula, ser professor. Professor não pode ser tímido|. Dias sorri, recolhe o braço, Manuel se senta no tampo da

carteira. |É o que você pensa, rapaz|. Manuel deixa evidente que não entendeu. |Professor pode ser tímido sim. Eu sou. Sempre fui um poço de timidez||Não parece||Eu disfarço bem||Disfarça?| |Disfarço, escondo. Na verdade, aprendi com o tempo||Aprendeu? O quê?||A disfarçar a timidez. Levou muitos anos, entrei num grupo de teatro, fui obrigado a falar alto pras pessoas ouvirem. Quer ser meu monitor?||Quero?|. Dias sorriu |Isso foi uma resposta ou uma pergunta?|. Manuel sorri também |Não sei| |Olha, a coisa é muito simples, eu vou te ajudar sempre||Como é? Tem que dar aula?||Você quer dar aula?||Mais velho||Quer ser professor quando ficar mais velho?||Professor? Eu?| Manuel nunca tinha pensado. |Pode ser. Mas o que eu quero mesmo é escrever||Escrever?||Escrever, já escrevo. Quero ser escritor||Ah| o professor exibe um sorriso de satisfação |Eu bem que imaginava. E você escreve o quê?||Poesia||Muito bem||E uns contos||Verso e prosa, e o que mais?||Eu traduzo||Você traduz? O quê?||Do francês. Eu gosto. Faz tempo que eu estudo francês. Aqui na escola e fora também. Já traduzi um livro inteiro de mitologia||Mitologia?| |Grega. É. Eu gosto. Era um livro pequeno, tá? Mas traduzi todo| |Très bien!| elogia o professor |Eu também estudei muito francês, mas faz tempo que não leio, falar então faz uma vida. As aulas tomam todo o meu tempo|. O professor ouve o esgrimir das vozes no corredor. São os alunos que voltam do intervalo. Ele recolhe depressa suas coisas. Já à porta diz |Quarta-feira, então, onze e meia, sala dos professores|. Sai.

> entreguei-me de coração ao desespero das damas romanceiras, montando guarda de suspiros à janela gradeada de um cárcere onde se deixava deter o gentil cavalheiro

Aquele diálogo se teceu numa quinta-feira. Pela frente Manuel tinha uma semana inteira até o encontro com o professor Dias.

A timidez, pensou. Certas coisas Manuel vinha aprendendo que, ao contrário do que tinha acreditado no lento escoar da dolorida infância, não eram destinadas só e tão somente a ele. A timidez, um exemplo. Não era apanágio dele |Apanage| murmurou em francês, língua em que topou pela primeira vez com a palavra. Depois descobriu que também existia na sua, emprestada, e que tinha a ver com pão. A timidez é um pão que se compartilha? Dias era tímido. Um professor tímido, não seria uma contradição? Manuel apreciava descobrir, a pouco e pouco, que não era o único no mundo a sentir e ser o que sentia e era. Mas o que sentia e era ainda aguardava tradução, ignorava se para tanto já existisse dicionário.

As instruções, a prometida monitoria. Manuel preferia não pensar. Já se arrependia de ter aceitado. Mas confundia na lembrança algumas das falas do professor com o toque quase trêmulo da mão que lhe pousou no ombro. Passou a manhã seguinte na escola meio desatento às aulas, desceu na hora do intervalo com Helena e Glorinha, deixou que elas falassem de tudo e do que mais. No final de semana, em casa, lia, escrevia, se perdia na busca de soluções e rimas, abria o dicionário e logo se esquecia da palavra que lhe exigia a consulta. Só muito de vez em quando, como a lembrança que nos acode de que existe água a correr pelos tubos ocultos sob as paredes de casa, se sobressaltava com a ideia de ser monitor, e passava a mão no ombro.

Na segunda-feira, já no primeiro horário, a pretexto de usar o banheiro, deixou a aula e desceu ao térreo, onde a sala dos professores. Não sabia o que buscava nem se buscava, mesmo assim espreitou pelo vidro transparente da porta. Estava anormalmente vazia. Girou a maçaneta, que cedeu. Entrou, em pânico, na certeza impiedosa de estar cometendo uma onerosa falta. Pronto se viu diante de um grande quadro, em que se exibia a distribuição das aulas, os horários de cada professor e o número das salas. Fotografou na memória o que lhe interessava. Saiu.

Na volta para a aula, fez um pequeno desvio no segundo andar. Passou diante da sala em que o professor Dias deveria estar naquele momento. E estava. A porta, fechada, mas tinha, como todas as salas de aula, um amplo quadrado de vidro que permitia ver o interior. Ficou ali plantado, diante daquela porta, olhando para dentro, numa perfeita ignorância do que estava fazendo. No exato momento em que Dias se virou para escrever na lousa, quando Manuel esperava ser visto, mas não foi, uma voz ecoou pelo corredor. |Ei, garoto, tá fazendo o que fora da sala?|. Era Gonzaga, o bedel, em sua infinda peregrinação de vigia das coisas e dos seres submetidos ao seu zeloso esquadrinhamento. Manuel, assustado, respondeu |Tô voltando do banheiro. Já vou| e partiu em cambaleante disparada pelo corredor até alcançar a rampa que levava ao terceiro andar. Irrompeu sala adentro com tamanho ímpeto que tropeçou no próprio pé e por um triz não despencou no chão. A turma inteira riu com gosto, para desaprovação da professora, que fez um gesto ríspido para que Manuel reocupasse seu lugar.

Na terça-feira, percorreu os corredores, subiu as rampas, desceu ao pátio, entrou no refeitório, se aventurou pela exígua biblioteca, fingia para si mesmo que não tentava topar com o professor Dias.

As aulas da quarta-feira foram recheadas de desatenção. Para alívio de Manuel, nenhum professor lhe pediu que falasse, que lesse, que respondesse, nem a de francês, que a ele recorria com desconfortável frequência para dar o exemplo, \ta prononciation est parfaite\, elogio tantas vezes reiterado que só lhe servia para acumular o pouco dissimulado rancor que certa parte da turma lhe devotava. No intervalo, deixou que Helena e Glorinha se entretivessem com as próprias e inofensivas maquinações, se limitou a comer em silêncio e não escutar o que diziam. Não era raro esse seu ensimesmamento, elas estavam habituadas.

A última aula, no entanto, topou com um Manuel obsessivamente concentrado, agarrado a cada respiro da professora de física, matéria que detestava só não tanto quanto a matemática. Queria perfurar o segredo das fórmulas, injetá-las no próprio sangue, apreendê-las como se sobreviver dependesse disso. Ocupar o cérebro, não permitir um milímetro vago por onde se insinuasse qualquer outro pensamento, sobretudo o de que não queria, jamais quis ser monitor, não quero.

O toque da campainha penetrou em seus ossos, provocou um arrepio que fez Manuel estremecer na cadeira. Por um sólido instante lhe encheu a alma o arrependimento de não assistir as aulas de religião. Helena e Glorinha assistiam, era o único dia em que não saíam juntos do colégio e se despediam na esquina da rua, de onde partiam em rumos diferentes, cada um para sua casa. Quando os outros seis colegas dispensados daquela aula se levantaram, Manuel os imitou mecanicamente. Saiu atrás deles.

Enquanto os outros disparavam rampas abaixo, Manuel descia com calculada lentidão, a mochila às costas, a mão deslizando com milimétrica regularidade pelo corrimão de ferro pintado de azul. No térreo, se deixou instilar por uma resoluta indecisão: não comparecer ao encontro há tanto marcado, delinear alguma escusa, a ser comunicada post-hoc, ou comparecer, sim, só para dizer que não. Mas já sabia que era sua a segunda opção. Queria ver, poder ouvir, resistir à provável insistência, capitular. Ou não.

Rumou à sala dos professores. A porta estava aberta. Lá dentro, sentada à longa mesa de madeira escura, solitária, a professora de química se dedicava a ler uma revista colorida. Percebeu sem tardança o aluno parado aquém da porta. |Quer alguma coisa,

Manuel?||O professor Dias| a voz lhe saiu seca, quebradiça. |Deve estar chegando| ela consultou o pequeno relógio de pulso |E eu já saindo|. Manuel imóvel. |O horário de atendimento dele já começou, mas eu não posso esperar. Tenho que correr pra casa pra cuidar do almoço. Ele já deve estar descendo da aula. Você toma conta da sala pra mim enquanto ele não chega? Se quiser se sentar, ali perto da geladeira tem um sofazinho| ela apontou e logo fechou a revista, guardou na grande bolsa vermelha de alça dourada, se levantou, ajeitou a cintura do vestido, passou a mão pelo cabelo e se dirigiu à porta. Manuel já tinha entrado e ocupado o assento por ela designado. E esperou.

Dias não chegava. Ninguém chegava. Manuel sabia que, ao longo do turno, ao menos um professor, sem aula naquele horário, ficava de plantão naquela sala, dando atendimento, como se dizia no idioma oficial e muito particular do país chamado pedagogia. Para se distrair do desejo de ir embora, Manuel se levantou e foi de novo examinar o quadro das aulas. Também era o quadro dos atendimentos. Para alguma surpresa sua, viu que o nome de Dias não estava atribuído ao horário da última aula da quarta-feira. Era o da professora de geografia, dona Eugênia, muito legível, datilografado na etiqueta autoadesiva, preto no branco. O do professor de literatura aparecia em dia e hora outros. Voltou a se sentar. Esperou. Não tinha relógio. Esperou. Por fim, com satisfeita decepção, teve certeza de que Dias tinha se equivocado, ou ele mesmo tinha anotado por engano, ouvido as coisas umas pelas outras. Se levantou, caminhou até a porta e, ao transpô-la, de cabeça baixa, como andava normalmente, se chocou contra o professor de literatura, que chegava apressado, decerto igualmente despistado de si mesmo. Os dois recuaram um passo no susto, Manuel ia perder o equilíbrio, mas Dias agarrou ele pelo braço. |Manuel, desculpe, que desastrado que eu sou, você tá bem?|. Manuel sabia que estava para chorar. Por isso, retraindo o braço para que o professor o soltasse, só conseguiu dizer |Eu não quero ser monitor| e saiu a toda, atravessou o pátio, cruzou o portão, se afastou do colégio e apenas quando se viu na esquina da rua é que deu permissão às lágrimas.

> modificava-me com o amigo, e me sentia bem na submissão voluntária, como se fosse artificial a bravura, à maneira da conhecida petulância feminina.

No dia seguinte, Helena e Glorinha, na fina perspicácia do afeto, viram um Manuel de olhos fundos, mal dormidos, detectaram, no saber maduro que dele tinham, algum novo sofrimento. Não ousaram perguntar, conheciam as insuficiências do amigo, tinham aprendido que em dias assim ele se tornava ainda mais inacessível, trancafiado em seus pesares, de modo que se postavam ao lado dele, guardiãs, e o amparavam com a presença silenciosa de quem dá sem que lhe seja pedido.

Na aula de literatura, Manuel não levantou um instante sequer os olhos, fixados no livro aberto, ocupado em preencher com a caneta preta todas as letras o maiúsculas e minúsculas impressas em cada página. Quando a campainha tocou, se levantou depressa e se colocou entre Helena e Glorinha, pronto a se deixar levar por elas, resoluta escolta, para fora da sala. Mas quando passaram os três pelo professor Dias, se deu o que Manuel temia e esperava |Manuel, posso falar um minuto com você?| e o reteve pelo braço. A voz era de solicitação, mas nem por isso perdia o que lhe cabia de autoridade. As amigas, de má vontade, tiveram de se retirar, abandonando Manuel, indefeso, à dura obrigação de falar.

|Tá tudo bem?| quis saber o professor, soltando o braço do aluno. Manuel não responde. |Eu não entendi o que aconteceu ontem|. Manuel, como a ninfa castigada, só ecoa |O que aconteceu ontem| que Dias interpreta como uma pergunta. |Eu me atrasei, uma

aluna me prendeu no final da aula se queixando da última nota, eu corri porque sabia que você estava me esperando na sala dos professores||Na sala dos professores||Você se chateou porque eu demorei? Desculpa||Eu não quero ser monitor|. Dias volta a segurar o braço de Manuel, puxa ele para mais perto de si uns poucos centímetros, se senta sobre a mesa grande e faz ele se sentar também. Só então libera o antebraço de Manuel. Ficam sentados lado a lado, mudos, Manuel com os olhos voltados para o chão, Dias observando o rosto inclinado do aluno. Rompe o silêncio. |Tudo bem, Manuel. Não precisa ser monitor, eu entendo|. Manuel, sem levantar a cabeça |Entende?|. |Entendo. Você me falou que é tímido. Não quero te forçar a nada|. Manuel, erguendo o rosto |Forçar?||É, não vou insistir pra que você faça o que não quer, o que não sente vontade de fazer|. |Obrigado|. Manuel sorri debilmente e fixa os olhos nos do professor. Que sorri, meio embaraçado. |Mas nem por isso eu quero deixar de ser seu amigo| Dias confessa. Manuel franze o cenho. Não consegue resgatar da memória alguma menção prévia, uma solicitação qualquer de amizade, um aceno, por mais breve, que justificasse o \nem por isso\, o \deixar de ser\. Dias parece perceber. |Eu ainda quero poder continuar a conversar com você sobre as coisas que nos interessam. Por exemplo, até hoje não li nada do que você escreve|. |Ser meu amigo| Manuel repete como que só para si. Dias emenda |Você disse que escreve poesia e eu fiquei curioso|. Manuel se levanta, quase brusco, diz |Preciso descer. As meninas tão me esperando|. Dias também se levanta. |Então vamos descer juntos|. E descem.

O trajeto do terceiro andar ao térreo é toda uma metamorfose. Rápida, sem dúvida, porque é sorridente que Manuel percorre o pátio e vem se sentar sob a cajarana, entre Helena e Glorinha, que abrem espaço para ele. |O que foi que o Dias falou pra te fazer ressuscitar de repente?| pergunta Helena, diante da óbvia mudança de ânimo do amigo e da permissão que isso lhe dava para abandonar a atitude de respeito à dor. |Ressuscitar?| repete Manuel. |É, Manuel| corrobora Glorinha |Tu antes parecia um molambo e agora chega todo felizinho, qual foi o remédio que ele te deu?|. Manuel apenas responde |Ele quer ler o que eu escrevo| e se põe a comer.

> Depois dos dias de reserva, chegou-se de novo com uma segurança de possuidor forte. Eu andava num deplorável desmantelo de energia.

A semana que antecedeu o encontro novamente fixado Manuel, impaciente, mas \felizinho\, passou na rigorosa escolha do que mostrar ou não a Dias. Exigente bateia, fatigante garimpo. Folheava com doída obsessão os vários cadernos que preservavam, algum tempo já fazia, os resultados em geral duramente conseguidos de suas experimentações com a escrita. Meticuloso, não sei se por vaidade, assinava e datava cada página que contivesse o ponto final de um poema, de uma crônica, de algum ensaio de pretensiosa filosofação. A cronologia dos registros denunciava o aprimoramento da caligrafia, desde as garatujas da infância em obstinado desalinho até o desenhar-se atual e zeloso das letras que, levemente apontadas para a direita, davam a ver o ritmo sustenido de um indagar-se decerto algo mais maduro. O indício principal dessa evolução era a inicial de seu nome: a uma assimétrica porção de serra com três picos arredondados se seguia, em transformação fácil de acompanhar, o traçado de uma linha única de malsucedido arabesco abarrocado que, em rápidas etapas, se transformou no íngreme vale ladeado por dois ápices de cordilheira, quase ríspidos, *M*, reflexo sem dúvida de outras mudanças.

Lia alguns dos poemas. Recém-nascidos, tinham lhe dado o contentamento bobo dos pais orgulhosos. Hoje, muitos lhe soam como dobradiças enferrujadas, roucas no abrir e fechar de portas capengas, desengonçadas. As avaliações sempre favoráveis de Helena e Glorinha, suas únicas leitoras, além do pai e da mãe, incapazes de crítica sob a tirania do amor, ele ouvia somente como incentivos a que prosseguisse na semeadura. Como submetê-los à apreciação de ninguém menos que um professor de literatura? Os vínculos até agora tecidos com dificuldades e hesitações, que ele julgava recíprocas, mas que lhe concediam uma alegria pouco ou quase nada conhecida, decerto não resistiriam à comprovação, por Dias, da insuficiência crônica de sua poética.

Por isso, para o primeiro encontro, no desejo confesso de impressionar, se decide pela tradução do fascículo de mitologia, cento e vinte e oito páginas, descoberto na biblioteca do colégio, presença de difícil explicação num acervo anódino e escasso, quase todo composto de obras de referência mais que anquilosadas. A tradução ocupava o caderno grosso, de capa dura, preta, em que tinha passado a limpo os incontáveis rascunhos revisados à exaustão. Seis meses de escavação subterrânea, de falsas descobertas, de desmoronamento de galerias, de retroceder dois passos a cada três que avançava, de pequenos desesperos frente à mudez empedernida de seu único dicionário bilíngue, de consultas de mitigado êxito à biblioteca pública. A professora de francês lhe era sempre muito simpática, mas ele cedo detectou a insegurança embaraçada com que ela acolhia suas dúvidas. Se aquela realização, produto de um investimento que lhe custou muitas horas de insônia e a repreensão cautelosa dos pais, não fosse digna da boa acolhida do professor, nada mais seria. E tinha densidade, não era uma crônica frívola ou um relato inócuo: primava pela seriedade. Mesmo assim, escolheu um poema, dos mais curtos, copiou com a melhor letra numa folha do caderno usado nas aulas de Dias, arrancou, dobrou em quatro, guardou dentro da mochila, num dos vários compartimentos dela. Quem sabe, vai ver.

Na quarta-feira, ao toque do fim da aula, Manuel saltou da cadeira com tanta ênfase que bateu um joelho contra o tampo da carteira. Não quis se ocupar da dor aguda, premido por uma ansiedade que se acumulava há dias. Se esqueceu do aceno de despedida habitual que dirigia a Helena e Glorinha, saiu da sala, caminhou apressado pelo corredor até a rampa e ali se deteve. Vibrava, imóvel. Por que ofegava? Queria se acalmar, precisava. A dor no joelho por fim se fez valer. Serviu de razão para ele descer do terceiro andar ao térreo com passo comedido. Já perto do destino, cruzou com a professora de química, que lhe sorriu |Até amanhã, Manuel. Ah, o professor Dias já chegou pro atendimento|. Manuel acha que sorriu de volta, alegre que se viu no mesmo instante com o \já chegou\.

Junto à sala dos professores, parado a um passo de cruzar a porta, se deteve para observar, sozinho lá dentro, o professor de literatura. Estava sentado à mesa de reuniões, cabeça baixa, escrevendo alguma coisa numa folha amarela. Logo sentiu a presença de Manuel, levantou os olhos e sorriu. |Bom dia, Manuel. Tudo bem? Venha se sentar aqui| chamou, indicando uma cadeira ao lado da sua. Manuel foi, arrastando um pouco a perna dolorida. Quando se sentou, Dias quis saber |Por que você está mancando? Se machucou?||Bati o joelho na carteira||Qual, esse?| perguntou o professor já com a mão pousada sobre o joelho de Manuel. |Esse| ele respondeu, sem definir o que lhe causava aquele toque. |Dói muito?||Não. Já já passa|. Dias recolhe a mão.

Manuel esperava que o professor inaugurasse a conversa, mas julgou que o outro poderia ter a mesma expectativa e, por isso, sem outra ideia que lhe acorresse, disse |O senhor sempre teve barba?|. Surpreso com a pergunta, Dias cofiou o queixo, alisou a barba da face esquerda. |Faz tempo que eu deixei crescer. Tenho preguiça de me barbear. Minha barba cresce depressa. Prefiro aparar de vez em quando a me barbear todo dia|. Pausa. |Por quê? Você não gosta da minha barba?||Não| Manuel respondeu abrupto. |Meu pai uma vez deixou crescer a dele. Ninguém gostou. Eu não gostei. Minha mãe disse que a barba envelhecia ele|. |Ah| fez Dias |E ele então rapou?||Rapou| repetiu Manuel, divertido com o som da palavra. |Que idade tem o seu pai?||Quarenta e três| ele respondeu, preciso. |Só um ano mais novo do que eu então| revelou o professor. |Eu sabia||Sabia?||A primeira vez que o senhor entrou na sala. Eu pensei, deve ter a idade do pai, do meu pai||Você se parece com ele?||Eu? Nunca, nada. Meu pai é muito bonito, eu acho ele muito bonito. Muita gente acha. Eu sou feio||Você se acha feio?||Eu sou feio||É nada| rebateu Dias. Manuel ia dizer outra coisa, mas o que saiu foi |Eu trouxe o que o senhor pediu||O que eu pedi?| repete Dias, talvez reagindo à inesperada mudança de assunto. |O que eu escrevo| responde Manuel, abrindo a mochila, retirando o caderno de capa dura e depositando sobre a mesa diante do professor. |Nossa, que tijolo| comenta Dias, sorrindo, enquanto sopesa o caderno. |É aquela tradução que eu falei pro senhor, lembra?||Ah, sim, lembro||Parece muito porque eu tenho a letra grande| Manuel se justifica. O professor abre o volume ao acaso. |Grande? Nem tanto. Mas é bonita||O senhor também| emenda Manuel, que logo se explica |O senhor também tem uma letra bonita|. |Ah, obrigado, quando eu era moço minha letra era feia de dar medo, um garrancho que nem eu entendia||No tempo que o senhor era mais tímido?| indaga Manuel com o pensamento em si mesmo. |Pode ser|.

Dias volta a folhear o caderno. |Vou ler. Você tem o original?| |Original?||Sim, o livro em francês||Ah, não. Não tenho. Mas ele tá na biblioteca. Foi onde eu achei||Certo. Eu procuro lá então| |O nome do livro em francês, e do autor, tá na primeira página, eu escrevi, anotei pra não esquecer||Très bien| gracejou o professor conferindo a informação e logo fechando o caderno |Assim fica mais fácil quando eu for procurar na biblioteca|. Guarda o caderno na pasta de couro. |Foi só isso que você me trouxe?||Foi||Que pena||Pena?||Eu queria ler alguma coisa sua, escrita por você| |Mas a tradução||A tradução é sua, tá, mas as ideias são de outra pessoa. O texto traduzido é seu, claro. Mas o meu interesse é você||Eu?||As coisas que você escreve, suas coisas|. Manuel pensa uma, duas vezes. Gosta da cor castanho-claro dos olhos do professor, ainda que esmaecida pelas lentes dos óculos, que são mais espessas do que ele desejaria. Se pergunta como será sem óculos.

Mas o que lhe vem à lembrança é coisa muito distinta |Hoje não é o seu dia|. |Não é o meu dia?||Não, não é. Eu vi no quadro. O seu atendimento, o atendimento do senhor, não é hoje. Hoje é dona Eugênia, geografia|. Dias pensa e pesa o que vai dizer. |É verdade, Manuel. Você me pegou| tenta ser divertido. Manuel, porém, está curioso demais para achar graça. O professor desfaz o sorriso. |Eu troquei com ela, Manuel. Eu pedi pra trocar. Ela aceitou na hora. Ela tem um filho pequeno, tinha que sair correndo daqui pra ir buscar na creche, que fica meio longe. Agora ela pode ir com mais calma|. Manuel não ouviu o que veio depois de \eu pedi pra trocar\. |Por que pediu?| ele quer se certificar de uma suspeita |Por que pediu pra trocar com ela?||Pra gente poder se encontrar|. Manuel se alegra. |Pra gente poder se encontrar| repete a meia voz.

Dias dá explicações, que Manuel nem solicitaria. |Como você me disse que agora tinha aula de religião e que você não assistia, e eu tenho minha carga já completa, decidi fazer coincidir o seu horário vago com o meu atendimento||Ah|. Breve pausa. |E se aparecer alguém, um aluno, alguém querendo atendimento?||Eu atendo, ora| responde o professor, com ar gaiato |Mas você bem sabe que os alunos só procuram atendimento quando chega o período das provas finais e da entrega dos trabalhos||Sei bem|. Ninguém fala.

|Eu te expliquei, Manuel, que não queria deixar de ter as nossas conversas||Quer ser meu amigo| Manuel resgata. O professor se desvia |Eu quero te pedir uma coisa||Que coisa?||Não comente com ninguém sobre esses nossos encontros, pode ser?| Dias não dá tempo a que Manuel indague por quê, diz que é para evitar que ele, Manuel, seja alvo de troça dos colegas, porque ele, Dias, conhece de perto e por dentro a crueldade, não usa essa palavra, mas pensa, que forra o chão, o teto e as paredes de um colégio, a inveja discente e docente, a multiplicação dos pães sovados na caçoada, e imagina que Manuel, por ser como ele é, aqui já não sei quem é esse \ele\, provavelmente é alvo e motivo. |Sou mesmo||Entende agora?|. Manuel entende, desde que nasceu. |Também nas minhas aulas vamos ser discretos, tá?||Discretos?||É. Eu não te pergunto nada, você não chama a atenção. Deixa pra gente trocar ideias aqui|. Manuel reconhece a bondade de tanta precaução, às custas de ser alvo e motivo, desde que nasceu. |Très bien| ele concorda. O professor sorri, como quem deposita ao solo um fardo, e assim leve retoma um fio não esquecido |E então, vou ou não poder ler algum dia o que você escreve?|.

As cautelas recém-enunciadas fazem Manuel se decidir. Abre a mochila, busca dentro dela a folha dobrada. |Eu trouxe. Também trouxe isso| e estende a mão. O professor recolhe o papel, desdobra, põe sobre a mesa, alisa para ficar mais fácil de ler. |Eu não falei da sua letra bonita?| diz, ajeitando os óculos, sem desviar os olhos do que então lê. |Um quarteto| e se vira para Manuel. |É. Eu queria fazer um soneto. Mas não consegui. Fiz só esses quatro primeiros|. Dias, em voz alta |Dessa torre altíssima vejo o mundo, as coisas me ignoram sem se deter, tantos são seus nomes que me confundo, escrevo assim às margens de sofrer|. Sussura de novo os versos, contando com os dedos. |São decassílabos| conclui. |É| confirma Manuel, quase cheio de si. |A ideia geral é boa, tem sentimento||A torre é o meu apartamento. Eu moro no vigésimo andar| Manuel quer explicar, mas o professor parece não ouvir, pois o que diz é |Mas os versos têm o pé quebrado||Pé quebrado?| Manuel se decepciona, sabia o que era. |Verso de pé quebrado é aquele que tem algum defeito de métrica ou rima| Dias, em tom professoral. |Mas eu contei, cada um tem dez, e a rima é undo-er-undo-er, não é?||Não basta o número de sílabas e as rimas. O bom decassílabo tem que ter ritmo também, tem que ter os acentos certos nos lugares certos|. Manuel se arrepende de ter mostrado o poema. Vê confirmada sua previsão, sempre soube que era mau versejador, o pior de quantos haja. Dias percebe a frustração. |Olha, Manuel, se você quer mesmo ser poeta, e eu acho que você quer, precisa aprender algumas coisas importantes. Coisas da técnica||Técnica?| Manuel franze a testa. |Claro. Toda arte tem suas convenções, entende? Um artista pode até se rebelar contra as convenções, as tradições da sua arte, mas só depois de conhecer muito bem como elas são|. Manuel será que entende? Dias encadeia |Eu nunca consegui escrever nada, nada além de trabalhos acadêmicos, coisa sem a menor graça. Você, eu acho que você tá na direção certa, mas precisa de umas orientações pra não se perder no caminho|. Manuel queria aquela aula? Era o que esperava do nosso primeiro encontro? Mas se resigna. Já tinha decretado falência como poeta. E se trancou no abismo.

Dias, habituado ao prazer de ensinar, não se apercebeu. |Quer ver uma coisa?| volta a abrir a pasta de couro. Dela retira o livro que usa nas aulas. Percorre o sumário com o dedo indicador, encontra o que busca, vai à página. |Pegue o livro, Manuel|. Manuel obedece, nada excitado. |Leia isso aqui| aponta o professor |Em voz alta|. Manuel lê |Enquanto quis Fortuna que eu tivesse esperança de algum contentamento, o gosto de um suave pensamento me fez que seus efeitos escrevesse||Pode parar aí||É um soneto||É||E não tem o pé quebrado?| quase se queixa. Dias ri, divertido |Camões não tinha um olho, mas nunca teve o pé quebrado| e já sério |Você sente o ritmo? Leia de novo|. Manuel lê. E, ao se ouvir mais uma vez, atenta ao som, percebe a harpa oculta em sua voz. |Sinto!| exclama, emerso das sombras. |E consegue entender por que esses versos cantam no ouvido da gente?||Por quê?||Por causa dos acentos, Manuel||Acentos?||Isso mesmo. Os versos, além da métrica e da rima, têm acentos. Você sabe o que é sílaba tônica, não é?||Claro, sei, desde o primário||Que bom que aprendeu e não esqueceu, como faz a maioria das pessoas| suspira o professor. |Agora, então, veja que, em cada verso, a sexta sílaba é sempre tônica|. Manuel repete os quatro versos. |É mesmo||Além disso, em três deles também a quarta sílaba é tônica|. Verificação feita. |Que bonito| Manuel se maravilha |Quem foi que inventou isso?||Os italianos||Italianos?||Foi, e quem aprimorou a técnica que serviu de modelo para o resto do mundo foi Petrarca||Eu me lembro, eu aprendi||Mas outro conterrâneo dele, um pouco antes, já tinha usado o decassílabo para escrever sua obra-prima||Quem?||Dante Alighieri||Divina Comédia?||Isso mesmo. Olha aqui| o professor se mune de uma caneta e, no verso da folha que Manuel lhe entregou há pouco, escreve alguma coisa. |Leia|. |Amor, ch'a nullo amato amar perdona|. |Não se pronuncia chá, mas cá. Leia de novo|. Manuel relê. |Acento na quarta e na sexta| é o fascínio da descoberta. |E na décima também, é claro||O que quer dizer esse verso?||Quer dizer que o amor é cruel, porque não perdoa ninguém por já ter amado algum dia||Tudo isso em dez sílabas?||Não é genial?||É|.

Manuel vira a folha para reaver seus próprios versos. |A gente aprendeu com o professor Antônimo||Com quem?||Com o professor Antônio, de literatura, no semestre passado||Ah, sim||Ele ensinou que a gente tem que contar o verso até a última sílaba tônica e que pode também juntar o final de uma palavra com o início da outra, quando dá||Sim, como fez Camões, que juntou que e eu numa sílaba só, qu'eu. O nome disso é elisão||Mas ele nunca falou dos acentos| Manuel se queixa. Relê seus versos, se irrita. |Que feios. Decassílabos feios. Feios. Não presta|. Arma o gesto de rasgar, mas Dias lhe segura a mão. |Não rasgue||Rasgo sim, não presta, é tudo feio, eu sou feio| e tenta se livrar da mão que o impede. O professor não solta. Manuel então, com ódio do que sabe que está por vir e quer impedir, morde os lábios, mas nem por isso não chora.

Deixa cair o papel sobre a mesa. Se levanta, na propulsão de fugir, mas Dias outra vez apanha ele pelo braço. |Manuel, se sente de novo| quase uma ordem. Ele não resiste. Se senta de novo. Dias, vencido de si, passa a mão um pouco trêmula pela cabeça de Manuel. |Não precisa chorar por isso| sensibilizado. |Eu tenho o pé quebrado| Manuel murmura. |Você tá com o joelho dolorido, mas não vejo nenhum pé quebrado| o professor se esforça. Manuel nem sorri. |Eu falei de pé quebrado, mas não quis de jeito nenhum te ofender| Dias se escusa. Recupera a folha rejeitada. |Você nem percebeu uma coisa| ele diz como quem aplica um penso. |O quê?||O último verso do seu quarteto é um decassílabo absolutamente perfeito, e muito bonito por sinal|. Manuel duvida. |Escute só: escrevo assim às margens do sofrer|. Manuel puxa a folha. Repete |Escrevo assim às margens do sofrer|. |Acento na quarta, na sexta e na décima. Petrarquiano, para não dizer dantesco| sorri o professor. |É. Mas é um só, os outros são horríveis|. |Mas esse único verso já prova que você, mesmo sem saber, redescobriu a técnica por conta própria||Redescobri?||Claro. É um verso lindo. Acho que a maioria dos poetas, dos escritores em geral, concordariam com você: a escrita, a escrita artística, pode ser um sofrimento. Quem lê e se maravilha com a beleza muitas vezes não tem ideia do trabalho que deu pra chegar naquele resultado|. Dias relê o poema em silêncio. |E se você quiser, podem ser dois os versos bem feitos. Dois de quatro já é a metade, não é ótimo?||Como? Dois? Não tô entendendo||Esse verso aqui: tantos são os nomes que me confundo||O que tem ele?||Por que você não tenta mudar a ordem das palavras?| e o professor lhe oferece a caneta que trouxe Dante à cena. Manuel limpa as poucas lágrimas com o dorso da mão esquerda. Observa o verso. Pensa. Diz a si mesmo que não. Calcula mais uma vez. Risca o verso original. Com letra menor, por cima dele escreve: seus nomes tantos são que me confundo. Dias confere. |Viu só? Na quarta e na sexta. Na mosca!|. Manuel quase se alegra. Quando a implacável campainha reboa, zoa por todas as dependências do colégio. Sem se deter, as coisas me ignoram.

> Tudo que nos pertencia era comum. Eu por mim positivamente adorava-o e o julgava perfeito. Era elegante, destro, trabalhador, generoso.

Manuel não conseguiu, talvez nem quisesse, resistir à mania que o acometeu em seguida àquele encontro. Febril, agarrava cada um de seus livros de poesia, que nem eram poucos, rastreava os decassílabos, \são pensamentos idos e vividos\, murmurava os versos, se hipnotizava com os ritmos, \tu andas de alma em alma, errante, errando\, repetia vezes seguida a mesma linha, exagerava os acentos, \para esquecer que vivo, libertar-me\. Deixava cair o livro onde caísse no quarto em torvelinho, supliciava seus muitos cadernos espalhados, uns no chão, entreabertos, outros cobrindo a cama, tantos sobre a escrivaninha, tentava, no limite do exaspero, reescrever, desentortar, fazer sarar os pés quebrados, ensiná-los a caminhar no andamento exato, devotar a eles toda a sua recém-adquirida ortopedia. Não concebia como era possível, leitor obstinado que era, jamais ter percebido aquele falso segredo, exposto aos olhos e aos ouvidos do mundo, cantábile, que só agora, em imperdoável atraso, ele aprendia existir. Horas aos borbotões se esvaíram na ânsia de querer fazer soar na justa afinação os fios mal tramados, a frouxa urdidura, mas com o enervante resultado de um por mil.

Seus nomes tantos são que me confundo, zumbia em seus ouvidos, moto-perpétuo, o inseto advertido pelo professor: \Na mosca!\. Que fácil tinha sido, com a caneta dele, ainda tépida do amor que não perdoa o nulo amado, a cirurgia de reparação! No desatino, chegou mesmo à tola conclusão de que nela, na caneta, estava o poder da boa ordem, devia tê-la subtraído, guardado às escondidas, meigo bisturi. Afastava aquela ideia, tolice aliás, porque logo outra, mais sensata, lhe cobrava atenção. Se era possível, se foi, se tinha sem querer equilibrado os pratos na devida altura, escrevo assim às margens de sofrer, redescoberto \a técnica\, por que agora, quando queria, o fiel lhe recusava, indomável, o favor da balança?

Assim passou aqueles dias, desatento a toda aula, irritadiço, rabiscando palavras em qualquer superfície que resistisse ao nervosismo de caneta ou lápis, alheio ao que lhe diziam as amigas no intervalo, ansioso por voltar para casa e se entregar de novo à inarredável nervosia. Mal chegava, se trancava, à chave, que ninguém o viesse perturbar no desconcerto. Faz tempo que seu quarto é território vedado, a que só se adentra mediante convite e passe. No que é respeitado, vencida a infância. A desordem aparente não impedia Manuel, no habitual, de se localizar sem erro em seu próprio tumulto exterior. Mas são agora dois tumultos, e o interior tem condenado o exterior a uma absoluta devastação. Dias adentro.

No domingo à noite, ainda não pacificado, percebeu entre amontoadas coisas sobre a escrivaninha a folha em que, já desconfiante, tinha levado seu quarteto mal gerido ao encontro com o professor. Olha sem ler, quase com repulsa, seus versos, quatro, dois deles remediados, os outros dois ainda enfermos do pé. Vira o papel e, num átimo, se lembra que verso também é o outro lado de uma folha. Sorriu, bobo: no verso, um verso. E é somente pelo verso que aquela folha obteve clemência, sobreviveu à projetada extinção. \Amor, ch'a nullo amato amar perdona\. Escande, com lenta voz |Amor, ch'a nullo amato amar perdona|. Amor, amato, amar. Três palavras irmãs num mesmo verso, insistência morfológica que, no entanto, senão portanto, há seiscentos anos tem exibido a prova de que nem toda redundância é puro vício. Acompanha com a ponta do dedo o traçado ligeiro da letra do professor Dias. Enquanto cobre as palavras com aquela tinta abstrata, revê a cena patética em que chorou. Naquela idade. Mas existe um termo fixado a partir do qual o sofrimento tem de vir à tona resseco, desidratado de toda turbação? Passa a mão pela cabeça, sem perceber o gesto. E se entristece a ponto de nem chorar.

Ignora por que busca o caderno de desenho, material obrigatório das desgostosas aulas de artes, arranca uma das folhas de papel de seda que se alternam com as de cartão e pousa sobre o verso grafado pela mão do professor. Com um lápis de ponta não muito fina, para não ferir o papel delicado, reproduz com amável zelo cada uma das palavras. Avalia o resultado contra a luz da lâmpada no teto. Compara. Não gosta. Retoma o exercício. Compara. Ainda não. Repete, cinco, seis vezes. Incompreende por que deseja se apossar daquilo, revigorar o gesto imobilizado no papel, testemunho fóssil do que foi, por breve lapso, movimento. Desiste. Para quê, afinal, se o amor não perdoa o amado?

No anverso da mesma folha, que vira, volta a ver o malogrado quarteto. \Dois de quatro já é a metade, não é ótimo?\. Não, não é ótimo. A sede se mata é por inteiro, não pela metade. Relê os dois versos consertados. No caderno de desenho ali ao lado, numa folha espessa, e com o mesmo lápis, copia: \Dessa torre altíssima vejo o mundo\. Pensa. Tenta. Reordena as palavras. Conta: mais que dez. Risca. Nova ordem, nova insatisfação. Arrisca. E dessa vez \Vejo, da torre altíssima, o mundo\. Quase não inspira, preso de repentina excitação. O segundo verso se revela mais dúctil e diz assim: \Sem se deter, as coisas me ignoram\. Manuel, transportado em seus acentos, não se apercebe de imediato. E copia, recitando \Seus nomes tantos são que me confundo\, já converso, reconstruído com a caneta do professor. E arremata com o \verso lindo\: \Escrevo assim às margens de sofrer\. Será possível? Ainda descrente, relê. E se dá conta, só aí, de que o segundo verso perdeu a rima, apesar dos bons acentos. E a assombração de pé quebrado se apossa dele. Ríspido, risca aquela linha errada, rude exorcismo. Cansado, se consola: três com ritmo e rima, o outro só com ritmo. Se resigna. Escolhe um dos cadernos espalhados, dentro dele guarda o papel de seda, insatisfatória mimese, a folha em que o amor se declara imperdoável no verso, a página em que não conseguiu cumprir mais do que três quartos da tarefa. Vencível, se deixa cair na cama.

Podia chorar, mas o choro não lhe advém senão em público, para sua impotente irritação. Aqui, na perfeita consciência de estar só, despojado das imperícias de todo convívio, se desavergonha de si e, para amortecer alguma premente turbação, exercita uma técnica que, essa sim, ou também, redescobriu por sua conta, sem modelo, exemplo nem guia, quase sem ouvir falar, aperfeiçoada na prática reiterada, no pacientemente adquirido controle das marchas, no aprendizado de desconstruir a avidez para que se tornasse cadência e prazo ritmado, como um refrão, repetido uma e insistentes vezes até se tornar eco de si mesmo, movimento espontâneo, até fazer jorrar a música represada, tocata e fuga, cuja última nota vibra por amoráveis segundos para então retornar à solidão de onde a arrancou a mão experiente do organista. Alívio efêmero para, logo, mais turbação.

> Sentávamo-nos à relva. Eu descansando a cabeça aos joelhos dele, ou ele aos meus.

Na quarta-feira, penúltima aula, de história, Manuel não conta o tempo que falta para o sucessivo encontro, desdenha toda ampulheta. Essa primeira parte da semana ele tem passado na apatia de quem não duvida da inutilidade de viver. Faz por fazer, se deixa conduzir pelo fio das horas, coleira de cão, desnecessária, o bicho é manso. Quando muito, agora, por mero fastio, decerto apenas para não se deixar adormecer pela voz monocórdia do professor, arranha, na folha de guarda do livro de história, com o pior garrancho que obtém, seu quarteto, vivos acentos, rima afanada, só para anular com um traço, dois, três o segundo verso e recomeçar a operação, rabiscar, riscar, borrar, reescrever um pouco mais abaixo na folha colada à capa, exercício a que se entrega com enfado, até quase preencher todo o espaço até há pouco em branco.

De repente, por não ter seguido o desdobrar coerente da aula, se assusta com a voz do professor, que exclama |Tudo flui| e escreve essas duas palavras na lousa, grandes letras maiúsculas. Manuel não sabe que conclusão é aquela, nem se de fato conclui ou inaugura um teorema, só sabe que essa alegada fluidez total, proclamada em alta voz e registrada, alvo giz na pedra negra, destrava a máquina emperrada que, triturando a cana dura do pensamento, dele extrai o caldo novo, espesso e doce. Se ataca a uma das tantas transcrições, lê e relê o primeiro verso com avidez e, num furor que por pouco não rasga o papel, deságua: \que me ignora e flui, sem se deter\. Nem se dá conta de que fez o gesto de escrever se acompanhar de um grito grave, desafinado, que por sorte não chama a atenção de ninguém, sufocado sob o estrépito metálico da campainha que anuncia o fim da história. Manuel foge da sala, antes mesmo que dela se retire o professor, atônito com aquela premência.

No final do corredor do terceiro andar tem um banheiro. Manuel entra, se fecha num dos reservados. Tateia dentro da mochila, recolhe uma caneta, tira um caderno qualquer, arranca uma folha, põe o livro de história sobre os joelhos, a bem de apoio, e se dispõe a escrever. A mão treme, a caneta resvala, a letra lhe sai quase desfigurada, mas ele tem pressa, espreme os versos no papel. Guarda o livro, guarda a caneta, fecha a mochila, que ajeita mal às costas, sai do banheiro à toda, papel enganchado na mão, a tremular, estandarte não sei bem de que vitória, desce a rampa com a urgência de quem escapa de um desabamento iminente, corre, invade a sala dos professores, não se interessa pelo assombro estampado no rosto de Dias, a quem entrega a folha. Só então respira, mas não se senta.

O professor, é claro, quer saber o que vai naquele papel que mereça e justifique aquela irrupção, às bordas da descortesia. Lê. E compreende. E declama |Vejo, da torre altíssima, o mundo, que me ignora e flui, sem se deter. Seus nomes tantos são que me confundo. Escrevo assim às margens de sofrer|. Se vira para Manuel, sempre de pé, a estátua mais fiel da ansiedade. |Parabéns, Manuel. Eu sabia que você ia conseguir|. Manuel se deixa então cair na cadeira ao lado da do professor. |Tá bom mesmo? Ficou bom?||Para mim, está perfeito||E o pé?||O pé?||É, o pé quebrado|. Dias sorri |O pé quebrado se endireitou. Manuel, o seu quarteto já pode caminhar sem dar um só tropeço|. Se Dias fosse o seu pai, Manuel se agarraria a ele em contraído abraço e lhe daria quatro beijos no rosto, um para cada verso. Lamenta a continência imposta não sabe por que insensível legislador.

|Aperte aqui| diz o professor estendendo a mão espalmada. Manuel demora um pouco a entender o gesto. Ah, sim. E toca de leve

a mão que, em resposta, aperta a sua com vigor. |Très bien. Quem sabe agora você completa o soneto?| sugere Dias. Manuel ouve aquilo como uma imposição, lhe vem à mente o tanto que lhe custou chegar vivo àquele encontro. |Não. Acho que não. Tá bom assim. Já foi difícil|. |Imagino que sim. Afinal, você escreve às margens de sofrer| diz o professor, olhos fitos nos dele. Manuel é todo contentamento. Aquela mirada, em vez de intimidar, traz o gozo que coroa os árduos intercursos que travou de si contra si. Extenuado, sim, mas recompensado em seu sofrimento às margens de escrever. Degusta o tenso prazer que advém da sujeição à dor.

E se perderia nessa fruição se a voz do professor não interrompesse. |Eu trouxe uma coisa pra você|. Arrastado de volta ao momento, é a curiosidade que o puxa. |Pra mim?|. Dias abre a pasta de couro e de lá retira um livro que, de tão velho, parece correr o risco de se esfarelar ao menor toque. |Eu encontrei na biblioteca. É uma gramática. Do tempo que eu estudava no primário, imagine só|. Manuel obedece, imagina, mas o que vê é o professor Dias, bem mais baixo, mas com a mesma barba e os mesmos óculos, vestido de uniforme, calça curta, camisa branca de botão e gola. Quase ri. |Não é mesmo engraçado?| confirma o professor. |Como gramática já não presta, acho que nem quando foi escrita prestava, mania de querer ensinar a gente a falar o que ninguém diz| e Manuel agora, sim, acha engraçado, ele que devota às gramáticas o respeito devido aos hierofantes. |Mas tem um capítulo, o último, com o belo título de noções de versificação| abre o livro com muito cuidado no lugar indicado por uma tira de papel branco. Manuel espia. |Aí ensina a fazer verso?| pergunta, incrédulo. |Pois não é que ensina?|. Manuel estende a mão, Dias lhe passa o livro. |Tá tudo aqui| ele vai descobrindo, felizinho |Métrica, rima, acentuação, decassílabo, heroico, sáfico, elisão, diérese, sinérese, sinalefa, estrambote, parece nome de doença, redondilha maior, olha só, o soneto, italiano e inglês. Soneto inglês?||Pois é, os ingleses não quiseram ficar atrás dos italianos e inventaram um soneto só pra eles. Shakespeare escreveu mais de cento e cinquenta desse tipo|. Manuel está apaixonado. Quer muito tudo aquilo. |É pra mim?||Eu tomei emprestado da biblioteca. Pode ficar com o livro até o fim do mês. Veja a data aí na ficha. Mas o melhor era mesmo você fazer uma fotocópia desse capítulo, pra ler sempre que precisar||Fotocópia. Vou fazer| dirige seu olhar mais terno a quem lhe dá tantos desejos de se entregar à alegria |Obrigado, professor|.

Os olhos de Dias parecem não sustentar a sinceridade pontiaguda daquela gratidão. Por isso, desvia o rosto, que dirige outra vez à pasta de couro, permanecida aberta. |Mas sabe o que realmente me fez ir à biblioteca?| e Manuel vê a mão do professor empunhar nada mais nada menos do que seu caderno grosso de capa dura e preta. |É isso mesmo, Manuel. Eu fui à biblioteca na verdade procurar o livro de mitologia que você traduziu. Por acaso, na mesma estante, encontrei a gramática velha|. Manuel sente que a felicidade, névoa densa e transparente em que se sentia flutuar até agora, se dissipa ao sopro de um novo pânico. |A tradução| foi só o que pôde dizer. Dias nota a apreensão de Manuel. |Fique tranquilo, rapaz, seu trabalho está bom|. Manuel repete para si: \bom\, não \muito bom\. |Bom?||É, bom. Você não deve se assustar com o que vai ver quando abrir o caderno|. Manuel quer se assustar, por isso colhe o caderno das mãos de Dias. Abre. Folheia. A cada página pululam marcas, símbolos, sinais, palavras sublinhadas, frases alteradas a golpe de flechas, glifos e grifos povoando as margens, o todo vibrando em sua cor vermelho sangue contra o azul pálido com que perpetrou a tradução. |Tudo isso é erro?| quase se apavora Manuel. |Não, rapaz, calma. Eu já disse, o seu trabalho está bom. Mas tudo o que é bom pode ficar melhor, você não acha?|. Manuel não sabe se acha. Dias prossegue |Eu não cuidei tanto da tradução em si, porque isso ia dar muito trabalho e o meu francês está meio enferrujado. Cuidei mais do seu texto mesmo. Essas anotações não são correções. Quer dizer, algumas são, mas nem todas. São mais, digamos, sugestões que podem deixar o texto mais agradável de ler|. Manuel só entende que é desagradável, não se convence de que sua tradução não é um monumento ao descalabro. Folheia o caderno com indisfarçável dissabor.

Dias quer salvar Manuel do iminente naufrágio, daquela espécie de voragem aberta pela derrota íntima, que ele mesmo já experimentou. |Manuel, eu tive uma professora no colégio que fazia a gente repetir, no início de cada aula, em coro: escrever é reescrever||Reescrever?||Claro, rapaz, nem o mais genial dos grandes escritores é capaz de, numa única sentada, produzir um texto impecável, enxuto, exatamente como ele gostaria que fosse. Depois da primeira versão vem a primeira revisão e, depois dela, a segunda, a terceira, a décima terceira e a vigésima quarta|. Manuel sorri àqueles ordinais. |Sem dizer aqueles neuróticos que, mesmo depois do livro publicado, se desesperam quando encontram alguma coisa que acham que ficaria melhor de outro jeito|. Manuel sabe o que é neurótico, faz tempo aprendeu que é uma definição muito boa para si mesmo. |Você por acaso achava que a sua tradução foi ditada pelos anjos e por isso não precisava de revisão?||Eu sou neurótico| é quanto responde Manuel. |E é bom que seja, viu, se quer mesmo se dedicar à literatura||Eu quero||Eu sei, por isso faço questão de te ajudar|.

Manuel recebe aquelas palavras que lhe chegam junto com a mão que Dias, absorto na lição, pousou no joelho do aluno. Os dois, em gesto simultâneo, baixam o olhar e o dirigem para a mão sobre o joelho. Manuel prevê a reação do professor, lamenta essa previsão. Que falha, porque Dias não recolhe o braço, mas sim acaricia de leve o joelho, oculto sob a calça comprida. |Ainda dói?| pergunta. Manuel queria muito que doesse, mesmo sendo aquele o joelho que não sofreu a pancada uma semana antes. |Um pouquinho| ele se desmente, e depõe sua mão esquerda sobre a do outro, direita. Aluno e professor se entreolham, mas é por muito breve, porque Dias retrai a mão enquanto diz, sério |Manuel, eu queria te dizer||Queria?||O quê?||Queria me dizer, o quê?||Eu não quero que você pense| e Dias se interrompe. Manuel, atento. Mas o professor sorri e diz |Ah, sim, a gente precisa, quer dizer, você precisa, você já pensou em aprender datilografia?|

> E nunca, depois, nem por alusão distante, nos referimos ao caso. Coincidência instintiva de um respeito recíproco, ódio talvez comum de uma recordação ominosa.

Manuel, aquele mesmo dia, aguardou com resoluta impaciência que o pai e a mãe chegassem do trabalho, pois que vinham juntos, ele pegava ela de carro no caminho para casa. A porta se abriu, os dois mal entraram e o filho, de pé no meio da sala, avança uns passos e diz |Pai, mãe, eu quero aprender datilografia| talhando bem as sílabas da última palavra. Eles não estavam desacostumados àqueles rompantes. A mãe, tranquila, começou a desabotoar a blusa e segue no rumo do quarto, enquanto o pai se dirige à cozinha, seguido de Manuel. |Datilografia, então| diz o pai, abrindo a geladeira para se servir de um copo d'água. |É. Meu professor de literatura que disse. Escritor tem que saber escrever na máquina||Ele disse?||Disse. E falou também assim: cada ofício tem seu instrumento, e o instrumento do escritor é a máquina de escrever|. A mãe aparece, roupa trocada, e o pai logo lhe diz |O escritor da casa quer aprender datilografia|. Ela finge aborrecimento |Faz tempo que eu vinha dizendo isso a ele||Mas santo de casa não faz milagre. Foi preciso o professor de literatura convencer a criatura| e o pai sorri da rima involuntária. A mãe se aproxima de Manuel, lhe dá um beijo na testa |Você faz muito bem. Hoje em dia, saber usar a máquina de escrever é quase tão importante como saber escrever. Pra conseguir qualquer emprego, tem que saber datilografia|. O pai confirma |Não vê a Dasdô? Antes de terminar o colégio, já tinha feito o curso. Por isso, assim que se formou ela pôde começar a trabalhar no consultório do Renato| o primo da mãe, dentista.

Tudo se decide na facilidade. No dia seguinte, depois das aulas e do almoço, Manuel caminha pelo bairro até encontrar o mesmo curso de datilografia que permitiu a Dasdô se tornar \secretária\ como ela dizia com orgulho quando ia de visita ao apartamento onde já não morava. Se inscreveu, pagou com o cheque assinado pela mãe, previamente informada dos valores, e teve sua primeira lição a bordo da máquina de severo ferro, cinzenta, em mudo desafio aos incautos que tentam forçá-la a se pronunciar. Asdfg, asdfg, asdfg, teclam os dedos de Manuel o criptograma sem sentido.

A nova aprendizagem vem contribuir também para que Manuel se ocupe com algo que ajude a esquecer a melancólica distância que o separa do próximo encontro, porque a seguinte quarta-feira é feriado, a direção do colégio anulou também as aulas de quinta e sexta, de modo que são quinze intermináveis até Dias. Mesmo assim não resistiu, rompeu o pacto. Um dia depois, no intervalo, ousou passar diante da sala dos professores, cheia àquela hora, e se postar ao lado da porta. Dias percebeu, foi até ele. Manuel disse, quase num sussurro |Comecei a datilografia|. Dias levanta o polegar direito, sorri e move os lábios como quem diz \très bien\, cumprimento surdo que Manuel soube traduzir sem revisão.

As aulas de datilografia seriam diárias, mas se limitavam a um mero par de horas, e o curso se completaria em dois ou três meses, senão quatro, conforme os desempenhos individuais. Manuel, pudesse, se exercitaria no teclado por cinco, seis, oito horas de enfiada, mas a paciente instrutora, Beatriz, jovem roliça que se apresentava Bia, disse que não era possível: dedos iniciantes se cansam depressa, se muito exigidos podem doer. Manuel não teme o que pode doer, não quando prenuncia futura colheita de bons favores, mas se conforma com a já aprendida incapacidade de modelar o mundo pelo metro de sua impaciência.

No sábado pela manhã, Manuel acorda cedo e vai até a cozinha. Está deserta, mas sobre a mesa das refeições mais ligeiras encontra um grande pacote cúbico, embrulhado em papel laminado vermelho, contido por um laço dourado de fita larga. É claro que se trata de um presente. Mas de quem para quem? Tem um cartãozinho, que Manuel abre e lê: |Para o escritor da casa|. Será possível? Tenta erguer o pacote, que é pesado e resiste à pouca força de quem sempre tem sido muito magro. Desfaz o laço, dilacera a folha laminada, descobre a caixa de papelão grosso, rasga com uma faca as camadas de fita adesiva que lacram a surpresa. Ao levantar a tampa, encontra o que queria encontrar: uma máquina de escrever. Sem mais cuidados, destroça a caixa de papelão para liberar o aparato. A mesa se torna assim uma confusão de materiais de diversas cores e texturas, de onde a máquina emerge em toda a sua massa atarracada. Alisa as formas arredondadas da peça superior, removível, como ele já aprendeu, sob a qual se alinham, em elegante semicírculo, as finas hastes que nas extremidades têm, cada uma, dois tipos esculpidos, letra minúscula e maiúscula, acentos, sinais de pontuação. Passa o dedo sobre o nome, em alto relevo, Remington. É idêntica à que usa no curso, pintada de cinza, teclas verdes com as letras escavadas em branco, o rolo, que ele testa fazendo girar em torno de si mesmo, a sineta que avisa o final da linha. O aviso, ele também já sabe, serve aos datilógrafos experientes, capazes da incrível proeza de datilografar sem mirar o teclado, olhos postos no texto que devem copiar. Vê a fita entintada, dividida horizontalmente em faixa preta e faixa vermelha, esta sob aquela, que um dia vai ter de aprender a trocar, lição reservada mais para a frente, \Os cuidados essenciais com sua máquina de escrever\, manual afixado, grande cartaz, numa das paredes do curso e último texto a ser datilografado pelos aprendizes, prova final para a obtenção do diploma. Não ousa acionar nenhuma tecla, retém a proibição expressa por Bia, que não se deve ferir a goma compacta do rolo, os tipos só se consubstanciam na passividade branca do papel.

Os ruídos que verberam da cozinha atraem pai e mãe, que já despontam à porta. |Feliz Natal antecipado| diz o pai, sorridente. |Gostou, filho?| pergunta a mãe. Manuel corre a abraçá-los. |Gostei, amei, adorei| ele responde, liberando os pais. |É de segunda mão| informa o pai. |Segunda mão?| ele repete. |É, meu filho, uma máquina feito essa, nova em folha, custa muito caro. É usada, mas em perfeito estado. E tem garantia da loja que me vendeu||Uma máquina assim é muito resistente| completa a mãe |Toda feita de aço, cuidando, dura uma vida inteira|. Manuel volta a se aproximar da mesa. Passa os dedos pelo teclado. Segunda mão. A mão de quem? Que outra pessoa, antes dele, deixou ali registrado, mas invisível, o dedilhar vigoroso que grava as palavras no papel? E quantas, e quais, palavras foram essas, que o rolo de goma negra suportou quando batidas, mas não é possível resgatar? Lamenta por breve instante a ausência de memória dos instrumentos de escrita. A máquina está muito limpa, sem sequer as famosas impressões digitais dos filmes, as teclas reluzem à luz branca da cozinha, o rolo não traz sombra do que já sofreu. Cuidados essenciais do revendedor.

|Vou levar pro quarto| ele decreta. |Mas vai botar onde?| quer saber a mãe. |Na escrivaninha, cabe lá||Naquela barafunda dos diabos?|

ela duvida |Não tem espaço|. Manuel dispara rumo ao quarto. Com um único movimento do braço direito derruba tudo e mais alguma coisa do caos que se empilhava sobre sua mesa de estudos. Voa à cozinha, abre uma gaveta, agarra uma flanela e volta ao quarto. Esfrega o tampo com pouco empenho e muita pressa. As coisas espalhadas pelo chão ele recolhe e joga ao deus-dará sobre a cama. Volta à cozinha. |Pronto| diz ofegante. |Eu te ajudo, ela é pesada| o pai se oferece. Manuel de um lado, o pai do outro, carregam a máquina até o quarto e depositam o mondrongo sobre a escrivaninha. |Tem máquinas de escrever mais leves, portáteis, que a gente pode levar pra onde quiser. Mas as usadas que eu vi estavam meio desmanteladas, por isso achei melhor comprar essa grande, de mesa| explica o pai. |Tá bom, tá ótimo. Essa aqui dura uma vida, cuidando| Manuel repete. |Essa é pra datilógrafo profissional| completa o pai |Ou pra escritor| e pisca um olho. A mãe, que tinha saído da cozinha por um minuto, aparece na porta do quarto com um pacote na mão. |É uma resma de papel| ela explica |Você não deve bater no rolo sem papel||Eu sei, já aprendi| Manuel recolhe a resma, palavra que a partir de hoje deitará raízes em sua vida para sempre, ou ao menos assim pensa. Bater um texto. Trocar a fita. Papel ofício. Catar milho. Folha de carbono. Espaço simples. Espaço duplo. Pular linha. Limpar os tipos. Tabulação, retrocesso, barra de espaço. A cada forma de vida, seu léxico particular.

Os próximos quinze dias se ocuparão de concentrada aprendizagem no curso e treinamento áspero no quarto, contínuo e desmesurado, a ponto de exigir controle da parte da mãe que, inquieta com a saúde digital do filho, impõe o ponto final às dez da noite. Ele obedece, contrariado, mas não se poupa: durante as longas horas solitárias que passa em casa, bate, tabula e tecla. Manuel sempre devotou sincera fobia aos pianos, em cada um dos que já lhe cruzaram o caminho reconhece impassível esfinge, disposta a devorar o desprevenido, carente dos necessários saberes para fazê-la cantar. Ele se recusa a dedicar o mesmo sentimento à sua máquina do mundo, quer torná-la no tear mais dadivoso o quanto antes. E terá êxito.

Finda a décima lição de Bia, Manuel volta para casa a passo acelerado. É que teve uma ideia. Já no quarto, instala uma folha branca no rolo da máquina. Verifica, conforme aprendeu, se está bem alinhada à régua de metal que prende o papel sobre o rolo. Busca, encontra e abre a decrépita gramática no último capítulo. Mexe os dedos no ar, como que para aquecê-los. E inicia a operação. Tinha decidido não fazer, conforme a sugestão do professor, uma fotocópia das noções de versificação: em vez disso, ia datilografar aquelas vinte e poucas páginas. Era um modo também, ele se dizia, de absorver melhor aquela imprescindível doutrina. Além disso, já estava aborrecido de se submeter à produção obsessiva de milhares de linhas desprovidas de sentido e sensibilidade, qwerty uiop, qwerty uiop, qwerty uiop, só para ver seu trabalho empilhado junto com os dos outros alunos antes de serem despejados pela indolência de Beatriz na enorme lata de lixo nos fundos da grande sala.

O projeto, claro, se revela mais exigente do que o previsto, e o previsto já era uma promessa de não ceder à própria facilidade de desistir, à infantil mania de atribuir a deus-e-o-mundo as insuficiências que somente a ele pertencem. Enquanto bate atento o texto, repete que não faz aquilo tanto para si mesmo, senão para explicitar, preto no branco, seu reconhecimento, saudade de uma hora e de um lugar aonde não vai há dias.

> Quem nos dera ser aquelas aves, duas, que avistávamos na altura, amigas, declinando o voo para o ocaso, destino feliz da luz, em pleno dia ainda, quando na terra iam por tudo as sombras!

Ao chegar à porta da sala dos encontros, Manuel vê a professora de química já de pé. |Bom dia, Manuel, pode entrar|. Ele avança alguns passos. Ela se aproxima dele. |Você tem atendimento com o professor Dias todas as quartas-feiras ou é impressão minha?| ela pergunta, simpática. |Não é atendimento. A gente só conversa| |Sei||Ele não queria mais atrapalhar a aula da senhora, nem que eu perdesse o intervalo||Muito bem, então, porque era desagradável ter que chamar a atenção de vocês dois toda vez que eu entrava na sala| ela reconhece |Esse Dias é mesmo distraído, vive meio fora do ar, que nem você, nas minhas aulas||Desculpe||Mas eu sei que essa gente da literatura é assim mesmo|. Manuel ia perguntar assim mesmo como, mas a professora, que está voltada para a porta |Ah, lá vem ele. E lá vou eu. Tchau, Manuel|. Ele diz |Tchau| e vira o corpo na direção que ela tomou.

Quando Dias entra na sala e diz |Olá| sorrindo para ele, Manuel fica parado, os olhos fixos no professor, como se fosse alguém que visse pela primeira vez. |Sou eu mesmo, Manuel, não precisa fazer essa cara de espanto| Dias dá um tapinha no ombro dele |Vamos sentar?| e se dirige à cadeira que ocupa habitualmente naqueles encontros. Manuel o segue, também se senta. Enquanto Dias destrava os dois fechos metálicos da pasta de couro que sempre traz consigo e retira de dentro dela um livro, Manuel quer entender o que aconteceu. |Não gostou?| pergunta o professor, passando a mão pelo rosto e pelo queixo |Tirei a barba|. Ah, então é isso. |Por que tirou?||Não fico parecendo mais jovem?| pergunta, em tom alegre, à espera da confirmação. Que vem |Fica||Barba não combina com calor, e olha que nem chegou o verão ainda, tô achando ótimo|. Mas tudo não se resume à barba. Manuel se dá conta |E o óculos?||Os óculos? Ah, rapaz, uma chatice! Fui lavar na pia da cozinha, escorregou da mão e caiu no piso de azulejo. Uma das lentes rachou. Tive que deixar na ótica pra fazerem uma nova. Só fica pronto na semana que vem||Uma chatice||Uma chatice que custa uma nota, você não tem ideia de como essas coisas são caras|. Manuel observa com atenção o novo rosto do professor, que se deixa examinar. |E o senhor consegue enxergar direito?| pergunta. |Tô usando lentes de contato||Lentes de contato?||Pois é, eu nunca me acostumei com elas, levo um tempão pra ajustar em cada olho, prefiro os óculos, é muito mais prático||Prefiro assim| confessa Manuel. |Assim como?||Sem óculos||Ah, é? Por quê?||A gente vê melhor os olhos||Então tá||E a barba?||O que tem a barba?||Desde quando o senhor usava?||Faz tanto tempo que nem me lembro de mim sem barba|. Manuel se agrada daquela resposta. Continua a fitar o professor.

|Eu trouxe uma coisa pro senhor| Manuel de repente se lembra e se dispõe a abrir a mochila. Dias detém o gesto, pega a mão dele, diz |Eu tirei a barba e estou sem óculos. Ainda pareço um senhor?|. Manuel não entende. Dias explica |Se você continuar me chamando de senhor, não vai ter adiantado nada|. Manuel se enternece com o pedido não formulado. |Tá bom| sorri |Eu trouxe uma coisa pra você, Dias| e acha graça em falar assim. Enquanto solta a mão de Manuel |Meus amigos não me chamam de Dias|. Amigos? |E como é que eles chamam o senhor, você?||Raul||Raul?|. Se Manuel já tinha lido aquele nome em algum lugar, no cabeçalho das provas, por exemplo, é coisa que não recordava. Todos no colégio por Dias o tratavam, e era assim que pensava nele, quando nele pensava. Manuel reflete. Dias usava barba e óculos. Tinha quarenta e quatro anos. Raul traz o rosto liso, exibe a cor bonita dos olhos sem o anteparo de lentes. Que idade tem?

|E o que foi que você trouxe afinal, rapaz?| Raul está curioso. |Ah, sim|. Manuel retoma o ato de abrir a mochila, de onde tira a gramática emprestada e um envelope pardo. |A gramática| diz Raul, apanhando o livro |Você fez a fotocópia?||Não||E quer de-

volver assim mesmo?|. Manuel não responde, faz deslizar o envelope sobre a mesa até a mão do novo amigo, que o recolhe, abre e extrai um maço de folhas de papel ofício. Lê, no alto da primeira página: Noções de versificação. Se vira para Manuel |Você que datilografou?|. Manuel assente com a cabeça, feliz. |Rapaz, você é o máximo. Mal começou a aprender e já conseguiu bater esse texto todo?|. Manuel, o máximo, confirma |Quinze aulas. Mas eu ganhei uma máquina de escrever. Meu pai me deu. Natal antecipado. Tô treinando muito||Très bien||Merci|. É puro orgulho.

Dias, aliás Raul, folheia o trabalho, vê que a datilografia não se fez, nem tinha como, na fluidez dos peritos, as gralhas são muitas, pontos e vírgulas no lugar de letras, acentos indevidos, outros faltando, testemunhos não só da necessidade óbvia de aprimorar a técnica senão também da evidente pressa, impressa. É sua vez de se enternecer. Pergunta |É pra mim?|. Não era, Manuel queria apenas mostrar o cumprimento obediente da sugestão, mas |É| porque, no equívoco da alegria, entende a pergunta como um pedido. Já sabe que vai ter de recuperar a gramática outro dia, na biblioteca, e repetir a transposição. Não se importa. |Puxa, Manuel, nem sei como te agradecer| diz o professor, perdão, amigo. |Aliás, sei sim| e é ele que agora faz deslizar o livro extraído da pasta de couro. Manuel pega. Lê o que se estampa na capa. |Olha só, o autor também se chama Raul| comenta. |Meu xará| confirma o outro |Não é um livro fácil, mas eu acho que você tem maturidade suficiente pra ler||Eu gosto de livro difícil||Alguém que traduz mitologia grega do francês deve gostar mesmo| e pisca um olho. |Obrigado||De nada|. Os dois voltam a se olhar em silêncio. Que Raul interrompe |Ah, me dê aqui o livro um instante|. Manuel dá. Raul, munido de um lápis, abre o livro, desdobra a segunda orelha e, no verso, anota alguma coisa. Devolve para Manuel, que lê a coisa anotada em lugar tão discreto e longe da vista. Pergunta |Que número é esse?||É o meu telefone||Ah|. Manuel não sabe se também deve informar o seu. Pensa na extensão que fica sobre a mesa de cabeceira no quarto dos pais. Decide que não. |Se algum dia você quiser conversar mais, fora daqui, pode me ligar. Eu fico a tarde toda em casa, geralmente. Também se tiver alguma dúvida, sei lá, sobre esse livro, por exemplo, ou se quiser só jogar conversa fora| e toca o sinal que encerra o turno da manhã no colégio. Manuel guarda o livro na mochila. Se levanta. |Eu ligo sim| e repete |Eu ligo sim, Raul| e sai da sala dos professores com uma pequena mescla de sentimentos que faz ele esquecer de se despedir.

Dias, Raul, volta a folhear as noções de versificação datilografadas. Sorri. Sua atenção é atraída, de repente, por uma frase no final da penúltima página, justo abaixo de um exemplo no subcapítulo dos decassílabos. Duvida do que lê. Recorre à gramática, mas nela não aparece o verso. Que ele recita, verificando métrica e ritmo: `dias taõ tristes; Dias,, sem vocÊ.`

> `Eu desejei um protetor, alguém que me valesse, naquele meio hostil e desconhecido, e um valimento direto mais forte do que palavras.`

Naquela mesma tarde, depois da aula de datilografia, Manuel quis começar a leitura do livro presenteado. A todo momento lhe vinha a imagem nova, a imagem de quem já não era Dias, mas Raul. \Faz tanto tempo que nem me lembro de mim sem barba\. Sentado na cama, dois travesseiros a lhe apoiar as costas contra a parede, Manuel passa as páginas até encontrar aquela em que se inicia o romance, palavra impressa em letra menor pouco abaixo do título, na capa. \Vais encontrar o mundo\, assim se inaugura a história.

Manuel aprendeu a ler muito cedo. Nos livros se refugiava, não sei se das imaginadas ameaças do mundo fora ou das que, latentes, pressentia dentro de si. Se admirava da dificuldade que tantos colegas da mesma idade ou até pessoas mais velhas confessavam ter na lida com o texto impresso. Seus olhos absorviam tudo o que lhes caísse diante. Era leitor veloz, fominha, lia com nítida impaciência, como quem se insurge contra a desolação inerente de saber que todos temos os dias contados e que a mesma conta vale para as páginas que poderemos ler.

A edição era generosamente anotada, destinada mesmo ao uso escolar, os rodapés não deixavam que o leitor escorregasse, garantiam a boa legibilidade, todas as referências eruditas, duras nozes, eram quebradas para que o fruto oculto pudesse ser degustado na justeza do que continha, os termos insuetos vinham destrinçados em sinônimos mais palatáveis. Manuel, atento, se entrega à leitura, que pouco ou nada lhe parece difícil até a hora em que os pais chegaram e, ao lado deles, se cumpriu o ritual do diário reencontro, dos relatos, das recíprocas indagações de como foi o seu dia. Pouco antes das dez, de volta ao quarto, retomou a leitura.

É a partir daí, no escorrer da noite, que tem início o indefinível desconforto. Como é possível escrever assim? Não será uma prova de covardia? O que não dizem as palavras que lê, o que se esforçam tanto por disfarçar, quase sem sucesso? Manuel duvida do que entende. Mas entende? A cada página, retrocede, volta a ler um trecho, um parágrafo, não se decide no que crer. Perturbado, quer avançar assim mesmo. Aos poucos, na perspicácia dos grandes padecedores, vai se apoderando das chaves que Raul escondeu em cantos pouco iluminados do instituto, no fundo viscoso de uma piscina, sob os móveis, nas descrições veladas dos gestos e, principalmente, ele lê em voz alta para se assegurar de que não delira |Na solidão favorável, multiplicada pelos obstáculos à vista que ofereciam enormes pilares quadrados em ordem a sustentar o edifício|. Manuel pressente, sente o peito se apertar quando |Sem transição, o companheiro chegou-me a boca ao rosto e falou baixinho|. Falou o quê? O que me disse |A voz, rastejante, colante, como se fosse cada sílaba uma lesma|? Por que se confunde em Manuel o que lê e o que penso?

Manuel se exige, se atormenta em cobrar forças que lhe permitam, senão interpretar, ao menos adivinhar o que está por cima, por baixo, por dentro do que não se lê. Não, esse não é o desassossego já experimentado em outras leituras, não. Não é uma alteração das disposições intelectuais, um sobressalto efêmero, abstrato, mental. É uma agitação física, óssea, muscular, uma constrição do sangue, somática. A causa disso não é o que lhe sugerem os não ditos, as insinuações, os subterfúgios do angustiado narrador: seu corpo não é um vale ignorado pelos mapas, à espera de que algum pioneiro venturoso o adentre pela primeira vez, plante ali um estandarte e explore suas encostas, seus baixios, seus veios subterrâneos. A infância ainda não se afastou longe o bastante para que se afrouxe a corda tensionada dentro de uma recordação feita de regozijo e dissabor.

Não. A compreensão que lhe escapa e que ele persegue é a dos motivos de Raul. O que lhe permitiu confeccionar a certeza de que Manuel estava apto e pronto a enfrentar o quanto, por exemplo, \curiosa e acidentada tinha de ser essa minha aventura de apego e confiança\? Manuel ativa na memória os instantâneos mais nítidos que armazena dos últimos encontros, flashback que espera instrutivo para a adequada formulação, talvez nem já das respostas, mas das perguntas mesmas que se quer fazer. Recua ainda mais, tenta recuperar indícios até nas primeiríssimas conversas, que o teor ele agora já esquece, dissipado pelo apego e pela confiança que pouco tardaram a se entretecer. Mas a memória é a melhor das inimigas, é certo que me dá o que lhe peço, mas o que ela dá vem sempre envolto na ganga traiçoeira dos afetos, por isso o que hoje lembra não é retrato fixo, é cambiante impressão.

Que houve aproximação, como negar? Quem todavia contribuiu, e com quanto, para a solidez dos vínculos? Ou tudo se compartilhou em simetria improvável, em uníssono de benquerença, como se um não pudesse mais que o outro?

Mas é claro, avalia, conclui e crê: as perguntas têm de estar aqui, neste livro, disseminadas num vasto campo de ruínas que ele precisa escavar, organizar os fragmentos, até restituir, completa, a planta-baixa de uma sua íntima Pompeia. Por isso é que ele me deu. Por isso também é que agora lê, lê com aguçado senso de arqueólogo, lê com afã e afinco paleográfico, mas na serenidade tensa dos condenados ao não perdão do amor. Lê madrugada adentro, lê e só vai parar de ler quando o sono força ele a deixar cair o livro, exausto, desligar instintivamente a luminária ao lado da cama e afundar num sonho baço, digno de esquecimento.

Quando acorda, vê que é tarde. O despertador, que ele não tinha programado, lhe informa que se perdeu o horário do colégio. Os pais, que sempre se levantam um pouco mais tarde, não devem ter se dado conta, a porta do quarto fechada, de que ele ainda dormia. Não se importa, antes até gosta. Hoje Dias tem aula, e Manuel não quer se aproximar de Raul, esse novato, quase desconhecido, que o empurrou numa piscina funda só para encenar um resgate de salvação. Fica em casa. Não vai sequer ao curso de datilografia. Sabe que, no início da tarde, Helena ou Glorinha, senão as duas, vai telefonar, inquirir a razão da ausência, cuidadoras que são. Não vai atender. Hoje se destina à mais taciturna mudez. Traçou um plano, tem um desígnio, aderiu a um propósito. Que é terminar de ler.

Mas não termina, porque agora recomeça, retoma, \da capo\ diria um maestro, \vais encontrar o mundo\, e quer estar pronto para esse encontro grandiloquente e aparatoso. Boa decisão, porque as palavras, se relidas, resistem menos ao cerco, não se entregam ainda por inteiro, mas já facilitam alguns acessos antes opacos. Lápis na mão, estudioso, vai sublinhando o que o intriga, se valendo de setas para se orientar nesse prédio de tantos cômodos complicados, delimitando zonas da narrativa de onde sai com apreensiva atenção, minado campo. E logo vê que nisso segue os passos de Dias, que, generoso, revisou com minuciosa solicitude sua mítica tradução.

Deixa o livro de lado por um instante e sai no encalço do caderno grosso de capa dura e preta. Encontrado, abre ao acaso. Revê as marcas, relê as observações e se surpreende: nem tudo é correção, nem tudo é proposta de tornar melhor o que está apenas bom, como Manuel, cego e surdo à sensata argumentação, quis acreditar naquela hora de revelação de suas insuficiências. À margem de mais de uma página aparecem, também em tinta vermelha, ao lado de colchetes que envolvem uma palavra, uma frase, uma passagem, as palavras \très bien\, seguidas de um viril ponto de exclamação. Manuel alisa aquelas menções, sente de novo o desejo de se apoderar do gesto que as produziu. Com que sentimento o revisor se dedicou à tarefa? Quantas horas gastou o professor amigo naquele labor, que incumbências decerto mais urgentes negligenciou para se ocupar dele, para se dedicar a ele, Manuel? \Pra gente poder se encontrar\ lhe chega a memória-afeto de uma declaração, perdida entre outras, que subitamente vem à tona. Seus olhos se turvam de ternura, ele fecha o caderno, recupera o livro.

Manuel então vai ler o livro de Raul com novo ânimo, com a bondade solícita dos amigos. E essa leitura vai ocupar e preencher todo o dia de hoje, a noite de hoje, o dia de amanhã, a sexta-feira em que também falta ao colégio, mas não à aula de datilografia. Já tinha se assenhoreado das chaves que o temeroso narrador não foi capaz de ocultar dos olhos de quem hoje dispõe de \maturidade suficiente\. Manuel agora, homem feito, sorri condescendente da ingenuidade do personagem-menino que se atrapalha na própria teia de confissões inconclusas. Sabe do que se trata. E não teme saber. E sabe também por que Raul, não Dias, lhe deu aquele presente: era uma mensagem sem meias palavras, desprovida de reticências, um convite ao apego e à confiança, sem barba e sem óculos. Que ele nunca iria recusar.

No final da tarde, antes que os pais chegassem, telefonou para Helena e atribuiu as ausências a uma fictícia gripe. Helena prometeu ligar para Glorinha. A noite da sexta e a maior parte do sábado foram consagradas a concluir a leitura do romance. Na manhã do domingo, tendo despertado mais cedo que o habitual, Manuel começa a pôr em marcha o projeto de datilografar, à guisa de treino, as partes do livro que tinha destacado por uma razão e não outra. Pouco depois o pai lhe bate à porta. |Bom dia, filho, não vem tomar café?||Vou|. Na cozinha, a mãe graceja |Essa casa agora parece um escritório, até no domingo de manhã cedo é teco-teco-teco-plim|. Manuel sorri |Tô aproveitando pra treinar com uns trabalhos da escola||Muito bem| cumprimenta o pai. Manuel traduz mentalmente: \très bien\.

De volta ao quarto, Manuel prossegue. Mesmo com as dificuldades de iniciante, ele tecla o último ponto final justo quando a mãe anuncia o almoço, que no domingo é sempre mais tarde. Quantas horas passou ali, sentado, no exercício de extrair do romance as palavras que, traiçoeiras no que não dizem, nem por isso deixam ele menos contente?

Pouco depois do almoço, é hábito, os pais de Manuel se retiram, fazer a sesta. Ele, só no quarto, pensa no que fazer. Organiza as folhas datilografadas. Relê aquelas passagens. Assim, isoladas, elas lhe parecem ainda mais reveladoras, numa explicitude quase carnal. Um pequeno arrepio lhe percorre o corpo. Vê o livro deixado ao lado da máquina de escrever. Passa o dedo sobre o primeiro nome do autor, acompanhando o desenho das letras, num gesto que está quase por se tornar mania. |Raul| pronuncia. Faz agora o percurso contrário, iniciando pela última letra até chegar à primeira. E descobre |Luar|. Raul de trás para frente é luar. Acha bonito, lírico, luar. Raul de trás para frente. E tem saudade, uma saudade de dias, saudade de apego e confiança, uma necessidade dolorida de rever. Desdobra a segunda orelha do livro. Lá está. O número do telefone. \Se algum dia você quiser\. Este é o dia de querer. \Eu ligo sim\.

Livro na mão, Manuel vai até a cozinha. Fecha a porta com cuidado, não quer acordar os pais. Contempla o telefone preso à parede, ao lado da geladeira. Hoje ele quer. Disca. |Alô?||Alô, professor Dias?||Quem fala?||Sou eu, Manuel||Manuel, que bom que você ligou!||Por quê?||Você não apareceu na quarta-feira, nem na aula de quinta. Fiquei preocupado||Ficou?||Eu perguntei às suas colegas, mas elas não sabiam, disseram que telefonaram e você não atendeu||Ficou preocupado?|. Um breve silêncio. |Fiquei, rapaz| |Ficou preocupado comigo?||Fiquei, Manuel, fiquei preocupado com você|. Manuel confirma as certezas que tinham se compactado nos últimos dias. |Você está bem, Manuel?|. Ele não quer mentir, não se mente à confiança. |Mais ou menos||O que foi? Tá doente?| a voz é toda cuidado sincero. |Não. Não foi por isso que eu faltei||Então por que foi?| Pausa. |Você se chateou comigo, Manuel? Eu disse alguma coisa que te chateou?| o tom é apreensivo, quase doído. |Não||Então o que foi? Pode falar, rapaz||Foi aquele livro, o livro que o senhor me deu| Manuel, do nada, sente frio, treme de leve, mas faz tanto calor.

Do outro lado a voz emudeceu. Manuel espera, o telefone na mão oscila junto à orelha. |Manuel, tá me ouvindo?||Tô| e o responder lhe dá um nó na garganta. |Manuel, eu entendo. Esse livro faz mesmo a gente pensar num monte de coisas, não é?||É| ele responde, fungando. |Manuel, tá tudo bem com você?||Não| e ele não retém as lágrimas. Novo silêncio. |Manuel, você não quer se encontrar comigo?||Na quarta-feira?| está confuso, é claro. |Não, hoje. Vamos conversar?|. Manuel já tinha aceitado o convite, dias atrás, o convite estampado no livro, de modo que |Quero. Onde?|. Ele não percebe que, do outro lado, há hesitação. Por fim |Aqui na minha casa|. Manuel para de chorar. A mão agarra firme o telefone. |Onde?||Na minha casa| diz quem preferia não ter sido levado a repetir. |Não. Onde é a sua casa?||Anote aí, não é longe do colégio|. Manuel anota. |Eu também moro perto do colégio||Ah, que bom||Posso ir agora?||Claro, venha, tô te esperando|. Manuel desliga sem se despedir.

Coração eletrizado, desejo de saltar pela janela do vigésimo andar e aterrissar diante da casa em que é esperado, Manuel se precipita na direção do banheiro. Entra. Fecha a porta. Arranca toda a roupa com vigor, quase com fúria. Se lança sob o jato de água fria, passa o sabonete pelo corpo, com gestos de quem se irrita com aquela perda de tempo. Se esfrega com a toalha, mal se enxuga, envolve nela o corpo da cintura para baixo, passa o bastão de desodorante nas axilas e sai, na direção do quarto. Dá meia-volta, entra de novo no banheiro. Abre a farmacinha, encontra um vidro de perfume, presente que nunca se lembra de usar. Hoje usa, talvez em excesso. Volta para o quarto. Abre o guarda-roupa. Só agora se acalma, atento a algumas decisões. Se desfaz da toalha. Escolhe uma camiseta azul, de algodão, veste e sente que ela está um pouco justa, mas não se importa. Faz calor. Veste uma cueca branca. Não quer sair de calça comprida, vai ter de caminhar, está quente, melhor bermuda. Pega a vermelha que comprou no início do mês. Veste. Se olha no espelho do guarda-roupa. É mais uma calça curta do que uma bermuda, lhe chega até quase metade da canela. Faz calor. Elege então uma bermuda antiga, marrom, se esforça um pouco para se ajeitar nela. Coube. Ah, sim, melhor assim. Se olha de novo no espelho. Se admira da brancura persistente das pernas, agora mais expostas, de pouco acima do joelho para baixo. Calça meia e tênis.

Dobra as folhas datilografadas, que encaixa entre as páginas do livro. Sai do quarto com isso na mão. Na sala, pensa nos pais, que ainda dormem. Volta ao quarto. Caneta e papel na mão, escreve. O quê? Pensa. Não. Pensa de novo. Isso também não. Impaciente, rabisca: \fui dar uma volta, não demoro, Manuel\. Abre a porta da sala, fecha com cuidado para não fazer ruído. Chama o elevador, espera, batendo o pé direito no chão e limpando o suor que não traz na testa.

No caminho rumo ao desconhecido, Manuel tenta ajustar o ritmo dos passos entre a ansiedade de confirmar o que pensa já saber e o ímpeto de desistir. Não quer suar, vai de sombra em sombra, árvore na calçada, marquise de edifício, toldo de loja. O pensamento que o domina agora exige, talvez mais que antes, uma \maturidade suficiente\. Não é a primeira vez que se entrega em renitente devoção aos mitos de sua Grécia particular, onde vive. Nuvem por Juno, lagoa de Narciso, arrogância de Ícaro: cada ilusão desiludida só lhe tem servido de incitação a produzir mais uma, Sísifo que perde a memória ao descer a encosta, inconsciente de que a pedra a seu lado é uma punição, não uma bênção. Sim, já foi vítima de uma cruel aposta em que se deixou ofuscar por olhos de pérfido azul. Sim, ofereceu sua passividade infante à manipulação esperta de quem só o queria para desafogo das premências de um corpo na convulsão de adolescer, que Manuel revestiu de decepcionado amor. E se marchasse agora atraído pelo ímã que faz ele girar sempre em torno de si mesmo, bússola descompassada, dínamo solipsista?

Mas e a troca de horário, \pra gente poder se encontrar\? E a mão atenta ao joelho dolorido? O pacto de silêncio? A barba desfeita, a desculpa da lente rachada, o livro de Raul, principalmente o livro, o abandono do \senhor\, o número anotado em cuidados de discrição, \você não quer se encontrar comigo\?

Parado diante do prédio de três andares, Manuel julga que está pronto para aceitar o que vier, o bom e o ruim, a dissipação da bruma que lhe impede ver o real das coisas. Sobe os três degraus de cimento que levam à porta de ferro gradeada. Ao lado dela, o interfone. Preme o botão quadrado e preto do terceiro andar. A breve estática, a voz |Pode subir, Manuel| e o ruído elétrico da porta que se abre. Manuel entra. A porta se fecha sozinha atrás dele. Vê a escada, conta os degraus enquanto sobe e enquanto sobe começa a tremer, a descontrolar as pulsações.

O corredor tem duas portas, uma de cada lado da escada. A da esquerda se abre. Manuel se vira na direção do ruído e da claridade repentina. |Oi, Manuel, é aqui|. É aqui? Ele vai, quase sem conseguir dominar os movimentos do corpo. Quando se aproxima, o outro lhe estende a mão, que ele agarra como se precisasse se salvar de uma queda iminente. |Eu vi da janela você chegar. Venha, entre|. Ele vem, ele entra, ele se deixa conduzir pela mão que não solta. E é conduzido a um sofá preto de dois lugares, em que o dono da casa faz Manuel se sentar, acomodando-se ao lado dele e liberando a mão. |Manuel, se acalme, vai ficar tudo bem| lhe diz a voz que ele ouve sem ver, se tem a cabeça baixa. Cabeça em que sente agora a mão que acaricia seus cabelos. Ele quase se tranquiliza. |Você quer um copo d'água?| lhe oferece. Manuel aceita |Quero| sem levantar os olhos. Sente o movimento do corpo que se levanta do sofá. Somente agora se encoraja a observar o ambiente.

A sala nem é grande. Além do sofá, tem uma mesa pequena, quadrada, de madeira clara, uma cadeira em cada lado, sobre ela muitos papéis espalhados, cadernos, a conhecida pasta de couro. Três paredes, incluindo a da porta de entrada, são ocupadas por estantes, iguais, com livros muito bem dispostos, mas em algumas prateleiras tem pequenas pilhas de livros na horizontal. A quarta parede é a da janela, grande, por onde entra a luz do dia e uma brisa morna. Se levanta e vai até lá, olha para baixo, vê a rua que acabou de percorrer, é dali então que foi visto chegar.

|Aqui a água| lhe diz a voz, e ele se vira, dando as costas para o mundo exterior. Agora é que vê, e por um minuto não reconhece o professor Dias, se afinal quem se aproxima e lhe estende o copo é Raul, alguém que ele só viu uma vez e, parece, faz muito tempo. Manuel aceita o copo, vidro frio, água gelada, o que faz sua mão tremer de leve. Bebe devagar, enquanto olha para quem olha para ele.

Raul está descalço e Manuel compara aqueles pés aos que já viu em algumas estátuas de santos nas igrejas barrocas que não escasseiam na cidade. Veste uma calça de linho cor de palha seca, folgada, uma camisa branca de algodão, muito à vontade, sem gola, com botões da mesma cor, alguns fora das casas na proximidade do pescoço. O rosto está muito liso, Manuel conclui que acabou de ser barbeado, os olhos estão livres de armação e lentes visíveis, o cabelo parece ainda úmido de um banho que, Manuel deseja, deve ter sido tomado enquanto ele se dirigia para cá. Faz o gesto de devolver o copo, vazio |Obrigado|. Raul volta à cozinha, reaparece em três segundos. Se senta no sofá, Manuel continua parado, hesitante. |Não me faça parecer mal-educado, Manuel. O dono da casa não pode ficar sentado enquanto as visitas ficam de pé| e Raul dá três tapinhas no assento do sofá, convite a que Manuel se sente, e se senta. Raul está em seu ângulo do sofá, com o corpo ligeiramente voltado para o lado de Manuel. Puxa uma das pernas, dobra e a acomoda sob a outra. Manuel também se ajeita no seu canto, virado para Raul, de modo que possam se ver quase frente a frente.

Durante todo o tempo ele não soltou o livro, que trazia preso na mão esquerda quase fosse continuação natural do braço. Raul percebe, propõe |E então, vamos conversar sobre o livro?||Sobre o livro?||Claro, não foi pra isso que você veio aqui?|. Manuel não sabe a que veio, mas diz que sim. No entanto, pousa o livro no espaço exíguo entre suas pernas e as de Raul. Apoia as mãos nos joelhos muito à mostra. |Você gostou?| a pergunta lhe vem, previsível, mas difícil. |Gostei? Não sei| responde. |Eu digo sempre que esse livro é perturbador| explica Raul |não costumo dar como leitura pros alunos||Não é um livro fácil| Manuel reitera o que já ouviu. |Não, não é||Perturbador||Você achou difícil? A linguagem?||Nem tanto, tem muitas notas, facilita||É uma edição comentada||É pra escola, mas o senhor não usa na escola||O senhor de novo?| Raul se finge contrariado. Manuel sorri. |E então?| Raul incentiva. Manuel |Eu não entendi o que aconteceu com a mulher do diretor depois que a escola pegou fogo|. O outro sorri |Ninguém entende. É um mistério, desses que os escritores deixam pra o leitor resolver|.

Manuel mais não fala. É que tem os olhos postos sobre a camisa de Raul, minto, sobre a parte do peito que ela não cobre. |O que foi?| pergunta Raul, inclinando a cabeça para baixo |Tem alguma coisa na minha roupa que eu não tô vendo?|. Manuel, sem desviar os olhos |Eu não sabia que o senhor, que você tinha cabelo no peito|. Raul se surpreende, mas logo sorri. Desabotoa a camisa, mas não por completo, expõe assim um pouco mais dos pelos curtos, negros salpicados de cinza, passa a mão no peito. |A barba é fácil de tirar, mas aqui não tem como fugir do calor| e ri. |Meu pai tem o corpo todo liso| é o que consegue dizer, fascinado.

Manuel, enredado no próprio mito, julga que tem franqueada toda a liberdade para manifestar seus anseios, despedir as dúvidas, desatar os nós da precaução, e por isso se crê autorizado a avançar a mão direita rumo à penugem que emana daquela camisa entreaberta. Mas Raul não se permite tocar: sem precisar de muita força, apanha a mão de Manuel em pleno voo, a centímetros de atingir o alvo, prende com seus dedos em gancho os daquela mão, pousa as duas assim unidas na coxa da perna sobre a qual está sentado. Manuel nem resiste, porque é a primeira vez que faz contato tão íntimo com o corpo de Raul, o corpo além da mão que já tocou o seu em momentos que ele não esquece. Baixa um pouco a cabeça para usufruir daquele ineditismo.

Com a mão livre, Raul abotoa toda a camisa. Em seguida, levanta o queixo de Manuel. Os olhares se espelham. |Manuel, quantos anos você tem?||Dezoito, fiz em julho| ele sabe que precisa dizer isso para ser feliz. Raul estampa no rosto uma expressão que Manuel não consegue interpretar. Raul devolve a mão de Manuel à napa escura que reveste o sofá. Manuel se confunde. Haverá ritos que ele desconhece?

Raul apanha o livro. Recolhe as folhas datilografadas. |O que é isso?| pergunta sem desdobrar. Manuel, a contragosto |Partes do livro que eu copiei||Por quê?||Pra treinar a datilografia| mas se vê impelido a completar |E pra te perguntar|. Raul desdobra os papéis, mas não lê. |Perguntar o quê?|. Manuel recupera as folhas. Sente que voltou a tremer, porque o papel em sua mão vibra mais do que se esperaria da brisa que, constante, sopra da janela. Busca e encontra. |Ah, aqui, por exemplo. Eu não entendi por que o menino diz que ele mesmo é uma namorada||Como é? Uma namorada?||É| e com voz trêmula lê:

> O meu bom amigo, exagerado em mostrar-se melhor, sempre receoso de importunar-me com uma manifestação mais viva, inventava cada dia nova surpresa e

> agrado. Chegou ao excesso das flores. A princípio, pétalas de magnólia seca com uma data e uma assinatura, que eu encontrava entre folhas de compêndio. As pétalas começaram a aparecer mais frescas e mais vezes; vieram as flores completas. Um dia, abrindo pela manhã a estante numerada do salão de estudo, achei a imprudência de um ramalhete. Que devia fazer uma namorada? Acariciei as flores, muito agradecido, e escondi-as antes que vissem.

|Olha, Manuel, é o seguinte, eu preciso te dizer||Mas não é só isso, tem mais| ele se vê arrastado por uma necessidade inviolável de não se deixar calar:

> Confusamente ocorria-me a lembrança do meu papelzinho de namorada faz de conta, e eu levava a seriedade cênica a ponto de galanteá-lo, ocupando-me com o laço da gravata dele, com a mecha de cabelo que lhe fazia cócegas aos olhos; soprava-lhe ao ouvido segredos indistintos para vê-lo rir, desesperado de não perceber.

|Manuel, por favor, me escuta, você não entendeu| mas ele não escuta, tem medo do que não quer ouvir, passa as folhas, nervoso, quase grita:

> ... havia os ingênuos, perpetuamente infantis, não fazendo por mal, risonhos de riso solto, com o segredo de adiar a inocência intata através dos positivos extremos; havia os entusiastas da profissão, conscientes, francos, impetuosos, apregoando-se por gestos, que não perdoavam à natureza o erro original da conformação ...

|Manuel, para com isso, por favor, olha pra mim|. Que olhar que nada:

> ... ah! não ser eu mulher para melhor o ser! Esses faziam grupo à parte, conhecidos publicamente e satisfeitos com isto, protegidos por um favor de simpatia geral, inconfessado mas evidente ... Às vezes traziam pulseiras; ao banho triunfavam, nus, demorando atitudes de ninfa, à beira d'água ...

As folhas de papel se veem bruscamente arrancadas das mãos em que se agitavam, à beira da histeria. Manuel se assusta. Olha para Raul, que não parece assustado. Que dobra as folhas de papel, guarda de volta dentro do livro. Que pousa, firme, a mão direita no ombro esquerdo de Manuel, fixa o olhar castanho nas pupilas de quem lhe está diante. |Manuel, quantos anos você tem?| voz grave, quase reprimenda. Manuel baixa a cabeça, sepulta o apego e a confiança, decifra no clarão de um raio o sentido óbvio de amoroso errado, confessa |Dezessete. Faço dezoito em março|.

Raul lhe estende o livro com as folhas dentro. Manuel aceita, resignado à derrota, ao naufrágio às costas de Ítaca. Raul se levanta. Manuel também. Raul, comovido, mas sério |Manuel, você tem que ir embora|.

Na quarta-feira seguinte, a turma recebe a notícia de que as poucas aulas de literatura que ainda faltam estarão sob encargo da vice-diretora. O professor Dias precisou viajar às pressas, motivos de doença na família, é a informação que se dá.

Manuel escuta o aviso. Adivinha o que não lhe dizem e pensa, com saudade arrependida: très bien!

CONTRA O CÉU NÃO VALEM MÃOS

Mas, nem dois passos, uma pesada mão o deteve. Está preso. A moça, antes tão prestimosa, lhe vem colher das mãos o livro caro. Não tinha lido. Se lido houvera, voltaria as mãos para o alto e choraria: "Que te custava ter-me neste engano ou fosse monte, nuvem, sonho ou nada?"

Há quem da vida cobre pouco. Viver, em si, já é quanto lhes baste: assim, sem projeções, sem nem cálculos para o futuro, inúteis, todos, porque o futuro é um e só um e, por ser assim, não é futuro nenhum, mas a vida. A alma dessa forma e o esquecimento em nada, prosseguia Adamastor o rumo que o levava diariamente aonde trabalha, que é no banco. Sol no céu, a cidade escandalosa, ei-lo a assobiar a canção sua predileta. Mas será o que esse quê insólito que se detecta sob seu passo, um passo da sola do sapato esquerdo? Pisei qual coisa? Vale a pena mirar. É uma carteira, uma carteira das mais tradicionais, masculinas, uma de couro. Dinheiro? A sorte não premia assim quem nada da vida espera, pensaria Adamastor, se pensasse.

Baixou, pegou, abriu. Quem? De ninguém. Cartões? E nenhum. Documento? Tampouco. E por acaso... sim, solitária e brilhante, novíssima, uma nota de dez mil cruzeiros se anunciava perdida, pérola solitária, humanamente só, na concha molenga, a carteira.

"Ora", disse Adamastor. Sem dono que se percebesse, ele mira ao redor, toma posse do território que mal cabe em sua mão, grande mão, como aliás todo ele, grande. Tanto que, ao nascer, matou, morreu a mãe, e o pai, a memória em coisas que ninguém mais lê, lhe deu o nome aquele, este Adamastor, de gigante.

"Ora", disse (repito) Adamastor. Os dez mil, uma nota só, se transferem, ave migrante, para a carteira própria do bancário. A nova, a de couro, a achada, há uma rápida incerteza quanto ao destino que o destino lhe reserva, e agora o destino se chama Adamastor. Cujo primeiro impulso lhe dita abandoná-la, que abandonada a descobriu, e deixá-la como de princípio a soube, perdida. A mão, contudo, é preguiçosa, e enquanto o pensamento atira aos ares o objeto encontrado, achado e perdido, ela o aloca no bolso mesmo onde Adamastor no habitual põe a carteira dele. E tudo isso se faz, se fez rápido – pensar, pegar, guardar –, as palavras é que são tortuosas.

Retome Adamastor seu caminho sem mais pedra nem carteiras, e não haveria de duas haver na rota de um só e mesmo bancário. A visão de certa fruta lhe interrompe a recuperada canção e faz ele imaginar que tem fome, uma fome específica, daquela fruta ali exposta, banca na calçada. O preço? "A dúzia, dez mil". "Caro". "Não é época". "Ah, levo". Mão no bolso, capta a carteira. No que a abre, vê: não é a sua, mas a outra, a encontrada. Um átomo de aborrecimento o tenta a que se livre, agora sim, da intrusa já inútil. No entanto, viu brilhar lá dentro uma nova, novíssima outra nota, mais dez mil, idêntica à já transferida. Com o que são duas, eram? Se admirou Adamastor, quem de raras coisas se admirava. Se odiou por ter querido, e quis, se desfazer de tão generoso achado. Com a segunda nota nova, as frutas. E no comê-las se foi, feliz, que a felicidade é isso para as almas assim, de transcendente simplicidade. Fruta boa, fora de época, saborosa e muito ainda mais porque não paga, paga pela carteira nova, que alguém, de couro, ninguém sabe quem, se perdeu.

Adamastor, com a última das frutas, sonhou um pouco mais de felicidade: táxi. Uma vez, pela primeira, ia se conceder o luxo invejável de chegar ao banco a bordo de um táxi: o motorista na frente, servil, e ele no banco de trás, importante, notado, fingindo leve fastio. Sabia quanto? Perguntasse. Viu a fila dos carros, indianos à espera no acostamento. Elegeu o que lhe pareceu mais bonito, um do ano, grande, quatro aprazíveis portas. O motorista, providencialmente negro, se refugiava do sol sob o arbusto próximo ao veículo estacionado. "O senhor é desse aqui?" "Sim". "Quanto daqui até X?". "Dez mil redondos". Sorte! "Me leva então?" "Não". "Não?" "Não, é obedecer o respeito da fila, sem o primeiro partindo, eu, no quinto canto, não posso". "Sei, ah!".

O primeiro da fila, Adamastor avalia, tem o mesmo modelo, mas um quanto menos resplendente de juventude. Vá, se tem que ser, seja, será, pensou. Vai. Foi. Entrou. Bateu delicadamente a porta, já acomodado no banco de trás, no lado direito, bem junto à janela, que abriu. Lamentou a cor branca do motorista o quase mulato Adamastor. Os carros, se mais velhos, mais macios, se consolou. "Senhor?" "Até o banco X, por favor, mas" "Sim?" "sem pressa". Partida. Sol no céu, a cidade escandalosa. Semáforo. Bons freios, pensou. O caminhão de bombeiros, bonito, achou. Semáforo. Um olho no taxímetro e o susto: o banco, faltam ainda três quadras, e já nove mil e setecentos. "Por que, senhor, se a gente não chegou ainda?" Ele vê uma loja, inventa: "Me lembrei de precisar de uma coisa daquela loja ali". "Se for rápida, a compra, o senhor compra, eu espero e levo, até o banco". "Demoro, melhor não". Como não soubesse: "É quanto?"

"Nove e setecentos". "Caro". "Tabela, desde ontem, é nova, não sabia?" "Ah, esqueci".

Quando quer o dinheiro, abre a mão, já ida ao bolso, e a revê, a bendita carteira, cada vez mais de couro. Ia irar-se, mas se recorda o episódio da fruta. Fantasias, diz-se. Contempla ceticamente crédulo a carteira. E se? Fantasias, disse. Quase no devolver ao bolso, traz ela para bem perto dos olhos e abre: não acredita, mas viu uma nova, novíssima nota de dez mil. Apanha, dá ao motorista, sai, sua, sonha, se encosta num pilar da dita loja. Pensa, repensa, e quem há de saber o que cabe no espírito de Adamastor, homem grande, vida sem feitos?

Se for encantada, quer crer, vivo feliz e sem o banco. Mas será, de fato? Um teste, decide. E entrou na loja. Para azar seu, uma livraria. O pai é quem lia. Um teste é um teste, dá de ombros. O primeiro livro que vê é o que toma é o que abre é o que traz no dentro dele o seu nome, o do próprio Adamastor, gigante Adamastor. Tanta coincidência deixa ele feliz. Gosto da capa, se ilude. Quanto? "Tem uma etiqueta, senhor". "Ah, é mesmo". E a comoção: são dez mil cruzeiros. "Dez mil?" "Dez mil, sim, senhor". "Barato". "Por causa do papel, vê, edição pra escola, o senhor sabe". Escola. Ele se alegra por as crianças aprenderem a conhecer todas o seu nome, Adamastor. "Vou levar". "Embrulho?" "Não precisa".

Pensa, inspira, é agora, diz-se. A carteira, lá vou, a carteira, já vem. Ao abri-la: uma nova, novíssima nota de dez mil cruzeiros. Um maremoto lhe percorre o íntimo, quer querer gritar, mas se contém: não vá se denunciar. Trêmulo, passa a nota à vendedora e cruza a porta emocionado, estanca na calçada, paralisado de amor. Beijaria todas essas pessoas, não fosse um crime, constata. A decisão que ora toma é para a vida. Banco, nem sequer vai lá. Satisfação ao gerente, nenhumas. Se o procurarem? Que busquem, parto, me vou. Para onde? Qualquer alhures, embora. Sim, a vida, ele a quer simples e já pode ter. Basta abrir quantas vezes necessárias a santa carteira. Olhar elevado ao céu, sorri quando pressupõe a cena: "Onde diabos terei deixado ela cair?", pergunta-se Ele, desolado, batendo as mãos em vão nos vazios bolsos, enquanto os anjos vasculham todo o firmamento à cata da carteira do Senhor.

Adamastor se diverte e num gesto pouco viril manda um beijo para as nuvens. Grato. É feliz. Está. Sorri. Ensaia um passo quando a mão pesada do segurança o retém.

"Onde diabos terei deixado ela cair?", pergunta-se, desolado, batendo as mãos em vão nos vazios bolsos, enquanto as odaliscas vasculham todo o circo à cata da carteira mágica com cinco notas falsas de dez mil cruzeiros que perdeu Bogdan, o grande prestidigitador.

NAMORADA

No dia seguinte ao seu aniversário, uma segunda-feira, dez ou quase da manhã, Manuel vai cuidar do presente que ganhou na véspera, presente de grego, conforme definiu num gracejo dirigido aos pais, responsáveis pela dádiva. Faz já algum tempo que vem se queixando de uma dor de cabeça regular e renitente. Depois de várias inquirições, o mistério se dissipou no consultório do oftalmologista: Manuel precisava de óculos. No mesmo instante da revelação, ele se lembrou da vez em que, sentado numa cadeira de desconfortável plástico, debaixo de um guarda-sol, na areia da praia aonde costumava ir, criança, com os pais, a atenção toda fixada no livro que lia, se apercebeu de uma sombra nova projetada ao seu lado. Levantou os olhos e viu uma mulher parada, magra, vestida de saia e blusa estampadas com desenhos informes de cores desbotadas, cabelos cinzentos atados em coque por trás da nuca, a pele acobreada percorrida por finos sulcos, como uma folha de árvore de fruta-pão caída no solo e ali esquecida para ser amarfanhada pelo sol implacável dessas paragens, o rosto pregueado em que se encaixavam dois olhos pequeninos e baços, cada mão apoiada nas barras de madeira que lhe serviam para empurrar sobre a areia um carrinho de madeira tosca pintada de verde, em que se lia a palavra côco traçada com pinceladas rudes de tinta branca, carrinho montado sobre dois pneus de borracha exausta. |Quer água de coco, menino?| ela perguntou com voz de quem já viveu o bastante para acumular mais privações do que seria justo, fosse o mundo justo. |Água?| repetiu Manuel, sempre dado a ecoar pela metade o que não entendia por inteiro. |É, menino, água de coco, quer?| a mulher disse, em tom de melancólica gentileza que deixava escapar ao final da pergunta uma nota abafada de indisfarçável conformismo. |Tá muito sol, muito quente, água de coco é bom pra matar a sede, se refrescar|. Manuel, se quisesse, podia até querer, mas não sabia de dinheiro, os pais tinham ido precisamente comprar alguma coisa para beber e deixaram ele ali, obstinado em resistir à sedução do mar enquanto não terminasse a leitura, senão do livro todo, ao menos daquele capítulo de uma adaptação a bem das crianças da divagação homérica. |Não tenho dinheiro, tô sozinho, meu pai... minha mãe tem dinheiro, mas não tá aqui|. A mulher se aprumou para empurrar de novo o carrinho, mas antes de partir |Quem lê demais faz mal pra vista, pode até ficar cegueta, sabia?| e retomou sua peregrinação rumo a nenhum santuário.

Manuel está agora diante da ótica recomendada pelo médico, no centro da cidade. Entra. A loja é muito iluminada, as prateleiras de vidro exibem tantas armações distintas que fazem Manuel se lembrar de jamais ter imaginado tamanha possibilidade de variação. É que o continente dos óculos ainda é território inexplorado, não se descortina senão do lado de cá da fronteira, e só a partir de agora ele vai começar a urdir e tramar uma intimidade destinada a estabelecê-lo como habitante permanente e vitalício do enevoado país que só se revela aquém de lentes de cristal.

Assim que vê Manuel adentrar a ótica, um rapaz, que estava sentado a uma das duas mesas de vidro transparente dispostas lado a lado, se levanta e diz |Bom dia| como quem de fato deseja a felicidade dos outros. |Bom dia| Manuel responde, ainda parado de pé, muito consciente do ineditismo da situação, ele que não sabe como proceder numa ótica. Tudo o que faz então é levar a mão ao bolso da camisa e dali retirar um papel dobrado em quatro, que estende na direção do moço como quem exibe um passaporte exigido para o acesso a uma zona restrita. |A receita| diz Manuel. O rapaz indica a cadeira diante da mesa, destinada a acomodar os clientes |Claro, a receita, por que você não se senta?|. Manuel se ajeita na cadeira, mas não ocupa o assento todo, só a beirada, como se projetasse uma fuga iminente não sei de que ameaça. O rapaz também está sentado, mas no conforto de quem domina a cena |Posso ver a receita?||Pode| responde Manuel, deixando o papel sobre o tampo de vidro. |Meu nome é Tobias| se oferece o outro com um sorriso enquanto recolhe a receita, que examina. |Tobias é o médico| diz Manuel como que para si mesmo. |Claro, é meu padrinho, eu tenho o mesmo nome dele, Tobias| confirma o rapaz sem tirar os olhos do papel. |Parabéns, Manuel| ele diz levantando a vista, sorrindo e fitando o cliente. Cliente que estampa uma inequívoca incompreensão no olhar. |Ontem foi o seu aniversário, não foi? Tá aqui a sua data de nascimento, na receita|. Manuel nem sabia. |Obrigado, Tobias||Então, você resolveu mudar de óculos para comemorar seus vinte e um anos?||Mudar? Não, eu nunca usei antes. Vai ser a primeira vez||Ah, sei, normalmente as pessoas começam a usar óculos ainda criança, mas eu mesmo comecei faz pouco tempo| e só então Manuel se dá conta de que Tobias de fato usa óculos. |Vinte e um anos| Manuel repete como se já tivesse esquecido a própria idade. |Eu tenho vinte e sete| informa Tobias, que emenda |Fazem tanto farnesim com essa história de vinte e um anos, não sei por quê, é uma idade como outra qualquer, minha vida não mudou nada. Pra mim o importante foi fazer dezoito, porque assim eu pude começar a trabalhar, ganhar meu dinheiro, sair de casa, cuidar do meu próprio nariz| e sorriu. Manuel também sorri, talvez pela graça da expressão cuidar do meu próprio nariz, senão por causa do nariz em si, o próprio de Tobias, que lhe pareceu bem formado, a ponta suave, abaulada, a ocupar com certa altivez o centro de um rosto de uma cor de pele que Manuel compara à da madeira que faz pouco tempo aprendeu a chamar de cerejeira e que escolheu para a estante nova do quarto. Um rosto muito liso, menos onde se desenha, sobre o lábio superior e o queixo, uma penugem curta e muito escura, que reflete a cor e a espessura dos cabelos crespos e curtos.

|E você, Manuel, já cuida do próprio nariz?| Tobias pergunta, com a natural confiança de quem, por compartilhar a geração, acredita também compartilhar as mesmas indecisões, tentações e inadvertências, não obstante as divergências da cor da pele. |Meu nariz?| responde ou, antes, indaga Manuel, que se mira no espelho redondo, envolto em grossa moldura de metal prateado, capaz de girar sobre uma base também redonda, posto sobre a mesa para a autocontemplação dos clientes. |Não, eu ainda não sou dono do meu próprio nariz| ele diz logo em seguida, como quem não se lamenta mas tampouco se apraz, talvez por nunca ter se interrogado a respeito. |Mora com os pais, não é?| deduz Tobias, simpático. |Moro||E aposto que faz faculdade, acertei?||Acertou| |Você tem mesmo cara de intelectual, e vai ter mais ainda quando usar óculos| diz Tobias num ritmo que Manuel preferiu não considerar como ofensa, ele que sempre se aborrecia quando as pessoas, não raramente, usavam para se referir a ele termos como sabichão, traça, enciclopédia ambulante ou, o que achava o pior de todos, inteligente. |Não gosta de ser chamado de intelectual| adivinha Tobias, como dotado de uma capacidade incomum que

a Manuel agora não lhe lembra o nome. |Telepatia| sorri o outro |Desde criança me acusam de ser telepata. Telepata é uma palavra muito mais feia do que intelectual, é ou não é?||Intelectual não tem problema| reage Manuel, ainda não desfeito da surpresa |Só não gosto quando parece mangação||E mangam muito de você, não é?| pergunta Tobias, quase como quem já sabe a resposta. Mas ele não deixa Manuel responder |Você faz faculdade de quê?||De letras||Hum, e pra que é que serve isso?||Pra que serve?||É, você sai com um diploma de letras e faz o que depois? Vai ser professor?||Ainda não sei. Tradutor, eu acho. Eu gosto mesmo é de ler e escrever||Intelectual| repete Tobias, como quem afixa um rótulo num frasco de remédio |Luxo de quem não precisa cuidar do próprio nariz||Meu nariz?| volta a não responder Manuel, que reitera o gesto de se refletir no espelho. Tobias acha graça naquilo, mas decide levar a conversa por outra trilha. |Vamos cuidar desse óculos?|

De volta em casa, depois do almoço e tendo faltado às aulas daquela tarde, Manuel, sentado na cama com um livro aberto sobre as pernas estiradas, o dorso apoiado na cabeceira, repassa os acontecimentos da manhã, que se resumem à sua ida à ótica. Se resumem? Não é o melhor termo para descrever o encontro com Tobias, alguém que Manuel considera agora uma pessoa interessante. Interessante? Manuel se lembra de imediato da professora de metodologia científica que disse na primeira aula |Interessante não quer dizer nada. É ainda pior do que dizer que uma mulher é simpática para não dizer que é feia| e a turma toda riu. |Eu proíbo vocês de escrever interessante num trabalho científico| ela decretou muito séria. Tobias realmente não era interessante, porque estava longe de querer dizer nada, ao contrário, dizia tudo com a fluidez ligeira de um córrego em dia de chuva. Manuel arrisca: intrigante, mas lhe parece um adjetivo próprio de literatura ruim, e logo descarta. Ainda guarda muito vívida a sensação de espanto causada pela suposta telepatia do rapaz da ótica, uma palavra que ele sem dúvida usa para zombar de si mesmo, mas que nem por isso anula a impressão causada por aquela percepção muito acurada, aquela rapidez no decifrar o pensamento alheio e enunciá-lo sem a menor cerimônia. Ou será Manuel assim tão fácil de ler e traduzir? Sempre tido por reservado e de uma timidez às margens do patológico, Manuel desconhece essa experiência de se ver exposto, de ter as palavras, não tiradas da boca, conforme o dito habitual, mas como que postas na de outra pessoa pelo eco do que ele queria calar.

|Que tipo de armação você pensou para o seu óculos, o primeiro da sua vida?| tinha perguntado Tobias, divertido. Manuel ouviu \o seu óculos\ e se lembrou de alguma coisa, mas, por delicadeza, guardou para si. |Ah, é mesmo, você faz letras| disse Tobias |deve achar errado eu dizer o óculos, mas quem entende de óculos sou eu, e esse s no final pra mim vale o mesmo que vale em lápis, pires, ônibus e deus|. Manuel achou graça, por isso mentiu |Nem reparei que você tinha falado o óculos|. Tobias sorriu |Me engana que eu gosto|. Manuel nunca soube como interpretar direito o que as pessoas queriam dizer quando diziam isso. Mas não pôde se deter nessa dúvida porque Tobias voltou a perguntar |Que tipo de armação?||Nenhuma ideia| respondeu Manuel, mais sincero impossível. |Gosta dessa que estou usando?| Tobias abriu uma gaveta, retirou de lá uma armação idêntica à de seu óculos e a passou a Manuel, que logo se deu conta da extrema leveza do objeto. |É toda de metal| comentou, sopesando a armação. |Eu prefiro as armações mais clássicas, sabe? Aquelas mais tradicionais, que antigamente eram feitas de casco de tartaruga, conhece?||Tartaruga?| Manuel repetiu, quase incrédulo, apesar das vezes em que já tinha topado com aquilo num ou noutro romance. |Pois é, tartaruga,

mas isso já acabou| explicou Tobias |Hoje as armações são feitas de acetato||Acetato?||Você é muito engraçado, Manuel||Engraçado?||Sim, olhaí, muito engraçado, com essa coisa de repetir o que a outra pessoa diz|. Manuel ia dizer \repetir\, mas se conteve. Fazia uma eternidade e meia que sofria com aquilo, a incapacidade de costurar um diálogo fluido, em que as falas se encadeassem e deslizassem sobre trilhos bem azeitados, em que replicar, retrucar, retorquir, responder, refutar, enfim, em que toda a humana dialética não tropeçasse a cada turno na tartamudez congênita dos que nasceram fadados a amar a palavra, contanto que em opaco e doloroso silêncio. Tinha avançado decerto, às custas de não pouco esforço e muito espinho, aprendido a organizar melhor os signos e as senhas, a trazer à tona o sim da sintaxe, a se permitir até uma mínima retórica. Mas as recaídas não eram infrequentes. |Você faz letras, mas é de poucas palavras, já entendi| foi o que Tobias disse depois de alguns instantes. |Pois eu sou o contrário, falo pelos cotovelos, mais que o homem da cobra, acho que tomei água de chocalho, chego a ser inconveniente mesmo, já levei bronca da gerente, e às vezes as pessoas não gostam||Eu gosto| reagiu Manuel sem ter, como sempre, noção de por que tinha dito aquilo. Ergueu a armação até a altura do rosto e completou |Gosto dessa armação, desse tipo|. |Muito bem, o seu gosto combina com o da minha ex||Sua ex?||Minha ex-namorada, foi ela que me fez escolher essa armação, mesmo eu preferindo outra|.

Manuel, agora só, experimenta de novo o duvidoso alívio que lhe deu aquela palavra, namorada, que ele cuidou de desprender de seu prefixo ex, inútil a seus propósitos. Era a interdição que ele esperava, ou não, o aviso nítido e límpido de que de nada serviria sequer começar a tentar decifrar o que lhe sugeria a cor de cerejeira de Tobias, porque \namorada\ rasgava uma fenda entre ele e o outro, uma voçoroca, não larga o bastante para que não se falassem e se ouvissem, mas funda o suficiente para impedir a transposição desta margem à outra. Transposição, aliás, ainda que fosse o caso, sem nenhuma perspectiva, porque aquele encontro tinha todas as probabilidades de se repetir uma única vez: feita a encomenda, ele só teria de voltar à ótica duas semanas depois, pegar o óculos pronto, quem sabe até recebê-lo das mãos de outra pessoa, a própria gerente, recolhida ao escritório nos fundos da loja naquela primeira visita de Manuel, conforme esclarecimento dado por Tobias, que adivinhou a pergunta não formulada pelo cliente ao vê-lo lançar um olhar de interrogação à mesa vizinha. Manuel acaba de decidir que pedirá à mãe que vá buscar o óculos, no intervalo do almoço, porque ela trabalha não muito longe dali.

|E qual você tinha preferido?| ele quis saber. Tobias abre de novo a gaveta das armações. |Essa| e mostra a Manuel. É de acetato preto fosco, lentes retangulares, fatto a mano in Italia, conforme se lê em sutis letras douradas no interior de uma das hastes. Manuel examina, ajeita sobre o nariz, se mira no espelho. |Bonito, você deve ficar, em você deve ficar bonito| ele diz à própria imagem refletida, antes de voltar o olhar para quem o observa. Tobias retira o próprio óculos, que deixa sobre a mesa, recolhe delicadamente a armação do rosto de Manuel e a acomoda no seu. |Bonito?| pergunta. Manuel se agita de leve, contempla, repete |Bonito|. Os olhos de Tobias se iluminam por trás das lentes falsas. |Então, qual vai ser?| pergunta. |Essa, a que você preferiu||Eu acho que fico bonito com ela| diz Tobias em falso tom de fingida vaidade. |Eu também| Manuel diz. |Você também| confirma o outro. Manuel se vê impelido a esclarecer |Eu também fico bonito com ela|. |Você também| volta a dizer Tobias. Manuel desvia o olhar, mas sorri. E lhe acometeu a ridícula certeza de ter gosto melhor que o da ex.

Manuel baixa os olhos sobre o livro que traz aberto sobre as pernas. É o grosso manual de latim que usa na faculdade. Se lembra de alguma coisa. Folheia o volume até a última guarda, onde encontra, escritos a lápis, fragmentos de uma declinação, \celsus, celsī, celsō, celsum, celsōrum\. Ri de si mesmo. Então pensa: namorada. A mesma palavra que se levanta, muro perfeito, dique de concreto impermeável, represa que impede a mais remota viabilidade de transbordamento. \Namorada\ é absoluta vedação, veto implacável, nada vazaria de lá para cá. Pois que Celso é o namorado de Helena, Helena, a namorada de Celso. Sua camarada de escola, companheira tanto tempo faz, agora também colega de faculdade, amiga para além da intimidade, estudante de jornalismo, que no primeiro dia de aula de introdução à linguística, matéria obrigatória do semestre inicial, topou com Celso, também engajado na carreira das comunicações. |Amor à primeira vista| ela disse a Manuel no dia seguinte |E, ainda mais clichê, amor correspondido|, completou às gargalhadas.

|Você não namora ninguém| disse Tobias sem a curva melódica do que se esperaria de uma pergunta. |Não?| foi a vez de Manuel não responder. |Não| retomou o outro enquanto anotava fórmulas e símbolos no bloco de encomendas. |Não| confirmou Manuel, quase melancólico. Tobias então levantou a vista, sorriu. |Mas isso não quer dizer que você não ama alguém|. Manuel se assustou, pensou que ia cair da cadeira em que estava mal acomodado. |Desculpe, Manuel. É melhor eu ficar quieto e não me meter onde não sou chamado||Como é que você faz?||Como é que eu faço o quê? Ler o pensamento dos outros?| e Tobias riu com gosto. |É||Não faço, as coisas é que me vêm na cabeça, é só eu olhar pra cara da pessoa e, pronto, umas palavrinhas começam a fazer cócegas na minha língua||A língua coça, você fala||Assim mesmo. Eu acho que é de família. Minha avó, mãe da minha mãe, tinha fama de bruxa lá no sertão dela, diz-que tinha um mau-olhado capaz de fazer o ovo gorar, a espinhela cair e o açude secar||Mau-olhado?||Sim, sabe

o que é?||Já ouvi falar. E era bruxa mesmo?||Nada. Mas sabia tirar leite de pedra e dar nó em pingo d'água| Tobias esperou pela reação de Manuel, que não reagiu, ainda sob o efeito do espanto anterior. |É brincadeira, rapaz. Claro que não era bruxa, como eu também não sou telepata. Isso tudo é peta, léria de gente matuta|. Manuel viu graça naquelas palavras, tão de seu lugar, mas que ele jamais usava. |Tradutor então? De que língua?|.

Faz talvez dois anos agora que Helena e Celso namoram. Ela e Manuel têm a mesma idade, mas Celso acaba de chegar aos trinta. Não tem resquício algum da adolescência tardia que Manuel e Helena relutam em abandonar, vai ver porque andam muito juntos e há muito tempo alimentam as recíprocas covardias diante da convocação persistente da maturidade. Celso é bem mais alto que Manuel, não se esconde do sol, que lhe retribui a confiança na forma da cor de ouro-bronze do rosto nutrido, de onde se destacam os olhos grandes e escuros, rosto quase sempre por barbear, culpa da confessada preguiça que tem de se ocupar da tarefa à qual se submete apenas uma vez por semana, porque outra preguiça, a de ter de cuidar de uma barba longa, derrota a primeira. Os cabelos, sim, ele mantém sem cortar, se derramam costas abaixo, muito pretos e muito lisos, só com tenaz perseverança do dono se submetem a um rabo de cavalo que Helena vive criticando por mal atado e sempre trata de endireitar com alguma das ligas de elástico que ela chama de pitó e agora traz regularmente no bolso, na bolsa ou na mochila. Celso é quase atlético, assim pelo menos julga Manuel, a magreza e o desengonço em pessoa. Com gosto se dedica às mesmas atividades que repugnam Manuel, tinha mesmo começado a faculdade de educação física, que acabou por abandonar em proveito da comunicação porque faz planos de tecer uma rede de rádios comunitárias nos ermos mais carentes do estado. Celso é homem, fala como homem, entende o mundo com ouvidos de homem, ocupa o ar ao seu redor com a firme convicção de que lhe pertence, ele ao ar e o ar a ele.

No início, Manuel se entristeceu, acreditava que teria de enfrentar, senão o fim da espessa amizade, ao menos seu esgarçamento, ocupada como estaria Helena em se dedicar àquilo que ela mesma define como paixão. E, por suposto, viu despontar em seu estreito horizonte os dedos róseos da aurora do mais legítimo ciúme. Mas pouco demorou para que Helena incluísse Manuel em praticamente todos os planos, projetos e propósitos do casal. Vão os três juntos ao cinema, que amam com mesma intensidade, embora por razões distintas. Estão com frequência no pequeno apartamento de Celso, que mora sozinho, e onde volta e meia ele e a amiga dormem, Helena com Celso no quarto, Manuel no tatame grande da sala. Vez por outra se reúnem para estudar em alguma sala de aula que encontram vazia pela faculdade. Até mesmo à partida semanal de futebol que Celso disputa com os colegas no campo do time da universidade Helena exige que Manuel esteja presente, para que ambos se façam companhia durante aquele infindável par de horas religiosamente consagradas a uma prática que lhes é em tudo e por tudo desconhecida, alheia e quase desagradável na inutilidade que lhe atribuem, agnósticos inveterados.

|Francês, inglês e espanhol?| tinha repetido Tobias, depois da resposta sempre acanhada que Manuel costuma dar àquela pergunta que lhe fazem com demasiada constância. |Para quem fala pouco você sabe muitas línguas. Já eu, só sei a língua do pê e a de badalo, que uso mais do que devia| completou, como quem dirige uma censura a si mesmo. |Pois eu queria poder falar assim| confessou Manuel, surpreso com a incomum disposição de se expor a um desconhecido. |Não queira| advertiu Tobias |Foi por causa dessa língua comprida que ela desistiu de mim||Ela?||Minha namorada, a ex||Ah|.

Por vezes Manuel preferiria escapar, deixar os dois a sós, mas Helena não permite, quase que o arrasta, usando sempre o argumento de que Celso gosta dele, que é mesmo Celso quem pede a Helena que traga o amigo. E Manuel se deixa trazer. E de fato Celso é de uma gentileza efusiva e transparente, sorri com a gratuidade do vento que traz de longe a maresia para nos lembrar que nem tudo é chão, trata Manuel como um irmão menor, chama ele de Mano, aliás, não se exime de lhe dedicar uma forma quase abrupta de carinho, demonstra uma genuína admiração pela facilidade com que Manuel apreende o que lhe custa aprender de algumas matérias, sobretudo as que reclamam uma capacidade de abstração que em Manuel beira o obsceno. Quando se encontram, o que se dá quase todos os dias, abraça Manuel com a felicidade de quem revê uma pessoa querida depois de uma prolongada e doída ausência, a felicidade honesta dos cães. Às vezes pisca um olho discreto para Manuel em busca de cumplicidade quando diz alguma coisa destinada a fazer Helena acreditar na justeza de um fato que se revela em seguida arguta pilhéria. Manuel se faz cúmplice, mesmo sem compreender totalmente o conteúdo do chiste, no qual ele mesmo se deixaria engambelar não fosse o aviso prévio de Celso. Helena finge se aborrecer ou magoar com aquela união de forças que a deixa vulnerável numa luta desigual, a covardia dos homens, como ela designa, e por vezes tenta aliciar Manuel em inofensivas vinganças, das quais ele também participa para não deixar transparecer suas preferências e sobretudo para manter um equilíbrio que julga imprescindível à preservação de uma vida a dois mais um.

E assim foi que os receios iniciais de Manuel se dissolveram, pitada de sal em lago de água doce, para dar lugar a nada mais senão amor. Sim, ele não mente para si mesmo: Manuel ama Celso. E principalmente ama aquele amar. Porque é um amor isento de frustrações vindouras, de qualquer ameaça de mágoa futura, imune às falácias dos mal-entendidos e das ambiguidades, livre para ser amor com nome de amor. Um amor inteiro, todo e só para Manuel, amor que se alimenta de ser amor, autofágico no melhor e mais paradoxal sentido, ensimesmado, concha toda retorcida para dentro, hermética, alheia e infensa ao transcorrer banal das coisas, amo ergo sum, sum ergo amo. A inacessibilidade mesma do objeto é toda a razão de ser daquela homeostasia, do circuito fechado no interior de um trígono em que eu, me e mim se distribuem em cada ângulo para assegurar a autocentrada dinâmica. Ideal para Manuel, disposto a nunca mais se deixar flagelar por um delírio de afeto que não vai além de sua obtusa falta de percepção do mundo das coisas, por sua maníaca avidez de aderir aos próprios mitos.

Nem por isso é um amor só feito de sombra e ecos. Tem sua contrapartida física, regida pela mesma autossuficiência. É um amor que, como todo encarcerado, tem direito à sua hora diária de sol no pátio da prisão. Mas é um sol negro, é um pátio escuro aonde Manuel leva o amor a passear. É de noite, na solidão cimentada entre quatro paredes, sob a ausência de toda luz, que Manuel recupera e organiza com zelo os vestígios do dia e os molda com mão tensa em estatueta oblonga e compacta, capaz de adquirir vida no mesmo processo em que se plasma, antes de se esvair, gesso líquido, e devolver sua forma inerte à cela ciumenta do solipsismo.

|Se algum dia eu precisar de uma tradução já sei pra quem vou pedir| sorriu Tobias |Mas pagando, claro, porque trabalho é trabalho, e se eu não faço óculos de graça também não vou querer que ninguém faça nenhum trabalho grátis pra mim|.|Certo| foi só o que Manuel disse.

Sua prática de escultor, de início rústica e rasa de imaginação, tem podido se refinar à medida que Manuel recebe de Celso renovadas declarações de amor que só ele, Manuel, sabe serem assim. Porque não basta amar, é preciso confessar e demonstrar que ama, e Celso, à própria revelia, confessa e demonstra. Por exemplo, aquela vez em que, reunidos os três no apartamento de Celso, tinham improvisado um almoço depois de longas discussões em torno de um capítulo de história da filosofia, uma superficial introdução ao kantismo, que cada um teimava em interpretar de modo radicalmente oposto aos dos outros dois. No momento de se servir da comida chinesa que Celso tinha encomendado por telefone, Manuel, sem-jeito mandou lembrança, fez despejar sobre si parte do molho de soja em que boiavam brotos de feijão dentro da caixa cúbica. Paralisado pelo desastre, só conseguia olhar para a camisa branca empapada de líquido preto. Helena riu com gosto, habituada aos destrambelhos do amigo. Celso porém se levantou |Vem comigo no quarto, Mano| chamou. Manuel foi. Celso abriu o guarda-roupa, puxou uma gaveta, vasculhou por um instante |Achei|. Manuel viu que o achado era uma camiseta azul-escuro, com algumas letras grandes, pretas e desbotadas, quase ilegíveis. |Veste isso. Vai ficar um pouco folote, mas pra mim já tá meio apertada, pelo menos tu não sai por aí todo breado| e estendeu a camiseta na direção de Manuel, que a acolheu. |Certo| disse acanhado |vou me limpar no banheiro e trocar a camisa|. E foi.

Por três dias Manuel deixou a camiseta dobrada com minucioso capricho dentro da fronha de seu travesseiro. Na primeira noite, se despiu por completo, vestiu a camiseta e se envolveu com os próprios braços, apertando-se, como que para intensificar o contato da pele com o interior do tecido de algodão que alguma vez já tinha coberto o peito e as costas do amado. Assim semivestido se deitou, dormiu e sonhou que não era infeliz. Na segunda noite, preferiu se deitar todo nu, mas de bruços sobre a camiseta, ampla e larga, que acolheu, em pleno sono, todo o seu desvelo em profusão de fogos de artifício abafados pela umidade inevitável dessas explosões. Na terceira noite, reencenou o pequeno drama, mas muito consciente e ágil, e só adormeceu depois de ter enxugado com a camiseta o suor e outros humores, testemunhos dos esforços do ator.

Lamentou precisar devolver a camiseta, depois de muito bem lavada, seca e passada, tarefa que confiou a um tintureiro, inepto como era no trato com a empiria, indisposto a devolver uma peça que já tinha se tornado um pergaminho em que deixava grafadas mensagens de si para si. E não soube medidas para avaliar a beatitude que o eletrizou quando Celso, com gesto distraído e fala desinteressada, disse |Pode ficar, não me cabe mais mesmo|. Manuel nunca mais dormiria, assim jurou, vestido com outra coisa senão com aquela metonímia têxtil que sub-rogava conjugações jamais por haver.

|Você disse que escreve, já publicou alguma coisa?| Tobias tinha se interessado enquanto consultava o catálogo de lentes para decidir qual o tipo que melhor conviria a Manuel. |Por ora, só um conto que saiu no Diário, nada demais||No Diário?||É, fizeram um concurso, eu ganhei, publicaram, coisa curta||Parabéns||Obrigado||E quando foi? Faz tempo?||Não, foi na semana passada||Podia ter sido essa semana, n'era não? Ia ser um belo presente de aniversário||Ia|.

E foi mesmo num aniversário que veio a segunda prova de amor, um presente de Helena. Não o de Manuel, o de Celso. Helena tinha comprado para ele uma camisa nova, de linho, porque, alegou, era preciso que Celso pelo menos de vez em quando não se vestisse como alguém que perdeu tudo na enchente e sobrevive da caridade alheia. Celso riu. Manuel também. Estavam no refeitório da faculdade, hora do almoço, sentados a uma mesa com quatro cadeiras, quando Helena, de improviso, abriu a mochila e de lá extraiu o pacote, que estendeu ao namorado. Celso, com a espontaneidade de um gato que se espreguiça às três da tarde, se desfez da surrada bata de algodão cru, puxando-a para cima até que ultrapassasse o pescoço e desvendasse o tronco bronzeado. Deixou cair a bata sobre a cadeira vazia em frente à sua, rasgou o papel de presente e se pôs a vestir a camisa nova, apesar dos protestos de Helena de que não se pode vestir roupa limpa em corpo suado. Manuel nunca tinha visto o peito nu, o franco e destemido peito nu de Celso, e tratou de se impregnar para sempre daquela imagem, memento a que poderia recorrer para consolidar melhor seu rito escultórico, até então regido pela nunca suficiente teorização do que se ignora e se deseja.

|Fica pronto daqui a uns quinze dias| informou Tobias, depois de concluir as anotações e lhe entregar uma cópia do pedido, junto com o recibo do sinal, metade do valor do óculos, que Manuel pagou ao preencher o cheque em branco assinado pelo pai. |Quinze dias é o prazo normal, mas se chegar antes eu te aviso, anotei o seu telefone|. Manuel se levanta. Tobias se levanta. Manuel hesita por um instante, mas estende a mão, que Tobias aperta e não solta senão depois de dizer |Foi um prazer, Manuel. Desculpa qualquer coisa|. Manuel duvidou do prazer, afinal pro-forma, mas tampouco encontrou coisa qualquer que desculpar.

A terceira, mais recente e mais preciosa, também contou com a intervenção inconscientemente solidária de Helena. Era um sábado de manhã. Manuel e a amiga, como sempre, se mortificavam no patamar mais alto da arquibancada do campo de futebol, protegidos do sol pela sombra de uma olímpica mangueira, enquanto Celso e colegas se empenhavam com incompreensível fervor numa partida. Helena consultava o relógio com obsessão infantil e resoluta impaciência. Quando o jogo terminou e os jogadores começaram a se dirigir ao vestiário, ela disse a Manuel |Tomara que ele se arrume depressa, a gente vai almoçar lá em casa hoje e tu sabe que meu pai não tolera atraso na hora da comida|. Mas ao cabo de dez minutos, ela ordenou a Manuel |Corre lá dentro e diz pra Celso se apressar, vai|. E Manuel foi, obediente, mas sem correr.

A perspectiva de adentrar um meio repleto de homens provavelmente nus lhe causava um sentimento ambíguo de avidez e repulsa. Evitava ambientes assim, porque não confiava em sua indefesa incapacidade de não se trair. Já próximo da porta de entrada ouviu as vozes que altercavam e se confundiam, poucos tenores, muitos barítonos e alguns baixos, toda a escala do masculino, acentos lançados como anzóis desesperados por disputar o maior e mais esquivo dos peixes. Entrou. Viu alguns rapazes com meio corpo envolto em toalha, já de banho tomado, outros no início ou no término de se vestir, ocupados demais consigo mesmos, homens sendo, para se importar com o recém-chegado, a quem um ou outro mal dirigiu um olhar insosso. No receio de um desequilíbrio, baixou instintivamente a vista para o chão. |Mano|. Levantou os olhos na direção da voz conhecida. E topou com Celso, ainda de calção, camiseta suada e chuteiras, sentado num dos carcomidos bancos de madeira dispostos ao longo da parede de azulejo branco, a discutir com um moço roliço, de pé, vestido depois do banho tomado, que Manuel reconheceu de alguma aula do semestre passado. Ao ver Manuel, que dele se aproximou devagar, Celso exclamou |Eita, o almoço! E eu ainda nem tomei banho! Vou nessa, Beto|. Beto apenas sorriu e saiu do vestiário. Celso então pronunciou a fórmula encantatória |Vem comigo, Mano|. Que Manuel repetiu, para se certificar |Com você?||É, se tu volta pra lá sem mim Helena te mata primeiro e me mata depois!| e se encaminhou para o interior do vestiário, com uma toalha jogada sobre os ombros. Manuel seguiu, prisioneiro acorrentado à resignada impotência de fugir.

Passaram ao corredor onde se alinhavam quatro ou cinco duchas, sem nenhuma separação entre elas. Dois retardatários envoltos em toalhas caminhavam para fora de lá. E de repente uma sutil redoma nos recobriu e isolou do resto do mundo. Depois de pendurar a toalha num gancho da parede, Celso, com o natural à-vontade de sua espécie, se livrou primeiro das chuteiras, das meias e começou a se despir e a lançar as peças de roupa para cima do banco de cimento que se projetava da comprida parede oposta à fileira de duchas. Manuel presenciou o espetáculo de pé, arrebatado pela ansiedade expectante, mas quando Celso, implacavelmente nu, se dirigiu a um dos chuveiros, girou a torneira e fez cair a água, um jato forte sob o qual se instalou, Manuel se sentou no cimento áspero, apoiou as costas na parede de azulejos brancos, em inflexível alinhamento ao palco à sua frente, e se entregou por inteiro, pele, ossos, vísceras, pelos, músculos, glândulas, carne e desatino à absorção minuciosa daquele acontecimento, que se poderia qualificar de epifania, mas que vou preferir chamar de recompensa justa por adoração irrepreensível.

Manuel não carece de demasiadas sílabas para elencar as vezes em que esteve na presença de um ou mais homens nus. Já dissemos que evitava com algum esmero as probabilidades. Talvez porque não quisesse substituir por outro, decerto menos poderoso, o arrebatamento que lhe fez disparar o coração, e ainda latente na memória dos cristalinos, por ter visto, graças à generosidade fortuita de um olho mágico, a totalidade desfolhada do corpo do pai, um passado mitológico inaugurado precisamente por aquela imprevista contemplação. Mas agora era tudo diferente, tudo novo, muito presente. Não tinha porta, vidraça ou parede entre ele e Celso, eram límpidos três metros que não o separavam, antes o aproximavam do cenário, nada que lhe impedisse captar, capturar e encapsular na inteligência as medidas, as linhas, os contornos, as hachuras, os interstícios, as reentrâncias, as concavidades, as saliências, as baixadas, os relevos, todo o mapa, o organograma, o esquema, o sistema, a planta, o desenho, o projeto enfim, concluído e acabado, nem de longe perfeito, que a perfeição, além de quimérica, limita com a anodinia, o sensabor e a altivez arrogante e vácua própria das deidades. E Celso não era um deus, porque deus nem há: Celso era, é um homem, o homem, ativo e móvel, entregue à simplicidade aprazível e boa de se lavar na absoluta insciência de ocupar o centro exato do mundo habitado só por quem o ama.

A interrupção do ruído de água caindo anunciou o fim da transfiguração de hora, chão e luz, que não durou talvez mais que cinco minutos, mas bastou e bastaria para que Manuel pudesse a partir de agora compor sem lacunas nem brechas o objeto sujeito às suas reclusas investidas noturnas.

|Me passa a toalha, Mano| Celso pediu, apontando para o gancho na parede. Manuel se levantou, apanhou a toalha, dobrou e arremessou na direção de Celso, que a colheu no ar. |Vou lá dizer a Helena que você já vem| e saiu, antes que Celso pudesse objetar. Não queria, porque não precisava, de nada mais para ser eternamente grato ao amor.

Manuel nem se apercebeu de que, com o livro de latim sobre as pernas, tinha adormecido e provavelmente dormido por um bom tempo, por isso tem um ligeiro sobressalto quando ouve alguém bater à porta fechada do quarto. |Filho| é a voz do pai. Manuel põe o livro de lado, se levanta e vai abrir a porta. |Oi, pai, já chegou?||Faz tempo, filho, são quase sete horas||Peguei no sono sem querer||Olha, o porteiro acabou de ligar, disse que tem um moço querendo falar com você lá embaixo||Um moço?||É||Ele disse o nome?||Disse, eu achei engraçado porque é o mesmo nome do teu oculista, o doutor Josias||Tobias?||Ah, é, Tobias. Sabe quem é?||Sei, é o funcionário da ótica, eu fui lá hoje, mandei fazer o óculos. Que estranho ele aparecer aqui. Vou descer pra ver o que ele quer|.

Nenhuma razão para aquela visita não programada se apresenta a Manuel. Terá esquecido algo na ótica? Faltou alguma informação, algum ajuste, algum dado? Zero ideia. Vai até o banheiro e lava do rosto os denunciadores sinais do despertar recente. Sai do apartamento, chama e espera o elevador, desce.

Quando a porta do elevador se abre e Manuel sai, Tobias se levanta do pequeno sofá no saguão de entrada do prédio. Manuel se aproxima dele. |Oi, Manuel, desculpa se tô te atrapalhando||Oi, Tobias. Atrapalhando nada||Pois é, então, eu podia ter telefonado, mas como o ônibus que eu pego pra ir pra casa passa por aqui, resolvi descer e te perguntar uma coisa||Perguntar?||Depois que você saiu eu me lembrei que a dona da ótica trouxe da França um folheto sobre um tipo novo de lente que ainda não chegou por aqui||Da França?||É, ela vai lá pelo menos uma vez por ano pra trazer armações novas pra ótica||Que folheto?||Ah, tá aqui|. Tobias abre a bolsa retangular com tiracolo que deixou no assento do sofá. Manuel recebe o fascículo de formato pequeno, impresso em papel reluzente, muitas imagens coloridas, fotografias de gente branca de óculos bonita e sorridente, folheia as dezesseis páginas enfeixadas por dois grampos prateados que se revelam na página dupla central. |Pensei que você podia traduzir| explica Tobias. |Posso| diz Manuel com sua indecisa prosódia, a meio caminho entre a aquiescência e a negativa. |Eu também tô com fome| anuncia Tobias sem preâmbulos. |Também?| repete Manuel, que só então se dá conta de que não come desde o almoço. |Eu vi que logo ali na esquina tem uma lanchonete, pensei que a gente podia ir até lá, comer alguma coisa e conversar sobre a tradução|. |Tá| aceita Manuel |Me dá só um minuto|. Ele caminha até a mesa do porteiro, diz alguma coisa ao homem de uniforme sentado atrás dela, que lhe passa o receptor do interfone. Volta.

Tobias sorri. |Mãinha deixou?|. Manuel não sabe como reagir ao comentário, que não lhe parece envolto em sarcasmo. |Foi com meu pai que eu falei| esclarece, e logo se vê na curiosidade de perguntar |Você não mora com seus pais?||Faz tempo que não. Sempre me dei mal com meu pai, um cafuçu que nunca respeitou minha mãe e olha pra mim como se eu fosse um leproso, eu tenho quatro irmãos, dois mais velhos, duas mais novas, todos morando lá, um aperto, casa de pobre, sabe como é, aliás, não sabe||Não sei| reconhece Manuel, que se lembra e repete o que ouviu hoje mais cedo |Dono do seu próprio nariz|. Tobias apenas sorri, aponta para a rua. |Vamos?|.

Sobre a pequena mesa da lanchonete estão agora dois sanduíches, um de pão com carne, queijo, ovo, tomate e mais alguma coisa, outro com duas fatias de queijo branco, respectivamente ladeados por uma lata de cerveja e um copo de suco de cajá. |Você não come carne, Manuel?||Como, mas não à noite||E cerveja não é contigo, já vi||Não gosto. De nenhuma bebida||Bom moço| graceja Tobias, tomando um gole da lata. Manuel, na verdade, não só tem certa aversão ao álcool como também durante muito tempo evitou a companhia de quem bebe. Mas Celso não dispensa a cerveja quase diária, culto ao qual converteu Helena, e Manuel não concebe vida na ausência deles, por isso submeteu a abespinhada rejeição a um adestramento não menos feroz sob o látego do amor. Por sorte, Helena se limita a dois, no máximo três copos, e Celso, embora capaz de absorção muito mais extensa, se torna apenas um pouco mais risonho e afetuoso do que o habitual. |Mas você anda com gente que bebe| acrescenta Tobias. |Como é que você sabe?

Adivinhou de novo?| sugere Manuel, indeciso quanto a crer. Tobias ri. |Não tem nada pra adivinhar. É comum na nossa idade, beber. Aposto que na faculdade os teus colegas todos bebem, muitos fumam e alguns devem até curtir outras coisas|. Manuel não se contrapõe à aposta, sabe que é um bicho raro, melancólico cetáceo encalhado à margem daquele oceano furioso de juventude ansiosa por irromper em maremoto. |É assim mesmo| ele se limita a confirmar. |E com quem é que você anda?||Com quem eu ando?| |Quem é que bebe?||Ah. Um casal de amigos||Namorados| Tobias acrescenta, tranquilo. |Namorados| repete Manuel enquanto o pensamento se exila para muito longe. |Como é que eles se chamam?| se interessa Tobias, puxando a corda para manter o barco atracado. |Celso e Helena||Celso você conhece há mais tempo que Helena?||Não, por quê?| Manuel não entende a pergunta. |Porque você disse o nome dele primeiro|. Manuel sente um ligeiro estremecimento, como se tivesse cometido um lapso. Trata logo de explicar |Eu e Helena, a gente se conhece desde o tempo da escola|. |Entendi. Tu é daquele tipo que prefere a amizade das meninas| conclui Tobias, trazendo para o jogo um \tu\ que Manuel não sabe se lhe agrada ou se lhe causa desconforto, a ele que sempre se refugia por trás da frágil proteção oferecida pela paliçada do \você\.

Tobias se põe a comer seu sanduíche. Manuel o imita. A interrupção da conversa ele aproveita para se perguntar o que faz aqui, sentado diante de alguém que já acreditava nunca mais voltar a encontrar, alguém que espicaça seu íntimo ao mesmo tempo em que lhe esperta a curiosidade. Tobias é magnético, pensa, de um magnetismo desabrido, à borda da desfaçatez. Um ímã no olhar. Magnetismo, ele se diz, e de repente se assusta com a sinonímia, é o mesmo que atração, e se apressa a se proteger dela com o tabique de madeira fria capaz de reprimir o estirão |E a sua namorada?|. Tobias engole o que trazia dentro da boca, limpa os lábios com um guardanapo de papel. |Não existe mais namorada| responde com simplicidade e engata |Esqueceu que eu disse que era ex?|. Manuel escorrega num vertiginoso arrependimento, se odeia por ter perguntado, teme que o outro lhe repita o sinistro \isso não quer dizer que você não ama alguém\ ou, pior, que tenha incitado em Tobias o aliciante desígnio de fazer vir à tona revestido de fala o amor que Manuel tem confinado à incomunicabilidade de um abismo.

Mas Tobias parece igualmente interessado em não seguir naquele rumo. |Você vai poder fazer a tradução?|. O alívio faz Manuel até sorrir, como quem recebe uma notícia jamais esperada tão boa, ainda mais introduzida por \você\. |Vou, posso| e logo adverte |Mas eu não entendo nada de lentes e coisa assim, capaz de ter coisa que eu não consiga traduzir||Tranquilo, de lente entendo eu, a gente pode fazer uma dobradinha||Dobradinha?||É, a gente pode fazer o trabalho junto, eu te ajudo no que for preciso|. Manuel recupera o folheto, que tinha guardado no bolso dianteiro da calça. Volta a dedilhar as páginas. |Tem mais imagem que texto| verifica. |É| confirma Tobias. |É mesmo pra dona da ótica?| Manuel pergunta. Tobias sorri, como sem jeito. |Eu vou mostrar pra ela, sim, mas é que eu faço um curso técnico e queria levar pro instrutor ver|. Manuel se interessa |Curso técnico?||É, de oculista||Mas oculista não é||Não, Manuel, tu faz faculdade, devia saber, o médico é oftalmologista, oculista é quem faz óculos, mede o grau, escolhe o tipo de lente, essas coisas, eu sou oculista| e enfatiza o \eu\. Manuel desgosta daquele tom quase antipático, chega a pensar em recusar o trabalho. Tobias percebe. |Desculpa, Manuel, eu acho que fui meio grosso. Mas é que as pessoas vivem me corrigindo porque digo o óculos, um óculos, mas não se importam em chamar oftalmologista de oculista|. Aquela voz amansa Manuel |Tudo bem|. É quando repara: Tobias está sem óculos, mas antes que possa comentar

|Eu só uso óculos no trabalho, pra ler, meu grau é bem fraquinho. Também uso pra fazer propaganda, claro. Cada dia tô com uma armação diferente. A maior parte do tempo eu não uso| e sorri. Manuel se confunde com alguma ideia que não sabe qual é. |Mas fica tranquilo, Manuel, a armação que a gente escolheu pra você é mesmo a que eu sempre quis usar| diz Tobias. Manuel repete para si \a gente escolheu\ e volta a se confundir. |Você vai ficar bonito|. Manuel pensa se deve acreditar nessa profecia.

Dias depois, sexta-feira, Manuel está mais uma vez diante da ótica. Final de tarde, como tinha sido combinado por telefone com Tobias. Entra. Vê que a outra mesa está agora ocupada por uma mulher que lhe parece bem mais velha que sua mãe e que Manuel imagina ser a proprietária-gerente mencionada por Tobias. Ela lhe dirige um sorriso convidativo, mas Tobias rápido se levanta de seu posto e faz um sinal para que ele aguarde. Manuel se detém quase no meio da loja. Tobias ajeita a bolsa a tiracolo no ombro direito, avança alguns passos na direção de Manuel, acena para a mulher |Até amanhã, dona Cecília||Até amanhã, Tobias| ela responde, dirigindo um olhar curioso para Manuel, que sorri, acanhado.

Já na calçada, caminhando lado a lado, Tobias explica |Dona Cecília é comadre do meu padrinho, o doutor Tobias que te atendeu|. Manuel, conhecedor rudimentar do funcionamento do mundo, demora a conectar aquelas informações e, como de hábito, se limita a repetir |Comadre do seu padrinho|. |Quando eu quis sair da casa dos meus pais, meu padrinho disse que eu precisava trabalhar. O marido de dona Cecília é o dono da ótica, ela é a gerente, ele também é médico, montou a loja pra ela. Eles são padrinhos do filho mais novo do doutor Tobias, entendeu?|. Para Manuel, herdeiro do que o pai chamava distância higiênica quanto a formalidades e cerimônias, sobretudo religiosas, os comadrios e os apadrinhamentos eram relações de um teor que lhe escapava quase por completo, não fossem as referências a essas entidades da parte de colegas da escola, quando criança, retalhos que ele nunca se importou em alinhavar. |Você não tem padrinho nem madrinha| perguntou ou afirmou Tobias. |Não| |Eu por sorte tenho. Já te contei do meu pai, né?||Contou||Apois, meu padrinho sempre me ajudou, eu devo muito a ele. Ao meu pai só devo desgosto|. Manuel se lembra de repente da figura do doutor Tobias, a pele muito clara do rosto, os dentes mal alinhados e opacos, os cabelos pimenta-e-sal, muito lisos, e a compara ao tom de cerejeira do afilhado, ao nariz de largas asas predispostas ao voo, ao formato quase cilíndrico dos dedos da mão, distinções patentes que, no entanto, parecem ressaltar a similitude dos lábios espessos, da voz granulada e do âmbar-esverdeado do olhar. Não se perde nessas ideias porque Tobias avisa |É aqui|.

Aqui é uma sorveteria ampla, com várias mesas pequenas e quadradas de metal pintado de branco, na maioria desocupadas. Tobias puxa uma cadeira também metálica e a oferece com o olhar e um sorriso a Manuel, que nela se senta, quase espantado com aquele gesto. |Obrigado|. Tobias se instala na cadeira em frente. |De onde eu venho os homens não são os melhores exemplos de boas maneiras e delicadeza| ele diz |Muito pelo contrário. Eu tive de aprender sozinho e na marra a controlar a grosseria, melhor mesmo é dizer a estupidez deles no trato com as mulheres e com as outras pessoas em geral, e que a gente acaba herdando sem querer. Outra coisa que eu devo ao meu padrinho. Ele disse que se eu ia trabalhar com o público tinha que virar um cavalheiro| e Tobias sorriu, para comentar em seguida |Cavalheiro é uma palavra engraçada, não sei por que a gente usa ela pra falar de um homem bem-educado quando também usa cavalo pra xingar um sujeito grosseiro. Você não se ofendeu por eu ter puxado a cadeira pra você se sentar, não é? Eu sei que isso é pra fazer com as mulheres, mas eu acabei criando o hábito||Cavalgadura| diz Manuel |Também pode dizer cavalgadura|. Tobias não entende a princípio, se vê obrigado a fazer o pensamento retroceder alguns passos, ainda não está apto a acompanhar os desvios e atalhos por onde Manuel despede suas linhas de raciocínio, na maior parte das vezes na desesperança de que algum dia se encontrem e se entrelacem num tecido coerente. |É mesmo| confirma Tobias por fim |Minha avó dizia cavalo batizado, era assim que ela falava do meu pai||Um cafuçu?| pergunta Manuel, ecoando algo ouvido no primeiro encontro com Tobias. Que ri com gosto |Isso mesmo, um cafuçu||Meu pai quando quer dizer que um homem é atencioso e bem-educado diz que é uma dama| comenta Manuel. |Eu já ouvi isso também| diz Tobias, que faz uma breve pausa e completa |Acho que foi por isso que eu puxei a cadeira pra você|. Manuel franze a testa. |Você é uma dama, Manuel|. Tobias calcula e espera a reação, mas tudo o que Manuel faz é abrir a mochila, de onde extrai algumas folhas datilografadas que estende a Tobias. |A tradução| explica. Tobias, de leve frustrado, algo que passa muito longe da percepção de Manuel, recolhe o que lhe é oferecido. Folheia, lê, avalia. |Não é muita coisa| diz, por fim. |Eu disse a você que tinha mais fotografia e desenho do que texto| explica Manuel. |É mesmo| confirma Tobias |Ainda bem, porque assim não vai sair muito caro||Não precisa pagar| Manuel se apressa em dizer |Não deu trabalho nenhum, e você ajudou também, foi uma tradução em dupla, dobradinha|. De fato, depois de ler o folheto inteiro, Manuel tinha anotado algumas dúvidas. Telefonou a Tobias, que lhe esclareceu os sentidos e forneceu os termos técnicos. |Mas eu disse que não aceitava de graça| rebate Tobias |Trabalho é trabalho||Não precisa mesmo, tradução pra mim é um jeito de aprender coisa nova, não precisa pagar||Então me deixa pelo menos te oferecer um sorvete| diz Tobias em tom imperioso. |Deixo|.

Tobias retorna do balcão trazendo duas grandes taças de vidro espesso, que põe sobre a mesa. |Também pedi um milk-shake pra mim, igual ao seu, de chocolate||Obrigado|. Os dois se ocupam de sorver a bebida através do grosso canudo de plástico. Permanecem calados por alguns minutos, até que Tobias exclama |Ah, sim, eu já ia esquecendo, parabéns pelo seu conto!||Conto?||É, o conto seu que saiu no Diário||Você leu?| é toda uma surpresa. |Li|. Tobias abre a bolsa, de onde apanha um recorte, meia página de jornal. |Dona Cecília é assinante do Diário, recebe em casa e leva pra loja. Ela lê e depois guarda no depósito, pra dar pros catadores de papel que passam por lá uma vez por mês|. Pausa. |Ela acha que assim ajuda a diminuir a pobreza dessa terra miserável ou quem sabe alivia a consciência pesada de morar numa casa com oito quartos e duas piscinas ao lado de uma favela|. Tobias fala num tom baixo, de olhos voltados para fora da sorveteria, mais para si do que para o outro. |Enfim| ele volta a se fixar em Manuel |Eu fucei na pilha do depósito e encontrei|. Depõe o recorte sobre a mesa, desdobra e alisa para aplainar as rugas e as pontas. Manuel contempla o retângulo cinzento com letras pretas, sorri. Volta o rosto para Tobias |Então leu mesmo?||Li mesmo||Gostou?||Gostei, achei muito engraçado||Engraçado?||Sim, engraçado, gaiato, não é uma história pra divertir quem lê?||Não é graça, é ironia| responde Manuel, mas não como quem corrige ou censura. |Ironia, claro, palavra chique, aposto que no teu curso de letras na faculdade ninguém diz que uma história é engraçada, tem que dizer que é ironia, ou então, como é mesmo, ah, lembrei: escárnio e maldizer|. Manuel estampa uma sincera admiração diante do azedume inesperado. |Eu sou pobre mas eu estudei, Manuel. Eu fiz escola particular, nenhuma dessas famosas de gente metida a besta, nada de padres e freiras, arrenego, mas tinha uns professores bons. Claro que meus pais não tinham como pagar, foi meu padrinho que conseguiu uma bolsa. Eu não gostava muito das aulas de literatura, achava uma chatice ter que ler aqueles livros sem-graça, escritos com naftalina, mas teve um ano que a professora era muito bacana, além de muito gostosa, a gente até trocou uns amassos escondidos na biblioteca, e foi por causa dela que eu guardei alguma coisa daquela matéria, alguns nomes de livros e autores, mas não me pergunte quem escreveu o quê porque já esqueci faz tempo| Tobias explica, no mesmo tom de quando quis marcar a diferença entre oculista e oftalmologista. Os ouvidos de Manuel, no entanto, não captaram esse tom: feito pau de enchente, tinham se enganchado na palavra \amassos\, e só puderam se desvencilhar daquela reentrância à margem do discurso quando a enxurrada da memória os desbloqueou, mas não a tempo de absorverem as últimas palavras de Tobias. Por isso, Manuel não se ofendeu nem se deu conta de que Tobias ainda flutua entre ser um cavalheiro ou um cafuçu. Refeito do breve lapso de distração, Manuel atenta para o grande relógio fixado numa das paredes da sorveteria.

|Tem algum compromisso? Tá atrasado?| pergunta Tobias, como quem se desculpa ou então receia a interrupção abrupta de algo que desejava prolongar. |Cinema||Vai sozinho?||Não||Ah, já sei, com o casal de amigos, Celso e Helena| presume ou adivinha. Manuel descrê |Você se lembra dos nomes?||Lembro. Não sei por quê, mas guardei os nomes| responde Tobias, antes de se dedicar a uma nova tragada do milk-shake. |Vão ver o quê? Que filme?||O que estiver passando na hora||Assim? Qualquer um?||Tá tendo um festival de cinema francês, no Ritz||Aqui pertinho||É||Cinema francês?| repete Tobias |Filme de arte? Coisa de intelectual?| e projeta um olhar esverdeado que, refletindo-se nas pupilas de Manuel, as obrigam a se mirar naqueles espelhos de luz líquida. Manuel se deixa apanhar pelo magnetismo, que logo reconhece e ao qual imediatamente trata de se opor, amparado desta vez

pelos relatados amassos |Tem de tudo, comédia, drama, musical, documentário, até desenho pra criança, nada de intelectual| mas a resistência é muito breve |Quer ir? É de graça|, e já se arrepende. Tobias tinha apostado no êxito da atração, provocado o convite? Finge porém um desconforto |Não sei. Será? Seus amigos não vão achar ruim?||Não. Eu quero você||Quer?||Eu quero que você, eu quero que eles te conheçam||Por quê?|. Manuel suspeita da resposta, mas também sabe que a desconhece, por isso não responde. Os dois se entreolham por um instante. Tobias rompe o silêncio |Tudo bem, eu vou| e Manuel não se impede de acompanhar o movimento dos lábios que emitem essas poucas sílabas, decepcionado consigo mesmo por ceder ao que deseja mas refuta.

Manuel tem insônia. Há horas voltou para casa, há horas tenta dormir, mas coisas ditas e ouvidas lhe voltejam no pensamento, enxame de impertinentes muriçocas a repelir o sono com a alta frequência de um zumbido aperreante. O que mais o exaspera é detectar as impressões, localizar as sensações sem entretanto lhes reconhecer os nomes, sem lhes identificar o compartimento certo no estoque, a entrada justa no catálogo das experiências. Manuel tem se exercitado na difícil labuta de distinguir os sentimentos, e com algum sucesso já reconhece o que há de seu com Helena e o que de meu se destina a Celso. Porque Celso é, sim, destino, é meta a não alcançar, objetivo desde sempre postergado, no sine-die do gozo final que não vale a pena atingir, porque é tanto mais deleitoso quanto para mais longe se protela: amor, enfim, como já dissemos. Com Helena não há expectativa, nada por vir, é todo um sólido pacto presente, compacto, tradução simultânea ou, antes, correias transmissoras em ininterrupta moção, vasos sanguíneos comunicantes, se nos for permitido um símile de gosto duvidoso. Só por isso pode Manuel amar Celso sem temor de risco, seguro na improbabilidade de qualquer contágio entre o lago manso que é

Helena, ilhado em acme de cordilheira, e o desabrido, extravasado oceano que não é Celso, senão o que nele amo. Mas hoje a triangulação perfeita foi perturbada por uma intromissão rombuda e obtusa, de geômetra inepto. Por que ele fez entrar uma nova incógnita na equação escrupulosamente formulada?

O encontro de dois mais dois na porta do cinema foi rápido, que a fila já se movia para entrar, poucas palavras trocadas à guisa de apresentação, além do beijo ritual de saudação entre Tobias e Helena e, Manuel observou, da breve mas incisiva inspeção que Helena fez do elemento novo enquanto este apertava a mão de Celso. Ao penetrarem na sala, pronto avistaram quatro assentos vazios numa das fileiras centrais. Manuel, como é seu hábito, se vive sempre na expectativa tensa de alguma fuga iminente, depressa se sentou na cadeira junto ao corredor. Ao seu lado, Helena, ao lado dela, Celso e, por fim, Tobias. As outras quatro cadeiras não tardaram a ser ocupadas por dois casais que pediram licença para se dirigir a elas enquanto percorriam o estreito vão entre as fileiras.

O filme, para desagrado de Manuel, era um experimento pretensioso e portanto arrogante de um diretor, Manuel não se lembra agora se francês ou suíço, decidido a impedir que o termo \narrativa\ se aplicasse minimamente à obra. Tobias terá do que se vangloriar pela premonição de que enfrentariam um aborrecimento intelectual. Durante toda a projeção, Manuel ficou inquieto, por nenhum motivo ou, talvez, por notar, cada vez que dirigia o olhar furtivamente na direção de Tobias, que este e Celso a cada tanto cochichavam entre si e abafavam o riso. Ou, mais ainda, pelo olhar de inequívoca irritação que Helena lhe lançou em determinado momento, sem dúvida igualmente exasperada pela facilidade lépida com que os homens de certa laia, teor e lastro se reconhecem e de pronto se tornam íntimos, quando não cúmplices.

Em frente ao cinema, do outro lado da rua, a pizzaria costumeira, onde o trio já tinha combinado de comer depois do filme. Tobias alegou cansaço, tentou exibir uma timidez pouco crível, deu a entender uma involuntária intrusão, mas foi vencido por Celso, que o puxou pelo braço e obrigou a seguir com eles. |Quando a gente sai junto, fica sempre uma cadeira vazia na mesa. Hoje não vai ficar| foi o argumento de Celso, que tinha intenção meramente descritiva, mas quem disse que as palavras significam menos do que desejamos extrair delas? Para Tobias pode ter sido o remate de um atento trabalho de persuasão. Para Helena, pouco menos que desrespeito. Para Manuel, o nó de uma dúvida, desequilibrados que se viram seus instrumentos de cálculo entre a trigonometria consagrada e a iminente floração de um perigoso quarto ângulo, que ele não sabia se vinha acrescentar-se e gerar figura nova ou expulsar um dos confirmados para substituí-lo.

À mesa, diante da pizza compartilhada, da qual Helena e Manuel se satisfizeram com uma fatia cada um, enquanto Tobias e Celso se encarregaram de fazer jus às outras seis, o primeiro tópico de discussão foi obviamente o que viram no cinema. Helena se adiantou ao que já tinha receado, uma aliança de Celso com Tobias para detratar o filme, e, apesar de também não ter gostado, usou de todos os seus recursos de cinéfila impenitente para repertoriar as qualidades da obra, exigindo a todo momento a adesão solidária de Manuel, que não a negava, pelo mero automatismo de se filiar sempre ao partido da amiga que, afinal, era só uma projeção externa de si mesmo. Tobias não foi menos competente em rebater cada argumento de Helena antes que ela o formulasse, antecipando as objeções não proferidas com observações em que prevalecia a ambiguidade inevitável a tudo quanto permeia entre o juízo equilibrado e o escárnio e o maldizer, perdão, a ironia. Manuel tinha a bizarra sensação de que Tobias, dirigindo-se a Helena, falava para ele. Mas a acusação de intelectual não veio à tona, por mais que a tivesse contado como certa. Celso, cevado na prática e preguiçoso de teoria, não tardou a se enfadar com um debate que lhe soava perfeitamente vão, desistiu da arenga e anunciou que ia ao banheiro. Tobias se levantou ao mesmo tempo que ele. Sem pressa, desapareceram os dois nos fundos da pizzaria, em indistinto diálogo.

Helena deixou escapar um suspiro de impaciência ou derrota. |Então é esse o famoso cara da ótica||Famoso?||Tu passou a semana toda falando dele||Passei?||Passou, Manuel||Nem percebi||Eu percebi| ela enfatiza para em seguida perguntar |Como é que ele faz isso?||Faz o quê?||Adivinhar o que a gente tá pensando antes da gente dizer|. Manuel não tinha se dado conta. |Ele diz que não é telepatia||Ele diz o que não é ou não diz o que é?| pergunta Helena rindo |E o que é, ele diz?|. Manuel se confunde, é claro, e se esquiva |E você gostou, achou o que dele?||Ainda não sei|| confessou Helena |Mas eu não imaginava que ele fosse tão bonito|. Manuel arregala os olhos |Bonito? Tobias?|. Helena ri |Não, Manuel, bonito é você, esse Tobias é lindo, chega a ser covardia|. Manuel discorda |Lindo pra mim é Celso|. Helena ri de novo |Celso não vale, tu é apaixonado por ele, e a paixão cega|. Manuel já se habituou a ouvir essas declarações de amor com sinal trocado, em que Helena atribui a ele a própria devoção a Celso, e gosta que a amiga proceda assim, porque qualquer demonstração verídica da paixão que tem Manuel por Celso, potencial mas jamais realizada, é bom que se advirta, encontrará refúgio sob a capa de galhofa com que Helena envolve o que há em Manuel de mais genuíno e sério. |Mas é uma beleza insolente| ela conclui, depois de uma busca rápida e intensa no encalço da melhor definição. |Insolente?| repete Manuel, o eterno avesso da rebeldia, que só sabe da insolência impressa em livros, incapaz de reconhecê-la se com ela topar. |Beleza insolente| ele repete. Helena ri |Um belo título pro teu próximo conto||Ele leu||Ele leu? Quem? O quê?||O meu conto, o que saiu no Diário, Tobias leu||Tu deu pra ele ler?||Não, ele foi atrás, eu disse que tinha saído, no jornal, no Diário, ele foi atrás, procurou e leu|. Helena recebe aquela notícia com uma expressão diferente das que Manuel reconhece desde há muito no rosto da amiga |Quer dizer que ele foi atrás| ela anota. Manuel deixa passar aquilo, porque o que anseia perguntar agora é |Insolente por quê?||Porque é uma beleza que a gente não deve confiar| responde Helena, igualmente séria. |Confiar na beleza ou na pessoa?| |Na beleza| ela diz, firme |Na pessoa ainda não sei|. Manuel se pergunta como será possível, se for, distinguir a beleza da pessoa da pessoa mesma. Mas seu olhar de repente se dirige para as duas cadeiras vazias, uma ao seu lado, a outra ao lado de Helena, e ele busca o que fazer com a ideia de Tobias e Celso juntos, sozinhos, evadidos de sua visão, ele que jamais tinha nem remotamente fantasiado com tão rápida coesão. Não houve tempo entretanto para decifração porque já chegavam Celso e Tobias de volta para ocupar os respectivos lugares.

O resto do encontro revelou um Tobias e um Celso em lubrificada sintonia, sobretudo quando se puseram a discutir sobre o tema que Celso nunca podia sequer ousar mencionar com a namorada e o amigo. A descoberta de que torciam pelo mesmo time só fez aplainar ainda mais a rota da intimidade inaugurada entre cochichos no escuro da sala de projeção e sem dúvida alicerçada por coisas ditas em voz alta no banheiro. Manuel e Helena se viram exilados da conversa, ignorantes que são daquela ciência e sua terminologia, incapazes de competir com o arroubo das opiniões, emitidas uma em agreste concorrência com a outra, como se não estivessem apenas dialogando, antes disputando uma partida no real. Em dado momento, Celso chamou Tobias de Tóbi, o que fez

Helena exclamar |Tóbi?!| como alguém que reage a uma ofensa grave ou a uma dor repentina. Manuel compreendeu: reduzir a menos sílabas o nome de uma pessoa era a forma mais explícita que Celso conhecia de patentear afeição. E eram poucos os assim agraciados. Tóbi era a contrassenha que lhes revelava a aprovação de Celso e a inclusão de Tobias, sem possibilidade de embargo, no meio de campo de suas vidas. Celso, homem e mais velho, nem por isso, ou vai ver só por isso, jamais exigiu sujeição a seus arbítrios e outorgas, mas Helena e Manuel, modelados no barro da passividade, obedeciam ao que não lhes era imposto por ninguém senão por eles mesmos e, será, pelo amor.

A exclamação de Helena abateu em pleno ar as aves distraídas no voo, enlevadas com o canto uma da outra, que tombaram inertes e mudas no chão da pizzaria. Tobias fixou o olhar em Helena, disse |Não precisa ter ciúme| e expandiu o rosto num sorriso sem sombras todo dirigido a Celso. Que interveio, bonachão |Não liga não, Tóbi. Lena detesta futebol e detesta quando eu fico falando muito tempo de futebol com alguém|. Manuel pensou em ser didático, explicar a Tobias o que de fato tinha provocado a interjeição da amiga, isentá-la do evidente ciúme, mas Helena foi mais rápida |Não tem nada a ver com ciúme. Tem a ver com boa educação| e virando-se para o lado disse a Celso |Nós somos quatro aqui, vocês dois estão falando sozinhos há meia hora. Se o papo sobre futebol é mesmo assim tão interessante, eu e Manuel, a gente pode ir embora pra não atrapalhar|. Celso passou o braço sobre os ombros de Helena e a puxou para si, enquanto lhe dava vários beijos na testa |Desculpa, desculpa, desculpa. Tu tá coberta de razão. A falta de educação foi toda minha, não precisa se intrigar com Tóbi. Eu amo futebol, mas te amo muito mais|. Helena se aconchega contra o peito de Celso, exibindo um sorriso de alegria pela vitória, que ela deseja ser sobre Tobias. |Tá desculpado|.

Manuel, estático em sua cadeira, ativa sub-repticiamente a imaginação para deduzir, e experienciar por abstração, o que deve estar sentindo a amiga sob o peso amoroso daquele braço que a constringe na proporção exata, e se distrai no invisível exercício. Tobias, ao lado dele, pergunta, em tom de calculada preocupação, pousando a mão sobre seu ombro |O que foi, Manuel? Tá tudo bem com você?|. Manuel se sobressalta, apavorado com a súbita recordação de uma renegada telepatia, e empalidece. Helena interpreta a expressão do amigo como um mal-estar e se inquieta |Tá sentindo alguma coisa?|. Celso também se interessa e estende a mão para alcançar o rosto de Manuel, que se esquiva do toque, encolhe o corpo para repelir a mão de Tobias e diz |Nada, gente, tô bem, é nada, só acho que tá ficando tarde, olha, já começaram a recolher as toalhas, dobrar as cadeiras| o que era verdade e serviu para extraviar a atenção de Celso e Helena, que se viraram para conferir. Tobias apenas o observou em silêncio.

Na parada de ônibus, enquanto esperam, Helena ainda não está satisfeita e por isso diz, fitando Celso, mas mirando em Tobias |Se eu detestasse futebol tanto assim não ia lá te ver jogar todo santo sábado|. Celso se limita a lhe dar um beijo na testa. Tobias porém se interessa |Tu joga onde?||No campo da faculdade| responde Celso, que se vira para Helena e diz, sorrindo |Lena me dá sorte, quando ela não vai eu jogo mal, piso na bola, tropeço nas pernas, erro tudo|. Helena, que não previu essa direção da conversa, confirma |Vou sim, mas sempre arrasto Manuel comigo, porque senão morro de tédio sozinha|. Celso então sugere |Quando tu puder, se quiser, pode aparecer lá, às vezes falta alguém, tu entra no lugar|. Tobias agradece |Sábado? Não dá. Sábado eu trabalho, é o dia que tem mais movimento na loja||Tobias é dono do próprio nariz| emenda Manuel, com um leve tom de satisfação que surpreende os amigos e que se mantém quando completa |Não é intelectual|. Helena sorri discretamente para Manuel, como a lhe agradecer a solidariedade, para ele involuntária. |Claro| diz Celso um pouco embaraçado, como se se desculpasse |Quem trabalha no comércio tem que ralar muito, tu só tem folga no domingo, né?||Cada quinze dias eu tenho uma segunda-feira livre| explica Tobias. |É uma pena| lamenta Celso |Senão tu já podia aparecer lá amanhã mesmo, nem que fosse só pra assistir|. Helena interiormente não lamenta, mas Manuel não se decide quanto àquela impossibilidade. Tobias então se lembra |No sábado de amanhã a oito é feriado, a loja não abre, de repente eu apareço, se tiver jogo||Tem sim| comemora Celso |A gente não perde um nem por ordem do papa! Aparece! Já fica decidido|. Helena intervém |No outro sábado eu não tô aqui, lembra que eu vou viajar pra o casamento da minha prima no interior?||É mesmo| confirma Celso, ao que Manuel comenta, bobamente |Não vai dar sorte no jogo| e sorri para Helena antes de concluir |A sorte é minha, que não vou precisar ir|, mas Tobias aproveita a deixa |Pois vai sim, se eu for jogar vou precisar de alguém pra me dar sorte| e, bem-humorado |A menos que tu seja pé-frio, aí é melhor mesmo que não vá|. Celso passa um braço sobre os ombros de Manuel e diz |Pé-frio? Nunca! Lena me dá sorte, mas Mano é o mascote do time!| e ri com gosto. Manuel se perturba, não só pela efusão de carinho, que lhe causa sempre uma mistura de sensações contrapostas, mas também pela mentira que a acompanha, se os outros jogadores do time de Celso nunca manifestaram notícia mínima de sua existência, e por se ver reduzido diante de Tobias à condição patética de algo como um bicho de estimação. Helena também desaprovou, mas se cala. |Mano vai sim, vocês combinam, vão juntos, ele te leva pra tu ficar sabendo onde é| decreta Celso, na alegria mandona que é seu estado quase permanente, soltando os ombros de Manuel. Helena não sabe o que dizer, Manuel não tem como se opor aos imperativos do amado. É quando chega o ônibus de Celso e Helena. Ao se despedir de Manuel, ela aproveita o momento do beijo no rosto para lhe dizer no ouvido |Beleza insolente. Pessoa também. Te cuida|.

Manuel se vê a sós com Tobias, mas logo chegam três outras pessoas que conversam entre si e se alinham ao longo do meio-fio, à espera. Manuel lamenta ter de tomar o mesmo ônibus que Tobias, preferia não, mas lhe falta engenho para inventar uma desculpa minimamente plausível, escusa que lhe serve para se justificar a si mesmo. Quer se manter calado e receia a loquacidade do outro, que já confessou e não desmentiu a própria inconveniência impertinente. Tobias, no entanto, parece concentrado em olhar em silêncio para Manuel, que baixa a cabeça e examina as fissuras no cimento da calçada. E assim ficam por vários e longos minutos até que |Chegou| avisa Tobias.

Depois de terem subido no ônibus, e sentados já lado a lado, Tobias diz |Obrigado, Manuel||Por quê?||Fazia tempo que eu não saía com outras pessoas, vivo direto da casa pro trabalho, do trabalho pra casa, quando chega o domingo tenho preguiça de fazer qualquer coisa, só quero descansar, no máximo jogo uma pelada com uns caras da rua no fim da tarde, ou então vou visitar minha mãe, mas só quando sei que meu pai não tá em casa. Gostei dos teus amigos. Obrigado|. Manuel nada diz. Tobias retoma, com delicada sinceridade |E obrigado de novo pela tradução. Quero retribuir a gentileza um dia, visse? Aliás, vou ver com dona Cecília se posso fazer um desconto pra você na hora de pagar o que falta do óculos, o que é que tu acha?|. Os grãos da voz de Tobias produzem um suave marulho nos ouvidos de Manuel, como o atrito vítreo e colorido de minúsculas bolas de gude em fricção dentro da mão fechada de uma criança zelosa de suas posses. |De nada. Eles também gostaram de você|, mas sabe que está mentindo, ao menos pela metade. |Gostei do que você escreveu||O que eu escrevi?||O teu conto, no Diário||Ah, sim, você já disse||Mas é que gostei mesmo. Outra hora tu me explica umas coisas que eu não entendi||O quê?||O tal livro, por exemplo, que tem dentro o nome do personagem||Adamastor||Esse||Ah, é simples, é||Agora não| interrompe Tobias com voz branda, nada insolente |Outra hora|. Faz uma pausa. Apoia a mão no joelho de Manuel. |Quero aprender com você|. Manuel estremece de leve, mas se enternece também. Tobias se apercebe, sorri e se põe de pé, ligeiro. |É a tua parada| ele avisa. Manuel se levanta. Tobias não se senta de volta. Manuel caminha na direção da saída, Tobias o segue. Quando Manuel pisa no degrau para baixar do ônibus, Tobias o retém pelo ombro, se inclina e lhe diz no ouvido, com voz afetuosa, mas firme em sua nitidez |Desiste, Manuel| e já se endireitando de novo |Não é pro teu bico| e rápido volta para o lugar onde estiveram sentados.

Manuel agora tem um ódio violento dessa língua que se submete à covardia da elipse e o obriga a demitir o sono para sair à caça de algo a que um verbo não se sujeita. Em criança, lhe ensinaram, quando não se lembrasse de onde tinha deixado alguma coisa, que voltasse sobre seus passos, retraçasse o caminho, reconstituísse o percurso. Mas ele não é Ariadne, a perspicaz, não tem a inteligência previdente, a que antecipa a utilidade de um fio e já o entrega ao herói para garantir que ele emergirá a salvo da imersão no dédalo trevoso. Se muito, não passa de uma sombra do pequeno Hänsel, mas talvez nem isso, pois sequer lhe ocorreu demarcar a trilha com migalhas de pão que, mesmo com a derrota antecipada pela notória perversidade dos passarinhos, teriam garantido ao menos por um tempo uma ingênua esperança de retorno. Não, nem essa crença infantil numa ilusão de resgate lhe ocorreu. As migalhas não eram para o bico das aves, assim como também \não é pro teu bico\, mas o quê, o que não é? Pensar que toda a perplexidade infusa da existência, a massa incomensurável das deslembranças sedimentadas no cerne do tempo, todo o porventura e o entretanto das coisas visíveis e invisíveis pode se reduzir àquela sílaba \é\, capaz de fazer materializar-se o próprio devir do que não há. \Não é\ também é, já por não ser. Então o que \é pro teu bico\, se também há o que pra ele não é?

Manuel sabe que esse desconforto, esse híbrido de desconsolo e tribulação, é de sua íntegra e imperdoável responsabilidade. Por que se deixou atrair pela fala imantada de Tobias? Uma fala que o cativa e que o repele, que o encoraja para em seguida desenganá-lo. Por pouco não se dispõe a consultar o dicionário: atrair e trair que parentesco têm? \Parabéns pelo seu conto\ mas \ironia, claro, palavra chique\, ou o encadeamento maldoso de \vou precisar de alguém pra me dar sorte\ e \a menos que tu seja pé-frio\, o \quero aprender com você\, aberto a incontáveis objetos de aprendizagem, Manuel já esboçando um animado plano de aula, quando \desiste, não é pro teu bico\. A gentileza do cafuçu e a grosseria do cavalheiro. É quando se lembra de Dasdô, o dáimon de sua infância, que dizia de algumas pessoas serem feito morcego, que morde primeiro e depois assopra. Gente que dá e toma de volta, que oferece o braço para te pôr de pé enquanto prepara a rasteira. A mão que afaga é a mesma que apedreja, decretou o angusto poeta, dos anjos por antífrase.

Manuel busca esteio em Helena, na segurança de Helena, em sua avaliação categórica de uma beleza insolente, que a gente não deve confiar, nem na pessoa, te cuida. Mas foi ela também quem desvendou o que Manuel teimava em não querer admitir e que agora grita diante de seus olhos sob a dor aguda de quem pisa descalço em ponta de vidro: a beleza mesma de Tobias. Para Manuel a beleza se inicia e se conclui em Celso. Durante a curta eternidade da infância, toda a beleza possível num homem se concentrava em seu pai, mas era um amor transitivo, amar o pai, e agora, recém-entrado em vida nova, Manuel descobria o que era amar o amor, inobjetificável. Seu pai ainda é belo, porém mais belo é seu ícone metamorfoseado na lembrança do que foi, como são belos os lugares vistos e vividos em criança e aos quais não retornamos por receio da decepção, o rio ameaçador podendo se revelar um córrego sem brilho, a vaca antes capaz de eclipsar o sol com sua imponência apaziguadora, é por cima de seu dorso que avistaríamos hoje o horizonte, o teimoso calendário que escorria grosso entre um janeiro e outro agora não passa de um intervalo aflito entre dois sustos.

Mas Helena sobrepôs a beleza de Tobias à de Celso, quase a rebaixá-lo à indignidade da feiura, o que para Manuel é uma dolorida novidade, pois sua existência mesma depende de seu milimétrico emparelhamento com tudo o que Helena é, seria e fosse. E Helena decretou a superior beleza de Tobias, insolente, chega a ser covardia. É preciso sincronizar-se à decisão da amiga, Manuel contudo reluta. Porque sobre a superfície lisa do amor salta a todo momento o reluzente peixe do ciúme. Manuel se dispõe a investigar, auscultar, perquirir. Agarra o peixe no ar, joga-o sobre a mesa de pedra fria, vai descamá-lo, rasgar com a faca o sulco longitudinal que deixa à mostra as entranhas, arrancar-lhe as espinhas, esvaziar-lhe a bexiga natatória. Analisa, examina, esquadrinha. E vê.

Tobias e Celso aos cochichos no cinema, unidos em seguida contra Helena e, portanto, contra Manuel, no combate à defesa de um filme indefensável, indo ao banheiro juntos, voltando de lá muito pareceiros, mergulhando juntos na alegria compartilhada da devoção ao futebol, até a explosão de \Tóbi?!\. É disso que Manuel tem ciúme. De ver seu lugar disputado pelo recém-chegado, que se empenha em merecer de Celso o que Manuel não pode ter, a chave para se instalar no mundo dos homens feitos e satisfeitos de si, o mundo de quem tem ou pode ter namorada. Manuel conclui a autópsia, revela o diagnóstico: tem ciúme de Tobias com Celso. E sabe que também é assim com Helena: a amiga não vai admitir que entre Manuel e seu amado, seu-dele, seu-dela, se interponha a beleza insolente de Tobias. Mais do que insolente, reavalia Manuel, solerte. Ah, isso mesmo, por fim, a palavra que Helena buscou, impaciente, e por isso mesmo não conseguiu encontrar. Solerte, sim, mas é sempre beleza. E é por ser assim, solerte mas beleza, que Manuel hesita entre a invídia e o bem-querer, entre o desdém e o apetite, desprezando-se pela simples hipótese de infidelidade, solerte sou eu.

Subitamente lhe ocorre a resposta à inquietação sintática que lhe implantou esta insônia: é para desistir, sim, mas de Tobias, Tobias é que não é pro teu bico. Sim, claro, óbvio. Manuel, sempre tão inconsciente do que exibe ao mundo, apesar da crença em suas capacidades de hermetismo, se deixou revelar por Tobias, o vidente, que tratou de desenganá-lo: \Desiste de mim, Manuel. Eu não sou pro teu bico\.

Um alívio se apodera de Manuel. Pode continuar a amar o amor por Celso na tranquilidade segura dos não correspondidos. E ri sozinho ao se lembrar de uma palavra, \amassos\, ri de si mesmo, por se saber ridículo. \Amassos\ é o concreto armado que vem se sobrepor ao cimento fino de \ex-namorada\ para impedir vazamentos. Tobias há de ser tão impermeável quanto Celso, Manuel já tem quanto precisa, não vai soltar o pássaro apetecível que não tem na mão para abocanhar o reflexo desenganado de um osso.

Ridículo.

Manuel se acomoda na cama. Ainda sorria ao repetir \desiste, não é pro teu bico\, enquanto a insônia escapava pela janela aberta da noite abafada e morna.

Manuel agora caminha a contragosto rumo ao campo de futebol. Cochilou dentro do ônibus, deixou passar o ponto, teve de descer no seguinte, encompridando desnecessariamente o trajeto sob o férreo sol desta manhã de sábado e de todas as manhãs de uma terra ilhada entre mar e mangue, onde estações, equinócios e solstícios são palavras de uma língua opaca, incapazes de ecoar contra os arrecifes que contêm a avidez das ondas, incitadas pelo vento atlântico. Chegou já avançado o primeiro tempo, localizou Helena no lugar de sempre, galgou com esforço os degraus de cimento das arquibancadas em que se alojava uma rarefeita torcida. |Perdeu a hora, foi?| Helena dispara, com evidente mau-humor, apontando para o relógio no pulso. |Perdi. Perdi a parada do ônibus. Perdi o sono também. Dormi mal| ele responde ao se sentar ao lado dela. |Por quê?||À toa||Sei|. Manuel, inepto em gracejos, tenta sorrir e diz |Acho que foi aquele filme chato|. Helena não perde a deixa |Chato é o teu amigo||Ele não é meu amigo| se apressa em dizer, já arrependido de ter feito emergir os eventos da noite de ontem. |Então é o quê?| insiste Helena. |Nada. Não é nada| responde Manuel, sintonizando seu mau-humor com o da amiga |Eu só fui na ótica porque tinha que levar a tradução que fiz pra ele||Ah, sim, a importantíssima tradução. E tinha que ser ontem?||Eu só quis aproveitar que a ótica ficava no caminho do cinema| ele se justifica. |E precisava arrastar a criatura junto?| se queixa ela. Manuel pensa como vai responder. |Eu só disse que ia me encontrar com vocês, disse que a gente ia ao cinema, ele se interessou||Ele se interessou?| repete Helena e, taxativa |Ele tem mesmo jeito de interesseiro. Ou o interesse é teu? Ingenuidade tem limite|. Os olhos de Manuel estremecem, ele morde o lábio inferior. Helena se arrepende |Desculpa, Manuel| abranda a voz |É que esse tal Tobias não me desceu muito bem||Ciúme teu| Manuel replica, como se sentindo obrigado a defender o ausente. |Era só o que me faltava| rebate Helena |Ciúme de quê? De quem?||De Tobias com Celso. De Tobias comigo||Por que eu ia ter ciúme de Tobias com Celso?||Porque eles se deram bem, se entenderam bem, Celso chamou ele de Tóbi||Chamou sim e daí? E por que diabos eu ia ter ciúme de Tobias com você, se ele nem é teu amigo?||Porque você é ciumenta, tem ciúme de tudo, de todo mundo|. Manuel se admira de seu próprio tom de voz, ele que não tem lembrança de jamais ter se desentendido com Helena. Ou é consigo que se desavém? |Desculpa| é a vez dele pedir. Helena se cala, olha para Manuel, suspira. |Viu só o que eu te disse?||O quê?||Que ele não merece confiança||Tobias?||Nenhuma confiança. Conseguiu criar malquerença tua por mim|. Não é por você, é por mim, Manuel fica tentado a esclarecer, mas resiste. |Beleza insolente| é o que diz. |Esquece a beleza, Manuel, presta atenção só no insolente, visse?|. Insolente, insolente beleza, beleza, Manuel recita em silêncio. |Eu não acho ele bonito| mente em voz alta. |Me engana que eu gosto| reage Helena, para irritação de Manuel, não pela verdade enunciada por ela, mas pela falsidade do que ele disse e que fez vir de novo à tona essa expressão que lhe causa sempre desconforto. |Manuel, eu não quero me meter na tua vida. Aliás, quero. Enfim, toma cuidado pra não se machucar. Tomara que o que a criatura pagou pela tradução pelo menos compense o sono que ela te fez perder. E, quer saber, eu tenho ciúme sim!| ela confessa, já sorrindo. Manuel também sorri, e se felicita por não ter revelado a gratuidade da tradução, mas acha necessário explicar |Ele não me fez perder o sono|, ao que Helena balança a cabeça |Eu falei da tradução, Manuel, a tradução que deve ter tirado o teu sono, não de ontem pra hoje, mas enquanto você fazia, que eu te conheço, obsessivo-compulsivo, deve ter sentado pra traduzir e só se levantou depois de terminar tudo, incluindo as dezenove revisões| ela riu. Manuel opta pelo silêncio, na esperança de que assim Helena não vá externar o que ele sabe que ela está pensando: negar o que ela não disse foi um lapso, desses que Helena é mestra absoluta em detectar e submeter a uma análise que Manuel sempre tem dificuldade em acompanhar. Ou, pior, um verde que ela lhe jogou e que ele devolveu, anáfora madura. De todo modo, prefere rir |Foram vinte e uma revisões|. Helena sabe de fato interpretar os não-ditos do amigo, teria muito a levar adiante, mas faz tempo que conhece os limites de Manuel e sempre cuidou de respeitá-los. Mesmo assim, repete |Te cuida|.

Os dois dirigem o olhar para o jogo, que se desenrola poucos metros abaixo, mas que para eles é uma paisagem distante e indistinta como a que se contempla de uma janela de avião. |Eu odeio futebol| diz Helena, sem desviar a vista. |Eu também||Odeio perder a minha manhã de sábado aqui||Eu também||Podia ficar dormindo até mais tarde, aproveitar melhor a noite da sexta, mas não, a gente sempre tem que voltar pra casa cedo, pra ele descansar pro bendito jogo, pra ficar se atracando com um bando de marmanjo||Cafuçu| diz Manuel. Helena olha para ele e ri |Cafuçu, isso mesmo| surpresa por ouvir aquela palavra nos lábios do amigo dado a preciosismos léxicos. |Celso não é cafuçu| se defende Manuel |Os outros é que são. Celso é um cavalheiro|. Helena explode em gargalhadas |Só tu mesmo pra achar que o contrário de cafuçu é cavalheiro. Manuel, o único cavalheiro que eu conheço é você. Aliás, você e teu pai. Todos os outros homens dessa terra têm alma de cafuçu ou têm um cafuçu na alma!||Inclusive Celso?| ele se espanta. |Inclusive Celso. A diferença é que ele sabe disso e fica atento pra não dar bandeira. Mas nem sempre consegue, porque às vezes o cafuçu fala mais alto|. Manuel imediatamente revê a cena em que Tobias puxou uma cadeira para ele se sentar. E pensa que Celso e Tobias se entendem bem porque ambos lutam contra o dilema que os assombra, lutam como cavaleiros para defender os cavalheiros que querem ser. E se acha outra vez ridículo por fazer um jogo de palavras tão ruim. |Não viu Celso e Tobias cochichando e rindo no cinema? Coisa de cafuçu| retoma Helena. Manuel sugere |Futebol é coisa de cafuçu||Pois não é?|. Os dois voltam a contemplar a partida. |A gente devia se rebelar| propõe Helena. |Se rebelar?| Manuel não entende. |É, a gente devia se rebelar. Não vir mais pra cá. Celso que venha sozinho se quiser ou traga o xerimbabo novo||Eu só venho porque você vem||E eu nem sei por que é que eu venho| confessa Helena. Manuel sabe |Amor|. Helena ri |Viu o que eu disse? Só um cavalheiro pra dizer isso| e dá um beijo no rosto dele. Manuel tem consciência de que não foi por cavalheirismo que pronunciou \amor\ com a convicção dos bem-aventurados que não precisaram tocar na ferida para crer. |Vamos nos rebelar?| insiste Helena. Manuel se lembra de que foi graças ao futebol que pôde conhecer a integridade maviosa e hídrica do corpo do amado, corpo que a fé consubstanciou em hipóstase, razão suficiente e necessária para a vida valer a pena e a dor de ser vivida. Mas |Vamos| ele responde, por também amar a amiga tanto quanto desgosta de si. E completa, sorrindo |Quero ver você ter coragem de dizer a Celso que não vem mais|. Ela aceita o desafio |Quem viver verá. Espia só|.

Manuel a custo resiste ao peso das pálpebras. Boceja longamente. |Tá vendo por que é que a gente tem que se rebelar?| diz Helena. Ela bate as mãos sobre as coxas. |Deita a cabeça aqui, vai. Tira um cochilo|. Manuel não hesita. Estende o corpo sobre o cimento morno, reúne as mãos sob o rosto direito, se acomoda no colo do vestido de Helena, fecha os olhos. Dorme tão pesadamente que Helena precisa balançar o ombro dele para que desperte. |Pronto, Manuel, acabou o jogo|. Ele se endireita, se senta, estica os braços, boceja. |Vamos| comanda Helena. Descem juntos até a beira do gramado. |Quer ir lá dentro chamar o cafuçu?| ela sugere, rindo, apontando para o vestiário. |Não| Manuel responde, peremptório. Mas pouco tarda até que Celso venha na direção deles, camiseta laranja, bermuda preta, cabelos úmidos, refletindo no bronze do rosto a luz vertical do meio-dia. Manuel não se engana, é impossível se rebelar contra essa beleza aliciadora, solar, nada solerte, generosa. E vê Helena se pendurar no pescoço de Celso e receber dele o abraço dos leais. Manuel sabe que a efêmera rebeldia ficou abandonada no mais alto degrau, onde não resistirá ao calor opressivo da tarde e se deixará evaporar rumo ao céu do esquecimento.

Foram almoçar no apartamento de Celso, porque tinham combinado de estudar juntos mais tarde, depois da sesta obrigatória do atleta, que se estendia por duas horas, durante as quais Helena e Manuel normalmente se entretinham na sala um com o outro. Mas hoje Manuel quer dormir também, compensar a noite passada em fatigante lucubração, de modo que Helena se recolhe ao quarto de Celso. Para vencer a inalterável claridade do dia, Manuel se envolveu na rede apensa entre duas paredes da sala, pouco aquém da janela que recorta um quadrângulo do céu desprovido de nuvens e traz lá debaixo o escasso pantim da rua, porque hoje é sábado. Na rede feita casulo, Manuel fecha os olhos cansados, mas nem por isso deixa de ver a baralhada imagem, a desordem dos contornos de dois vultos que se alternam um diante do outro, intermitente trompe-l'œil, ilusão de relevo em holograma, claro-escuro, escuro-claro, luz sombria, sombra lúcida, um que emerge de trás do outro, o outro que revém à tona permeando o primeiro, em ritmo que não permite eleger o mais belo, giroscópio de noites to be as not to be e dias excelsos, até que alguém exclama \gol\ ou \sobe\ e contra um enorme triângulo se projetam as cenas mudas do filme suíço feito à mão na Itália por onde passa um ônibus que no lugar dos faróis tem um grande óculos com lentes que se refletem na página de jornal rasgada por três oitavas camonianas sem métrica nem rima.

Manuel abre os olhos, afasta do rosto a trama da rede, vê que o mundo já escureceu, porque nestas paragens a tarde não cai, desaba. Ouve a porta do quarto se abrir. Desce da rede. Celso e Helena aparecem, sorridentes. |A gente tá com preguiça de estudar, Mano| ele anuncia. |E eu, com uma vontade louca de comer tapioca| diz Helena.

No bar justo ao lado do prédio, os três aguardam o que pediram. Celso toma cerveja, Helena acompanha, Manuel não tem sede. Celso pousa o copo na mesa, olha para a cadeira vaga ao lado da de Manuel, sorri. |Teu amigo é muito gente boa, Mano||Meu amigo?||Tóbi, Tobias|, ao que Helena intervém |Teu amigo, você quer dizer| e crava os olhos no namorado. Celso é todo inocência. Interroga Manuel com o olhar, mas Helena retoma |Já tá sentindo falta do pareceiro?|. Celso, coisa rara, se aborrece. |Eu não entendo essa tua implicância com ele, esse teu ciúme infantil de garotinha mimada. Mano pode muito bem ter um amigo só dele, coitado, pra não precisar viver o tempo todo encangado na gente|. Manuel é mais uma vez arrebatado pela vertigem de alguém que foi empurrado traiçoeiramente do alto de uma ribanceira e despenca vinte e um metros abaixo, o corpo estatelando-se num chão de pedregulho, sobrevivente com todos os ossos quebrados. Aperta os lábios, mas não impede o marejar dos olhos. Helena aponta o dedo em riste para Manuel |Tá vendo pra que é que serve o teu amigo?|. É a Celso que ela dirige essas palavras, como não nega o olhar de censura que as acompanha. Manuel, porém, ainda aturdido da queda lacerante, interpreta \o teu amigo\ como uma acusação ilícita contra ele e mais ninguém. Se levanta bruscamente da cadeira, marcha na direção do banheiro do bar, entra no cubículo malcheiroso e abafado, tranca a porta, baixa a tampa do vaso sanitário, se senta, apaga a luz e chora a perda irrevogável, a implosão definitiva do templo que ele julgava alicerçado na solidez da fé e agora se revela condenado pela deterioração invisível das vigas e pilastras, corroídas por dentro. Repelido por quem ama, pelo amado e pela amiga, e tudo por culpa da insolência alheia, de uma clarividência fementida, que ele jamais quis pro seu bico, da qual nem precisou desistir, ciente de amassos e namorada, se nem é meu amigo. Chora sobre as ruínas, os escombros, as cinzas da cidade soterrada.

|Mano, abre a porta| pede a voz de Celso do outro lado da folha de madeira que estremece às batidas do punho insistente. Manuel acende a luz, lava o rosto na pia desconjuntada, se enxuga com a barra da camiseta de algodão. A falta de um espelho não lhe permite avaliar a cor e o feitio da cara que exibe a Celso quando destranca a porta. |Tá tudo bem?||Tá||Tá nada, vem cá| e Celso se dispõe a abraçar Manuel, que recua um passo banheiro adentro, estende um braço |Tá tudo bem|. Celso recolhe o gesto, intimidado pelo olhar resoluto que Manuel lhe dirige. Mesmo assim, põe as mãos sobre os ombros dele, sorri e diz |Mano, tu não sabe que a gente te ama?|. Manuel não esperava essa declaração explícita, concreta e tangível, tão diversa das que tem recolhidas em seu livro de horas, mas que ele imediatamente reconhece como obra de Helena, pois que vem assinada por \a gente\, e não pela singularidade que Manuel agora já não sabe se teria preferido ou não. |Sei| responde, opresso sob as mãos de quem lhe deseja nada menos que um bem transparente e largo.

O resto do sábado e o inteiro domingo foram ocupados pelo trabalho criterioso e disciplinado de Helena e Celso no resgate e convalescença de Manuel, recolhido com todo cuidado é pouco do cascalho pungente que recobria a depressão do precipício em que tombou, e levado à maciez afável de um zelo dadivoso e vívido, o algodão do afago. Não se fez o pacto, mas o quarto nome emudeceu por completo no perímetro designado pelo triângulo restaurado e fortalecido. Houve divagação à beira-mar com direito a pés molhados no raso da maré e perseguição galhofeira às marias-farinhas em atônita debandada, viagens em torno das abstrusas esculturas na fábrica-templo de um ceramista de sobrenome francês e alma egipcíaca, excursões às talhas de ouro velho e ouro vivo das nossas capelas favoritas, inexoravelmente barrocas, périplos ao redor dos muitos pequenos nadas que, decantados era pós era, se sedimentam no tudo que é o afeto. Helena e Celso se empenharam em aplainar a estrada do padecimento para que Manuel a atravessasse sem risco de tropeços e chegasse incólume à outra margem da alegria. Não sabiam, ingênuos, que Manuel tinha tatuados na memória uns versos da poeta excêntrica e reclusa, \dizem que tempo alivia, tempo nunca aliviou\, \an actual suffering strenghtens, as sinews do, with age\, que ele já parodiou.

De todo modo, reconfortado em seu amor, tendo devolvido a seus nichos os ídolos tombados sobreviventes ao sismo e estatuído novos para o lugar dos irremediavelmente danificados, Manuel percorreu a segunda-feira sem lebrina nos olhos ou névoa no pensamento, atarefado em atender às exortações do cotidiano, ao arranjo em fio das incontáveis miçangas inventadas para nos distrair da fatalidade de que um dia mais é sempre um dia menos. Foi à biblioteca da faculdade devolver livros, topou de novo com os mistérios do supino e do aoristo, que mais se adensavam quanto mais deles falavam os professores, conscientizou-se de uma vez por todas do caráter imaterial e noemático do fonema, amordaçou a timidez e coordenou a discussão em grupo em torno do poeta seu homônimo, uma das justificadas glórias da cidade, almoçou com os colegas desse grupo, que se davam conta talvez somente agora de que ele era dotado da faculdade da linguagem. Não viu Helena e Celso, dispersos em seus cronogramas díspares, passou a tarde em casa anotando rimas para mais um poema que escreveu à noite na intenção do amado e que nenhum olho humano jamais lerá. Dormiu tão ausente de si que teve a ilusão de não ter sonhado.

A terça-feira poderia ter soprado as velas do barco na mesma direção sobre águas amansadas se Celso não tivesse programado uma pequena borrasca. Depois das aulas da manhã, os três saíram juntos para almoçar. Não no refeitório da faculdade, como era de hábito, mas num restaurante do centro da cidade, a convite de Celso, sob o pretexto de que Helena ia viajar e ele queria se despedir em grande estilo. A viagem ia ser curta, quatro ou cinco dias, o destino era uma cidade do agreste a menos de cem quilômetros, mas Helena e Manuel não estranhavam os arroubos do amado, um romântico sob a máscara do gaiato. Manuel, em geral opaco a indícios e sinais anunciadores, sentiu um leve desconforto quando apearam do ônibus na rua do restaurante que, não tardou nada a reconhecer, era também a rua da ótica. Helena, desinformada daqueles endereços, de nada pôde suspeitar.

Iam pedir a sobremesa quando Manuel, sentado de modo a acompanhar involuntariamente o vaivém da porta principal, vê entrar no restaurante ninguém menos que Tobias. A hipótese de uma coincidência mal tem a chance de despontar, porque o recém-chegado ruma sem hesitação à mesa dos três, para ao lado dela e diz, com acento quase profissional |Boa tarde|. Helena se surpreende e trata de reprimir uma munganga de contragosto, Manuel é todo percorrido por um ínfimo arrepio, mas Celso se põe de pé, abraça Tobias com entusiasmo, aponta para a cadeira sempre vazia e exclama, efusivo |Chegou na hora certa, Tóbi, a gente vai pedir a sobremesa, senta aí|. Tobias, muito à vontade, se instala ao lado de Manuel, quando chega a garçonete |Vão querer sobremesa?|. Helena, olhos fixos em Tobias, responde |Eu ia, mas perdi a vontade| |Perdeu nada| retruca Celso, com a segurança de quem manda e é acatado |Vamos dividir aquela banana flambada com sorvete que tu adora| e virando-se para Manuel |E tu, Mano, já escolheu?|. Manuel sente que o ar à sua volta adquiriu indefinida consistência, uma densidade agitada, prenúncio de vendaval. Há uma eletricidade latente no estreito intervalo que o separa do outro corpo ao seu lado. |Musse de maracujá| diz por fim. |Posso dividir com você?| Tobias pergunta lançando sobre ele o olhar líquido que Manuel conhece, admira e teme |As sobremesas daqui são bem servidas, dá pra duas pessoas|. Manuel, que por dois dias e meio tinha acreditado, simplório, na liberdade de esquecer, se resume a |Tá|.

Celso parece embriagado de contentamento. Olha para Tobias |Trouxesse o que eu pedi?|. O interpelado se limita a levar a mão a um dos bolsos da calça e de lá extrair um estojo de couro vermelho escuro, que deposita no centro da mesa. Helena mira o objeto com tensa curiosidade. Manuel não tem ideia do que seja, nem pode se ocupar em tê-la, atarefado em resistir ainda não sabe a quê. |É pra você| Celso diz a Helena, que recolhe o estojo, abre e dele retira um óculos de sol, que ela desdobra enquanto também desdobra um sorriso de autêntica alegria. |Que lindo!| ela exclama já assentando as hastes por trás das orelhas e a ponte sobre o nariz, antes de abrir a mochila e apanhar um pequeno espelho redondo no qual se esforça por admirar o próprio rosto, mas com que não se satisfaz, pois se levanta e vai se refletir num dos grandes espelhos que enfeitam a pilastra central do restaurante. Celso irradia seu prazer enquanto segue Helena com os olhos. Ela retorna, ainda de óculos, volta a se sentar, agarra com as duas mãos a cabeça de Celso e lhe dá um beijo na boca tão demorado e ruidoso que até ele, desafeto de convenções, se constrange. |Adorei, querido, é perfeito, acho que nem eu ia ter escolhido tão bem, amei, amei!|. Ela então se dá conta de que a perfeição da escolha não foi proeza exclusiva do amado. Como quem reluta mas por fim reconhece uma injustiça, Helena se volta para Tobias |Obrigada| revogando a insolência e favorecendo a beleza. Tobias sorri |Não me agradeça. Eu sou apenas o mensageiro. A culpa é toda de Celso|. Helena se vira para o namorado |Me conte tudo, não me esconda nada. Como foi essa tramoia?||Dia desses você se queixou que teu óculos escuro tava arranhado, que não gostava dele porque te deixava com cara de velha||Minha mãe me deu depois que comprou um novo pra ela| explicou Helena a Tobias |Eu nunca ia comprar aquilo, mas a cavalo dado... ||Então| Celso retoma |Eu tava de bobeira aqui pelo centro ontem de tarde, passei na frente da ótica de Tóbi e vi que tinha uma promoção de óculos escuro. Entrei, ele me ajudou a escolher, porque entende do riscado e disse que ia sugerir um que combinava direitinho com o formato do teu rosto, comprei e combinei dele trazer aqui hoje, na hora do almoço|. Manuel acompanha o relato com diligente atenção e o dúplice sentimento da alegria, que compartilha com Helena porque é assim que funciona, e da inveja, por razões que a essa altura já não preciso explicitar. Tobias se inclina na direção dele, esconde a boca com a mão e lhe diz num sibilado sussurro |Amor é isso| e ligeiro se endireita, apoiando bem as costas no espaldar da cadeira.

Helena e Celso não se apercebem do lance prestíssimo, ocupados na troca de carícias e palavras nunca desbotadas por sua trivialidade. Manuel não tem barreira que oponha à absorção da nova fórmula cifrada, em que mais uma vez o óbice de um \é\ interdiz o trânsito fácil de \amor\ a \isso\. Porque se amor é isso, isso que me dá alegria e inveja, isso que está à minha frente, visível, audível, essa tensão perfumada que se corporifica entre ele e ela, palpável, ao alcance de todos os sentidos mas não do senso, então outra coisa deve haver que não é amor, algo que não isso, algo a que \isso\ se opõe. Nas têmporas de Manuel lateja uma plausível resposta:

amor é isso, não o que ele designa espuriamente sob o nome do amor, a paixão dirigida a uma ilusão de objeto, a devoção ateia a um espectro de sombra, a vacuidade de promessas incumpríveis por se fazerem a si mesmas, egoístas, o sucedâneo inane de uma nuvem esgarçada. Amor é isso aqui, a mão de Celso entre os cabelos de Helena, os dedos como autorizados a captar cada pensamento dela, a mão de Helena que se arranha na barba por fazer de Celso, a palma em que se grafam todas as intenções dele. Sim, a resposta é esta, é isso, e ela desfere um impiedoso pontapé que arremessa para longe o biombo, o frágil para-vento, o anteparo melancólico com que Manuel se protegia até agora desta verdade |Desiste \de Celso\, Manuel, \ele\ não é pro teu bico|. Manuel fugia desse vaticínio de Tobias, apócrifo, sim, mas nem por isso destinado a não se cumprir. Fugia, mas ele sabe, porque leu e traduziu, que de nada serviu furar os pés de Édipo e abandoná-lo no Citéron, debochar de Cassandra e desacreditar que Páris seria a ruína de Ílion, devorar Cronos os filhos para impedir que um deles o emasculasse. Não há por que desistir de Tobias, se a desistência, para se dar, implica uma insistência prévia, à qual Manuel não se aplicou, ou crê que não. E por que, afinal, repito, Manuel se aventuraria na construção de outra amável impossibilidade se a que já tem lhe basta, sólida, conhecida e confortável? Por que trocar uma namorada por outra que, mesmo sendo ex, vem guarnecida de amassos que a tornam latente presente? O mandamento tem por alvo exclusivo Celso, \desiste de Celso, porque, Manuel, Celso não é pro teu bico\. Enfim se desfaz a elipse, o sujeito se explicita, ocupa seus lugares de direito, o primeiro \é\ deixa de ser escândalo, já não é causa de tropeço.

Manuel porém não quer desistir, não quer, não vai, não há-de. Se preciso, neófito, destroçará a velha lei para inaugurar uma linhagem toda nova de mitos novos, de heróis exitosos no trapacear o fado, no subtrair-se à perversidade da moira, no desdizer as predições e pisotear as sibilas. Adivinho de araque, charlatão de beira de estrada, a quem Tobias pensa que ludibria com sua pabulagem, com seu miolo de pote? Conversa mais chocha do que mole, fiada com linha podre, incapaz de espantar a insônia do boi. Não. Manuel não vai desistir de seu amor, exatamente por saber que não é pro seu bico. Se fosse, não seria amor. E essa certeza faz ele rir, atoleimado, como quem, ao saltar um obstáculo, se dá conta de que nem era tão alto assim.

Tobias parece não ter previsto aquela reação à trinca de palavras curtas que proferiu à guisa de veredicto. Olha para Manuel, que se vira para Helena e Celso |Eu tô feliz porque vocês me amam|. Celso estende o braço por sobre a mesa e desfaz o cabelo de Manuel, que pela primeira vez não se incomoda com o gesto, porque se volta para Tobias |Amor é isso|. Está orgulhoso por ter sobrevivido incólume à tempestade. Celso, que ama, confirma |É isso mesmo|. Mas no coração de Helena se fundem perspicácia e suspicácia, ela se arrepende de ter baixado a guarda, prepara uma intervenção, mas renuncia quando a garçonete chega com as sobremesas. |De quem é a musse de maracujá?| pergunta, simpática, ao que Tobias levanta um dedo |É nossa|, um possessivo que desagrada Helena e faz ela lançar a Manuel uma mirada que ele traduz como indignação recheada de dúvida. Celso comenta |Tu tem razão, Tóbi, isso aqui dá pra três| e passa a Helena uma das duas colheres que vieram em seu prato. Tobias faz o mesmo com Manuel e, no gesto de lhe entregar a colher, convida |Quer fazer as honras da casa?|. Manuel aceita a colher e o convite, ainda muito seguro de si. Leva à boca uma porção da sobremesa e observa a mão de Tobias, que recolhe a sua dose do lado oposto da taça de porcelana branca, ingere, e já se serve de outra. A visão da colher de Tobias passando de entre os lábios dele para retornar à taça gera em Manuel um receio de contaminação, tanto que se empenha em não ultrapassar a fronteira invisível a separar o que lhe compete da musse do que é domínio reservado ao outro, pois nada aqui merece ser dito \nosso\.

|Tem alguma coisa mal contada nessa história| diz Helena de repente, ao recolher o estojo do óculos para guardá-lo na mochila |esse roteiro tem um furo||Como assim?| pergunta Celso |Qual furo?||Como é que tu sabia onde fica a ótica, se nunca esteve lá antes? E por que tava de bobeira aqui no centro numa segunda-feira de tarde, dia que tu tem mais aula, que eu conheço de cor os teus horários?| Celso olha para Tobias, rindo |Mulher é um perigo||E eu não sei?| confirma Tobias. Celso se volta para Helena |Depois do cinema, sexta-feira, na pizzaria, lembra que eu fui no banheiro mais Tóbi?||Lembro||Então, eu aproveitei pra perguntar a ele sobre óculos escuro. Ele me passou o endereço da ótica. Eu vim ontem aqui no centro só pra isso. Satisfeita?||Satisfeita| |Mas qual é a importância de saber que foi assim e não do outro jeito?| Celso não entende. |Ciúme| responde Tobias, de pura galhofa. |Não é que tu tem um gosto especial por essa palavra?| rebate Helena. Manuel se assusta, teme nova queda despenhadeiro abaixo, intervém |Não leva a sério, Helena, é brincadeira dele||De mau gosto, desculpa| admite Tobias. Manuel, aliviado, repete o gesto automático de se servir da musse, mas não vê que não é a sua a colher que introduz na boca e esvazia com o lábio superior e a língua. Ao perceber o equívoco, Inês é morta, porque Tobias já se apoderou da outra colher, invade com ela o território de Manuel na taça, sorve o doce, sorri e diz |Pronto, agora eu também vou ficar sabendo dos teus segredos|. Celso se diverte |Mano não tem segredo, é um livro aberto|, ao que Tobias replica |Não é o que essa colher me diz| e lambe a concavidade da peça de alpaca. Manuel se perturba com o pensamento de ter agora dentro de si o gosto

da boca de Tobias e de Tobias conhecer o que lhe passa entre os lábios, se culpa pela irresponsabilidade de ter permitido a receada contaminação, tanto que nem se deixa molestar pela menção a seus segredos, que Tobias, de resto, já conhece e manipula de bom grado e a bel-prazer.

Helena se contém, mas exige de Celso |Vamos embora, tá ficando tarde, eu tenho que pegar o ônibus das seis e ainda preciso fazer a mala|. Celso aquiesce, se levanta, vai até o caixa pagar, enquanto Helena tamborila os dedos impacientes sobre a toalha branca de algodão. Celso retorna, Helena se levanta, olha para Manuel |Vamos?|. Manuel faz menção de se erguer da cadeira, mas Tobias o retém pelo braço. |Fica, Manuel, eu preciso conversar com você|. O toque da voz e a prosódia do contato da mão de Tobias em sua pele rompem o circuito natural que faz ele compor junto com Helena o par de luas que orbitam em torno de Celso como o terror e o temor ao redor de Marte. |Fico?| Manuel olha para Helena como se lhe pedisse consentimento temperado com perdão. Helena não esconde o mau-humor, contava com Manuel ao lado de Celso na rodoviária no momento de embarcar, foi efêmera a simpatia que tentou dedicar a Tobias, mas não quer mais uma vez que a acusem de ciúme, está avexada, detesta atrasos, de modo que se limita a dizer |Fica, então|. Manuel se desvencilha da mão de Tobias, se levanta, abraça a amiga |Boa viagem| que lhe repete ao ouvido o mesmo |Te cuida| de dias atrás. Celso também abraça Manuel, com a excedente força habitual, bate em seguida no ombro de Tobias |Valeu, Tóbi, obrigado de novo|, dá a mão a Helena que, antes de se pôr em marcha, dispara |Adeus, Tobias| muito enfática no que deseja.

Manuel volta a se sentar ao lado de Tobias, desatento à possibilidade de ocupar uma das cadeiras em frente a ele. Tobias passa a mão pelos cabelos de Manuel |Celso te deixou com cara de abestalhado| e trata de ordená-los. Manuel não se move, sente coçar na língua a vontade de repetir \Amor é isso\ mas o cuidado de Tobias em desembestalhar sua aparência o comove de um jeito que ele não queria, por isso se cala. |Aceita um café?| Tobias pergunta. |Aceito|. Tobias chama a garçonete |Traz dois cafés pra nós, por favor|. Manuel calcula: não demora ele vai ter de voltar para a ótica, e se repreende por não achar isso ruim. |É mesmo só o tempo de um café| Tobias explica |Meu horário de almoço já tá pra acabar|. Então o que quer comigo? |O instrutor do meu curso gostou da tua tradução||Instrutor?||É, lembra que eu te falei que faço um curso de oculista?||Ah||Então, ele perguntou se você topava fazer uns trabalhos pra ele|. A garçonete, uma jovem da mesma cor de Tobias, traz a bandeja com duas pequenas xícaras pretas, coloca sobre a mesa junto com o açucareiro e as colherinhas de aço inoxidável, lança um olhar circunspecto para a dupla e se vai. Manuel capta a censura, faz menção de se levantar para se sentar do outro lado, mas Tobias novamente o retém. |Você topa?||O quê?||Topa traduzir mais coisas sobre lentes e óculos?||Topo| Manuel responde se apoderando de uma xícara pela asa, mas com mão trêmula que faz o café se agitar e gotejar sobre a toalha. Ele toma um gole, um dissabor lhe queima a língua e deixa claro que se esqueceu de adoçar, devolve a xícara quase cheia à mesa. Tobias sorve tranquilo seu café, amargo. Abre a carteira, deixa uma nota sobre a mesa. |Vamos?| convida.

Do lado de fora, o sol petulante faz Manuel proteger os olhos com a mão. Tobias tira do bolso da camisa um óculos de lentes verde-escuro que acomoda ao rosto. |Você não tem óculos de sol, Manuel| deduz. |Não||Pois devia. O excesso de claridade não faz bem pra vista e ainda por cima cria rugas na cara da gente| faz uma pausa |Mas não é todo mundo que tem um Celso na vida|. Manuel não vê os olhos de Tobias ocultos trás as lentes, por isso não pode medir por inteiro a moldura da última frase. O que sabe é que a beleza de Tobias em nada se reduz por estar de óculos, antes se destaca, graças talvez precisamente pelo que dela não se vê e que, Manuel repara, lhe suaviza a insolência. |Agora não vai dar. Já mandei fazer o outro, o de grau, é caro||Então vai ser teu próximo presente||Pode ser||Me acompanha até a ótica?|. Manuel se desmente. |Não posso. Tenho aula. Já tô atrasado|. Tobias se resigna. |Vai de ônibus?||Vou||Então eu te levo até o ponto|. Manuel ouve \eu te levo\ como a criança que receia entrar em ambiente desconhecido e se deixa conduzir pela mão defensora do pai. |Tá|. A parada de ônibus é na esquina da mesma rua, a pouca distância do restaurante. Manuel se sente reconduzido a uma cena em que preferia não atuar novamente. Parados junto ao meio-fio, Tobias retira o óculos e fixa o olhar em Manuel, essa categoria de olhar que a gente sabe anteceder um discurso complexo, exigente e inadiável. Manuel desta vez enfrenta a mirada eloquente de Tobias, detecta um vislumbre de sol refletido em cada íris aquosa, o que faz sobressair o verde-âmbar no mais das vezes empalidecido pela nitidez negra das pupilas. |Manuel| diz Tobias, mas eis que chega o ônibus, Tobias dá um passo à frente, aperta Manuel num abraço, Manuel que não tem tempo de se negar ou retribuir porque já se vê de novo liberto e quase que forçado para dentro do lotação pelo mesmo braço que ainda há pouco lhe dizia \Fica\.

Os dias sem Helena são obtusos e desassossegados para Manuel. Não que seja a primeira vez que um dos três se ausenta, mas porque Manuel tem de lidar com um aflitivo desamparo. O almoço no restaurante deu renovado sustento às razões da antipatia de Helena pelo insolente, razões que seriam ainda mais justificadas se ela tomasse ciência das táticas de puxa-encolhe com que Tobias martiriza o amigo, uma no cravo da sedução, outra na ferradura da ojeriza. Manuel também se angustia por se obrigar a um doído sonegar-se: como jamais diria a Helena o quanto Tobias sabe do tanto que ela ignora? Manuel nunca precisou ocultar de Helena seu amor por Celso, se o Celso que ele ama não é o mesmo que ama Helena. Ou pelo menos era nisso que acreditava, era sobre essa certeza que caminhava de pés descalços sobre superfície morna, nessa cama de pregos é que se deitava com a impassibilidade do faquir. Mas o advento de Tobias lhe escancarou a instabilidade de sua crença, as saliências fragosas do chão, as dores duras de uma ascese falha, simulacro de apatia santa. Tobias veio escarnecer de seu estoicismo flácido, desmoralizar sua imperturbabilidade de polichinelo. \Não é o que essa colher me diz\. Manuel convive desde a pré-história com o medo, adquiriu irrepreensível intimidade com esse sentimento que se tornou sentido, o mais aguçado, até porque fundido aos outros para torná-los mais resistentes. Em Manuel o medo se tornou medida. Mas Tobias lhe arruinou o esquadro, adulterou o metro, expulsou o medo infantil e no lugar dele instalou o pânico dos imaturos, essa granada instável sempre à espreita para explodir em estilhaços de fobia adulta. Como se defenderia de si mesmo a partir de agora na presença de Helena e de Celso? Tinha perdido a confiança em sua habilidade de separar o secular do incorpóreo, de cindir o tátil do intangível. A bela insolência de Tobias tinha realizado a proeza infame de misturar o óleo e a água, a heresia de postular a mesma natureza para a coisa que se estende e a coisa que pensa. Tobias arruinou as incompatibilidades, transmutou as essências numa única substância indissolúvel.

Manuel tinha todos os motivos mais um para odiar Tobias. Mas o que de fato odiava era sua incapacidade desse ódio. Tobias tinha contaminado Manuel, tinha Manuel contaminado, imunizado ele contra si. Algo lhe inoculou Tobias pela língua, a língua que lhe falou \desiste, não é pro teu bico, você é uma dama, amor é isso, quero aprender com você\, a língua que injetou na sua as partículas filtradas pela colher intercambiada, não por distração sua, Manuel hoje enxerga e vê, senão por intencional manobra concebida e cumprida pelo solerte. Há caracteres dessa língua agora no organismo de Manuel, impressos com tipos móveis, toda no prelo. A intoxicação meditada prosseguiu quando a mão de Tobias disse \fica\ ao braço de Manuel enquanto lhe transferia átomos pelos poros, e se concluiu no abraço contrito debaixo de um céu branco de tanta luz azul, uma conjugação abrupta e rápida, mas estrita o bastante para fazer gorar em germe o óvulo não fecundado da repulsa.

A ausência de Helena é, no entanto, um desassossego aliviado, uma saudade útil. Manuel reconhece: teria sido impraticável encontrar a amiga nesses dias seguintes ao desinfeliz almoço. Ela só retorna no domingo à noite, e Manuel se deixa afiançar pela fantasia de que, até lá, vai ter descoberto, senão o antídoto, ao menos um paliativo aos sintomas do mal traiçoeiramente induzido. Tem se esquivado também de Celso. A pálida conjectura de se ver a sós com ele, sem a salutar intermediação de Helena, basta para deixar Manuel de boca turva e olhos secos. Por isso é que todo o seu corpo se comociona quando, no fim da tarde da sexta-feira, Celso lhe telefona para convocá-lo ao dever inescapável de comparecer ao futebol do dia seguinte. |Vem, Mano. Tu vai gostar da surpresa||Surpresa?|| Tu não vai ficar sozinho, eu chamei Tóbi, ele vai, amanhã é feriado, ele não trabalha, lembra?||Lembro| responde Manuel sem convicção. |Helena tá sabendo?| é sua esperança de poder contar com algum interdito prévio promulgado de longe pela amiga ao tomar conhecimento da convocação de um reserva à revelia da titular. Celso ri do outro lado |Tu acha? Só vou contar depois que ela voltar. Eu gosto de Tóbi, tu também gosta, ele gosta da gente, mas ela cismou de implicar com ele de graça|. Manuel sabe que não é de graça, que o preço é muito alto. |Ah, e tu pode ir direto pro campo, Tóbi disse que sabe chegar lá sozinho, vocês não precisam ir juntos||Tobias disse?||Disse||Quando?||Agora mesmo. Eu tô aqui mais ele, num bar perto da ótica. A gente tá tomando uma cerveja. Quer falar com ele?||Não| é o máximo que consegue dizer Manuel enquanto ainda ecoa em seu ouvido o inconcebível \eu tô aqui mais ele\, em que \mais\ deixa de ser o que é, mera variante prosaica de \com\, para adquirir peso e valor de quantidade. |A gente se vê amanhã então, Mano. Onde foi que tu te meteu esses dias? Tô com saudade de tu, homem!|.

Mal pousa o receptor no gancho, o aparelho vibra e trina novamente. |Alô||Alô, filho, tudo bem?| é a voz da mãe. |Alô, mãe, tudo||Olha, eu e teu pai combinamos de sair do trabalho e ir ver alguma coisa no cinema, quer vir com a gente?||Quero| Manuel responde com tanta ênfase que ele mesmo se força a repetir, com voz abrandada |Quero sim, mãe. Tô precisando me distrair. Me diz onde é, eu vou me encontrar com vocês|.

A companhia reconfortante do pai e da mãe, que Manuel ansiou capaz de afastá-lo de suas obsessões ainda que por algumas contadas horas, de pouca valia se mostrou. As obsessões não ficam sozinhas em casa quando a gente sai à rua, não têm a autossuficiência arrogante dos gatos, a estupidez melancólica dos peixes nem a resignação impaciente dos cães. Que filme viram? Aonde foram em seguida? Na imensa solidão do quarto escuro, a única, obsedante lembrança é a do telefonema de Celso e a obrigação de se submeter amanhã a uma provação anunciada que ele vai enfrentar na certeza inarredável da derrota. E se não fosse? Mas como não ir se é o amor que chama? Que novos desagrados gentis Tobias lhe prepara, que outros confeitos agridoces? E como foram parar juntos num bar do centro?

Erra pela cama imensa, sertão ampliado pelas incontáveis perspectivas de onde é possível contemplá-lo. Afaga o peito, sente na pele a maciez da camiseta azul-escuro. Não, não vai desistir de Celso. Vai comprovar sua não desistência pelo recurso ao método que lhe permite consolidar o amor que é menos por outro que por si mesmo, embora não tenha, mas em breve terá, consciência disso, que se a tivesse hoje definharia de tristeza ou morreria de mágoa. Julga ter encontrado o açude na aridez noturna do ermo seco, faz concha da mão ávida por matar a sede, quando uma solerte miragem se imiscui entre o que nele sente e o que nele está pensando. É a voz de cerejeira esverdeada dos olhos granulados de Tobias que constringem o braço de Manuel: \Fica\. Manuel quer expulsar o intruso, degredar, deportar, desterrar o invasor, banir o que \quero aprender com você\, exilar-se de seu abraço, mas se vê impedido pelo amor que lhe diz \Eu tô aqui mais ele\. Manuel persevera, martela, reincide, mas não tem mão suficiente para lutar contra quem não quer e se entregar a quem deseja. Renuncia a extrair água do poço, a aspereza da corda lhe rasga a pele frágil da palma. De novo se odeia por não odiar. Impotente, passa os dedos inúteis entre os cabelos, onde sente a lembrança da mão de um sobreposta à da mão de outro. \Amor é isso\, que a primeira lhe diz. \É isso mesmo\, convalida a segunda. Encolhe o corpo seminu, se agarra aos joelhos e chora enquanto os dois ali ausentes se dão as mãos e não se dignam consolá-lo.

Quando os jogadores, antes dispersos sobre o gramado, começam lentamente a entrar no vestiário em fila desordenada, Manuel, sentado no patamar mais alto da arquibancada, onde ele e Helena têm o hábito de se acomodar, à sombra da mangueira e para manter distância das outras pessoas que costumam vir assistir a partida e demonstrar suas preferências com palmas, assobios e gritos, pessoas que hoje se contam nos dedos, afinal é feriado, vê

Tobias, que só agora chega, galgar os degraus de cimento no mesmo instante em que avista o vulto de Celso girar na direção da assistência e se pôr em marcha para cá. Tobias mal consegue dizer |Bom dia| a Manuel por trás das lentes verde-escuro quando Celso chega ofegante até eles e dispara |Tóbi, ainda bem que tu chegou na hora, olha só, aconteceu mesmo, o cara que eu te falei, do outro time, não apareceu, ainda tá mal do pé. Eu disse ao pessoal que tu podia entrar no lugar dele, tu ainda topa?|. O rosto de Tobias se expande num sorriso que irradia a brancura faiscante dos dentes alinhados e perfeitos, que Manuel inveja. |Claro que topo, tô com tudo em cima!| responde Tobias. |Então vem| chama Celso, que desce os degraus de cimento com a mesma agilidade e pressa que Tobias imprime aos próprios movimentos para segui-lo, mochila às costas. A Manuel não lhe permitiram a mais remota chance de dizer nada, e o que afinal diria, se dissesse? Tobias dispõe de um mecanismo, de que Manuel carece à perfeição, que lhe permite sincronizar ações, disposições e expectativas com as de Celso. Mecanismo em repouso, no caso de Tobias, mas potencial, e justamente por isso suscetível de ser ativado para processar as necessidades do momento e transformá-las em força motriz para jogar futebol. Namorada.

Acompanha com os olhos a figura de Tobias que corre mais Celso na direção do vestiário, onde entram e de onde ela sai pouco depois, já devidamente trajada como jogador, decerto com o calção, a camisa e as chuteiras do ausente, supõe Manuel. Se admira com a coincidência, mesmo tamanho de roupa, mesmo número de calçado, tudo parece sob medida. É que Manuel, morador da outra margem de um rio em que não se atreve sequer a molhar os pés, não foi informado, e por que seria?, de que Celso foi se encontrar ontem com Tobias exatamente para sondar o interesse dele em entrar no jogo na probabilidade quase certa de ausência de Beto, que torceu o pé e talvez não pudesse vir hoje, como não veio. Tobias já chegou com tudo na mochila, inclusive a camiseta verde, que o identificaria como membro do time adversário ao de Celso, o de vermelho. Desprovido desse conhecimento de mundo, Manuel não pode senão considerar pura criptografia as fórmulas como \tu chegou na hora, aconteceu, tu ainda topa\, empregadas por Celso e perfeitamente decifradas por Tobias, com tudo em cima.

Essa manifestação de límpida cumplicidade faz ele querer ver tudo do ponto mais perto possível do chão. Assim motivado, desce os degraus e chega ao primeiro lance destinado ao público, poucos centímetros acima da terra que pisam os jogadores, e onde se concentram os poucos espectadores do dia. O gesto de se sentar coincide com o apito do juiz, que dá início à partida.

Manuel, para seu próprio espanto, teria preferido Tobias e Celso no mesmo time. Assim, em campos opostos, tem que submeter o olhar a uma alternância extenuante, de um para o outro, de Celso para Tobias, de Tobias para Celso, como se dessa estrita vigilância dependesse a própria capacidade de se movimentar de ambos, como se dos olhos de Manuel partisse uma onda elétrica, intensa, impulso constante e invisível, a comandar os braços, o tronco, a cabeça e mais que tudo as pernas de cada um. Mas não tarda até que Manuel já não precise buscar com a vista ora Celso, ora Tobias, porque os dois se engajam numa disputa veloz e quase raivosa pela bola, se atracam, se puxam pela camisa, misturam os braços, entrelaçam as pernas até caírem em terra ao mesmo tempo, Tobias por cima, Celso embaixo de Tobias. Manuel contempla aquela imagem, estática só por alguns átimos, pois Celso se levanta num único salto e ajuda Tobias a se erguer, puxando ele pelo braço que já se oferecia ao auxílio. Celso e Tobias se despedem com um sorriso que os conecta por dois segundos e logo partem, cada um em disparada rumo a seu campo de ataque.

Manuel desconhece a sensação que lhe advém dessa colisão violenta e ríspida dos corpos de Celso e Tobias, dessa troca de suores e palavras sopradas ao ouvido, desse tombo quase obsceno de um sobre o outro, principalmente de Tobias sobre Celso, uma distribuição espacial que lhe faz o medo pulsar nas têmporas e o coração arfar. A miragem da noite malograda se torna evidente concreção. Nenhum dos dois exibiu um indício mínimo de dor, nenhuma contração nos rostos molhados e gotejantes, nada que se assemelhasse à fisgada que lhe repuxou a pele toda, seguida de um drástico calafrio. E o sorriso camarada, como se não fossem adversários? É uma traição, ele conclui, indeciso quanto a identificar o traidor, somente o traído.

Exausto, debilitado pelo que não dormiu, Manuel desiste de controlar o jogo. Volta a escalar a arquibancada. Se senta o mais longe possível do campo, aqui onde ninguém mais acompanha a partida. Dobra os braços sobre os joelhos, no vão que se abre enterra a cabeça e volta o olhar para baixo. É uma estupidez, eu sei, mas ele se culpa por ter perseguido Celso e Tobias com sôfrega tenacidade pelo campo afora, como se a queda seguida de sobreposição tivesse sido engendrada por ele, subitamente dotado de um até agora ignorado condão no olhar, capaz de provocar neste e naquele uma atração mútua, sem brida nem freio, responsável pelo entrechoque, pela intimidade física entre dois homens que já se arrepende de ter posto para jogar às custas dele. Pensa em Helena, nas coisas que ela lhe disse sobre Tobias, o cuidado que mandou ter com aquela beleza insolente. Nessa inspeção interna e minuciosa se ocupa, ignorante do tempo, pesado sobre as pálpebras, mais um jogo que sucede a uma insônia, mais um sábado que se dobra à insídia.

Quando torna a levantar a cabeça, descobre que a partida terminou, mas não lhe interessa de quem foi a vitória. O maior derrotado ali é ele. Mas vê, em meio aos outros que se aproximam do vestiário, Celso com um braço em torno dos ombros de Tobias, que por sua vez envolve a cintura de Celso por trás, os dois em sorridente discussão empapada em suor e poeira compartilhados. Manuel se põe de pé num sobressalto e parte naquele rumo, movido pela indignação de ver realizada em plena luz do dia a convergência soturna que o impediu de saciar a sede no deserto da noite. Alcança o grupo pouco antes do último dos rapazes cruzar a porta do vestiário, diante da qual Manuel estaca e logo recua, como se um obstáculo translúcido lhe repelisse a entrada. Mas obstáculo não tem, se é de dentro de Manuel que emerge a radical consciência do não pertencimento. Uma única vez, só uma, se obtém a graça de penetrar no santo dos santos, e Manuel já pôde estar na presença do tesouro do templo, quando se entregou ao mais perfeito gozo daquele direito. E o véu nunca mais se rasgará diante de seus olhos para lhe oferecer a plena contemplação do mistério.

Manuel se encosta à parede externa do vestiário, ao lado da porta aberta, por onde escapam em ondas os odores virulentos dos jogadores ainda excitados. Cruza os braços, fecha os olhos. Ouve atentamente o deslocamento do ar que acompanha a saída de cada um, se impõe o desafio de reconhecer pelo olfato as presenças de quem ele espera. Não quer imaginar, e exatamente por isso os vê dentro das retinas ocultas, Celso e Tobias sob o jato forte de água fria, quem sabe lado a lado, em duchas paralelas, decerto falando alto um com outro, lado a lado a enxugar sem pressa os corpos e os cabelos nus, lado a lado a se vestir com o desleixo próprio da raça, quem sabe até se roçando de leve um no outro ao se cruzarem no espaço estreito, um na direção do espelho enferrujado preso na parede do fundo, o outro para usar uma das pias agarradas à parede diante dos armários de metal corroído e portas bambas.

|Mano, tá tudo bem contigo?| é a voz que faz ele abrir os olhos e ver a expressão preocupada de Celso parado à sua frente. |Tá| ele mente. |Tem certeza? Teu rosto tá branco que nem cera de vela||Acho que é fome| ele inventa. Nesse momento aparece Tobias, exalando o frescor dos donos do próprio nariz. |Olha, Celso, encontrei| e exibe uma liga elástica, um pitó amarelo |Tava debaixo de um banco|. Manuel não tinha reparado que Celso trazia soltos os cabelos, os longos cabelos que lhe caíam ainda úmidos por trás dos ombros. |Legal, valeu, Tóbi| ele agradece antes de reunir os cabelos atrás da nuca e prendê-los com a liga. |Peraí, ficou um tanto de cabelo preso no elástico| diz Tobias, colocando-se por trás de Celso e ajeitando o tufo supostamente mal atado. Manuel se dobra um pouco para a frente e pousa a mão direita sobre a barriga. |Que foi, Manuel? Tá passando mal?| é a vez de Tobias perguntar. |Só um pouco tonto, já passa, foi o sol|. Celso puxa Manuel de leve pela manga da camisa, para que se desprenda da parede à qual parece colado. Manuel se deixa trazer. Celso envolve os ombros dele com o grande braço direito |Vamos, Mano, a gente cuida de você|. Tobias dirige a Manuel um olhar solícito, que em seguida disfarça sob o óculos escuro. Manuel duvida daquela sinceridade, por isso se vira para Celso, diz |Vamos| e tenta tornar em aconchego o desconforto que faz ele se encolher sob o peso daquela imprevista e inoportuna atenção do amado.

No trajeto de ônibus ao apartamento de Celso, Manuel vai lentamente recuperando algo de força e meia razão. Está sentado à janela, ao lado de Tobias. Celso viaja de pé. Manuel recebe o vento morno e úmido no rosto, examina com acurado interesse cada fragmento da urbana paisagem, a cada um dedica um elaborado pensamento, recurso por que opta para não entender a conversa ininterrupta de Celso e Tobias, regida pelos mesmos assaltos de turnos e atropeladas disputas do jogo deixado para trás, num tempo que Manuel se empenha em sentir como há muito transcorrido.

|É o próximo| avisa Celso, o que faz Tobias se levantar e tocar o ombro de Manuel. |Pensando na morte da bezerra?|. Manuel se assusta, tão distraído estava de si, não acha graça e se volta para Tobias com uma expressão no olhar que, ele espera, deixe isso óbvio. Mas Tobias apenas ri e segue atrás de Celso na direção da porta de saída do ônibus, por onde os três descem à calçada minutos depois.

Celso gira a chave na fechadura da porta, que abre, e deixa passar Tobias e Manuel, carregados de bolsas de supermercado. Tobias examina o ambiente, avalia o espaço, mede a sala com o olhar. |Tu dissesse que era pequeno, mas é porque não viu o cuvico onde eu me escondo| falou |Perto do meu, isso aqui é um palácio|. Celso ri e diz, modesto |Mas é só um quarto e sala, nenhum luxo||O luxo é relativo ao bolso da pessoa. Aliás, quanto é que tu paga de aluguel?| Tobias quer saber. |Não pago||Não?||Não, esse apartamento eu ganhei do meu pai quando entrei na faculdade, na primeira, de educação física, já tem uns cinco ou seis anos||E teu pai faz o que mesmo?||É médico, minha mãe também||Ah, tá explicado| conclui Tobias |A facilidade de ser branco| e caminha até a janela. |Eu moro sozinho também, mas de aluguel, numa biboca entre o cafundó do judas e o caixa-prego, num quartinho de fundos com um banheiro que se eu quiser abrir os braços bato com o cotovelo na parede. Mas tem entrada independente, eu praticamente nunca vejo a cara da dona, uma vitalina que mora no resto da casa|. Manuel se vê de novo excluído da conexão que vincula Celso a Tobias e vice-versa, ele que nada tem de posse ou de aluguel para chamar de seu.

|Vou cuidar do almoço, tô varado de fome| diz Celso, apropriando-se das sacolas que leva para a cozinha, um estreito corredor

separado da sala apenas por um balcão de granito. |Eu te ajudo| Tobias se oferece |Desde pequeno eu aprendi a me virar com as panelas|. |Mas eu primeiro vou trocar essa bermuda grossa e vestir um short, o calor tá demais| avisa Celso. |Tá mesmo| confirma Tobias |Se eu pudesse também trocava|. |Vem comigo no quarto, eu te empresto| e Manuel se obriga a retesar os músculos das pernas, que já se dispunham a seguir Celso e Tobias em mais aquela evasão conjunta para longe de seu controle. Ninguém lhe perguntou se não queria também, mesmo sabendo que, se lhe perguntassem, diria que não.

Em poucos minutos retornam, sem camisa, descalços, Celso dentro de um short curto e folgado de algodão amarelo com quatro botões brancos, Tobias com um de tecido sintético lustroso de uma cor indefinida entre o azul e o verde, sustentado a custo na cintura por um fechecler e um botão de pressão de metal prateado. Mesmo sendo quase da mesma altura de Celso, Tobias é mais magro, Manuel descobre enquanto analisa o embaraço que lhe causa aquela dupla visão de troncos seminus de costas para ele enquanto se ocupam da comida. Não tinha previsto a impossibilidade de se esquivar de um novo empenho cartográfico, o mapeamento do corpo de Tobias, a que se dedica com um interesse que o desgosta por desviar sua atenção da vontade de apreciar mais uma vez o que já conhece e ama.

A Manuel quase ocorre a veleidade de se juntar ao esforço culinário, mas vê que Celso e Tobias já se esbarram no exíguo espaço retangular ocupado por geladeira, fogão, pia e um esguio armário embutido de fórmica, tudo disposto contra a mesma parede, por trás do balcão de granito, sob o qual se alinham três bancos altos de madeira. Resolve se resignar à sua posição de terceiro excluído. Atravessa a sala estreita, evitando pisar calçado no tatame coberto por uma manta quadriculada de verde e branco e algumas almofadas grandes, vai até a janela. Observa por um momento a rua poucos andares abaixo, tranquila nesse horário quente de sábado feriado em bairro perto do centro e longe da praia. Volta o olhar para o interior e topa com a rede introvertida, as duas empunhaduras presas num só gancho chumbado à parede, o tecido de algodão grosso, xadrez de pretos e vermelhos, recolhido em si mesmo, na forma habitual de espesso bolo de rolo das redes entregues ao próprio sono. Por não ter mais que fazer, desenvolve a rede, prende um dos punhos no armador da parede oposta, alisa a peça toda para que a varanda fique devidamente suspensa de cada lado. Se desfaz dos tênis e das meias, que deixa num ângulo da parede sob a janela. Baixa o olhar para as roupas que veste, camisa branca de gola, botões, manga curta, calça comprida de brim azul, e acredita compreender por que Celso e Tobias se reconhecem tão facilmente um no outro a ponto de nem lhes ocorrer propor a ele que também se trocasse. Se acomoda na rede, sentado de través, as pernas magras quase a balançar no ar, as costas sem apoio, a palma dos pés roçando o assoalho de tacos, e assiste.

Por trás do balcão, que enquadra a cena como uma tela a que falta um dos lados, Celso e Tobias preparam Manuel não sabe o quê, ambos de costas para a sala, o que lhe permite comparar os torsos, suas tonalidades e larguras. Tobias de repente gira o corpo, cruza o olhar com o de Manuel, que não se desvia porque decidiu faz pouco não se deixar intimidar pelo que julga ser um plano de Tobias destinado a lhe provar, a Manuel, que Celso não é pro teu bico. Não é, eu sei, por isso não desisto. Tobias, como que adivinhando mais uma vez o que Manuel esconde com tamanho esforço que a verdade acaba se estampando no próprio ar suspenso à sua frente, dá de ombros, baixa o olhar e se ocupa de cortar legumes crus, rasgar folhas, descascar frutas, picar cebola e acomodar tudo numa saladeira de louça sobre o balcão. |Pronto, Celso, agora tu já pode tirar a carne do forno| ele anuncia. |Valeu, Tóbi, pega os pratos, os copos e os talheres aqui no armário|.

Tobias organiza o lugar de cada um sobre o balcão, que serve de mesa para as refeições num apartamento em que as peças de mobília são poucas, descombinadas porque todas de segunda mão, um projeto de decoração que Helena batizou ironicamente de eclético-minimalista na primeira visita que fez à residência do namorado, adepto da sobriedade sincera, adversário de toda forma de superfluidade, uma reação talvez ao modo de vida dos pais, que ele censura por ostentoso. O retângulo de granito é largo e comprido o bastante para três pessoas ficarem de um mesmo lado, mas Celso prefere outra distribuição: vai se sentar do lado de dentro, de frente aos convidados, e para isso arrasta um dos bancos até a cozinha. Manuel não gosta de ter de se sentar junto de Tobias, uma posição que tem se repetido com incômoda frequência, mas o único recurso que encontra é manter a mais larga distância possível entre os dois.

|Já ia esquecendo da cerveja| diz Celso, se voltando para a geladeira, que abre sem sair do lugar e de onde retira três latas. |Manuel não bebe cerveja| diz Tobias, no tom neutro das certezas autênticas. |É mesmo, Mano, a gente deu bobeira e não comprou nada pra tu beber| Celso lamenta. Manuel, porém, ansioso por romper o dorido isolamento a que o tem condenado a irrepreensível confluência de poderes e saberes que vai adensando o circuito de azeitada afinidade entre Celso e Tobias, se atreve a dizer e diz |Também vou tomar cerveja|. A afirmação quase peremptória, de uma imprevisibilidade cabal, surpreende até mesmo o suposto aeromante. Que entretanto ainda quer dirigir a cena e comemora |Manuel vai entrar para a companhia dos homens, bem-vindo| e bate palmas. Celso, em quem a bonomia é quase um delito, apenas sorri, sem nada apreender do sarcasmo. |Vai tomar na lata

ou quer um copo?| é o que pergunta, prestativo. |Prefiro no copo| responde Manuel, ciente dos limites da recém-descoberta ousadia. Celso, acostumado a beber diretamente da lata, se solidariza |Também vou de copo|. Abre uma, enche um copo de cerveja para Manuel e outro para si. Tobias também despeja bebida num copo, que levanta enquanto diz |Um brinde a dom Manuel, o venturoso|. Celso aceita a convocação, ergue o copo e faz ele bater de leve no de Tobias. Manuel imita o gesto, quer entrar para a companhia dos homens, tim-tim. E se obriga a imitar também o gesto de ingerir um gole da cerveja, como fazem Tobias e Celso. A bebida, além do gosto pesado e amargo, está muito gelada, e lhe desce pela garganta com uma dificuldade que por um triz não faz ela subir de volta à boca, numa ânsia que ele se esforça por impedir e irrompe na forma de uma tosse úmida e malsoante. Tobias ri, Celso se inquieta. |Cuidado, Mano, tu não tem costume|. Tobias bate nas costas de Manuel |Na vida, toda primeira vez é assim mesmo, e o que pode parecer ruim no início acaba ficando gostoso|. Manuel solidifica aqui e agora a certeza de que ele não, nunca vai gostar daquilo nem da ambiguidade vulgar que acredita haver no \toda primeira vez\ de Tobias.

A comida é farta, mas simples. Uma grande salada fria e um bloco de carne assada já comprada semipronta e temperada, que bastou aquecer por algum tempo no forno e fatiar. Manuel, que é de comer pouco, talvez por extrair um gozo ambivalente da sensação de incompletude que a fome lhe proporciona, se serve de um pedaço de carne e uma modesta porção de salada, enquanto Celso e Tobias enchem seus pratos com quantidades de comida que a Manuel parecem de um exagero que só justificam a virilidade exacerbada e o afã de nutri-la, ignorante que é da fome sucessiva aos grandes esforços físicos. Celso quer saber mais da vida de Tobias, que não lhe nega nenhuma informação, antes prodigaliza um sem-fim de relatos ora divertidos, ora tristes, ora suscetíveis de causar indignação ou simpatia, com a tagarelice que Manuel já confessou invejar, mas que agora lhe causa mesmo um leve enjoo. Ou será da cerveja, que ele insiste em tomar para não ter revogado seu ingresso no clube em que apenas acaba de ser admitido? Venceu não sem esforço a primeira rodada, mas Tobias se apressa em não lhe deixar o copo vazio. A segunda vez, ao contrário da promessa de Tobias, foi tão intolerável quanto a primeira. Mas nada faria Manuel conseguir tomar o terceiro copo. Celso e Tobias esvaziaram mais latas do que ele poderia contar se já não estivesse meio zonzo.

Manuel agora está de novo sentado na rede, tentando resistir à opressiva sonolência à qual sem nenhuma relutância já se renderam Celso e Tobias, o conquistado repouso dos atletas, e é precisamente por isso que ele se recusa, ao menos por enquanto, a se render ao sono há tanto acumulado. Tem à sua frente dois corpos estendidos lado a lado sobre o largo tatame que ocupa quase a totalidade da sala estreita, dois peitos nus e lisos. Celso, depois de mal ajeitar uma almofada sob a cabeça, se deita e pronto começa a ressonar, mas súbito se agita, como que atingido por um desses sobressaltos que te acometem nos primeiros instantes do adormecer. Sem abrir os olhos, ele desabotoa mecanicamente o short, decerto para dormir com mais folga, sem nada que lhe comprima o prazer do sono. Manuel acompanha o gesto que faz abrir-se um V abaixo da cintura do amado. Tobias já tinha feito o mesmo um pouco antes, ainda desperto: destravou o botão de pressão e puxou o fechecler para baixo quase até o fim. No fundo do vale de cada V despontam fios desobedientes em pequenas mechas, indícios de que Celso e Tobias dispensaram qualquer outra coisa que se interpusesse entre o short e a pele que ele encobre, nada que lhes restringisse o contentamento de poder desfrutar da rara ocasião de conceder ao corpo a máxima liberdade permitida pelo estarem a sós entre homens. Contentamento e desfrute que Manuel apenas se concede encerrado na reclusão noturna do quarto.

Percorre com o olhar o corpo entregue ao sono de Celso, que reconhece, já que o conhece por inteiro. Por inteiro não, ele se apercebe, quando a vista topa com os pés de Celso. É verdade, Manuel nunca pôde ver de perto a porção do corpo de Celso que o mantém ereto vida afora, que lhe serve de apoio e sustento em seu vagar pelo mundo, as plantas com que ele lavra a terra, semeando sua presença. Com as engrenagens da razão desreguladas pelo álcool inconfiável, Manuel subestima a imprudência do desejo que lhe vem. Pisa o chão cauteloso, se levanta da rede num gesto lento de bicho rasteiro, exige de si mesmo e do ar que o circunda o mais intransigente silêncio. A ideia que lhe acorre é ridícula e perigosa, mas uma coragem nova, que ele nem suspeita advir da cerveja que tomou com desgosto, ameniza um receio que, em outra situação, me teria paralisado. Ele se aproxima de Celso, se deita no tatame de tal modo que seus pés possam tocar os pés do amado, planta contra planta, dois ímãs reunidos pelos divergentes polos que autorizam sua atração recíproca. Manuel sente o calor que se ramifica por seus pés estreitos e ossudos provindo dos pés anchos e fornidos de Celso, chega a delirar que se processa ali um transplante, uma irradiação de energia que só pode vir de lá para cá porque, afinal, ele, Manuel, não tem nada a transmitir, nada a oferecer a quem já dispõe de tanto. Nada? Nada, porque o amor de Manuel por Celso é incomunicável, ínvio, sólido incapaz de se liquefazer para se distribuir com a generosidade fácil das águas boas de matar a sede. O amor de Manuel é por, não é para nem com Celso. Ele ri de si mesmo por ter posto em dúvida essa verdade, dúvida induzida pela contaminação de Tobias, de que ele agora já se acredita imune. Não desisto.

Ele talvez nunca abandonasse aquela primeira, arriscada, ébria e decerto única conjunção de plantas se, com a espontaneidade muitas vezes inoportuna com que o amor nos lembra de nossa irremediável condição material, um princípio de elevação dentro da calça de Manuel não o alertasse de que não é para ser assim, que o Celso de sua veneração não é aquele corpo ali deitado, num contato clandestino com o seu que jamais deveria ter ocorrido. Manuel sabe que, mais do que amar o amado, ama amar, ama o amor com que ama, amor que não pode nem quer esperar que lhe devolvam o mesmo amor, e toda a sua paciente, obsessiva e ininterrupta construção depende exatamente de não violar aquela proibição, de perseverar no dualismo radical, a despeito de todo o insidioso empenho anticartesiano de Tobias. Como quem recua da súbita ameaça de um animal raivoso ou peçonhento, Manuel arrasta o corpo para trás, restaura a indispensável distância física e intelectual que o aproxima do amado.

Trêmulo, se deixa tombar dentro da rede, deitado, a cabeça tão doída que não tem mais resíduo de força que lhe permita contrapor-se ao que sem dúvida é sono, mas lhe parece o entorpecimento que lhe é cobrado como taxa de admissão para a companhia dos homens. Tem a sensação de estar caindo, se agarra a cada lado da rede, busca vã de equilíbrio, porque a queda é toda para dentro. Não sabe se dorme, não sabe se sonha, não sabe se de fato ouve alguém, que ele imagina quem, lhe dizer dentro do ouvido desiste, o amor é isso, nem se há realmente vinte dedos a lhe acariciar os cabelos, porque a noção mesma de saber evanesce no torpor, desfalece no marasmo lasso, exausto e lânguido.

Por isso também é que Manuel duvida do perfume enjoativo que lhe desperta os sentidos, mas não o bastante para que se disponha a soerguer o corpo, abrir a boca, exteriorizar o tato. São os ouvidos, no entanto, que o estimulam a admitir que já não dorme, se é que dormiu, porque um entremeado de vozes baixas se costura no ar, o mesmo ar impregnado daquele odor que, estranhamente, lhe é familiar. Espera por alguns instantes que a consciência volte a merecer tal nome. Apura olfato e audição. É claro, quem mais estaria falando aqui, na sala do apartamento de Celso, a não ser o mesmo Celso em diálogo com Tobias? Manuel entreabre os olhos. Se vira devagar dentro da rede. Assim, deitado sobre o flanco esquerdo, consegue puxar uma porção da varanda, com que cobre a cabeça, e pelo intervalo das rendas pode ver a imagem reticulada de Tobias e Celso, que provavelmente o creem ainda dormindo e, concentrados um no outro, unidos pela comunhão do fumo, não dispensam atenção alguma aos movimentos dele, aliás abafados e baços.

Celso e Tobias estão sentados, as costas apoiadas na parede, um ao lado do outro, com as pernas esticadas sobre o tatame. Celso, com o polegar e o indicador em pinça, segura o cilindro irregular e fino, que Manuel já viu ser preparado, rústico artefato, apesar da alegada seda, precisamente por Celso e Helena, que mais de uma vez tentaram convencê-lo a aderir a algo que ele, inabalável em sua aversão a toda hipótese de alheamento artificial, sempre recusou. Celso faz a pequena brasa se avivar ao levar o cigarro aos lábios, entre os quais o comprime. Prende a respiração por um instante e logo deixa escapar a fumaça pelas narinas e pela boca. Em seguida, passa o cigarro a Tobias, que o recebe com dedos também em pinça. Manuel já presenciou aquele rito, mas sempre desempenhado por Celso e Helena, de modo que a alternância das tragadas, as passagens do que está nos dedos de um para os dedos da outra têm sido para ele de uma naturalidade vera e própria. Agora, porém, ver algo sair dos lábios de Celso e passar aos lábios de Tobias é um espetáculo que deixa ele indignado, e lhe vem mais uma vez a ideia imprecisa de traição mesclada à de obscenidade, algo que parece estar às margens de se tornar a lembrança inapagável deste dia. Mais uma vez, Tobias se dedica à arte da contaminação disfarçada de partilha?

Tobias devolve o cigarro a Celso, sorri brevemente e conta |Eu aprendi a gostar disso, acho que foi com uns quinze anos mais ou menos, com uma prima mais velha que de vez em quando me levava pra casa dela e me comia|. Celso, ao rir, se engasga com a fumaça que tentava conter |Uma prima que te comia?||Claro! Não é que quem come é a mulher? Pensa bem| argumenta Tobias. |Nem preciso pensar, é isso mesmo|. E os dois se põem a rir bobamente. Manuel sente alívio por não ter de participar da discussão, carente que é de qualquer noção e sobretudo de toda prática efetiva capaz de lhe permitir ratificar ou rebater. Junto com a fumaça, está suspensa no ar da sala, igualmente vaporosa, mas inodora, a palavra \namorada\, a senha que ele não tem para seguir adiante em sua natimorta intenção de entrar para a companhia dos homens.

Tobias, de repente, dispara um olhar na direção da rede. Terá adivinhado que Manuel despertou? Mas não se fixa naquele alvo. Se volta para a cena a dois, devolve a Celso o cigarro que tinha entre os dedos e diz, exalando as palavras junto com a fumaça |Cara, fazia tempo que eu não fumava um assim tão bom|. Em seguida, diante dos olhos incrédulos de Manuel, Tobias simplesmente se deixa deslizar sobre o tatame, vira o corpo em perpendicular e se estende por completo na horizontal, usando a coxa de Celso como apoio para a cabeça. |Onde é que tu conseguiu?| pergunta, cruzando os braços sobre o peito e fechando os olhos. |De um cara da faculdade que de vez em quando me vende| Celso responde, com uma despreocupação que deixa Manuel perplexo, como se ter outro homem a fazer de sua perna travesseiro fosse algo tão natural quanto a retração das folhas da dormideira ao toque frágil e divertido da criança. Ele sabe que é por isso que adora Celso, assim como descobre que é por isso também que odeia não odiar Tobias.

|E Manuel, hein, Celso?| pergunta Tobias, sem abrir os olhos, na mesma posição, o que faz Manuel dentro da rede entrar em trêmulo alerta. |O que é que tem Manuel?| responde Celso antes de um novo trago. |Vocês três tão sempre juntos, não é?||Quase sempre| diz Celso. |Tu não tem ciúme dela com ele?|. Celso ri do que supõe ser inocência da parte de Tobias. |Imagina. Lena e Mano se conhecem há séculos, vivem encangados desde o tempo da escola, são praticamente irmãos, não se desgrudam. Namorar Helena é namorar Lena mais Mano|. Manuel, em seu falso esconderijo, se comove. |Sei| diz Tobias |E tu gosta dele?|. Manuel suspende a respiração, retesa os músculos e aguarda o fim das eras. |Não| é o que Celso responde. |Não?| repete Tobias com uma nota final de quase alegria vingativa. |Eu amo ele| são as palavras de Celso, que fazem Manuel duvidar de seu conhecimento da língua em que está se produzindo aquela revelação. Faz uma semana ele ouviu do mesmo Celso o \a gente te ama\ que o resgatou do abismo, mas agora não há Helena, Helena não tem, já não é coisa de \a gente\, não é amor de a três, é amor de \eu\ mais \ele\.

Tobias, que parece não esperava uma declaração assim desprovida de toda dissimulação e impostura, abre os olhos, descruza os braços e volta a se sentar ao lado de Celso, que lhe passa o cigarro. |Ele é o meu Mano. Ele é uma cópia invertida de Helena, entende?||Cópia invertida?| diz Tobias com a pinça pronta. |Como é que se diz mesmo, ah, negativo, pronto, é isso. Mano é a imagem em negativo de Helena||Negativo?||Ai, cara, sei lá, tô fumado demais pra dizer direito o que eu quero falar||E o que é que tu quer dizer direito?| insiste Tobias, com uma disposição de levar adiante o inquérito, o que faz Manuel se apoderar da pura certeza de que é para ele, e não para Celso, que se dirigem sob medida aquelas palavras. |Eu quero dizer é que eu amo Helena, Helena ama Manuel, eu amo Manuel, porque ele ama Helena e eu não quero perder Helena por nada desse mundo| responde Celso com a segurança de um penhasco que resiste há milhões de anos às investidas do mar. |Celso ama Helena que ama Manuel que ama Helena que ama Celso que ama Manuel que ama Celso| escande Tobias a quadrilha com uma precisão que nem o fumo dos melhores consegue empanar. |Manuel me ama?| pergunta Celso |Taí, nunca parei pra pensar, eu sei que ele gosta de mim, se me ama não sei||Eu sei| afirma Tobias com a acuidade de um instrumento sutil e pontiagudo. |Mano é muito tímido, trancadão, delicado, mas eu admiro muito ele, eu respeito esse jeito dele, e não vou deixar seu ninguém desrespeitar| é o que Celso diz, alheio aos reptos de Tobias, que concorda |Manuel é uma dama|. Por um minuto, os dois se calam enquanto compartilham o fumo.

|Minha prima não deixava eu tragar| diz Tobias, retomando o fio de um novelo esquecido lá atrás. |Não deixava?||Não. Ela dizia que podia ser forte demais pra mim, que eu ainda era muito novo. Por isso ela fazia respiração boca a boca| explica. |Respiração boca a boca?||Era assim que ela chamava| Tobias ri. |E como era?||Ela tragava e depois soprava a fumaça dentro da minha boca|. |Entendi| Celso ri também |Já brinquei disso com Lena|. Tobias olha para o cigarro na mão do outro, calcula e se queixa |Tu vai ficar com o último tapa?||Se quiser, pode ficar| oferece Celso, estendendo o cigarro. |Eu posso te fazer uma respiração boca a boca, assim todo mundo aproveita o finzinho| propõe Tobias, como quem tenta disfarçar a seriedade do que diz sob as cores da pilhéria. Manuel interpreta isso como um aviso de perigo, uma chamada à intervenção num jogo que lhe parece já excessivamente perigoso. Mas, tomado da inabilidade que lhe é intrínseca, se perde numa meada de opções quanto ao que fazer, todas implausíveis. Por isso se põe à espera da reação de Celso. Que acha graça da ideia e diz |Então faz|. Tobias suga tudo o que o cigarro ainda tem

a oferecer até que a pequena brasa se extingue. Faz com a mão um gesto como que para dizer que está pronto. Celso, sem perder a expressão de divertimento, abre a boca. Tobias se aproxima com algum afã do rosto de Celso, mas decerto ultrapassa um limite que não lhe foi franqueado e se vê repelido pelo outro com um braço estendido que faz ele cair sentado no tatame, exalando a fumaça tão bem represada. Celso explode de rir. É a deixa para Manuel se levantar dentro da rede, como se somente agora, por causa da risada de Celso, tivesse despertado.

Celso percebe o movimento, olha para ele, diz |Mano, tu perdeu de ver Tóbi tentando me beijar| e volta a rir com a alegria sem sentido e sem motivo das exaltações induzidas. Manuel muda de posição na rede, permanece sentado, mas os pés bem plantados no chão. Olha para Tobias, que lhe devolve o olhar com a tranquilidade dos inocentes. |Tentei nada| diz Tobias por fim. Celso ainda rindo contesta |Tentou sim|. Tobias investe |Eu sei que tu nunca ia beijar outro homem na boca|. Celso recebe aquilo como um desafio, ao qual responde lhanamente |Não adianta forçar a barra, Tóbi. Se eu tivesse que beijar outro homem na boca não ia ser tu|. Tobias se pretende ofendido |Ah, não? Por quê?||Porque eu não te amo, só por isso, a gente mal se conhece e tu não faz o meu tipo| responde Celso com voz fingidamente séria.

Manuel acolhe a resposta como se ela fosse uma criança desamparada e aturdida, ansiosa por ser posta no colo da mãe de quem se perdeu por tempo suficiente para se desesperar de revê-la. Tobias, por sua vez, planeja raptar a criança para descobrir até onde vai o limite desse desespero. É o que faz ele dizer a Celso com o olhar voltado para Manuel |Tem que amar pra beijar?||Pra mim tem| responde Celso. |Duvido| rebate Tobias. |Pode duvidar à vontade, o problema é teu| Celso dá de ombros, muito à vontade e ciente de si. |Então quero ver tu beijar Manuel, tu não dissesse que ama ele?| é a lança que Tobias arremessa no ar à espera de que atinja o alvo. E atinge.

Celso, meio cambaleante, se levanta do tatame, ataca dois dos botões do short que até agora vagavam fora de casa, chega à rede, apreende com cuidado os ombros de Manuel e puxa ele para cima até que fique de pé. Manuel, instintivamente, pousa as duas mãos espalmadas sobre o peito de Celso, mãos que suam frio sobre a pele nua e quente, mais um contato indevido e agora ainda mais imprudente. Celso envolve com o corpo grande todo o corpo exíguo de Manuel, quase a abarcá-lo por completo num abraço manso mas resoluto. Quando Celso baixa a cabeça e avança os lábios para alcançar os dele, Manuel cobre a boca com a mão direita, se desprende do abraço, corre até o banheiro, se ajoelha diante do vaso e vomita toda a malventurosa agrura que o forçaram a ingerir nesse dia inglório e aziago.

Celso entra no banheiro. |Mano, rapaz, a gente fez mal em te deixar beber. Tu já tava ruim de manhã, nunca tomou cerveja na vida, olhaí no que deu|. Manuel faz menção de se levantar, Celso trata de ampará-lo. |Já foi tudo?| pergunta |Acha que não tem mais nada pra pôr pra fora?|. Manuel emite um débil |Acho que não| e se aproxima da pia. Abre a torneira, lava a boca várias vezes para se desfazer do desgosto. |Quer se deitar um pouco?| pergunta Celso. Tobias, que observa da porta, intervém |Não pode deitar ainda. Tem o risco de vomitar de novo|. |É mesmo| confirma Celso. |É melhor ele se sentar| sugere Tobias. |Vamos lá pro quarto| decide Celso. E vão.

Celso faz Manuel se sentar na beirada da cama larga. Apoia dois travesseiros contra a cabeceira. |Pronto. Se encosta aí|. Manuel obedece, ajeita as costas, estende as pernas. Celso e Tobias se entreolham. Tobias diz |Acho melhor eu ir nessa. Já tá ficando tarde mesmo, hoje tem pouco ônibus, eu moro longe|. |Certo| diz Celso e, se virando para Manuel |Hoje tu dorme aqui em casa, na cama, eu vou ligar pra tua casa avisando|. Manuel abre a boca para dizer alguma coisa, mas Celso se adianta |Tranquilo, Mano. Não vou contar nada, invento uma desculpa qualquer, não tem por que preocupar teus pais com uma coisa tão boba, né?|. Manuel agradece com o olhar. Celso se retira.

Tobias, de pé no meio do quarto, contempla Manuel por alguns instantes. Sem prévia advertência, se despe do short, que deixa cair no chão, e fica nu diante dos olhos de Manuel, que agora veem o que ele vê com a cabeça turva e o estômago derrotado. Tobias recolhe o short, dobra e deixa sobre o mesmo ângulo da cama de onde recolhe sua roupa, até agora ali amontoada. De costas para Manuel, veste a camiseta, a cueca, a bermuda. Já sentado na beirada da cama, calça as sandálias de couro. Ele não sabe que, séculos atrás, Manuel também esteve num quarto que não era seu, deitado em cama que não era sua, enquanto um corpo nu navegava livre diante de seus olhos hipnotizados, um prólogo sedutor para um desenlace patético. Mas hoje, ao contrário de então, Manuel tem a língua amarfanhada, as mãos inapetentes e a carne hostil a outras peles.

A Manuel não faltaria, portanto, razão para fechar os olhos, mas não fechou. Aprende assim que a insolência dessa beleza não reside apenas no rosto perfeito de Tobias, mas em todo o seu corpo laborado na maleabilidade grácil, reluzente como a cerejeira polida de sua estante nova. Agora, sim, fecha os olhos, um pouco arrependido de não ter feito isso antes. Respira fundo. Ouve os pés de Tobias que se aproximam dele. Mantém os olhos fechados. Sente a mão que lhe afaga os cabelos. |Te cuida| diz Tobias. Manuel abre os olhos. Tobias recua |Desculpa| se vira e sai.

Manuel, ainda sentado, se deixa finalmente abater pela fadiga do empenho investido no combate a miragens verídicas e realidades factícias. Adormece. Quando desperta, demora a reconhecer o ambiente penumbroso e a textura diferente da cama em que está deitado, a cabeça apoiada em travesseiro, um lençol fino a cobrir-lhe o corpo da cintura até além dos pés. Levanta os braços e retesa o corpo ao se espreguiçar, o lençol desliza para o lado, deságua no chão, Manuel deixa cair as mãos ao lado das pernas e o tato lhe revela que estão nuas até a altura da virilha, desenhada pela cueca. Desnorteado, se senta na cama com demasiado ímpeto, o que faz a nuca bater contra a cabeceira, justo quando Celso desponta à porta do quarto, sem dúvida atraído pelo ruído do choque. |Tudo bem, Mano? Acordou?|. Manuel se precipita sobre o lençol caído e se cobre com ele. |Acordei|. Celso dá um passo adentro. |Posso acender a luz?||Pode|. A lâmpada do teto devolve ao quarto suas cores e contornos, e Manuel vê, pendendo dobrada de uma das portas abertas do guarda-roupa, sua calça comprida. Celso recolhe a calça, se aproxima da cama, se senta nela ao lado de Manuel, que lhe abre espaço. |Tu pegou no sono sentado e todo vestido. Achei que ia ficar mais confortável sem a calça. Tu tava dormindo tão pesado que nem se mexeu quando eu tirei ela, te pus deitado e te cobri com o lençol|. Manuel dissimula na voz a palpitação que o acomete ao tentar recuperar as sensações que não teve enquanto o amado lhe desabotoava o cós da calça e a fazia escorrer-lhe cintura abaixo, sem dúvida segurando delicadamente cada pé no momento de fazê-lo entrar pela perna a fim de permitir a manobra, quem sabe até levantando com cuidado seu corpo para facilitar o ato. Era toda uma incomensurável primeira vez. |Obrigado|. Celso sorri, passa a mão pela cabeça de Manuel, com a decisão dos afetos facilmente concedidos. |Eu sempre quis ter um irmão mais novo, sabe| Celso confessa |Mas acabei sendo o caçula temporão. Minha mãe tava perto dos quarenta, tinha já três filhas, não queria mais saber da trabalheira de engravidar e parir, mas meu pai, sabe como é, não sossegou enquanto não teve um filho macho pra pôr nele o próprio nome e exibir pros outros machos da família| sorri. Manuel se desarma das que agora descobre tolas apreensões suscitadas pela perspectiva, ou expectativa, de alguma vez se encontrar a sós com Celso, sem Helena. Sem Helena, sim, mas na mesma cama que ela frequenta e ao lado do mesmo homem. |Eu quero ter um filho igual a você| diz Celso, estendendo a calça para Manuel. |E se for uma filha?| ele pergunta apoiando a calça sobre o lençol. |Aí eu vou querer igual a Lena| Celso responde com olhos de amorosa saudade. Em seguida, encolhe os ombros, ri e diz |Mas dá no mesmo. Vocês dois são muito parecidos|. O negativo invertido, Manuel repete em silêncio. |Se veste e vem pra cozinha. Vou fazer um chá de boldo, é o que tem de melhor pro estômago. Depois, uma canja, pra forrar|. Manuel estende a mão, que pousa sobre o braço de Celso. |Eu te amo| ele diz, na simplicidade chã dos apaixonados ou dos heróis a ponto de expirar, vencidos, no campo de batalha. Celso pousa sua mão sobre a de Manuel |Eu sei|, como arrependido de ter duvidado há pouco desse mesmo amor, e emenda |Por isso eu quero te pedir desculpa, Mano, aquilo que eu fiz tu não merecia, eu caí na lábia de Tobias, fui sacana contigo, desculpa, eu quis te forçar a fazer o que tu não queria|. O coração de Manuel não deixa escapar o \Tobias\ completo, interpreta o nome por extenso, três sílabas e um s, como sinal de uma possível inflexão do sentimento de Celso pelo parceiro de jogo, se alegra, está pronto, sempre esteve, para tudo perdoar. |Você tinha bebido, tinha fumado, não foi nada| Manuel justifica |Eu é que errei, tomei cerveja, fez mal|. |Sei não, Mano. Possa ser que Lena tem razão de não ir com a cara dele| Celso reflete em voz alta. Se levanta. |Tô indo lá fazer o chá||Vou pôr a calça e lavar o rosto|. Celso se inclina, passa de novo a mão na cabeça de Manuel |Eu também te amo, cara| e sai.

Domingo de manhã, Manuel está sozinho no ônibus para casa. Tinha ido dormir pouco depois de tomar a infusão de boldo e a canja, ainda não refeito de tantos atropelos sucessivos. Acordou cedo, com a luz da manhã acesa na janela da sala, desprovida de cortina. Não quis a cama que Celso insistiu em lhe oferecer. Receava as fantasmagorias que a noite poderia lhe reservar num quarto que não era pro seu bico. Já lhe custava identificar, rotular e ordenar as experiências da tarde entre aquelas paredes e sobre aquele colchão, não precisava de mais. Não gostava de dormir em rede, por isso mesmo foi na rede da sala que se deitou. Queria retornar ao lugar de onde tinha ouvido e visto tudo o que agora precisava e exigia recapitular para entender, as duas mãos em seus cabelos, os dois pedidos de desculpas, e as duas declarações de amor no singular, uma em que ele era a não-pessoa, o objeto ausente, a segunda em direto, a mão dele sobre a sua. A sinceridade incontroversa de Celso contrastava em sua solidez de aço escovado com a vaguidão proteiforme de cada gesto e palavra de Tobias. Manuel, no entanto, duvidava da racionalidade de sua análise, revisava a tradução e nela topava com uma série de pequenos lapsos capazes de comprometer o bom entendimento da versão que, ingenuamente, tinha acreditado ser definitiva, embora já intuísse que a versão definitiva de qualquer texto é produto exclusivo da morte do autor. A nitidez das cenas que tentava evocar estava comprometida pelo véu que diante delas oscilava e sobre o qual dançava a sombra do corpo nu de Tobias, frente e verso. Como esperar abrir o cofre espesso da verdade com essa combinação vacilante, composta de tantas idas e vindas do segredo que a memória é incapaz de reter? A voz falha de Tobias ao lhe pedir desculpa prejudicava os esforços de interpretação do que precedia o ato final do quarto, desenlace que nada do espetáculo da sala parecia antecipar. Adormeceu com essas dúvidas e não sonhou com elas.

Ao chegar à portaria do edifício, Manuel encontra o pai. |Oi, filho| que lhe dá um beijo na testa |voltando só agora da farra?| e sorri, piscando um olho, antes de informar |Eu desci pra comprar pão, cê já tomou café?||Ainda não||Pois o pão tá quentinho|. Seguem até o elevador, que não tarda. É sempre longa a subida até o vigésimo andar, mas hoje Manuel gosta dessa demora, porque tem ao lado o pai, que já foi um dia tão maior que ele, mas agora tem sua mesma altura. Manuel apoia a cabeça no ombro do pai. |Tá com sono, filho? Dormiu mal?||Não, pai, tô com saudade||Saudade de mim?| |Saudade de mim| responde Manuel em voz baixa. O pai entende, sempre entendeu. |Quer chorar no meu ombro, filho?| e o envolve com um braço. Manuel aceita, e deixa escorrer um fio de silêncio todo água e sal. O elevador para, a porta se abre. Mas o pai de Manuel preme outro botão. A porta se fecha. O elevador sobe. A porta se abre na cobertura do prédio, um espaço habitado apenas pela caixa d'água, pela casa de máquinas e o quarto de despejo onde o zelador amontoa uma exuberância de ferramentas e quinquilharias. O pai leva Manuel até a beirada protegida por uma grade feita de vergões de ferro entrecruzados. Dali o mar se vê, que a essa hora o sol prateia. Enlaçados, em silêncio, os dois olham por entre as barras azinhavradas. |Você está amando, filho?||Não sei, pai||Então é porque está| conclui o pai, sorrindo para si. Manuel sabe que não tem precisão de falar, explicar, desfiar nomes, números e datas. A seu pai nunca ocorreu lhe dar o próprio nome. |O amor não perdoa quem ama, filho. Não é assim aquele verso que você escreveu?||Não fui eu, foi Dante, eu só tentei traduzir||Vê só? O amor vem direto do inferno| o pai graceja. Manuel sorri. Seca os olhos com as mãos. |E se a mãe perguntar por que seu ombro tá todo molhado?|, ele contempla a camisa do pai. |A gente responde|.

Quando Manuel e o pai entram no apartamento, a mãe aparece na sala, vinda da cozinha. |Olha quem eu encontrei lá embaixo| diz o pai, alegre, apertando os ombros de Manuel. Ela se aproxima deles, dá um beijo no filho |Tá tudo bem, querido?||Melhor agora| ele responde. |Tá cansado? Dormiu mal?| ela repete sem saber. |Não, dormi demais, acho que é por isso que tô com essa cara amassada| Manuel responde sem precisar mentir. |E o café?| pergunta o pai. |Na mesa| ela diz, depois olha de novo para Manuel, vê a camisa do pai umedecida no ombro. Sem nada perguntar, recolhe o embrulho do pão e sugere |Enquanto você troca de camisa eu vou desligar o fogo do cuscuz|.

Manuel se levanta da mesa da cozinha, depois de ter comido mais do que imaginava necessário para satisfazer a fome, em geral pouco exigente. |Vou estudar. Tenho um monte de coisa pra ler|. |Tem um pacote pra você na mesa do teu quarto| avisa a mãe. |Pra mim?||É. Ontem no fim da tarde o seu Américo ligou pra avisar que alguém tinha deixado uma encomenda pra você na portaria. Ele mesmo trouxe e me entregou||É verdade, eu já tinha esquecido| diz o pai. |E o que é?| Manuel se intriga. |Não faço ideia| ela responde |É um pacote pequeno, deixei em cima da máquina de escrever, pra coisa não se perder no meio do maremoto| a mãe sorri ao se referir aos livros e papéis em permanente desordem no quarto do filho.

Manuel vê o objeto mencionado pela mãe, pousado sobre o rolo de borracha preta da máquina de escrever. Entra, fecha a porta, recolhe a coisa em formato de pequena caixa retangular, envolta num recorte de jornal, mantido preso sem muita convicção por uma fita elástica amarela cruzada sobre si mesma, que Manuel faz romper-se pela premente curiosidade e notória falta de jeito. O recorte de jornal se desdobra e ele identifica de imediato a página do diário em que se imprimiu seu conto, visão que o deixa tão perplexo que ele se senta na cama, olhando para o estojo de plástico marrom gravado com um nome inglês em letras puídas que já devem ter sido douradas. Ele faz o estojo se abrir levantando a metade superior. Topa com um óculos de lentes escuras, verdes, que ele reconhece e recolhe e sob o qual desponta uma tira de papel branco enrolada em espiral, concha de caracol sutil. Desenrola e lê. \Não é novo mas já viu muita coisa, não te quero com rugas, desculpa por hoje, T.\ A letra é limpa e miúda, talvez por natureza, talvez pela exiguidade do espaço, traçada com tinta preta, as três frases mais a inicial tentando se conter, com algum sucesso, dentro dos limites impostos por duas pautas azuladas, prova de que o papel foi arrancado de um caderno. Manuel olha para as lentes que o contemplam, lentes que já o contemplaram, lentes que absorveram os reflexos de seu rosto, decerto também de seu corpo inteiro, para fazê-los imprimir uma figura coerente na mente do espectador. Se algo dele atravessou aquelas lentes, algo dele pode ter ficado, de algum modo difícil de conceber, impregnado nelas, porque nem tudo o que nos chega à vista nos chega à vista por inteiro, é a falibilidade de todos os sentidos, diria um budista platônico. Mas as lentes, ele prossegue nessas reflexões tortuosas, não apenas captam, elas também emitem, e se algo dele ficou nelas por fora, algo do observador deve igualmente ter ficado por dentro. Movido por essa metafísica improvisada, Manuel eleva o óculos até a altura dos olhos, desdobra as finas hastes de metal dourado e as acomoda sobre as orelhas, ajeita o par de lentes sobre o nariz. Entre ele e o ar à sua frente se estende um liso véu de verde-musgo, as coisas tornadas mais nítidas porque são lentes graduadas, e Manuel se lembra \meu grau é bem fraquinho\ e se admira ao descobrir que ele e Tobias compartilham das mesmas necessidades de ajustes da visão, algo que Tobias sem dúvida sabe, mas nunca lhe disse. Se levanta da cama e vai até a janela do quarto. O dia luminoso dissolve o musgo, mas não fere as retinas, as pupilas, as íris, os cristalinos, o complexo sistema dos delicados e aquosos planetinhas em suas órbitas. A gente só descobre que algo nos falta quando deixa de nos faltar, escreveria um cronista pouco inspirado ou em cima da hora para entregar a coluna diária. Manuel se arrepende de um mal que não cometeu, de ter vivido até agora sem o acesso integral aos contornos da matéria, como se fosse culpa sua o ter acreditado por tanto tempo que as formas e feições do mundo eram aquela realidade fingida e não esta recém-nascida pureza, esta limpidez gloriosa. Ver é conhecer. De repente se dá conta de que tudo quanto sabe é imperfeito e nebuloso, se tudo quanto sabe foi pelos olhos desregulados que apreendeu, mais do que por qualquer outro senso, e nisso inclui até mesmo o muito que tem lido. O homem, mais do que um ser, ou mesmo para ser, é um ver. Então, se pergunta, o que até hoje viu do amor, do amor que viu, é menos do que pôde amar, do que poderá amar quando seus olhos migrarem de vez para aquém da fronteira vítrea das lentes. Uma felicidade lhe corre por sob a pele, a felicidade vinda de um futuro em que será ainda mais deleitosamente imperdoável o amor que ama.

Manuel se admira no espelho do guarda-roupa, se vê como foi visto por quem o viu por aquelas lentes. \Bonito, você deve ficar, em você deve ficar bonito\ ele se lembra de ter dito a Tobias no primeiríssimo encontro. |Eu acho que fico bonito com ela| confirmou Tobias. |Eu também| Manuel disse. |Você também| confirmou o outro. Manuel se viu impelido a esclarecer |Eu também fico bonito com ela|. |Você também| volta a dizer Tobias. E Manuel crê na beleza que lhe foi atribuída, mas somente agora, porque provido de verossímil visão. É a primeira vez que não se acha feio, indigno de que alguma vez o desejem. Eu sou bonito. E sente uma gratidão sem norma por Tobias, pelo dono dos olhos que o viram por trás daquelas mesmas lentes e que, à primeira vista, à primeira visita, adivinhou que a beleza de Manuel dependia de óculos para que ele mesmo se enxergasse bonito e bom.

Manuel quer se evadir, está ansioso por apreender a autêntica e exata beleza do mundo e por exibir ao mundo a sua própria. Devolve o óculos ao estojo, junto com a tira de papel, em que se inscreve o inútil pedido, desculpa por hoje, inútil porque esse hoje já não há, foi ontem, e hoje não tem nada a ser desculpado, antes é Manuel que necessita o perdão de Tobias por não ter visto nele o que nele Tobias viu.

|Já vai sair de novo, filho?| o pai pergunta, sentado no sofá da sala a ler o jornal do dia, ao lado da mãe que toma notas numa caderneta. |Vou| ele responde, impaciente. |Volta pro almoço?| é a mãe. |Não sei. Pode ser|. |Te cuida, filho| aconselha o pai, e Manuel sorri porque a advertência, diversas vezes proferida nesses dias, ignora que ele já não precisa se cuidar porque tem a proteção do óculos de quem lhe apresentou o amor de se amar. Sai. Vai.

Manuel voltou para casa exausto, seis da tarde, senão da noite. Pai e mãe o receberam, apreensivos. |Manuel, meu filho, você tá com a mesma roupa desde ontem| disse a mãe |Mal chegou de manhã e já saiu, depois de dizer que tinha muito que estudar|. |Você almoçou?| foi o pai que indagou, preocupado com o ar de fadiga que Manuel não teve como esconder, Manuel que tinha se esquecido de comer e agora experimentava inequívoca fraqueza, uma vez concluída a tresvariada peregrinação. |Não| respondeu. |Por onde é que você andou o dia todo?| a mãe insistiu |Tava com Celso e Helena?||Não. Andei por aí. Sozinho| e sem nenhum vestígio de insolência completou |Sou dono do meu próprio nariz|. O pai riu |Um nariz que pode cair da cara se não se alimentar direito||Sobrou macarrão do almoço, é só esquentar, ainda tá na panela| informou a mãe, que lançou ao pai um olhar melancólico, de adeus resignado ou saudade antecipada.

Manuel tinha dado a volta ao mundo, viajado por sete semanas vezes sete, a bordo unicamente de seus pés e de seus olhos, estes agora dotados de um instrumento superior a todo sextante, a toda bússola, a qualquer tábua de efemérides, o óculos, definitivamente singular em seu dualismo de fachada, o mesmo óculos de onde tinha sido visto por Tobias, o cavalheiro que ofereceu a cadeira à dama, que se empenhou em ler o que eu escrevo, que não me quer ver com rugas porque sabe que sou bonito com aquela armação que era sua. Manuel aquela tarde avistou a precisão da pelagem dos cães soltos a zanzar seu abandono, distinguiu a irregularidade dos intervalos entre as pedras da calçada e o atrevimento vegetal que se insinuava por eles, divisou os cristais refugiados sob a areia mais espessa da praia, descortinou a sombra de uma nuvem projetada no chão e se certificou de que tinha a forma de um barco prestes a naufragar, enxergou o verniz das unhas de um pardal que alçou voo à sua frente, e registrou o rastro desse voo. Olhou olhou olhou. O grau é fraquinho, mas para Manuel é toda uma hipérbole translúcida que a correção das lentes lhe garante traçar e apreender, parábola da vida.

Satisfeito, extenuado, feliz embora, se estende no escuro da cama, apaga inconscientemente toda a memória ruim do que sofreu ontem, só tem olhos, ouvidos e olhos para o \não quero você com rugas\, faz que não leu o \desculpa por hoje\. Atravessou sozinho a cidade endomingada, vendo e ouvindo de Tobias só o que lhe fazia bem, e era muito. O presente do óculos tinha anistiado toda eventual falta cometida, e ainda sobrava crédito. E não percebeu, cabe a mim explicitar, que por toda essa jornada não dedicou um só pensamento a Celso, ocupado que esteve em reconstituir por trás das lentes e dentro dos olhos a inesperada apresentação que Tobias lhe fez do próprio corpo moreno, apresentação que, Manuel lamenta agora, ele poderia ter aproveitado muito mais e melhor se já tivesse óculos para lhe oferecer a nitidez do detalhe e a justeza do pormenor. Sorri, não chora, nem se lembra que mais cedo chorou, porque mais cedo é remota época. Hoje não vai ter insônia, graças à física do cansaço e às pesadas exigências da alegria. Somente agora, às bordas de adormecer, a lembrança lhe devolve aquele \Não é todo mundo que tem um Celso na vida\. Sim, não é todo mundo. Mas depois de tudo o que viu sem prever nem prover nessa data já inscrita com inicial maiúscula em seu livro de história, Manuel limpa o enunciado de toda afetação de ironia, suprime o indefinido, se despede do objeto original, põe em seu lugar esse outro dotado de um s de falso plural, que vale pra mim o mesmo que vale em lápis, pires, ônibus e deus. Sorri, satisfeito com a reformulação. Não é todo mundo que tem Tobias na vida.

E acorda bonito na terça segunda-feira, lê no relógio da cozinha que passa das nove quando toma café sozinho, o que lhe permite estar de óculos escuro dentro de casa, como a criança que não quer se desfazer do brinquedo novo e o leva a passear até onde não convém. Pensa que tem de ir à faculdade, não quer, mas o telefone toca. |Alô, bom dia| é a voz do outro lado. |Bom dia||Por favor, eu gostaria de falar com Manuel||Sou eu||Ah, bom dia, Manuel, aqui é Cecília, da Óptica São Rafael|, e a palavra ótica faz Manuel sorrir, bonito. |Sim, dona Cecília||Estou ligando para informar que seus óculos já estão prontos, acabam de chegar aqui na loja, você pode vir buscar à hora que quiser||Vou agora mesmo| ele responde, subitamente aflito e afoito. |Pois venha, eu lhe aguardo, vai ser um prazer lhe atender pessoalmente|. Manuel não contava com essa deliciosa sucessão de bondades, dois presentes em tão pouco tempo, um par de semanas escoadas desde seu aniversário. Já tinha decidido, ao despertar, que faria uma visita a Tobias, para lhe agradecer pelo óculos de sol e adquirir o conhecimento exato da real perfeição do rosto de cerejeira, mas o telefonema de dona Cecília. Ele se interrompe. \Vai ser um prazer lhe atender pessoalmente\. Por que pessoalmente? Por que não ligou Tobias para ele, conforme tinha prometido na primeira visita à ótica? Haverá uma hierarquia de procedimentos, Tobias recebe o pedido, dona Cecília entrega o óculos pronto ao cliente?

À medida que caminha na direção da ótica, Manuel vai tentando regrar uma excitação irregulável. Na calçada em frente, ele se detém para acalmar a respiração e retirar o óculos, que guarda em seu estojo, o estojo que guarda na mochila, a mochila que não vai devolver às costas e que segura pelas alças enquanto se dispõe a atravessar a rua. Aproxima o rosto da vitrine, espia. Por trás das armações expostas e dos cartazes com dizeres promocionais tenta localizar a mesa de Tobias. Não o vê, a mesa está desocupada. Muda de ponto de vista, enxerga dona Cecília, sentada em seu posto a dialogar com outra pessoa. Manuel deixa passar algum tempo, supõe e quer que Tobias esteja no fundo da loja, volta a espreitar. Não o vê. Decepcionado, entra na ótica. Dona Cecília sorri para ele |Bom dia, Manuel|, a mocinha sentada do lado de cá da mesa se levanta, também sorri, puxa a cadeira um pouco para trás |Por favor|. Manuel acompanha os passos dela, pouco mais velha do que ele, calcula, e a vê sentar-se atrás da outra mesa, a mesa de Tobias. Um sentimento indefinido lhe inspira um inaudível suspiro.

|Sente-se, meu filho| dona Cecília ordena, como se censurasse a falta de discrição de Manuel ao demonstrar um suposto interesse pela jovem. Ele se senta enquanto pergunta, ansioso e quase rude |Cadê Tobias?|. Dona Cecília percebe que se equivocou, não se incomoda com a pergunta abrupta. Sorri de novo |Tobias não

trabalha hoje|. Manuel se lembra |Ah, é, de quinze em quinze dias, uma segunda-feira livre| e para responder ao que dona Cecília não lhe pergunta |Ele me contou|. |Você é amigo de Tobias?|. |Sou| Manuel assevera, convicto, como se quisesse fazer a resposta recuar na história e desmentir uma negação que hoje ele daria tudo para não ter enunciado um dia. |Faz tempo?||Não| ele calcula com ajuda dos dedos, sussurrando, e acha engraçado |Faz quinze dias|. Manuel, apesar de frustrado pela ausência do amigo por fim assumido, diz |Eu gosto dele| e outra lembrança lhe ocorre |Ele é afilhado da senhora|. |Do meu compadre| ela retifica. |Afilhado do doutor Tobias||Isso mesmo, o teu oftalmologista, meu compadre||Eu gosto dele||Do doutor Tobias?| sorri dona Cecília, |Também| responde Manuel, sincero. |Ele também gosta de você, Manuel||O doutor Tobias?||Também, mas eu estava pensando no Tobias afilhado| e dona Cecília se diverte com o vaivém dos nomes. Manuel ri, quer saber mais |Ele disse à senhora?|, vê a dúvida estampada na expressão de dona Cecília |Tobias, o afilhado, disse à senhora que gosta de mim?||Disse| ela confirma, simpática. Manuel se alegra. |Ele disse que você é um rapaz muito educado e muito inteligente||Eu sou uma dama| Manuel diz, sem perceber o embaraço com que dona Cecília recebe essa declaração em tudo e por tudo despropositada. Ela decide reorientar a conversa. |Mércia| ela chama, olhando na direção da mesa de Tobias |Me traz esse envelope amarelo dentro da primeira gaveta| e agora para Manuel |Mércia é minha sobrinha. Quando Tobias está de folga, ela vem me ajudar, é uma joia de menina||Tobias é muito educado e inteligente| Manuel repete, retribuindo os cumprimentos ao ausente |É um cavalheiro| acrescenta, comovido. |Aqui, titia| Mércia passa às mãos de dona Cecília o envelope solicitado e se afasta novamente. |Um cavalheiro| ela repete, duvidosa, abrindo o envelope |Um menino muito esforçado, disposto a aprender, isso sim, vindo de onde vem| antes de dizer piscando um olho maroto |E faz muito sucesso com as clientes||E com os clientes?| Manuel é toda uma inocência entusiasmada, mas não tarda a cair em si. Se remexe na cadeira, incomodado. Dona Cecília é profissional |Vamos ver esses óculos então| e lhe passa a armação preta, agora mais pesada que no outro dia por causa das lentes. Manuel, quase trêmulo, ajusta o óculos no rosto. |Ficou ótimo em você| comemora dona Cecília, empurrando para mais perto dele o espelho móvel sobre a mesa. Manuel contempla o próprio reflexo. O que vê, e como vê, lhe umedece os olhos. É uma beleza exagerada, aquela armação era para ser de Tobias, e só por isso Manuel agora, ao se olhar no espelho, vê o que Tobias viu nele. A confusão de sensações lhe ata um nó na garganta. |Você está bem, meu filho?| indaga dona Cecília diante da visível mudança. Manuel não tem condições de falar, teme desmanchar em água o nó que lhe constrange a língua. Ainda assim, diz com esforço |O banheiro|. Dona Cecília aponta para o fundo da loja. Ele se levanta, caminha até lá.

Não é uma cena que vai se repetir, porque a de hoje, embora igualmente úmida, está movida, não pelo sentimento da perda, mas por uma certeza de ganho, tão inelutável quanto. Como se chama o objeto da contundente saudade que transborda por seus olhos liquefeita? \Saudade de mim?\ o pai tinha lhe perguntado. Agora lhe faz muita falta o mesmo ombro, o mesmo entendimento tácito, o solidário teto. \Você está amando, filho?\ e a resposta agora seria sim, pai, muito, e justamente por isso está sendo punido pelo amor que não perdoa. É a saudade de uma devoção da qual está se despedindo, mas ainda não sabe disso. No espelho limpíssimo do lavabo claro e elegante da ótica, Manuel se mira e se maravilha, na ignorância de que os dois verbos são ramos divergentes de um mesmo tronco admirável. Não se reconhece, e gosta do que não vê pelas lentes novas do novo óculos. Enxuga o rosto com a toalha branca que traz bordado o nome da ótica. Pensa no que vai dizer. Ensaia um sorriso. Sai.

|Desculpe| Manuel diz quando volta a se sentar diante da dona da ótica. |Eu me vi no espelho de óculos e me lembrei dos meus pais| |Sinto muito| se compadece dona Cecília. |Ah, não| ele ri |Meus pais estão vivos. É que eles não deixam me faltar nada, sabe?| |Que coisa linda| ela agora se emociona também |Um filho que reconhece o que os pais fazem por ele, quem dera fossem todos assim|. Manuel volta a se olhar no espelho. |A senhora não acha que eu fiquei bonito com esse óculos?| pergunta, disposto a alegrar também a manhã de dona Cecília. Ela sorri |Mais bonito do que já é|. Manuel agradece com outro sorriso. Mas sente falta de outros olhos a quem deseja mostrar sua boniteza. É quando se lembra |Não posso levar o óculos agora| lamenta. |Por que não?||Porque quando a senhora me telefonou meus pais já tinham saído pro trabalho. Eu não trouxe o cheque pra pagar o resto| explica, tristonho. Dona Cecília balança a cabeça |Pois vai levar os óculos, sim, senhor. Outra hora você traz o cheque. O importante é cuidar da vista. Você é paciente do meu compadre, amigo do afilhado dele, é um rapaz distinto, fino, está tudo em casa| ela é veemente. Manuel irradia |Eu também gosto da senhora||Obrigada|.

Manuel caminha pela calçada na direção da esquina da rua. Passa diante do restaurante onde tinha levado à boca um testemunho dos lábios de Tobias. Agora eu também vou ficar sabendo dos teus segredos. Já não precisa tapar os olhos contra a luz do sol, tem seu próprio óculos, seu que era dele, \não quero você com rugas\. Quando chega ao poste de madeira pintada em que se prende a placa de metal azul com letras brancas \ônibus\, sente o corpo se apertar, constrito por uma recordação de abraço. Dá meia-volta. Para diante da ótica. Hesita, mas, já ciente da própria beleza, tem coragem de entrar. Não vê dona Cecília. Mércia é quem se levanta |Ficou faltando alguma coisa?||Dona Cecília?||Ela saiu pra almoçar||Ah||Posso ajudar?|. Manuel não sabe se ela pode. Mas não custa arriscar. |Você tem o telefone dele? Da casa de Tobias?| e se aproxima dela. |Ele não tem telefone em casa|, Mércia responde, segura. Manuel recapitula o que sabe da vida de Tobias, compreende a inexistência de telefone, quase se arrepende de ter perguntado. É quando lhe vem a ideia |E o endereço?||O endereço?||O endereço da casa dele, onde ele mora?|. Mércia olha para Manuel por alguns instantes. Em seguida, apanha sobre a mesa a caneta e um cartão da ótica. Escreve no verso. Estende o cartão |O endereço é esse|. Manuel lê. |Sabe chegar lá?| pergunta Mércia, solícita. |Acho que não| confessa Manuel. |Me dê aqui o cartão| ela pede e Manuel obedece. Volta a escrever, devolve. |Você pega esse primeiro ônibus, aqui na esquina, desce no ponto final. Lá pega o segundo, que para em frente da casa dele. Mas é bem longe, visse?||Eu sei, ele me falou|. Mércia examina com atenção o rosto de Manuel. |Essa armação ficou muito bem em você| ela diz |É preta, contrasta com seu rosto claro, se destaca|. Manuel volta a se olhar no espelho sobre a mesa. |Tobias que me ajudou a escolher. Disse que gosta dela, até queria usar||Queria| confirma Mércia |Mas não combina com a cor da pele dele, não se destaca|. Cerejeira, pensa Manuel. |Obrigado| ele guarda o cartão no bolso da calça. Mércia faz menção de dizer alguma coisa, mas se contém. |De nada, disponha| ela se contenta em dizer por fim.

O primeiro dos dois ônibus é bem conhecido de Manuel, porque é o mesmo em que Tobias lhe disse \Quero aprender com você\, o ônibus que serve aos dois, Manuel para chegar em casa, Tobias, agora Manuel sabe, para tomar outra condução até as franjas esgarçadas da cidade. Quando o ônibus entra na rua em que mora, crepitam em seu ouvido os grãos da voz que murmura: \Desiste, Manuel. Não é pro teu bico\. Manuel se levanta, puxa o cordão que alerta o motorista de sua intenção de baixar, se precipita rumo à porta aberta, salta, mas quando pisa o cimento da calçada já se arrepende. Agora sim, longe da ilusão do espelho, se reconhece, deixa-se cair em si, para de fingir que é um homem novo. Suspira, na fadiga antecipada de ter de lutar mais uma vez contra quem ele não deixou de ser, malgrado o óculos. Consulta no pulso o relógio que herdou do pai. Se lembra de ter fome. Sem muito refletir, caminha na direção da lanchonete na esquina. Entra, ocupa uma mesa vazia. Um rapaz de ar humilde vem lhe oferecer o cardápio, em silêncio, e em silêncio Manuel escolhe ao acaso o que comer. O rapaz se afasta. Manuel abre a mochila para trocar de óculos. Troca. Lá dentro vê o amarfanhado recorte de jornal, que recolhe, aplaina sobre a mesa. O branco esmaecido do papel não impede que o preto impresso nele tenha uma limpidez tal que obriga Manuel a passar o dedo sobre as palavras para se certificar de que não se trata de um alto-relevo. \Eu só uso óculos no trabalho, pra ler, meu grau é bem fraquinho\. Manuel descobre, quase escandalizado, que ele também só precisa de óculos para ler. Então a venturosa expedição de ontem e suas multiplicadas revelações, a microscópica acuidade de que se acreditou repentinamente dotado, a capacidade de contar se quisesse todas as nervuras verdes de uma folha nova, em nada decorriam de estar de óculos, mas de ser o de Tobias. Ainda carece de nome exato a sensação que nos advém de uma repentina consciência, de uma percepção súbita, de um estalo. Manuel volta a não se reconhecer, porque em outros tempos talvez tivesse saído em disparada da lanchonete no desespero de não perder o ônibus seguinte. Agora, no entanto, quer saborear o descobrimento junto com o prato feito que lhe trouxe o mesmo rapaz silencioso a quem Manuel pede uma garrafa de água mineral, com gás.

O segundo ônibus percorre um trajeto absolutamente inédito para os seis ou sete sentidos de Manuel. Já transcorreu hora e meia, dezenas de pessoas se alternaram em subidas e descidas nas incontáveis paradas, só ele não se moveu daqui, sentado junto ao vidro encardido de uma janela, no assento imediatamente posterior à roleta para não perder a indicação do cobrador, a quem pediu lhe avisasse quando se aproximasse o destino. A que horas tem de se levantar Tobias para estar na ótica cedo de manhã? Manuel vai se dando conta de que a cidade que conhece é apenas uma e decerto a menor das constelações da nebulosa de muitas outras cidades encaixadas umas nas outras, embutidas, enxertadas, superpostas, uma sucessão de paróquias, distritos, freguesias, comarcas, vilas e arrabaldes que se ramificam em outros tantos, a ponto dele querer acreditar que se disperdem no infinito. Frequentava desde criança o mapa, mais de uma vez tinha contrastado o azul cartográfico do mar com as tonalidades indecisas da mancha que se expandia como um leque avariado, recoberta por tamanha profusão de nomes, símbolos e linhas que faziam duvidar da utilidade da grande folha que se dobrava oito, dez vezes até se encapsular no folheto que seu pai trazia sempre no porta-luvas do carro. Um mapa se deixa abarcar, por mais extenso, pelo olhar totalizante do observador, mas não passa de uma ideia de papel, como a tentativa sempre baldada, quase trágica, de sintetizar numa só língua a multidão milionária das falas que desestruturam e implodem o sistema natimorto. Um mapa é tão surdo quanto um dicionário é mudo, este por acumular as palavras numa imobilidade que lhes nega a própria definição de palavra, numa ordem artificial em que jamais hão de ser pronunciadas, senão por inócuo divertimento, e aquele por sufocar na ilusória fidelidade de seus traçados inertes a inconstância inata de uma quarta dimensão, a única verdadeira, que se acumula em camadas de densidade arqueológica. À medida que avança, o ônibus vai adentrando o teatro de uma guerra há muito perdida, ruas de calçamento bombardeado, margeadas por arroios de lodo e outeiros de lixo, labirintos de casas deprimidas agarradas umas às outras como para impedir que desmoronem todas em uníssono das colinas em que se dependuram, comerciantes encerrados atrás das grades impostas pelos derrotados vencedores, crianças pelas esquinas, sequestradas de si, na companhia igualmente esquálida dos cachorros sem futuro.

Manuel sente um toque no ombro. |A rua é essa| avisa o cobrador |O ponto é logo adiante|. Manuel agradece, atravessa o corredor do ônibus entre os poucos viajantes remanescentes, solicita parada, desce. Consulta o cartão com o endereço, examina a paisagem ao redor, um quadro monocromático e desbotado que a claridade do dia só faz tornar mais feio. O ponto de ônibus é uma questão de fé dos usuários e de compaixão dos motoristas, quase uma superstição local, porque nenhum índice, símbolo ou ícone informa que exatamente ali se tem acesso ao transporte para outros segmentos e frações de uma mesma desesperança. Manuel se vê diante de um acanhado bar, música alto-falante, televisão irritadiça, uns poucos homens anexados a mesas de plástico amarelo sobre a calçada, todos tomando cerveja, alguns solitários, alguns em pares ou trios a conversar. O bar é uma protuberância que avança sobre a calçada, um calombo entre dois muros longos e carcomidos por trás dos quais se empilham cadáveres de automóveis esquartejados. Na calçada em frente, entre dois terrenos vagos onde o mato cresce sem reprimendas, uma casa retangular, telhado oculto, mal caiada de branco, uma porta azul-marinho protegida pelo mesmo tipo de grades de ferro das janelas que a ladeiam. Manuel atravessa a rua. Confere o número pintado com tinta preta diretamente sobre o revestimento áspero da fachada. Introduz a mão entre as grades e bate à porta com a mão fechada em punho. Ouve um ruído ao lado direito, junto à janela. |Que é?| pergunta uma mulher de rosto magro, cabelo cinzento preso em cocoruto no alto da cabeça. |Boa tarde, é aqui que mora Tobias?||Nos fundos| ela responde, movendo a mão como quem espanta um inseto caviloso. |Nos fundos?||Nos fundos, tu dá a volta no oitão, ali, tá vendo? Tem uma porta| ela explica, impaciente. |A senhora sabe se ele está em casa?||E eu tenho como saber? Eu lá meto o nariz na vida de ninguém?| e fecha a janela. Manuel se afasta da porta, caminha até a direção indicada pela mulher, o ângulo esquerdo da casa. Vê que ali, em parte escondido sob o mato, corre um leito exíguo de pedras irregulares. Segue por ele, a casa se revela muito comprida em relação à fachada de largura modesta. Topa enfim com uma porta feita de grades metálicas que ostentam dois grandes cadeados, um no alto, outro embaixo, atrás dela outra porta, de madeira velha. Manuel se recusa a acreditar no óbvio, na mudez inamovível dos cadeados reluzentes ao sol que se filtra entre o capim alto. Não correu as sete partidas para encalhar naquela praia do fim das eras. Bate. Silêncio. Bate forte. Silêncio. Bate com raiva domada. Silêncio.

Se encosta na parede, ofegante, odioso de si. Que criança é ele para acreditar que o mundo gravita em torno da tirania de suas vontades? Para não ter em momento algum da jornada contado com a probabilidade inequívoca de Tobias simplesmente não estar em casa, dia de folga? Consulta o relógio. Quatro e vinte. Não aceita a derrota. Cedo ou tarde ele vai ter de voltar. Eu quero. Eu espero.

Faz o caminho de volta. Atravessa a rua. Escolhe uma das várias mesas desocupadas do bar na calçada, puxa a cadeira de plástico, se senta. Daqui pode controlar o outro lado da rua. |Luzineide| um dos homens solitários chama, voltando o rosto para o interior do bar. Aparece uma mulher de idade indefinida, pele leitosa, short curto, bustiê sem alças, roliça, os cabelos ondulados e de um ruivo dubitativo. |Atende o mocinho| diz o homem, apontando para Manuel com o copo cheio pela metade. Ela inspeciona o novo freguês, sorri. |Vai querer alguma coisa, gracinha?|. Manuel não quer alguma coisa, quer uma coisa específica, mas tem de esperar. Pensa. Está cercado de homens, está na companhia de homens. |Uma cerveja| responde, ciente de que não vai tomar sequer meio copo. |Garrafa ou lata?| pergunta Luzineide. |Lata| Manuel responde |E um copo, por favor|. Ela se vai e retorna em poucos minutos. |Obrigado| Manuel abre a lata, enche o copo, vê a espuma se formar na superfície da bebida. |Quer beliscar alguma coisa? Tem amendoim cozinhado, azeitona, bolinho de macaxeira frito, moela| oferece Luzineide. |Não, nada, obrigado|.

O ambiente é ruidoso, a música tem excesso de metais, os sons da televisão se misturam às vozes dos clientes, à azáfama de cheiros que vêm da cozinha. Manuel, contudo e por tudo, não desvia o olhar, não ouve nada, desativa o olfato, como se sua mesa fosse um adereço autêntico e o resto do bar, um telão pintado. O tempo lagarteia, morno e abafado. A tarde se esvai preguiçosa, como que jiboiando. A cerveja adormece no copo. Manuel indaga o relógio que lhe diz seis horas. Abre a mochila, pega um embrulho de papel laminado, um sanduíche que trouxe pronto da lanchonete onde almoçou. Come. Para se distrair da paciência ansiosa, registra mentalmente o número de carros brancos que passam pela rua de mão única e escasso movimento. Já são dezessete. Descobre que nenhuma outra linha de ônibus arriba àquelas paragens e que o intervalo entre os ônibus é de quarenta minutos em média. O poste diante do bar se acende, no que é acompanhado pelo da calçada em frente, mas é um solitário par de âmbar na rua recoberta pela noite, onde a iluminação pública é particularmente sovina e cada ponto de luz, uma soberba condescendência. Trinta e dois carros brancos. Os frequentadores se foram todos. Pouco antes das oito, Luzineide se aproxima. |Bonitinho, daqui a pouco eu vou ter que fechar a bodega| informa. |Já?| lamenta Manuel. |Não dá pra ficar de bobeira por aqui depois desse horário| ela explica |Aliás, se eu fosse tu, cuidava de ir até a rua de trás pra pegar o último ônibus pro centro, que eu sei que é de lá que tu vem|. Manuel se sobressalta |O último ônibus?|. Luzineide ri |E não é pra ser, hominho? Quem vem pra cá ou sai daqui depois das oito?|. Manuel não quer abandonar seu posto. Luzineide deduz |Tu tá esperando alguém?||Tô||Combinou aqui?||Não. Ele mora naquela casa, nos fundos| e aponta. |Tubia?| Luzineide sabe. |Você conhece ele?| Manuel se anima. |E não conheço? Ele sempre toma uma cerveja aqui comigo quando volta do serviço||Hoje ele não foi trabalhar||Ah, então deve ter ido ver a mãe. De vez em quando até dorme por lá|. Manuel morde o lábio inferior, respira fundo, pergunta |Quando ele chega do trabalho, a que horas é?||Sete e quinze, sete e meia||Então ele ainda pode chegar, né?| Manuel se cumula de esperança. Luzineide lhe lança um olhar cúmplice, balança a cabeça, sorri |Tubia é alguém que a gente vale a pena esperar|. Manuel baixa o olhar tímido para a mesa. Luzineide observa o relógio na parede. |Tá bem, boneco, eu te dou mais uns vinte minutos. Depois disso, caixão e vela, acabou a novela|. Manuel vai agradecer, mas um ônibus estaciona junto à parada abstrata, a porta se abre e Tobias desce diante de seus olhos. Manuel se levanta com tanta sofreguidão que a mesa bambeia, o copo e a lata tombam sobre o tampo, a cerveja escorre pelos sulcos do plástico amarelo. Luzineide cai na gargalhada |Eita coração avexado!| e se retira para o interior do bar. Tobias para de frente a Manuel. |Manuel| ele começa a dizer, |Tobias, eu| mas Luzineide reaparece com um pano na mão |Avia, meu povo, avia! Ó Tubia, leva a criaturinha pra casa, faz é hora que tá aqui plantado, judiação, uma delicadeza dessa, tu não merece, visse?| e enxuga a mesa. Manuel leva a mão ao bolso, Tobias intervém |Põe na minha conta, Neide||E eu não ponho? Vou é anotar em dobro, olha só o desesperdiço, também depois desse tempo todo a cerveja devia tá é pra lá de choca|.

Tobias apanha Manuel pelo braço. |Vem|. E Manuel vai, se deixa levar, da calçada para a rua, da rua para o beco apenas visível na escuridão aonde mal se aventura a luz do poste na frente da casa. Param diante da grelha vertical. Tobias recolhe no bolso da calça o chaveiro. Faz a grade se mover para o lado, liberta de seus cadeados, abre a porta de madeira com outra chave. Acende a luz. |Entra|. Manuel entra, Tobias devolve os cadeados a seus postos, fecha a porta. Manuel dá dois passos à frente dentro do cubículo que conservou ciosamente o calor da tarde. |Tá um forno, vou abrir a janela, ligar o ventilador|. Tobias abre uma janela pequena e quadrada rasgada na parede perpendicular à da porta, janela gradeada que Manuel não vê debruçar-se sobre a calçada de outra rua, ainda mais escura. Mas vê sob a janela uma mesa estreita e curta, de metal branco e pernas dobráveis, suporte para objetos vários, espalhados em desordem. Ao lado da mesa, e da mesma altura, um filhote de geladeira, também branco, sobre ele o pequeno ventilador de plástico preto, já acionado por Tobias. Na parede oposta à da entrada se desenha uma moldura sem porta, que Manuel conclui ser o acesso ao banheiro. Na parede que sobra se encosta uma cama sem cabeceira e sem pernas, em que se amontoam dois travesseiros e lençóis mal dobrados. Tobias, parado sob a lâmpada única no centro do teto, voltado para Manuel, parece ocupar todo o lacônico espaço restante.

Manuel baixa a mochila no chão, apoia o dorso no trecho de parede ao lado da porta. Tobias se aproxima dele. |Tu tá lindo de óculos| diz, todo aberto um sorriso. |Tô mesmo, obrigado| Manuel concorda |Peguei hoje de manhã com dona Cecília|. |Como foi que tu chegasse aqui?||Mércia||Ah, claro|. Breve pausa. |Recebesse o meu presente?|. Manuel acolhe no rosto o ar que se desloca com a fala de Tobias. |Recebi||Gostasse?||Gostei||Agora tu tem dois óculos||Obrigado|. Tobias nunca esteve tão bonito, tão insolente. |De nada. Tu não tem mais desculpa|. Manuel franze a testa. |Não tem mais desculpa pra fingir que não vê o que tá diante do teu nariz| toca com a ponta do dedo o referido nariz, dedo que em seguida faz roçar muito de leve sobre os lábios finos, rosados, de Manuel. |Tu não sabe beijar| adivinha Tobias. Manuel dá um passo à frente, Tobias lhe tira o óculos do rosto, dobra, põe em cima da mesa. Manuel passa os braços em torno da cintura de Tobias, encosta a cabeça no ombro dele. Tobias abraça Manuel. |Que bom que tu desistiu|. |Sei não. Me ensina|.

As cores da terça-feira avançam pelo céu no mesmo ritmo do ônibus pachorrento. Manuel, sentado junto ao corredor, olha para fora da janela e em seguida para Tobias, que dorme pesadamente a seu lado, a cabeça meio reclinada para trás, apoiada no encosto do assento, a face esquerda meio comprimida pelo vidro. Manuel tem sono também, mas o moto-perpétuo, o rodopio obstinado da vontade de se compreender não lhe permite abandonar-se. Quanto terão dormido? Duas horas, nem, talvez. Manuel acordou sobressaltado quando o despertador tilintou às cinco da madrugada. |Hora de pagar os pecados| Tobias bocejou |O dia hoje vai se arrastar|, passou a mão no rosto de Manuel |Se eu soubesse que tu vinha, tinha deixado o endereço no estojo do óculos de sol, no sábado, tu vinha no domingo, ia ter sido melhor, a segunda era de folga, a gente ia ter o dia todo pra brincar||Eu não sabia que vinha|. Estavam deitados na cama que Manuel, lembrança soprada desde muito longe, reconheceu como de viúva. Tobias se levantou |Vou tomar um banho rápido| acendeu a luz do banheiro mesquinho, um facho escapou da moldura estreita e projetou um trapézio de amarelo mortiço no chão de cimento batido. |Eu só não te convido pra tomar banho junto porque||Tudo bem| interrompe Manuel, sorrindo |Não cabe|. Tobias entra no banheiro. Manuel ouve o manso murmulho da água que cai no metro quadrado sob a ducha, separado do piso por uma mureta de dois palmos de cimento que traça seus limites, água que respinga generosa, sem cortina que a censure. Poucos minutos depois, Tobias reaparece, envolto numa toalha da cintura para baixo. A nudez de Manuel se levanta da cama, se põe sob o chuveiro, a água é naturalmente morna, mesmo depois de tantas horas de sol ausente, passa depressa pelo corpo o que restou do pequeno sabonete preto ainda úmido da insolência, hoje sabemos involuntária, eu diria até inocente, da beleza de Tobias. Quando Manuel fecha a torneira, lembra que não trouxe toalha. |Tobias| chama |Tem outra toalha, por favor?|. Tobias aparece nu sob a moldura, cruza com o braço estendido a tímida distância que não o separa de Manuel e lhe passa uma toalha verde. Manuel se enxuga mal e mal, envolve com a toalha a cintura, pisa com atenção o chão molhado, volta ao quarto ainda na penumbra. |Vem cá| Tobias, sentado na cama, puxa Manuel pela mão, faz ele se virar de costas, desenrola a toalha, que deixa cair no chão, e se põe a beijar tudo o que está à altura de seus olhos. Manuel dá um passo à frente, gira o corpo, recolhe a toalha do chão. |Você vai se atrasar|. Tobias suspira, se levanta, puxa uma das duas gavetas que Manuel não tinha visto até agora, embutidas na cama, escolhe o que vestir, empurra a gaveta de volta. |Quer uma roupa emprestada?| oferece. |Não, obrigado|. Seu plano é não levar daqui nada que precise devolver um dia e anota intimamente a decisão de se desfazer de uma surrada camiseta azul-escuro. Se veste, saem. Tobias fecha portas e cadeados. |Vamos na Luzineide| informa |Tomar café|. Manuel segue Tobias pelo beco. Já na calçada, vê ao longe uma fina linha de anil desafiar o texto escuro do céu. Atravessam.

O bar se espreguiça, recém-aberto, as mesas ainda empilhadas num canto, Luzineide atrás do balcão de vidro onde dispõe a reduzida diversidade do que tem a oferecer. São os primeiros fregueses. |Ô, Tubia, que judiação| ela diz quando os dois se acomodam nos tamboretes altos diante do balcão |Fazer o principezinho levantar tão cedo. Aposto que esse aí não é do tipo que tem que ir trabalhar, branquinho assim e de óculos, por derradeiro. Tu podia ter deixado ele dormir até tarde|. Tobias não contesta, Manuel ri. |Dois do de sempre, Neide| Tobias comanda. |Pra já|. Tobias olha para a frente, como se examinasse com cuidado as garrafas de cachaça e rum alinhadas na prateleira da parede atrás do balcão. Manuel flagra em Tobias um quê de débil constrangimento. Por isso se levanta, caminha até a calçada, volta a observar a despedida da madrugada ao aceno rododáctilo da áurea hora. Está por se abrir um dia que não lhe trará nenhuma nostalgia de felicidade, a ele que dormiu tão pouco, mas que sente, nos músculos e na razão, que acordou fora de si, que, ao contrário do que faz Luzineide condoer-se, alguém se deixou ficar dormindo no cubículo, na companhia de outras sombras. |Vem comer, hominho| Luzineide chama. Manuel se aproxima do balcão, onde ela depositou dois copos transparentes de café com leite, um prato com dois pães recheados de queijo-manteiga e outro com duas rodelas de inhame. |Saco vazio não para de pé| ela diz, sorrindo. |Obrigado| Manuel devolve o sorriso e se põe a comer. |Ô Tubia, de quem foi que tu roubasse essa joia?| ela diz com uma expressão quase de dó. |Tão de graça, fino, diferente desses cafuçu que tu encontra por aí revirando o lixo e traz pra cá| e se dirigindo a Manuel |Tu não sabe, teve um outro dia que bebeu de tudo e mais um pouco, começou a brigar com deus e o mundo, quis dar na cara de Tubia, um furdunço que tu não faz ideia|. Manuel se apanha gostando de ouvir Luzineide, mas estranha o silêncio de Tobias, que se concentra em comer, ele em geral tão loquaz, e principalmente por Tobias não parecer dar importância às indiscrições da dona do bar. |Tobias é um cavalheiro| ele diz, risonho, ao que Luzineide rebate |Me engana que eu gosto| e os dois riem como mãe e filho que se reveem depois de um prolongado e doloroso exílio. |Judiação que nunca mais vou te ver de novo, mamulenguinho| ela sabe, passando a mão pelo rosto liso de Manuel. Tobias se levanta |Vamos|. Manuel faz menção de pagar, Luzineide balança a cabeça |O de Tubia vai pro caderno, o teu é por conta da casa||Obrigado||Ô, menino, larga a mão de ser rũi, me dê cá um cheiro|. Manuel beija o rosto de Luzineide. |Te cuida, visse?| ela passa a mão pela cabeça dele. Manuel sorri. Já se cuidou.

O ônibus, Manuel se diverte sozinho com a ideia, parece que foge de alguma gigantesca borracha gulosa que vai apagando a porção de mundo que fica para trás, ruas, prédios, postes, fiação, bueiros, sarjetas, jegues, baldios, urubus, carroças e toda a abatida flora humana estrangeira na própria terra. Ideia que lhe vem talvez por saber que jamais passará de novo por esses sumidouros, que a profecia de Luzineide é muito mais infensa ao ceticismo do que as malogradas adivinhações de Tobias. Este dorme e em nada se abala com os solavancos, as paradas abruptas e as partidas mal-humoradas, reiterados desafios ao império da inércia. A Manuel lhe encanta a falta de desespero com que enfrentou a campanha de ontem, campanha em que se alistou sem arma branca nem de fogo, munido apenas da determinação que empenhou na longuíssima travessia de terra incógnita para alcançar um destino igualmente desconhecido que, alcançado embora, o obrigou ao exercício da paciência na copiosa vigília. Colheu vitória, sim, mas sobre que ou sobre quem? Está impregnado da veracidade de uma conquista, resta calcular o espólio, sopesar o butim, catalogar os despojos. De um contentamento, entretanto, ele não duvida: o de não ter se apaixonado. No encalço desta satisfação é que empreendeu o desdobramento do mapa e se embrenhou na periferia de si mesmo? Afinal, o aprendizado se revelou um risco, a paixão espreitava, de tocaia na porta do cubículo, Tobias é mestre experimentado e zeloso de seu ofício, e ensinou a Manuel as declinações e as conjugações, os casos particulares e as regências variáveis. Manuel acatou as lições, que se estenderam para muito além de beijar, e em poucas horas se habituou e se filiou ao prazer de certas dores físicas, aos sabores do gozo corporificado, que ele de imediato descobriu serem suscetíveis de levar, mas não necessariamente, tanto menos obrigatoriamente, como não levaram, ao amor. Portanto é que não deu crédito às declarações de Tobias que escapassem do estritamente técnico e teve de engolir o riso quando ele disse \Quero morar pra sempre dentro de você\ na terceira visita consecutiva, meticulosa, compenetrada e cúpida que lhe fez em poucas horas. Manuel teve a imediata certeza de que no angusto cubículo aquela hipérbole se tornava mais e mais debilitada cada vez que era instada a distender seu arco de sob a cama. Ninguém há de morar para sempre dentro de ninguém, até porque para sempre é casa que não há, nem a vida, que alugamos, nos habita para além da expiração do contrato. Manuel aprendeu mais do que imaginava pudesse existir na solidão partilhada que se firma entre dois homens conjugados. Aprendeu, reconhece, muito obrigado, mas é sobretudo grato a Tobias por não ter lhe ensinado que o amor é isso.

De tudo quanto lhe disse e fez Tobias nas últimas duas semanas, o que de maior utilidade se revela nesse alvorecer dentro de um ônibus é o empenho dedicado em lhe provar, a Manuel, a urgência de desistir do que não é pro teu bico. Manuel olha para Tobias, tão adormecido que ressona baixinho, e lhe agradece com o dorso da mão que passeia no rosto perfeito de cerejeira. Manuel agora sabe o que não é para o seu bico, mas sabe que ele tampouco é para o bico de Tobias. E principalmente sabe que nem é preciso dizer \desiste, Tobias\ porque Tobias consumiu a fruta nova e, saciada a curiosidade, aplacada a avidez, perdida a graça da investida depois de vencido o jogo, vai se esmerar em vender outras armações. Manuel abre a mochila, dela retira o estojo em que se guarda o óculos de sol e o transfere com cuidado para dentro da bolsa que Tobias abraça frouxamente no colo enquanto dorme. Os óculos. Manuel sorri: pensou que tinha vindo retribuir, quando de fato veio devolver.

Manuel começa a reconhecer cacos da paisagem, identifica uma rua, soletra o nome de um largo, é vezeiro de uma avenida onde, se lembra, pode tomar outro ônibus para casa sem precisar seguir até o terminal deste. Se levanta, põe a mochila nas costas, passa a mão nos cabelos crespos e suaves de Tobias, baixa a cabeça e murmura |Adeus| com voz suficiente para manter adormecido o que não ama.

Parado à espera da condução, já debaixo de um céu intransigentemente azul, Manuel se sente liberto de um triângulo que nunca existiu, sabe que não ama o que nem era mesmo amor, e sorri à boa nova de que a partir de hoje ele, mesmo sendo uma dama, pode ter, e terá, namorada.

A EXPERIÊNCIA

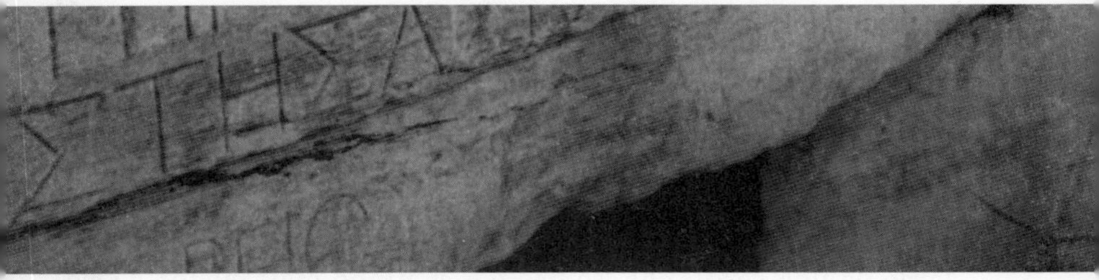

Por que está aqui, agora, por sobre as águas do maior rio que já coube em seus olhos? O céu de novembro, liso e tenso lençol azul, quase branco de tão quente, manhã derramada por cima do fluxo turvo, barrento. |Certas épocas do ano é cristalinda| esclarece o rapazinho recrutado para servir de guia, uniformizado pela autoridade local, e que na memória armazenou todas as informações e as despeja, como rezasse ladainha, sem mesmo compreender tudo das palavras apreendidas. Por isso as molda a seu gosto |O rio desemborca uns trinta e cinco quilômetros mais pra baixo|. A água, se \cristalinda\ em alguma estação, agora chove nas cabeceiras, longíssimas, e o leito, subvertido, desprende a terra do fundo e das margens, razão dessa apressada lama que flui, quase silenciosa.

O cais de onde partiu o pequeno gaiola, masculino navegável, ainda se vê, lá atrás onde ficou, atracado à cidade velha, apinhada no flanco do penedo que lhe deu o nome, testemunha da nossa luta contra o invasor holandês, conforme o orgulho da placa de bronze. Torres de igrejas de antiguidade descuidada, para que tantas, se dizem que o deus é só um? O destino da breve travessia é aquele mapa empoeirado de ruas descalças, as casas retangulares que já daqui se vê, na outra banda do rio, no outro estado, mas de mesmo povo e mesma fome. Lá, segundo a fama devidamente enaltecida pelo guia franzino, vive uma raça de artistas anônimos, trabalhadores do barro.

O barco de passageiros, oitenta no máximo, pintado de azul e branco, madeira sem luxo, cabine onde ele mal cabe de pé, transporta uma gente que não deixaram crescer. Por que dá a volta ao largo da ilha verde, chã, se não é o caminho mais curto? |O rio agora é raso, encalha fácil, vê ali um pé de pau?| o guia aponta a árvore que brota da superfície quase de corpo inteiro, invisíveis raízes |tá preso numa croa| croa? |banco de areia, que diga|. Assim, águas mais fundas se procure, que se abram ao ventre plano do barco de motor estrepitoso e fumacento, não façam dele frágil nau. Quanto às piranhas, célebres, aprendemos que é raro virem, preferem as margens, a sombra das escassas árvores ribeirinhas. Mas, que sim, atacam, para o acúmulo das lendas. Nem por isso as crianças deixam de nadar, num feliz esquecimento, na praia larga do rio, se atirando das pedras aonde as mulheres vão bater, na tradição, a roupa que o mesmo rio lava.

Quem vem mais no barco, não interessa. Porque parece não vir mais ninguém senão ele, forasteiro, estranho, repentino turista, forçado a se deter por imprevista avaria. Um prazo lhe deu o mecânico, mais que um par de horas, toda uma tarde. Assim, obrigado ao pouso, se decide pela recomendada visita. |Vá ver o fabrico do outro lado do rio, quem vem aqui sempre vai|, aonde segue agora, ave desviada de seu rumo. Mas qual rumo?

Contempla o rio largo, rio vivo, aproveitável e dadivoso. Tem inveja dessa utilidade líquida, porque duvida de qualquer serventia de seu trabalho, feito nada além que de palavras, impressas num país entorpecido na iletria. Todo livro é frustrado, e ele já tornou pública mais de uma dessas frustrações.

O barco cala o motor. À terra se desce. Ele por último.

Um enxame de meninos de variadas cores negras aparece, não se vê de onde, e vai fazer roda em torno de quem chega. A aldeia vive do barro, no barro vive, agarrada nele feito carrapicho na pele da gente. Cada casa, uma olaria, oficina de onde saem moringas, quartinhas, potes e vasos, bules e bilhas, bois e burros de presepe, cinzeiros que imitam animais, galinhas para botar ovos, alguidares belos já pelo nome. Toda uma civilização de argila, nascida da roda que o oleiro vai fazendo girar com o pé enquanto fala ao involuntário turista, impressionado pela sucessão de formas que vão assumindo o barro, de segundo a segundo. Em poucos minutos nascem cinco moringas de colo alto e boca estreita, de igual tamanho e talho, nunca idênticas, porque a arte é rito, não espelho. Umas o artesão compôs sem dar tento às próprias mãos, sorrindo os olhos aos elogios que o visitante lhe faz. |Mas o barro é bom mesmo é em oitubro| revela, enigmático. Ele contempla o rosto em paz do homem magro, sem camisa, decerto mais jovem do que aparenta sua pele rugosa e da cor de cinza velha do mesmo barro que lavra. Essa é a arte, pensa, concreta e útil, vasilha destinada a conservar a água fresca, saciável. Moldar o barro em matéria de fazer o bem, plástica virtude, capaz de se tornar homem nas mãos de mais de um deus, reincidentes mitos. Se sente ridículo depois desse último pensamento, erudição inválida, descabida naquela vila ágrafa, dotada de outras ciências, infusas e palpáveis. Do barro a bilha para a água incontornável. A sua arte inerte, que sede vã, abstrata, poderia dissolver?

Envergonhado da própria ignorância, ele se retira da oficina que o desafia, depois de comprar, a preço ínfimo, algo que não se vende. Sobe, só, nova ladeira suave, outra rua desnudada de árvores, trajeto quente. O rio não desaparece nunca, de toda parte se faz ver em sua largura, todo ancho, corrente silenciosa em seu murmúrio manso, franciscano. Em tudo o exilado se destaca daquela paisagem humana, tanto que um menino dos muitos que ali tem segue ao seu lado, seminu, descalço, curioso e parabolante |Ali, é a alagoa, dela tira o barro toda fábrica|. Ele vê não longe uma extensão lodosa, decerto o que ficou da cheia mais recente. Tem nome? |Alagoa|. Se é única, para que a batizariam? As coisas já têm nomes em demasia.

|Lá na casa branca mora Cristina, faz santo|. Se deixa levar pelo menino, que estende a palma da mão, onde o ádvena deposita duas, três moedas. Bate palmas, pede licença, entra na casa, cuvico de chão de barro pisado. Dentro, sentada numa esteira de palha, costas apoiadas à parede da única janela, uma mulher de óculos molda um pato. Ele procura e não vê a roda de olaria. Altiva em sua pré-história, Cristina trabalha com as mãos, esculpe o barro com os dedos ausentes de todo instrumento. Lindos os santos que ela vai designando com o alçar das sobrancelhas, sem se mexer, sem interromper a fabricação do pato. |Santana, São Judas Tadeus, Nossinhora Dasdô|. Sem vaidade |Ninguém tem que faça uma Santana assim boa, só eu|. Ele confirma o garbo humilde da avó da salvação, a gentileza do gesto que ensina, o olhar todo amor, a virgem no colo.

Cristina, santeira, aponta um anjo, asas pandas, carrega uma lira. O anjo foi cozido, mas a lira está crua. Ri a mulher porque se esqueceu de pedir a quem a ajuda que cozesse juntas as duas partes da peça.

|A senhora acha que eu podia passar um tempo aqui pra aprender?|. Cristina olha para ele, surpresa talvez pela inédita pergun-

ta, senão pela ingenuidade da ideia. |Foi Deus que me deu essa experiência| ela responde, carente de qualquer dúvida que lhe assombre |por isso não sei ensinar. Também, me deixe ver a sua mão|. Ele apresenta, ela apalpa, alisa e sorri, honesta |Mão assim não serve de nada, não pra o barro, não pra terra, que a terra fere. E o tempo conta, que eu comecei nem lembro quando, eu tô é vivida nisso, e o senhor não é mais menino não|.

Uma pequena Santana sob o braço, envolta em folhas de jornal decerto nunca lido, aquele que perguntou se retira, se vai, confirmado em seu desserviço, censurado na improvável utopia de se tornar útil, moldar os santos para dar a quem os sabe rezar. Mas ele não crê. Na lembrança ecoa: \Foi Deus que me deu essa experiência\. Tanta certeza se pode? Por que vivia ausente daquela fidelidade, que fazia girar as rodas e inspirava os dedos impecáveis de Cristina?

Sob o sol e a dor da recusa, ele torna ao barco, torna à cidade, se senta sob o ventilador incapaz de desabafar o tempo quente sobre a mesa de um restaurante lacônico e desabitado senão por moscas renitentes. E sem mais resposta, entrega ao papel aquela experiência, ausente da mínima esperança de que ela também lhe venha de deus. Um dia talvez os olhos que a leem agora a tornem útil, por menos que ele saiba reconhecer de que barro são feitas as palavras — e para quê.

dizem que o tempo alivia,
tempo nunca aliviou:
se foi dor, doeu um dia,
perdura concreta dor

o tempo apenas condensa
o calcário do pesar:
estalactites suspensas
nas paredes de lembrar

o alívio assim se disfarça
nos pêsames que arrastamos
— o tempo afinal não passa:
nós é que o atravessamos

A VIDA NA GRÉCIA

Esta obra foi composta em Abril Titling 10,5/15,5
e impressa em papel Boivory Cold 65g
para a **Parábola Editorial** em agosto de 2021.

Impressão e acabamento:
Gráfica Paym